Auf Leben und Tod: Bella Block verschlägt es nach Spanien. Im Auftrag eines Freundes soll sie nach einem in Andalusien verschwundenen Mann suchen – eigentlich eine harmlose Geschichte. Bis sich herausstellt, dass ein Killer in die Sache verwickelt ist, der Bella einst die größte Niederlage ihres Lebens bereitet hat. Und plötzlich geht es um Leben und Tod …
Dschingis Khans Tochter: Auf der Suche nach einer in Odessa entführten Geschäftsfrau trifft Bella Viktor, einen russischen Physiker, und Tolgonai, »Dschingis Khans Tochter«. Diese faszinierende Frau zeichnet sich sowohl durch ihre Schönheit aus als auch durch ihre Gewaltbereitschaft gegenüber Leuten, die andere misshandeln oder unterdrücken. Bella und Viktor machen sich auf, den Spuren zu folgen, die weit in die Vergangenheit reichen.

Doris Gercke wurde im Februar 1937 in Greifswald geboren und lebt in Hamburg. Sie ist eine der bekanntesten Krimi-Autorinnen Deutschlands. Auf der Criminale 2000 erhielt sie den »Ehrenglauser« für ihr Gesamtwerk.

Unsere Adresse im Internet: www.fischerverlage.de

DORIS GERCKE

AUF LEBEN UND TOD
DSCHINGIS KHANS TOCHTER

Zwei Bella-Block-Krimis

Fischer Taschenbuch Verlag

Veröffentlicht im Fischer Taschenbuch Verlag,
einem Unternehmen der S. Fischer Verlag GmbH,
Frankfurt am Main, August 2010

Satz: Pinkuin Satz und Datentechnik, Berlin
Druck und Bindung: Druckerei C. H. Beck, Nördlingen
Printed in Germany 2010
ISBN 978-3-596-18011-0

AUF LEBEN UND TOD

Aber wenn die Dunkelmänner, die unterirdischen Drahtzieher den Sieg davontragen über jene mit den guten Absichten, was geschieht dann, wie sehn wir dann die Zeit? Können wir sie dann noch messen an den Kräften derer, die zugrunde gingen? Was bleibt dann noch übrig? Nur noch Fälschung, Entstellung? Wer wird es wagen, den Kampf aufzunehmen mit dem Grundschlamm?

(Peter Weiss, 1972)

UM NEUN UHR, als die Sonne die Schlucht erreicht hatte, trat die alte Frau vor die Haustür. Sie trat jeden Morgen um die gleiche Zeit vor die Tür und sah auf die Straße. Eines Tages würde der Sohn wiederkommen. Er war immer wiedergekommen. Auf dieser Straße würde er gehen. Sie würde die Erste sein, die ihn sah.

Erst auf dem Bahnhof von Aguilas, als niemand außer ihm den Zug verließ und niemand auf dem Bahnhofsgelände zu sehen war, außer dem schlafenden Fahrkartenverkäufer hinter der halb blinden Scheibe, war er sicher, dass ihm niemand gefolgt war. Langsam, aber dennoch mit leichten Schritten überquerte er den Bahnsteig, ging vorbei an dem dösenden Mann hinter der Scheibe und trat vor die Tür des Bahnhofs. Tief durchatmen. Da war die gelbe, zerbröckelnde Mauer der Rampe. Da vor ihm lagen die schweren Feldsteine, mit denen die Auffahrt gepflastert war. Schräg lag sie vor ihm in der Sonne. Eukalyptusbäume, eine sterbende Agave, kein Laut, seit der Zug in seinem Rücken endgültig angehalten hatte. Er konnte das Meer riechen. Langsam ging er über die Feldsteine nach unten. Der Platz vor der Bahnhofsrampe lag gelb und staubig unter den Bäumen. Die Tür unter der Rampe in der Mauer war verschlossen. Er warf einen flüchtigen Blick darauf. Es war Mittagszeit. Die beiden Männer, die hinter der Tür das kleine Eisenbahnmuseum betreuten, waren nach Hause gegangen und hatten sich zum Schlafen hingelegt. Flüchtig dachte der Mann, der gerade mit dem Zug angekommen war, an das feierliche Zeremoniell, mit dem vor Jahren das Museum eröffnet worden war.
Der Bürgermeister war da gewesen, Abgeordnete aller Parteien,

Beauftragte der Provinzregierung und ein hoher Beamter der Bahn. In langen Reden war der wirtschaftliche und kulturelle Aufschwung beschworen worden, den Andalusien nehmen würde. War nicht das Museum ein deutliches Zeichen dafür, dass es voranging? Zum Schluss hatte der Bürgermeister sich eine rote Mütze aufgesetzt. Ein Mädchen hatte sie ihm hingehalten. Mit der roten Mütze auf dem Kopf und unter dem Beifall aller Anwesenden hatte er einen Schalter betätigt, und die kleine Modelleisenbahn war losgefahren. Wochenlang waren die Kinder der Umgebung in das Museum gekommen, um die Modelleisenbahn zu bewundern.
Der Mann, der einen Augenblick stehen geblieben war und jetzt weiterging, verzog verächtlich den Mund. Auch er war unter den Jugendlichen gewesen, die die Bahn angesehen hatten. Inzwischen konnte er andere Museen ansehen, wenn er wollte. Museen mit Bildern und irgendwelchen anderen Sachen, die wertvoll waren. Jedenfalls nicht mit Spielzeugeisenbahnen, die man in jedem Schaufenster sehen konnte.
Am Rand des staubigen, von Schlaglöchern zerbeulten Platzes blieb er noch einmal stehen und sah zurück. Er sah auf das gelbe, zerfallende Bahnhofsgebäude. Früher hatte es zwei Türme gehabt, Türme wie die auf den Burgen im Norden. Man hatte sie abgetragen, um die Menschen, die den Bahnhof noch nutzten, vor herabfallenden Steinen zu schützen. Der Bahnhof sah arm aus ohne seine Türme. Die Scheiben in den hohen Fenstern waren fast alle zerbrochen. Die Mauer der Bahnhofsrampe, die von zwei Seiten aus schräg nach oben führte, zerbröckelte unter den darüberhängenden lila und roten Bougainvilleen. Sehr große Geranienbüsche mit leuchtend roten Blüten verdeckten den Sockel des Bahnhofsgebäudes und zerschlagene Kellerfenster. Es roch nach Staub und Sonne und ein wenig nach Meer. Zufrieden wandte der Mann sich ab und ging über die leere Straße in die Richtung, aus der er das Geräusch der an den Strand schlagenden Wellen zu hören meinte. Niemand

folgte ihm. Leer und verlassen lag der Platz vor dem Bahnhof in der Sonne.

Die Fenster der Häuser an den schmalen Straßen waren geschlossen. Vor den Ladentüren hingen die metallenen Ketten der Fliegenvorhänge ruhig und unbewegt. Manchmal war ein Kind zu hören, das im Schlaf weinte auf einer der kleinen, von Weinranken überdachten, weißgekalkten Terrassen.

Nur die Tür zu einer Bar an der Ecke eines ockerfarben gestrichenen Hauses war geöffnet. Lärm kam aus dem Innern, das Geräusch eines Fernsehers. Er zögerte nur einen winzigen Augenblick, bevor er weiterging, jetzt mit schnelleren Schritten auf das Meer zu. Den gelben Hund, der im Schatten einer Hauswand auf dem Bürgersteig schlief, stieß er mit dem Fuß beiseite. Er hörte sein Jaulen, bis er die Promenade am Meer erreicht hatte. Helles Licht ließ das Wasser fast silbern erscheinen. Er blieb einen Augenblick geblendet stehen. Hinter dem Licht war das Meer dunkel und blau wie der Himmel. Der Mann überquerte die Promenade, die steinern und viel zu groß und zu breit dalag. Eine Treppe führte hinunter in den schmutziggrauen Sand. Er fühlte das Bedürfnis, Schuhe und Strümpfe auszuziehen und barfuß durch den Sand zu gehen. Wenn er über sein Bedürfnis nachgedacht hätte, wäre ihm aufgefallen, dass der Sand schmutzig war, dass leere Plastikflaschen, zerrissene Einkaufstüten und der Dreck der Dorfhunde über dem Strand lagen. Aber er dachte nicht nach, er war eine Zeitlang von zu Hause fort gewesen und freute sich, wieder zurückgekommen zu sein. Er setzte sich auf die unterste Stufe der Treppe, streckte die nackten Füße in den Sand und hielt sein Gesicht mit geschlossenen Augen in die Sonne. Hinter ihm die Promenade blieb leer bis auf zwei oder drei Autos, die langsam, als seien die Fahrer von der Sonne geblendet, vorüberrollten.

Es war das ruhige, gleichmäßige Geräusch der den Strand leckenden Wellen, das ihn nach einer Weile daran erinnerte, wie durstig er war. Der Zug war ohne Speisewagen gewesen. Es war lange her, dass er getrunken hatte. Ruhig, ein wenig betäubt von dem ungewohnten Aufenthalt in der Sonne, zog er Strümpfe und Schuhe an und verließ den Strand. Mit dem Essen konnte er warten, bis er zu Hause war. Trinken würde er jetzt, auf einer der Terrassen an der Promenade, die leer waren, weil die Ausländer, für die man sie gebaut hatte, nicht darauf saßen. Vielleicht schliefen sie, jetzt, in der Mittagszeit. Vielleicht waren sie gar nicht gekommen.

Die Terrassen waren nicht nur leer, sie waren auch nicht in Betrieb. Nach einer Weile fand der Mann eine kleine, dunkle Bar. Er bestellte ein Bier und sah, während der Junge hinter der Theke zapfte, den Bildern eines amerikanischen Fernsehfilms zu. Ein großer Unfall hatte sich ereignet, eine Massenkarambolage auf einem Highway. Viele Helfer bemühten sich, die grässlich verstümmelten Leichen, die blutüberströmten Verletzten abzutransportieren. Als überlaut und in einer Wolke von Staub ein Hubschrauber landete, schob ihm der Junge das Bier über die Theke. Er trank und sah dabei Männern in weißen Kitteln zu, die aus dem Hubschrauber gesprungen waren und, während sie liefen, Masken aus den Taschen ihrer Kittel zogen und sie sich über die Köpfe stülpten. Er hatte, vielleicht weil er müde war, vielleicht auch, weil der Lärm des Hubschraubers alles übertönte, nicht gehört, was gesprochen worden war. Aber er begriff, als er die Masken sah, was die Männer vorhatten. Aufmerksam sah er zu, wie diese Männer in den weißen Kitteln zwischen den Verstümmelten herumliefen, ein paar Helfer mit einer Maschinenpistole in Schach hielten und aus einem Kleintransporter eine Kiste holten, die sie in den Hubschrauber brachten, laufend, nach allen Seiten sichernd und unangefochten. Erst als der Hubschrauber abflog, das überlaute Geräusch verschwunden war, entspannte er sich und schob dem Jungen hinter der Theke das leere Glas hin.

Nicht schlecht, sagte der Junge, während er nach dem Glas griff und dabei noch immer auf den Fernseher sah. Der Mann ant-

wortete nicht, legte das Geld für ein Bier auf den Tresen und verließ die Bar. Verwundert sah der Junge ihm nach. Er sah ihn ein paar Meter weiter stehen bleiben und die Fahrpläne an der verschlossenen Tür des Reisebüros studieren.
Da wird er wohl noch eine Weile warten müssen, sagte der Junge vor sich hin und setzte mechanisch das volle Glas an die Lippen. Er kannte den Fahrplan. Es fuhren zwei Busse am Tag in jede Richtung. Der erste war vor Stunden gefahren, und der zweite kam noch lange nicht. Auch der Mann vor der Tür des Reisebüros schien das jetzt begriffen zu haben. Er sah die leere Promenade hinauf und hinunter, tat unschlüssig ein paar kleine Schritte und ging los.
Er geht zum Dorf hinaus, dachte der Junge. Möchte wissen, wohin der will.
Am Ausgang des Dorfes sah sich der Mann, der mit dem Zug gekommen war und seine Füße in den Sand gehalten hatte, bevor er ein Bier trank, noch einmal um. Die Promenade war noch immer leer. An der Seite zum Dorfausgang war sie nicht fertiggebaut worden. Sie endete in einem Haufen aus Schutt und zerbrochenen Steinplatten. Danach begann die Dorfstraße. Ein kleines Stück lief neben der Dorfstraße eine halbhohe Mauer her. Auf der weißgekalkten Mauer lag bäuchlings ein gelber Hund. Sein linkes Hinterbein hing an der Straßenseite der Mauer herunter. Der Hund lag vollkommen still und unbeweglich da. Nur sein linkes Auge war halb geöffnet und beobachtete gleichgültig den Mann auf der Straße.
Niemand folgte ihm. Er würde zu Fuß gehen, bis der Bus ihn einholte oder ihn ein Auto mitnahm. Früher, noch zu Francos Zeiten, war es verboten gewesen, per Anhalter zu reisen. Vielleicht bestand das Verbot noch, er wusste es nicht, aber auf jeden Fall kümmerte sich niemand mehr darum.
Die Autos, die ihm begegneten, fuhren alle in die entgegengesetzte Richtung. Aber es machte ihm nichts aus, zu Fuß zu gehen. Irgendwann würde der Bus ihn einholen. Bis dahin wür-

de er gehen. Er war lange nicht hier gewesen, fast drei Jahre lang nicht. Ohne dass er darüber nachdachte, wurde ihm die Bewegung des Gehens neben der Landstraße zu einer Geste des Ankommens, der Wiederinbesitznahme des Teils der Erde, der ihm wirklich vertraut war. Er war gern außerhalb seines Landes unterwegs, wegen des Geldes, das er woanders verdiente, und wegen der ungewöhnlichen Vergnügungen unterwegs. Aber er kam auch gern wieder zurück. Jetzt, im Mittagslicht, waren die Berge wie mit Asche bedeckt, so weiß. Niedrige, halbverdorrte Ginsterbüsche wuchsen aus der Asche, als seien sie bei einem großen Brand übrig geblieben.
Er war schon fast zwei Stunden gegangen, als er das Klingen von Glocken hörte und auf einem entfernten Hang die Tiere sah. Wie schnelle, gelb-weiße und bewegliche Würmer waren sie über den Hang verteilt. Da weidete eine große Herde. Der Hirt einer solchen Herde hatte Essen und Trinken dabei. Der Mann verließ die Landstraße. Zwischen stacheligen Ginsterbüschen und starren Wolfsmilchgewächsen hindurch ging er näher. Die Hunde entdeckten ihn und kamen ihm kläffend entgegengesprungen. Es waren drei. Sie waren von unbestimmbarer Rasse, struppig und bösartig. Erst als der Hirt sie zurückrief, gaben sie Ruhe. Da hatte der Mann dem einen, einem besonders aufdringlichen schwarzen Köter, schon einen Tritt versetzt, der ihn im Bogen in die Ginsterbüsche fliegen ließ.
Sie mögen keine Fremden, sagte der Hirt zur Begrüßung.
Das ist ihre Aufgabe, sagte der Mann. Wenn du etwas zu trinken hast – ich zahle.
Der Hirt wies die immer noch knurrenden Hunde zurecht. Er wartete, bis sie sich ein Stück zurückgezogen hatten, bevor er sich dem Fremden wieder zuwandte.
Hast Glück, sagte er, ich will gerade etwas essen.
Ein strenger Geruch ging von ihm aus. Er haftete an seinen Kleidern, an dem zerlöcherten Umhang und schien sogar aus dem Beutel zu kommen, den er von der Schulter genommen hatte.

Der Mann spürte leichte Übelkeit in sich aufsteigen. Er wunderte sich, denn der Geruch des Hirten hätte ihm vertraut sein müssen. Die Übelkeit verging aber schnell. Sie war nur flüchtig gewesen, etwas, das nicht zu ihm gehörte und schnell wieder verschwand. Der Ziegenhirt reichte ihm eine Plastikflasche mit Wein. Der Mann trank den warmen, schweren Wein.
Hast du auch Wasser, fragte er. Er sah dabei auf die Ziegen und Schafe, die langsam den Hang herunterkamen und sich ihnen näherten. Die Schafe waren vor kurzem geschoren worden. Sie waren dünn. Man sah ihre Rippen unter dem schmutzigweißen Fell. Die Köpfe saßen knochig und plump und kahl auf den mageren Hälsen. Der Hirt folgte mit seinen Augen den Blicken des Mannes.
Woher soll's denn kommen, sagte er. Sieh dir doch die Hänge an. Möchtest du hier Schaf sein? Sind zusammen über dreihundert.
Die Ziegen sehen besser aus, sagte der Mann begütigend. Er hatte überhaupt keine Lust, sich die Klagen des Hirten anzuhören. Pralle Euter, setzte er hinzu.
Du hast einen guten Blick, sagte der Hirt. Ich weiß nicht, wie die das machen. Die sehen immer besser aus. Obwohl sie mehr rumrennen.
Wer mehr rennt, findet mehr, lachte der Mann. Er dachte dabei an die Arbeit, die er hinter sich gebracht hatte, und fühlte sich wohl. Am liebsten hätte er sich ausgestreckt, um ein wenig zu schlafen.
Siehst du den Bus von hier aus, fragte er. Ich will den Bus anhalten. Hab ihn verpasst, vorhin. Dachte, ich nehm den nächsten und geh schon mal los.
Kommst wohl von weiter her, was? Dahinten kommt er, dein Bus.
Der Mann sprang auf und begann zu laufen und mit den Armen zu winken. Die Hunde rasten kläffend hinter ihm her. Halt die Mistviecher zurück, schrie er und hörte in seinem Rücken den

Hirten, der die Hunde rief. Sie gehorchten sofort und blieben stehen. Im Laufen zog der Mann einen Schein aus der Tasche, wandte sich halb um und schrie: für den Wein, während er den Schein zwischen die Zweige eines Ginsterbusches stopfte. Der Bus hielt schon am Straßenrand und wartete.

Hast ihm Gesellschaft geleistet, was?, sagte der Busfahrer fröhlich, so, als sei der Ziegenhirt ein guter Bekannter und als sei er dem Mann dankbar dafür, dass er seinem Bekannten die Langeweile vertrieben hatte. Der Mann nickte, noch außer Atem, und sah zu den gelb-weißen, wie Würmer wimmelnden Schafen hinüber, die jetzt in halber Höhe den Hang bedeckten. Der Hirt bewegte sich langsam auf den Ginsterbusch zu.

An der übernächsten Haltestelle stieg er aus. Um sein Dorf zu erreichen, hätte er noch ein Stück weiterfahren können. Aber er zog es vor, den Rest des Wegs wieder zu Fuß zu gehen. Er wartete, bis der Bus abgefahren war, ging ein paar hundert Meter in dieselbe Richtung und bog dann von der Straße ab.

Sein Weg führte ihn zwischen ein paar Häusern hindurch, an einem Graben voller Unrat vorbei.

Auf einer sehr neuen Straße, so neu, dass noch kein Mittelstreifen oder Seitenbegrenzungen aufgetüncht worden waren, ging er weiter. Er kam an einer Orangenplantage vorbei. Schon als er neben dem Hirten im Gras gelegen hatte, aber noch stärker jetzt, als er an den duftenden und voll von Orangen hängenden Bäumen vorüberging, fühlte er sich leicht und ruhig. Es war nicht so, dass er darüber nachgedacht hätte und zu dem Schluss gekommen wäre: Jetzt bin ich zu Hause und fühle mich leicht und ruhig. Die Veränderung seines Zustands war ihm nicht bewusst. Er blieb nur einen Augenblick stehen, griff über die Mauer in einen Orangenbaum, brach einen blühenden kleinen Zweig ab und hielt ihn sich tief einatmend unter die Nase, bevor er ihn im Knopfloch seines Jacketts befestigte. Als er die ersten Häuser des Dorfes erreichte, war sein Schritt beschwingt, und er pfiff leise vor sich hin. Seine Augen wanderten flink an

den Hauseingängen vorüber. Niemand war zu sehen. Auch der Platz vor der Bar war leer. Die Tür zum Innenraum stand offen, nur verhangen mit dem metallenen Fliegenvorhang.
Jetzt nicht, dachte er, dahin kann ich noch oft genug gehen. Eine magere, gelbe Katze lief über die Straße und verschwand hinter einer Mauer. Die Lauben vor den Häusern waren ohne Blätter und die Terrassen darunter leer. Nirgends ein Laut, nicht einmal aus der Bar war der übliche Fernsehlärm zu hören gewesen. Er ging langsam weiter und pfiff auch nicht mehr. Am Ende des Dorfes standen die Häuser in größeren Abständen. Dazwischen dehnten sich Orangengärten. Rechts lag die Schlucht, auf deren Grund ebenfalls Orangenbäume wuchsen. Das Haus seiner Mutter war das letzte im Dorf. Es war ein einfaches, langgezogenes Haus, weißgekalkt und flach, aus Würfeln zusammengesetzt, deren ockerfarbene Dächer zum Ende hin eingestürzt waren. Die weißen Blöcke bildeten ein L. Der kürzere Teil bestand aus zwei weißgekalkten Würfeln. Einer hatte eine große Garagentür. Die Tür stand offen.
In der Öffnung, in deren Hintergrund die Feuerstelle zu sehen war, saß seine Mutter und schlief. Sie saß sehr gerade auf einem hölzernen Stuhl, dessen Sitzfläche mit Binsen bespannt war. Ihre Hände lagen auf der schwarzen Schürze, große Hände mit langen, runzligen Fingern, gesplitterten Nägeln und sehr starken Handgelenken. Schwarz saß sie da, vor der weißen Mauer ihres Hauses, den blauen, dunklen Himmel über sich. Mit den beiden Palmen hinter dem Haus wirkte das fast afrikanisch, aber dem Mann fiel es nicht auf. Das Bild war ihm zu vertraut, er war hier zu Hause. Langsam ging er auf die alte Frau zu, erwartete, dass sie aufwachte. Als er nahe bei ihr stand, hörte er sie leise und gleichmäßig schnarchen. Sie wurde nicht wach, auch nicht, als er sich auf den Betonboden neben sie setzte. Er lehnte seinen Rücken gegen die Hauswand und begann zu warten. Die Sonne stand jetzt schräg über der Schlucht. Sie traf die Hauswand und sein Gesicht, so dass er die Augen halb geschlossen hielt, um

sich vor dem immer noch hellen Licht zu schützen. In dem feinen Spalt zwischen dem Beton und der Hauswand erschien der winzige braune Kopf einer Eidechse, blieb einen Augenblick unbeweglich stehen und schob sich dann ruckartig vorwärts. Langsam führte der Mann seine Hand an der Hauswand entlang, hielt sie über der Eidechse still und schob sie vorsichtig, Zentimeter für Zentimeter an der Wand hinunter. Die Eidechse bewegte ihren Kopf mit einer eleganten, kleinen Bewegung in die Richtung, aus der die Hand kam. Fast wie ein winziger, zahmer Vogel, dachte der Mann und ließ seine Hand bewegungslos an der Mauer liegen. Eine Weile verharrten sie so, der Kopf der Eidechse nach oben gewendet und die bewegungslose Hand darüber. Das Tier war langsam. Er konnte es an seinen Bewegungen sehen. Es war jetzt nicht die Zeit der Eidechsen. Es war nicht warm genug in der Mauerritze. Seine Hand war schneller. Er fühlte das winzige Herz zwischen seinen Fingerspitzen, bevor er der Eidechse mit einer einzigen, schnellen Bewegung den Kopf abriss. Sie war braun gewesen und hatte einen grünen Schwanz gehabt. Er warf die Teile weg.

Du bist wiedergekommen. Ich wusste es, sagte die alte Frau neben ihm.

Er sah auf. Sie hatte ihn beobachtet. Er lächelte sie an, nahm den Orangenblütenzweig von seinem Jackett und legte ihn neben ihre Hände. Er konnte sehen, wie die Missbilligung aus ihrem Gesicht verschwand und der Freude über seine Rückkehr Platz machte.

ZU DEN DINGEN, die Bella widerlich fand und die sie nur sehr schwer ertragen konnte, gehörten nackte Männer in Socken, eiskalte Schlafzimmer und die Stimme ihrer Mutter Olga morgens am Telefon, wenn sie noch im Halbschlaf lag. Einzig ein nackter Mann in Socken blieb ihr an diesem Morgen erspart.

Sie war nachts aufgewacht und hatte feststellen müssen, dass ihr Schlafzimmer sehr kalt geworden war. Da die Fenster nicht offen standen, musste in der Nacht die Heizung ausgefallen sein. Das kam sehr selten vor, aber es geschah eben manchmal, weil das kleine Haus am Elbhang, in dem sie lebte und früher auch ihr Detektivbüro unterhalten hatte, alt war und einige seiner Einrichtungen nicht mehr besonders gut funktionierten. Bella zog die Unannehmlichkeiten, die damit verbunden waren, dem Umzug in eine Wohnung mit funktionierender Fernheizung vor. Sie hatte das alte Haus, das sie lange Zeit als Mieterin bewohnte, sogar vor ein paar Monaten gekauft. Danach hatten sich – das Haus war, nicht wegen seiner baulichen Vorzüge, sondern wegen seiner Lage, nicht gerade billig gewesen – zuerst die Abflussrohre, dann die elektrischen Leitungen und nun offenbar auch noch die Heizung als unbedingt reparaturbedürftig erwiesen.

Da es draußen noch dunkel gewesen war, hatte sie nur einen kurzen Gedanken an die Unannehmlichkeiten verschwendet, die der Tag bringen würde, sich die Decke über den Kopf gezogen und versucht, noch einmal einzuschlafen. Im Halbschlaf war der Traum zurückgekommen, durch den sie zuvor aufgewacht war und das eiskalte Schlafzimmer bemerkt hatte. Es war kein angenehmer Traum gewesen. Und dann läutete das Telefon neben dem Bett. Bella, die die Angewohnheit, den Hörer sofort abzunehmen, aus ihrer Zeit als Kriminalkommissarin beibehalten hatte, jedenfalls dann, wenn sie im Halbschlaf lag und nicht in der Lage war, ihre Reflexe völlig zu kontrollieren, hörte Olgas Stimme.

Guten Morgen, mein Kind. Heute Nacht ist die Nazisse gestorben. Ich dachte, das könnte dich interessieren. Du kanntest sie doch. Erinnerst du dich –

Morgens war Olgas Stimme besonders laut, jedenfalls kam es Bella so vor. Sie war nicht nur laut. Sie war geradezu unerträglich. Sie war besitzergreifend, rücksichtslos – Bella spürte ihre

Hand, die sich vor Wut über die Stimme fester um den Hörer schloss. Eine böse Antwort – sie suchte nach einer bösen Antwort.

Unten an der Haustür war ein Geräusch zu hören. Jemand steckte den Schlüssel ins Schloss und öffnete geräuschvoll, ließ irgendetwas hinfallen und sagte: Ach du lieber Himmel, ist es hier kalt.

Entschuldige Mutter, sagte Bella, Willi kommt gerade. Ich ruf nachher zurück. Sie legte den Hörer auf, ohne Olgas Antwort abzuwarten, und hörte zufrieden den Worten nach, die Willi halblaut, etwas lauter als halblaut, vor sich hin brummelte.

Das konnte ja nicht gutgehen. Diese Frau sollte öfter an die praktischen Dinge denken. Herakles, schön und gut. Aber der lebte in Griechenland. Und da ist es bekanntlich etwas wärmer als hier.

Bella lächelte, während sie Willi zuhörte. Willi, ihr voller Name war Wilhelmina van Laaken, war bei Bella »Mädchen für alles«. Dafür finanzierte Bella Willis Studium.

Als Willi sich bei Bella vorgestellt hatte, war sie Jura-Studentin gewesen. Ziemlich schnell hatte Bella herausgefunden, dass Willi intelligent genug war, um sich interessanteren Studiengängen zuzuwenden. Im Augenblick studierte sie Astrophysik, Russisch und Spanisch und dazu russische und spanische Literatur. Die Beschäftigung mit Herakles ging auf Bellas augenblickliche Interessen zurück. Seit sie genügend Geld hatte, um ihren Neigungen nachgehen zu können, ohne Detektivin spielen zu müssen, hatte sie beschlossen, den Ursachen der Teilung der Welt in mächtige Männer und ohnmächtige Frauen auf den Grund zu gehen. Der griechischen Götterwelt, entstanden im Übergang vom Matriarchat zum Patriarchat, galt dabei ihr besonderes Interesse. Das Leben des Herakles war, als Willi das letzte Mal da gewesen war, ein zwischen ihnen diskutiertes Thema gewesen. Es schien, als seien Gewalt, Machtwahn und Angst die ihn prägenden Eigenschaften.

Jetzt hörte sie, dass Willi ans Telefon ging, wählte und den Mann am anderen Ende der Leitung davon überzeugte, dass er jetzt, sofort, einen seiner riesigen Öltanker in Bewegung setzen müsse, um ein winziges Haus am Elbhang und zwei darin hilflos zitternde Frauen vor dem Kältetod zu bewahren.

Danke, sagte Willi am Ende des Gesprächs, danke, das werden wir Ihnen nie vergessen. Sie sagte es mit so viel Gefühl, mit so viel Wärme in der Stimme, dass Bella fand, der Mann müsse blöde sein, wenn er nicht merkte, dass sie sich über ihn lustig machte.

Waren Ihre Dankesworte an den Ölhändler nicht ein wenig übertrieben?, sagte sie, angestrahlt von einem Elektro-Heizofen und mit zwei Pullovern und einer Decke ausgestattet, während sie mit Willi beim Frühstück saß. Schließlich ist es sein Job, Öl zu verkaufen. Und er verdient ganz gut an uns.

Er hätte natürlich auch erst morgen oder übermorgen kommen können, sagte Willi. Männer funktionieren einfach besser, wenn ich ihnen Honig um den Bart schmiere. Ich weiß auch nicht, weshalb. Irgendjemand muss ihnen das beigebracht haben, als sie noch ganz klein waren. Ein ganz guter Trick, eigentlich. Finden Sie nicht? Übrigens ist heute Dienstag.

Das war eine ziemlich holprige Überleitung, sagte Bella.

Dienstag war der Tag, an dem Willi regelmäßig nachmittags Olga besuchte und Geschichtsunterricht bekam. Sie nannte es jedenfalls so, und Bella hatte zugegeben, dass daran etwas Wahres war. Die Umschreibung der Geschichte, die mit dem Verschwinden der sich sozialistisch nennenden Staaten eingesetzt hatte, war faszinierend, weil sie unbekannte Wahrheiten hervorbrachte. Aber manchmal, besonders in einigen journalistischen Ausformungen, war sie auch einfach nur lächerlich. Die Rachegelüste, der Siegesrausch waren zu deutlich zu spüren, als dass man die Verkünder der neuen Wahrheiten hätte ernst nehmen können. Und Willi war zu intelligent, um das nicht zu spüren.

So war ihr der Nachmittag bei Olga gerade recht. Olga verkörperte für Willi »das andere Deutschland«. Sie konnte von vergangenen Zeiten so detailreich erzählen, dass Willi fand, ein besseres Korrektiv zu den offiziell verkündeten Wahrheiten könne es gar nicht geben.

Bella war nicht ganz Willis Meinung. Ihr schien, dass ihre Mutter ein wenig zu starr an einmal gewonnenen Einsichten festhielt. Manchmal, besonders, wenn sie Olga besuchte und dabei zufällig ein Exemplar der noch immer, wenn auch in größeren Abständen, erscheinenden Parteizeitung in die Hände bekam, hatte sie Lust, sich mit ihr darüber auseinanderzusetzen. Sie tat es nicht. Sie hielt das Datum der Zeitung zu, probierte aus, ob ihre Beobachtung noch richtig war (wenn man das Datum wegließ, wurde sofort klar, dass die überwiegende Anzahl der Artikel genauso vor zehn oder fünfzehn Jahren hätte erscheinen können) und lachte. Mit Willi sprach sie nicht über diese Beobachtung.

Ich werde nicht mitgehen, sagte sie. Olga hat heute früh angerufen. Die alte Frau in ihrem Haus, die sie Nazisse zu nennen pflegte, ist heute Nacht gestorben. Ich hab keine Lust, mir ihre Geschichte noch einmal anzuhören. Alte Frauen – sie hatte sagen wollen, alte Frauen gehen mir manchmal ziemlich auf die Nerven, aber sie unterbrach sich, weil ihr der Traum wieder eingefallen war, den sie in der Nacht zweimal geträumt hatte.

Willi war nicht aufgefallen, dass Bella mitten im Satz schwieg. Sie hatte nach einem Buch gegriffen, das auf dem Boden neben ihrem Stuhl gelegen hatte, einem Taschenbuch, und las. Nun sah sie auf.

Das würde ich gern laut lesen, sagte sie, ich begreife es dann besser.

Bitte, sagte Bella. Sie hatte verschiedene Stellen in dem Buch mit Bleistift markiert. Wahrscheinlich hatte Willi eine der angestrichenen Stellen entdeckt.

»Europa ist ein einziger Friedhof von betrogenen, verratenen und gemordeten Hoffnungen. Von der Strangulierung des spanischen Bürgerkriegs, der Preisgabe der Widerstandsbewegung nach dem Zweiten Weltkrieg, der Verschacherung der westlichen kommunistischen Parteien durch den Marshallplan bis zur Aufteilung in die Großmachtblöcke Ost und West wölbt der Dunghaufen Europa seine Fäulnis immer höher, stinkender zum Himmel –«

Das hat Peter Weiss neunzehnhunderteinundsiebzig geschrieben, sagte Bella. Jetzt, im Abstand von mehr als zwanzig Jahren und in Kenntnis des Zusammenbruchs des Ostblocks, ist der Dunghaufen nicht kleiner, sondern größer geworden. Und er ist garniert mit einer Girlande aus Dummheit, Fernsehsucht und Kaufgier derer, die ihn hätten beseitigen sollen und ihn nicht mehr beseitigen werden. So, und jetzt wollen wir das Frühstück beenden.

Sie stand auf und begann, sich aus der Decke zu wickeln. Auf der Straße, am Fuß des Elbhangs, hielt der Tankwagen des Ölhändlers. Auch Willi hatte ihn gesehen. Sie ging hinaus, um dem Fahrer den Schuppen aufzuschließen, in dem der Tank stand. Bella sah ihr nach, wie sie klein, rund und schnell die Stufen zur Straße hinunterhüpfte. Sie fand, dass sie zu kurz angebunden auf Willis fragenden Blick reagiert hatte, und nahm sich vor, eine Gelegenheit zu finden, um so bald wie möglich ausführlich mit ihr zu sprechen. Es war üblich, dass Willi an dem Tag, den sie nachmittags bei Olga verbrachte, nicht noch einmal abends hierherkam.

Bella trug das Frühstücksgeschirr in die Küche und las in einem alten Kochbuch, als Willi in die Tür trat. So, der Ofen läuft wieder, verkündete sie strahlend.

Hätten Sie Zeit und Lust, heute Abend bei mir zu essen, fragte Bella. So viel Einsatz muss belohnt werden.

Na klar, sagte Willi. Es kommt Ihnen nicht so vor, als ob Sie etwas gutzumachen hätten an einer armen kleinen Studentin, die versucht, die große Welt zu begreifen?

Was macht man mit einer Person, der nichts verborgen bleibt, sagte Bella und seufzte dramatisch.
Am besten, Sie schicken sie einkaufen, anschließend die Post abholen und lassen sie dann in Ruhe arbeiten, bis es so weit ist, zu Olga zu gehen.
Sehen Sie, da ist das Problem schon wieder. Genau das hatte ich vor. Kaufen Sie ein, was Ihnen am besten schmeckt. Oder sollen wir essen gehen, fragte sie, als sie Willis enttäuschtes Gesicht sah.
Sie hätten wohl nicht zufällig Lust, den neuen Italiener auszuprobieren, der hier in der Nähe aufgemacht hat? Bella brachte es nicht übers Herz, nein zu sagen.
Willi holte die Post, und ein paar Stunden lang waren beide ruhig und konzentriert mit ihrer Arbeit beschäftigt. Ein paarmal versuchte Willi, durch lautes Seufzen oder kleine, überraschte Ausrufe, Bellas Aufmerksamkeit zu erringen. Aber Bella reagierte nicht, und schließlich blieb auch Willi stumm in ihr Buch vertieft.
Dann war es Zeit für sie zu gehen. Sie klappte ihr Buch zu und legte es neben dem Sessel auf den Boden. Unglaublich, sagte sie, ich finde das einfach unglaublich.
Bella sah auf den Buchtitel: Lexikon der antiken Mythologie, und verstand, auch ohne zu fragen, was Willi »unglaublich« fand.
Wir reden heute Abend darüber, sagte sie. Grüßen Sie Olga. Ich glaube nicht, dass sie besonderen Trost wegen des Ablebens der Nazisse braucht. Aber wenn's ihr wirklich schlechtgeht, rufen Sie mich an. Ich komme dann noch auf einen Sprung vorbei.
Willi stellte ein Tablett mit Wodka und Orangensaft neben den Sessel am Fenster und ging. Bella nahm die Zeitungen vom Schreibtisch, setzte sich in den Sessel am Fenster, warf einen langen Blick auf das graue, unruhige Elbwasser und begann zu blättern. Auf den Seiten, die die Politik der Regierung verkauften, gab es nichts Neues. Beim Eurogipfel hatte es schlechte

Laune und gelangweilte Gesichter gegeben. Bella fand das völlig normal. Wenn sie nicht so dummdreist ausgesehen hätten auf dem beigegebenen Foto, hätte sie die versammelten europäischen Regierungschefs bedauert wegen ihres schweren Jobs. Es war bestimmt nicht leicht, den Riesenrummel, den sie um »Europa« machten und der nur dazu diente, zu verbergen, in wessen Interessen eigentlich gehandelt wurde, auf Dauer durchzuhalten. Die Arbeitslosigkeit in Europa nahm nicht ab. Den Bauern ging es nicht besser, sondern schlechter. Sogar die Polizisten wurden unzufrieden, weil ihnen noch immer keine europäische Polizeibehörde geschenkt worden war. Das Zauberwort »Europa«, dem sie so gern die Fähigkeit verliehen hätten, von den nationalen Problemen abzulenken, begann, seine Kraft zu verlieren.

Bella blätterte weiter, fand aber keine Neuigkeiten. Es gab Differenzen zwischen dem Verteidigungsminister, der einen Eurofighter für neunzig Millionen das Stück benötigte, und dem Bundesrechnungshof, der hundertfünfzig Millionen pro Stück ansetzte. Wahrscheinlich würden zweihundert Millionen für eines dieser Spielzeuge ausgegeben werden.

Die Sozialdemokraten hatten bemerkt, dass noch immer zu viele Jugendliche arbeitslos waren, und fanden das so überraschend, dass Bella annahm, sie hätten sich eine Weile außerhalb des Landes aufgehalten. Aber wo? Überhaupt, diese Sozialdemokraten. Seit sie ihren Vorsitzenden im Wahlkampf in einer Zirkusarena auftreten, vor dem Mikrophon im Sand scharren lassen und dadurch erstaunlich viele Wählerstimmen gewonnen hatten, wurden sie richtig kess. Sie forderten die Mitwirkung des Bundestages bei der Europapolitik. Darauf musste man erst mal kommen! Oder sollten sie die den nationalen Parlamenten zugedachte Staffage-Funktion nicht begriffen haben? Vielleicht war ihnen in der bunten Zirkuswelt ihr Verhältnis zur Realität verlorengegangen? Aber da waren sie offenbar nicht die Einzigen.

Bella warf noch einmal einen beinahe ungläubigen Blick auf die zum Gruppenfoto versammelten bedeutenden Männer Europas. Da stand ein fetter Deutscher, ungerührt das Verdienst hinter sich herziehend, endlich auch seinem Land so etwas wie einen unterentwickelten Süden beschert zu haben. Er stand neben Klein-Felipe, dem erfolgreichen Sauger an der Mutterbrust der sozialdemokratischen Internationale, erfolgreich in jeder Beziehung. Gerade hatte er Korruptionsvorwürfe souverän zurückgewiesen, da wurde ihm nachgesagt, er habe eine staatliche Terrorgruppe geduldet, deren Aufgabe es war, politische Opposition durch Mord auszuschalten. Es wurde ihm übrigens wohlwollend nachgesagt. Was hätte er denn tun sollen, der Kleine? Alle hatten auf ihn gesetzt, damals, als Spanien nach Europa heimgeholt werden musste, obwohl die Spanier dazu wenig Lust verspürten. Hätte er seine Kollegen enttäuschen sollen? Die Gesellschaft, in der Felipe sich auf dem Foto befand, war seiner ebenbürtig. Gegen Herrn Berlusconi, dem, wie die Zeitung vornehm befand, »zu Hause allerlei Unfreundliches« nachgesagt werde, ermittelte gerade die Staatsanwaltschaft. Sein Stuhl wackelte. Vielleicht dachte er ihn durch penetrantes Dauergrinsen zu stabilisieren. Fast schon mitleidig sah Bella auf einen anderen Sozialdemokraten, den Griechen, den die für sein Alter und seine Gesundheit doch wohl zu strapaziösen sexuellen Abenteuer nur noch auf sehr wackeligen Beinen stehen ließen. Vielleicht nahm er aber, aus innerer Verbundenheit sicherlich, nur die vertrocknete, verschrumpelte, ausgedörrte und armselige Form an, die sein Land schon lange anzunehmen gezwungen worden war? Der Franzose war wirklich krank, sie sah es. Aber er war nicht krank genug, um seine Sehnsucht nach Macht und Öffentlichkeit unterdrücken zu können.

Können wir uns also beruhigt zurücklehnen, dachte Bella. Die Welt funktioniert noch. Europa wird wie eh und je regiert von einem Haufen fetter, alter, kranker, vielleicht korrupter Männer, und es funktioniert. Erbärmlich zwar, aber immerhin.

Sie hatte keine Lust, sich länger mit diesem Gedanken zu beschäftigen, und schlug die Innenseite der Zeitung auf. Noch immer interessierte sie, vielleicht aus alter Gewohnheit, was die Polizei tat. Aber sie fand nichts Besonderes. Die unendliche Geschichte der Diskussion um die Frage, ob Datenschutz wichtiger sei als Verbrechensbekämpfung, hatte zum x-ten Mal dazu herhalten müssen, flotten Familienvätern ein Wochenendseminar zu bescheren, bei dem sie nach getaner Diskussionsarbeit ausgiebig Wein, Weib und Gesang hatten zusprechen können. Was natürlich nicht in der Zeitung stand. Schon lange wünschte sie sich eine öffentliche Bekanntgabe der Summen, die sinnlos veranstaltete Konferenzen verschlangen. In Bayern durfte die Polizei jetzt auch ohne konkreten Tatverdacht Personen kontrollieren. Bella hielt einen Augenblick inne, um nachzudenken.

Was hieß das eigentlich? Also, ich, Bella Block, gehe fröhlich und nichts Böses ahnend durch, sagen wir mal das Sendlinger Tor. Kommt da ein, nein, kommen da zwei Polizisten, nein, kommen da ein Polizist und eine Polizistin auf mich zu und sagen: Zeigen Sie mal Ihre Handtasche! Nein, Handtasche nicht, weil ich keine hab, also: Zeigen Sie mal Ihre Jackentasche! Ich, völlig überrascht, sage: Die geht Sie gar nichts an. So war ich's jedenfalls bisher gewohnt. Und schon heißt es: Mitkommen, Widerstand gegen die Staatsgewalt! Und wenn ich rufe: Überfall! Hilfe! Dann sagen die Passantinnen: So gib scho a Ruah. Wirst wohl was drin haben, das keiner wissen soll. Genau so würde es sein. Alles wäre ganz normal, und niemand würde sich aufregen. Es hatte sich ja auch niemand aufgeregt, als die Regierung vor ein paar Monaten beschlossen hatte, dem Bundesgrenzschutz auch noch dreißig Kilometer hinter der Grenze Polizeibefugnisse einzuräumen.

Bella blätterte, sah ein Foto, auf dem die neue Pressesprecherin der Grünen, »Realo« bis ins Mark (wie hieß eigentlich die weibliche Version dieser widerlichen neudeutschen Wort-

schöpfung: Realin? Reala? Realala?), in einer Halle abgebildet war, die »Callgirl-Halle« genannt wurde, und musste lachen. Wenn das kein Zeichen war! Und richtig, die Dame hatte die Freunde bei der CDU schon ausgemacht. Sie saßen in Gladbek, »links von der SPD«, wie sie sagte. In Gladbek hatte es bis vor wenigen Jahren eine kommunistische Ratsfraktion gegeben. Wo war die geblieben? Waren die Wähler ihr untreu geworden? Waren Olgas aufwendige Wahleinsätze vor Jahren ganz vergeblich gewesen? Sie würde sie fragen.
Der Gedanke an Olga brachte ihr den Traum ins Gedächtnis zurück, mit dem sie am Morgen erwacht war. Sie legte die Zeitungen auf den Boden, goss Wodka ein und Orangensaft und trank langsam, während sie versuchte, sich an die Einzelheiten ihres Traums zu erinnern.
Eine Mauer, weiß, nein, eher eine mondhelle, weiße Landschaft, eine weite Ebene, hell, aber nicht vom Tageslicht, war da gewesen. Und zwei Frauen, eine junge und eine alte. Wer war sie – nicht die alte, das war sicher. Die alte Frau war in Lumpen gekleidet, besser, es hingen Lumpen an ihr herunter, zwischen denen an manchen Stellen dunkle, schrumpelige Haut zu sehen war. Sie trug ein helles Tuch um die Schultern, das halb ihren Kopf und ihr Gesicht verdeckte. Das Tuch war fleckig. Sie hielt es vor der Brust zusammen, mit kleinen runzeligen Händen. Zwischen den Händen steckte ein Stock. Sie fürchtete den Stock – ich fürchte den Stock, dachte Bella überrascht. Nein, nicht den Stock, die Alte fürchte ich. Sie wird mein Kleid anfassen. Sie wird mich festhalten. Ich will leicht sein. Leicht will ich an ihr vorübergehen in meinem schönen Kleid. Ich will sie nicht sehen. Wenn ich sie ansehe, werde ich wissen, wer sie ist. Ich will sie nicht kennen. Jetzt streckt sie die Hand nach mir aus. Nein!
Es war beinahe dunkel im Zimmer. Und sehr still. Bella schien es, als atme sie heftiger. Ihr Fuß tastete nach dem Schalter der Stehlampe auf dem Boden. Es war nichts. Sie saß da im

freundlichen Schein der Lampe, in der Wärme ihres Arbeitszimmers, in der Stille, die die besondere Lage ihres Hauses mit sich brachte. Alle Dinge waren an ihrem Platz. Das Glas, zur Hälfte ausgetrunken, stand links von ihr neben dem Sessel.
Weshalb muss ich mich vergewissern, dachte sie. Was für ein merkwürdiger Traum, der auch am Tage noch Angst macht. Sie stand auf und ging hinüber zum Schreibtisch. Was tun Menschen, wenn sie Angst haben? Sie rufen, Bella, oder sie rufen jemanden an. Setz dich hin und überlege. Sie ließ den Telefonapparat unberührt, ging in die Küche und stellte den Wasserkessel auf den Herd. Sie würde sich einen Kaffee kochen und nachdenken. Es gab keinen Grund, Angst zu haben. Ihre ökonomische Existenz war gesichert. Ihre intellektuellen Fähigkeiten waren noch nicht zurückgebildet. Ihr emotionaler Haushalt – sie grinste, als sie daran dachte, wie außerordentlich feinfühlig Eddie war –, das kochende Wasser unterbrach ihre angenehmen Gedanken. Während sie den Kaffee aufgoss, dachte sie daran, dass Willi nicht nur eine intellektuelle Gesprächspartnerin und eine praktische Hilfe, sondern durchaus auch eine Freundin für sie geworden war. Was ist also los, Bella? Was beunruhigt dich? War nicht Angst etwas, das eher der anderen Seite, eher Herakles und seinen Nachkommen zustand?
Plötzlich hatte sie den dringenden Wunsch, sich mit Eddie zu treffen. Gerade noch rechtzeitig fiel ihr ein, dass Willi nach dem Besuch bei Olga zu ihr zurückkommen würde. Willi konnte Eddie nicht ausstehen. Es musste sie unnötig kränken, seinetwegen ihre Verabredung zum Essen zu verschieben. Bella stellte ihren Kaffee beiseite und nahm die Zeitungen wieder auf. Ihre Angst war verschwunden, aber sie hatte etwas zurückgelassen, ein leises Gefühl der Unruhe, deutlich vorhanden und dazu angetan, die Sinne zu schärfen, wachsam zu sein in einer Situation, die überhaupt keine Wachsamkeit erforderte.

SIE SIND VERTROCKNET, sagte Manuel. Von dort, wo er saß, noch immer neben dem Stuhl der Mutter, an die Hauswand gelehnt, die Beine leicht angewinkelt und von sich gestreckt, so dass der Saum seiner schwarzen Hosenbeine den Staub berührte, waren nur ein paar Bäume zu sehen. Der Garten mit den Orangenbäumen lag hinter dem Haus. An den wenigen Bäumen, die er sehen konnte, hingen schwarze, vertrocknete Früchte. Die Äste waren beinahe kahl. Nur unten an den Stämmen waren kurze, grüne Büschel.

Sie stellen das Wasser ab, wenn man nicht zahlt, sagte die Mutter. Sie sagte es, als erkläre sie dem Sohn etwas Neues. Vielleicht dachte sie, er habe vergessen, nach welchen Regeln sie lebte.

Du warst lange weg, sagte sie noch.

Ich weiß. Es gefiel ihm nicht, dass die Mutter annahm, er wisse nicht mehr Bescheid. Bis ans Ende seines Lebens würde er wissen, wie blühende Orangenbäume rochen und was die schwarzen, vertrockneten Kugeln bedeuteten, wenn sie in den Gärten der Nachbarn hingen. Oder in ihrem eigenen Garten.

Bist du allein hier, fragte er. Er fragte, obwohl er die Antwort der Mutter zu kennen glaubte.

Ja, sagte sie. Sie stand so plötzlich auf, dass sie vergaß, den Orangenzweig von ihrem Schoß zu nehmen. Er fiel neben Manuels Beinen auf den Boden.

Du wirst Hunger haben und müde sein, sagte sie, während sie sich umwandte und in der Garage verschwand.

Sole, dachte er. Sie muss bleiben, wo sie ist, während ich kommen kann, wann ich will. Eine Art Genugtuung erfüllte ihn, über deren Ursachen er nicht nachdachte. Seine Schwester war nur wenig älter als er. Aber sie waren beide zu spät geboren.

Er erhob sich und folgte der Mutter in die Garage. Sie stand an der offenen, gemauerten Feuerstelle und rührte in dem eisernen Kessel, der darüberstand.

Es ist Suppe, sagte sie, aber sie sagte es nicht in bedauerndem

Ton. Sie war davon überzeugt, dass, wo immer ihr Sohn in der Zwischenzeit gewesen war und was immer er auch gegessen haben mochte, nichts ihm so gut schmecken konnte wie ihre Suppe.

Manuel setzte sich an den blaugestrichenen Holztisch, wartete und sah der Mutter zu. Er saß auf dem Platz, der ihm angewiesen worden war, nachdem der Vater das Haus verlassen hatte und nicht mehr zurückgekommen war. Als hätte die alte Frau seine Gedanken erraten, sagte sie: Du wirst immer zurückkommen, anders als dein Vater.

Der Vater war in den fünfziger Jahren eines Morgens, sie hatten um den Küchentisch gesessen, die Schale mit Milch und Ersatzkaffee vor sich, um diesen Küchentisch, der damals ein etwas anderes Blau gehabt hatte, von der Guardia Civil geholt worden und nie wiedergekommen. Manuel erinnerte sich daran, wie das Gesicht des Vaters weiß geworden war. Er hatte die Augen sehr weit aufgerissen. Es sah wirklich so aus, als hätte er Angst. Seine Schwester Soledad war aufgesprungen und hatte dabei die Kaffeetasse vom Tisch gerissen.

Später hatte sie behauptet, sie hätte den Vater festhalten wollen. Später, da lagen sie nebeneinander in der Schlucht und versuchten, sich das Gesicht des Vaters in Erinnerung zu rufen. Vielleicht hatte Sole es gekonnt. Ihm waren immer nur die weiße Haut und die aufgerissenen Augen eingefallen. Er hatte gespürt, wie er begann, seinen Vater zu verachten. Und mit geheimer Bewunderung hatte er den Lackhüten der Guardia Civil nachgesehen. Die Mutter hatte damals stumm neben der Feuerstelle gestanden. Genau da, wo sie jetzt stand. Er erinnerte sich, dass sie vom nächsten Tag an ein schwarzes Kleid getragen hatte. Schwarz, bis heute, schwarz. Aber sonst hatte sie sich kaum verändert.

Die alte Frau verließ die Feuerstelle. Sie ging an eine gemauerte Nische, aus der sie den Topf mit dem Brot hervorholte. Das Brot legte sie auf dem Steinsims zurecht und schnitt einige Scheiben ab. Der Sims lief an zwei Seiten der Küche entlang. Sein Vater hatte ihn gemauert. Sie nahm den Kessel vom Feuer, schob einen hochfüßigen Rost über die Glut und legte die Brotscheiben darauf. Aus einem anderen Fach der Mauernische holte sie eine tiefe Schüssel, füllte die Suppe ein und stellte sie vor dem Sohn auf den Tisch. Sie legte einen Löffel neben die Schüssel, holte das angeröstete Brot vom Feuer und ließ es schnell auf die Tischplatte fallen.

Iss das dazu, sagte sie, da steht Öl.

Das hatte er vergessen. Nein, nicht vergessen. Daran hatte er nicht mehr gedacht. Wie man die kleine Kanne mit dem Olivenöl langsam über das warme Brot führt, manchmal, wenn man zu ungeschickt ist, das Öl spürt, wie es am Handgelenk herunterläuft, und wie das warme Brot und das Öl schmecken. Daran hatte er nicht mehr gedacht.

Er aß das Brot langsam und mit Genuss und begann erst mit der Suppe, als er die Scheibe ganz aufgegessen hatte.

Seine Mutter saß neben ihm und sah ihm zu. Als er begann, die Suppe zu löffeln, nahm sie auch ein Stück Brot und träufelte Öl darüber. Sie streute Zucker darauf, bevor sie anfing zu essen.

Die Garagentür war offen geblieben. Er konnte sehen, dass die Schatten draußen länger geworden waren. Die dunkelroten Blätter der Chinarose waren beinahe schon schwarz, und die Orangenbäume auf dem Grund der Schlucht waren nicht mehr zu erkennen. Ihm fiel auf, wie still es war. Auch daran hatte er nicht mehr gedacht, an die Stille.

Hast du den Fernseher nicht mehr, fragte er. Er wandte sich der alten Frau zu, die das halbgegessene Brot in der Hand hielt und ihn aufmerksam ansah.

Ist dir zu leise hier, was? Zum ersten Mal lächelte sie. Der Kasten steht nebenan. Es gibt nicht so viel für alte Frauen zu sehen. Du solltest erst schlafen, bevor du ihn anmachst. Du solltest erst schlafen.

Sie stand auf und verließ den Raum. Er sah ihr nach. Sie ging über den Betonplatz vor der Garage, der bis an die Haustür reichte. Sie ging klein, schwarz und leichtfüßig über den grauen Beton, schmaler als die alten Geranientöpfe neben der Haustür und aus irgendeinem Grund zu ihnen gehörend, so, als sei dies alles hier, das Feuer, die Suppe, das Brot, die Schatten draußen und die roten, jetzt schwärzlich aussehenden Blätter nur durch sie lebendig. Er hörte sie im Zimmer neben der Haustür mit sich selbst reden und blieb einfach sitzen. Vielleicht war er wirklich müde. Dann stand sie in der Haustür und winkte ihm zu.

Obwohl sie mich hier nicht sehen kann, dachte er und stand auf, um zu ihr hinüberzugehen. Sie führte ihn in ihr Schlafzimmer, dessen Wände weiß gekalkt waren und auf dessen Boden quadratische, unregelmäßige Steinplatten lagen, die dort waren, seit er sich erinnern konnte. Über der Bettnische an der Wand war noch immer der Draht gespannt, der den weißen Vorhang hielt, den sie jetzt zurückzog. Das Bett in der Nische war schon aufgeklappt. Die weiße, gewebte Decke, die tagsüber darübergedeckt war, lag sorgfältig zusammengefaltet am Fußende.

Und du, wo willst du schlafen, fragte er. Er fühlte sich jetzt wirklich sehr müde, und diese Zeremonie, die sich jedes Mal wiederholte, wenn er längere Zeit nicht da gewesen war, war ihm nicht nur angenehm.

Das andere Zimmer ist noch nicht fertig, sagte sie im Hinausgehen. Morgen bekommst du das andere Zimmer. Mach, was du willst, murmelte er leise, zog seine Sachen aus, die er unordentlich auf den Fußboden fallen ließ, und legte sich in das Bett. Die Laken waren kühl und rochen angenehm. Sie kam wieder herein und begann damit, sein Zeug von den Steinen aufzuheben. Sie faltete es zusammen und legte es auf die Kommode, die an der Wand neben dem Kopfende der Bettnische stand. Außer der Kommode und einem hölzernen Stuhl, dessen Sitz und Rückenlehne aus Binsen geflochten waren, gab es keine Möbel im Zimmer.

Sie sollte wenigstens ein Bild an der Wand haben, dachte Manuel, während er schläfrig zusah, wie sie mit seiner Wäsche hantierte und dann den Stuhl nahm, um sich neben sein Bett zu setzen.
Ich bin wirklich müde, sagte er, aber erzähl ruhig. Ich schlaf bestimmt gleich ein.
Die Mutter setzte sich so, dass sie ihn ansehen konnte. Du wirst ja doch hingehen, sagte sie. Aber geh nicht gleich. Warte ein paar Tage. An der Küste machen sie ein Manöver. Sie hat jetzt keine Zeit für dich.
Lass doch Soledad, Mutter, sagte er schläfrig. Fang endlich an, bevor ich einschlafe.
Ich hab's fast vergessen, sagte die alte Frau. Ihre Augen suchten unruhig im Gesicht des Sohnes, fanden an der Wand über seinem Kopf einen festen Punkt, und leise begann sie zu sprechen.
Es war einmal ein armer Vater, der hatte drei Söhne. Alle drei sammelten Zigarettenkippen und hingen so herum und hatten weder Beruf noch Verdienst. So arm waren sie, dass der Älteste eines Tages zum Vater sagte: Vater, wir wollen unser Glück dort draußen versuchen.
Ihre Augen verließen die Wand. Jetzt hatte sie den Text wieder gefunden. Sie sah auf das Gesicht des Sohnes. Als sie sah, dass er eingeschlafen war, stand sie auf und ging lautlos hinaus.

ICH KONNTE sie nicht ausstehen, von Anfang an nicht. Ihr Mann ist ein großes Tier bei den Nazis gewesen, und sie hat den Dreck von damals bis zum letzten Tag im Kopf gehabt. Da sieht man's doch, sagte Olga. Sie schlug mit der Hand auf eine flache Mappe, die vor ihr auf dem Küchentisch lag. Mir so etwas zu hinterlassen. Die reine Bosheit.
Darf ich mal sehen, fragte Willi vorsichtig.

Olga war sehr wütend. Ja, natürlich, sagte sie, nahm aber die Hand nicht von der Mappe. Und für die habe ich meine Tochter – so eine Unverschämtheit.
Es war eine Weile her, dass Bella eine Reise nach Vorpommern unternommen hatte, um die Tochter der alten Frau zu suchen, die von dort nicht zurückgekommen war. Olga hatte damals, eher unfreiwillig, aber schließlich dann doch, eine Art Vermittlerrolle gespielt. Das hatte ihr von Anfang an leidgetan, denn in dem, was sie ihre politischen Grundsätze nannte, war sie unerbittlich. Aber offensichtlich nicht nur sie allein.
Willi zog die schmale Mappe vorsichtig unter Olgas Hand hervor. Olga stand auf und wandte sich dem Herd zu, um den Tee zu bereiten. Willi schlug die Mappe auf. Es lagen nur drei dünne Zeitungsausschnitte darin, wenige Wochen alt.
Weshalb nehmen Sie eigentlich an, dass die Mappe für Sie bestimmt ist, fragte sie vorsichtig. Es steht kein Name darauf. Auch auf den Ausschnitten steht nichts.
Olgas Rücken verhielt einen Augenblick reglos. Dann wandte sie sich Willi zu. Es war ihr anzusehen, dass ihr gar nicht in den Sinn gekommen war, die Mappe könnte zufällig in ihre Hände geraten sein.
Die Kirchenmaus hat sie mir gebracht, sagte sie.
Die Kirchenmaus war eine Nachbarin, die einen Schlüssel zur Wohnung der Frau gehabt hatte, die Olga die Nazisse nannte. Sie war in die Wohnung gegangen, als sie festgestellt hatte, dass die Nachbarin tagsüber nicht im Treppenhaus zu sehen gewesen war, und hatte sie gefunden. Sie war im Schlaf gestorben.
Sie hat mir gesagt, die Mappe hätte auf dem Stuhl neben dem Bett gelegen und sie hätte sie aufgeschlagen. Das ist natürlich typisch für die Kirchenmaus, überall muss sie ihre spitze Nase hineinstecken. Weil was von Buchenwald dringestanden hat, hätte sie sie mir gegeben.
Also, ehrlich gesagt, ich finde erstens, dass Ihre Nachbarin sich

unmöglich benommen hat. Sie kann doch nicht einfach aus der Wohnung einer Toten etwas mitnehmen. Und zweitens ist natürlich völlig klar, dass die Zeitungsausschnitte nicht für Sie bestimmt waren.

Meinen Sie? Olga dachte einen Augenblick nach. Ist doch völlig egal, sagte sie kurz entschlossen. Wer so einen Dreck ausschneidet und womöglich noch glaubt, dem ist nicht mehr zu helfen.

Da haben Sie in diesem Fall allerdings besonders recht, sagte Willi, auch diesmal vorsichtiger, als es sonst ihre Art war. Sie wusste nicht, wie Olga reagieren würde, und wollte sie nicht noch mehr verärgern. Olga drehte sich um, sah mit zusammengekniffenen Augen auf Willi und begann zu lachen.

Schade, dachte Willi, dass Bella sie jetzt nicht sehen kann. Jedenfalls braucht sie sich keine Sorgen darüber zu machen, dass der Tod der Nachbarin ihr nahegegangen sein könnte.

Wenig später waren beide in ein Gespräch über Buchenwald vertieft und über bestimmte Umstände dort, die Olga aus den Erzählungen ihrer Genossen kannte. Der Öffentlichkeit waren Dokumente zugänglich gemacht worden, die es erlaubten, die Rolle der Kommunisten wesentlich nüchterner zu beurteilen, als das bisher von den Linken getan worden war. Die Schwierigkeit, die Wahrheit zu finden zwischen Legendenbildung, tatsächlichem Geschehen und missgünstiger, von politischen Absichten getragener Geschichtsschreibung, war ein Problem. Es sollte Willi noch beschäftigen, als sie am Abend mit Bella zum Essen ausging.

Olga hatte, um ihre Feststellungen zu untermauern, Jorge Semprún zum Zeugen aufgerufen. Er war in Buchenwald inhaftiert gewesen und hatte sich in seinen Erinnerungen ausführlich mit dem Verhalten der Kommunisten dort befasst.

Er klagt uns nicht an, immerhin der Träger des Friedenspreises des Deutschen Buchhandels, erklärte sie befriedigt. Dann hatte sie das Thema verlassen und war in ihren Erzählungen beim

spanischen Bürgerkrieg, ihrem Lieblingsthema, angekommen. Wieder war es Semprún, auf den sie sich bezog.
Semprún hat unrecht, verkündete sie sehr selbstbewusst. Er behauptet, die Spanier hätten sich entschieden, die Zeit des Bürgerkriegs kollektiv zu verdrängen. Und eines Tages würden sie den Preis dafür zu zahlen haben. Was heißt hier »eines Tages«! Jetzt zahlen sie ihn. Sie zahlen ihn mit ihren Nato-Beiträgen. Wie eine Hammelherde sind sie den sozialdemokratischen Verrätern nachgelaufen. Und was haben sie bekommen? Deutsche Hilfe beim Aufbau einer staatlichen Killertruppe, die jetzt hoffentlich ihrem Präsidenten den Hals brechen wird!
Willi beschloss, auf die mit deutscher Hilfe aufgebaute Killertruppe später noch einmal zurückzukommen. Sie interessierte sich mehr für Olgas eigene Erlebnisse während des spanischen Bürgerkrieges.
Weshalb ist Bella eigentlich in Italien geboren, fragte sie. Sie haben doch ihren Vater im Bürgerkrieg in Spanien getroffen.
Ach, Kind, sagte Olga. Sie schwieg und dachte nach. Es war ihr nicht ganz recht, dass Willi ausgerechnet diese Frage nach ihrer Vergangenheit gestellt hatte. Sie sah sie an, als wollte sie prüfen, ob Willi in der Lage wäre, ihre Antwort zu verstehen.
Gut, sagte sie, ich glaube, es ist richtig, wenn Sie die ganze Wahrheit erfahren. Wäre doch nicht fair, wenn ich mich über unredliche Geschichtsschreibung ereiferte und selbst nicht besser wäre. Sehen Sie, es war so: Aus Moskau war ich weggegangen, weil Freunde mir geraten hatten, mich vor der GPU in Acht zu nehmen. Es herrschten damals ziemlich wilde Sitten dort. Eine Menge Leute verschwanden, man wusste nicht, wohin. Manchmal bekamen die Verwandten Nachricht von ihnen, meistens nicht. Lesen Sie die Achmatowa, mein Kind. Sie beschreibt die Ängste, die die Menschen hatten:

> Sie führten dich fort im Morgengrauen,
> Wie zum Begräbnis folgte ich dir,

Die Kinder weinten im dunklen Zimmer,
Bei den Heiligenbildern tropfte das Licht.
Auf deinen Lippen Ikonenkälte.
Und Todesschweiß auf deiner Stirn.
Ich werde, wie die Strelitzenfrauen,
Heulen unter den Kremltürmen.

Ich muss es leider sagen. Nicht einmal der Name von Bellas Großvater Alexander Block war damals eine Garantie dafür, dass ich unbehelligt bleiben würde. Ich ging jedenfalls nach Spanien. Da wurde die Freiheit Europas verteidigt. Als Kommunistin fühlte ich, dass ich dabei sein sollte. War ja auch richtig, dieser Entschluss. So wunderbare Menschen habe ich kennengelernt. Auch unter den Anarchisten. Bellas Vater – sie schwieg, sehr weich war ihr Gesicht plötzlich, weich und zart und nachdenklich.
Ach was, sagte sie dann, es war eben, wie es war. Weshalb soll ich es verheimlichen. Im Oktober neunzehnhundertachtunddreißig wurden die Internationalen Brigaden nach Hause geschickt. Wir haben das damals nicht begriffen. Wir sollten das spanische Volk allein lassen, jetzt, wo die Gefahr, dass die Faschisten siegten, immer größer wurde? Schon Wochen vorher wurde davon gemunkelt. Ich hab meinen Mund nicht gehalten. Hab ich ja nie. Damals waren aber schon sowjetische Instrukteure in Spanien. Es war denen nicht recht, dass ich so viele Freunde bei den Anarchisten hatte. Und dann reißt sie auch noch den Schnabel auf wegen der Brigaden. Jedenfalls, ehrlich gesagt, ich bin schon ein paar Tage vor der offiziellen Verabschiedung weggegangen. Es tut mir heute noch leid, dass ich nicht dabei war. Ich hatte einen Freund bei den Anarchisten. Dessen Schwester lebte in Neapel. Da haben die mich hingebracht. War eine ziemliche Strapaze, weil wir zu Fuß gehen mussten. Jedenfalls die meiste Zeit. Von oben die Deutschen mit ihren Bomben und von vorn die italienischen Faschisten.

Und ich mit dem Kind im Bauch. Na ja, jedenfalls haben sie mich nicht gekriegt, weder die Faschisten noch die anderen. Und Bella hat's auch nicht geschadet.
Weil Sie von den Anarchisten sprechen – haben Sie den berühmten Durruti gekannt, fragte Willi.
Ja, sagte Olga. Ihr Gesicht war plötzlich sehr verschlossen.
Willi spürte, dass sie nicht weiterfragen durfte. Sie blieb einen Augenblick still. Dann stand sie auf, ging an den niedrigen Tisch, auf dem im Wohnzimmer die Bücher von Peter Weiss lagen, kramte eine Weile zwischen ihnen herum und fand unter Stapeln von Zeitungsausschnitten, die sich dort angesammelt hatten, das Buch, das sie suchte.
Hier, sagte sie, hier steht etwas, wonach ich Sie schon immer fragen wollte. Ist es richtig, dass es für die Männer der Internationalen Brigaden so etwas wie Bordelle gegeben hat, die sie besuchten, bevor sie in den Krieg zogen? Stimmt das? Ich meine, haben die, die für die Freiheit Spaniens kämpfen wollten, dafür die Unfreiheit, die Erniedrigung der Frauen gebraucht?
Sie haben heute ein besonderes Talent, Dinge zu berühren, die schmerzhaft sind, sagte Olga.
Ich wollte nicht –
Das ist in Ordnung, sagte sie, ohne Willis erschrockene Stimme zu beachten. Darüber zu sprechen kann nur nützlich sein, für Sie und für mich. Ich wollte, meine Tochter hätte mich öfter gefragt.
Willi dachte daran, dass Bella ihr erzählt hatte, ihre Mutter habe früher niemals Zeit gehabt, um Fragen zu beantworten. Ihre Arbeit für die Partei ist ihr immer wichtiger gewesen als meine Fragen, hatte Bella gesagt. Sie sprach davon nicht zu Olga. Sie fand, dass es ihr nicht zustand, Olga zu kritisieren.
Um auf Ihre Frage zurückzukommen, sagen wir mal so: Es gab ein paar Sensible unter den Internationalen, die fingen ein Liebesverhältnis an. Oder sie hielten sich an die offizielle Moral. Die war natürlich in Ordnung. Offiziell kämpften sie natürlich

auch für die Befreiung der Frau. Aber was die Wirklichkeit angeht, haben Sie wohl recht. Da war die Auffassung verbreitet, dass die armen Männer, wenn sie in den Krieg ziehen, eben ein Defizit erwarten würde. Und dass Frauen zur Verfügung zu stehen hätten, um dieses schwere Los zu mildern. Daran hat sich ja auch bis heute nichts geändert. Wenn es nicht so furchtbare Konsequenzen hätte, könnte man darüber lachen. Freud sagt, der Sexualtrieb ist weder gut noch böse. Er ist einfach nur primitiv. Wenn sie wüssten, dass sie in ihrer Primitivität durchschaut sind – nein, selbst dann würden sie ihr Verhalten nicht ändern. Es ist ja noch etwas anderes dabei, etwas viel Wichtigeres.

Die Machtfrage, sagte Willi. Das ist mir schon klar. Sie demonstrieren damit Macht.

Ehrlich gesagt, Olga sah Willi aufmerksam an, so, als wisse sie nicht, ob sie sagen solle, was ihr auf der Zunge lag. Aber sie wäre nicht Olga gewesen, wenn sie ihren Bedenken nachgegeben hätte.

Ehrlich gesagt, ich wollte Sie schon immer fragen: Glauben Sie, dass meine Tochter glücklich ist?

Willi lachte so spontan, dass Olga ein wenig unsicher wurde. Entschuldigung, sagte Willi, ich lache nicht über Sie. Es ist nur, das Wort glücklich und Ihre Tochter, das passt so überhaupt nicht zusammen. Bei glücklich denke ich an Brautkleider und weiße Schleier und Röschen im Haar.

Jetzt lachten sie beide. Olga wiederholte die Frage nicht. Sie schenkte Willi noch etwas Tee ein.

Bitte, geben Sie mir doch das kleine Buch, das dort drüben auf dem Tisch liegt, sagte sie, nachdem sie die Kanne abgesetzt hatte. Willi holte das Buch, es enthielt eines der Tagebücher von Peter Weiss, und gab es Olga. Die blätterte darin herum. Olga war im Zusammenhang mit dem Niedergang ihrer Partei von Bella auf Peter Weiss hingewiesen worden und inzwischen seine begeisterte Leserin. Das Buch war sehr zerlesen. An vielen Stel-

len waren die Ecken der Seiten umgeknickt, oben oder unten, je nachdem, auf welcher Hälfte der Seite etwas stand, das Olga beachtenswert erschienen war.
Hier, sagte sie, das wollte ich Ihnen noch vorlesen: »Man meint leicht, daß die Welt politisch so kompliziert sei ... aber das Ganze unterscheidet sich kaum von den Kriegsspielen der Kinder: nur ist es ein Spiel von Banditen, Massenmördern, Psychopathen.« Wie finden Sie das, fragte Olga, aufblickend und mit einem kleinen Triumph in den Augen.
Kommt mir so vor, als hätte es mit der Ideologie, die Ihre Partei vertritt, sehr wenig zu tun, sagte Willi.
Ja, ja, sagte Olga, das Buch beiseitelegend, ich kann mir schon denken, weshalb Bella mit Ihnen so zufrieden ist, dass sie Sie mir nur einen Tag in der Woche gönnt. Ein kluges Kind, wirklich ein kluges Kind.

NIEMAND UNTERRICHTETE die Huren über das bevorstehende Manöver. Mag sein, dass einige besonders bevorzugte schon einige Tage vorher wussten, was an den Küsten zu erwarten war. Die arbeiteten in sicheren Häusern, mit Eingängen, die von Kameras überwacht wurden, und Telefonen, die die Besucher ankündigten: Welchen Grund sollten sie haben, den Schwestern an der Autobahn, im Hinterland, hinter den Stränden und Müllkippen Auskunft zu geben über das Glück, das ihnen bevorstand. Waren sie doch privilegiert und fühlten sich deshalb nicht zugehörig zur großen Schar der Dienerinnen am Wohle des Herren; oder doch zugehörig, aber dazu ausersehen, ganz besonderen Herren ihre Dienste zu erweisen, solchen, die gut zahlten und sich in der Regel gut zu benehmen wussten; die Geschichten zu erzählen verstanden von liebenswerten Ehefrauen, von wohlerzogenen Kindern, von täppischen Soldaten in wichtigen Manövern und die wiederkommen würden,

weil sie mit den an ihnen vollzogenen Diensten zufrieden waren.
Die Nacht war kalt gewesen. Nachts war die Gasflasche leer geworden. Der Ofen war ausgegangen, und die Kälte war zwischen Fenstern und Türen in das Haus eingedrungen. Aber Soledad war nicht von der Kälte wach geworden, sondern von der Stille. Sie lag und lauschte. Keine Geräusche vorüberrasender Autos, nicht der leichte Geruch nach Abgasen, an den sie gewöhnt war. Auch aus dem Raum nebenan kam kein Laut. Ihr fiel ein, dass Mercé sich die Ohren verstopfte, bevor sie schlafen ging. Sie tat das seit einiger Zeit und behauptete, sie könne dann besser schlafen. Soledad glaubte ihr nicht. Sie selbst fürchtete sich vor der Stille. Weiß der Himmel, weshalb Mercé sich die Dinger in die Ohren tat.
Draußen war es immer noch still. Sie setzte sich auf, spürte die Kälte auf ihrer Haut und griff nach dem Morgenmantel. Er lag neben dem Kopfende des Bettes auf einem Stuhl, rot und warm und ordentlich, und sie zog ihn an und band, noch halb sitzend, den Gürtel zusammen. Jedenfalls war sie nicht fett wie Mercé.
Der Steinfußboden hatte die Kälte angenommen. Sie suchte im Halbdunkel nach Pantoffeln, steckte die Füße hinein und verließ das Zimmer. Die Tür zum Raum von Mercé war geschlossen. Außer dieser Tür gab es im Flur zwei weitere Türen, die zum Bad und die zur Küche. Und die Haustür, durch deren Ritzen jetzt die Sonne hereinkam. Es war nicht mehr ganz früh. Im Vorbeigehen sah sie ihr Gesicht und die dunklen Strähnen im Spiegel und fuhr mit den Händen durchs Haar, als wäre ihr Spiegelbild dadurch zu verbessern.
Als sie aus der Tür trat, blendete sie die Sonne. Sie wandte sich ab, wandte der Sonne den Rücken zu und sah die Autobahn entlang, die leer und ungewohnt hell in der Ferne zwischen den Schrottplätzen verschwand. Dort hinten lag auch der Flughafen. Er lag direkt am Meer. Immer bewunderte sie die

silbrig glänzenden Flugzeuge, die so dicht am Wasser landeten, dass man denken konnte, sie stürzten hinein. Jetzt waren keine silbrigen Flugzeuge da, nur ein paar merkwürdig dicke, plumpe Maschinen hingen in der Luft über dem Strand. Man hörte sie nicht. Die Sonne wärmte ihr den Rücken. Sie blieb unbeweglich stehen, hielt nur die Arme und die offenen Handflächen nach hinten, um sich ganz aufzuwärmen. Sie hatten kein Auto, das heißt, sie hatten eins, aber es war kaputt, und es hatte sich noch niemand gefunden, der es reparierte. Der Wagen mit den Gasflaschen kam erst in zwei Tagen. Vielleicht sollte sie sich anziehen und in das Dorf gehen. Vielleicht würde sie dann erfahren, weshalb keine Autos auf der Autobahn waren und was es mit den dicken Flugzeugen auf sich hatte. Nur einen Augenblick wollte sie noch in der Sonne stehen bleiben.
In ihrem Rücken entstand ein ungewohntes Geräusch, ein leises Brummen, das stärker wurde, wenn sie genau hinhörte. Sie wandte sich um. Die Sonne blendete sie. Als sie die Hand schützend über die Augen hielt, sah sie auf der Autobahn etwas Dunkles herankriechen, langsam, und doch sehr schnell lauter werdend. Als ginge eine Bedrohung aus von der dunklen, herankriechenden Masse und dem immer grässlicher werdenden Lärm, stellte sie sich mit dem Rücken eng an die Hauswand.
Zwischen ihrem Haus und der Autobahn lagen etwa dreißig Meter. Neben der Autobahn lief ein dünner Drahtzaun entlang. Ein paar Agaven und halbvertrocknete Kakteen hingen hier und da am Zaun. Es waren Panzer, die da heranrollten, bewegliche Panzer, die im Sand leicht und schnell reagieren konnten. Aus den Luken neben den Geschützrohren sahen Männer auf die Straße, über den Strand an der anderen Seite der Autobahn und auf die wenigen Häuser zwischen den Schrottplätzen. Einer der Männer winkte Soledad zu. Als sie zurückwinkte – seit sie begriffen hatte, dass die Autobahn wegen eines Manövers abgesperrt worden war, hatte sie ihre Angst verloren und lachte –, hoben auch in den nachfolgenden Panzern Männer die Arme

und winkten. Sie riefen ihr etwas zu. An der Bewegung ihrer Münder konnte sie es erkennen. Aber der Lärm der Panzer schluckte die Worte. Nach den Panzern kamen Lastwagen mit Geräten und mit Mannschaften. Jetzt konnte sie die Worte fast verstehen, die die Männer ihr zuriefen. Die Soldaten kamen aus verschiedenen Ländern. Sie hörte französische, deutsche und italienische Wortfetzen. Auch Kastilisch hörte sie, das sie nicht mochte und bei dessen Klang sie die Arme senkte. Dann war die Kolonne vorüber. Am Horizont, auf dem glitzernden Wasser, lagen mehrere Schiffe. Sie lagen da, als lauerten sie auf eine Bewegung am Ufer, auf die sie ihre Geschützrohre richten würden.

Hier war etwas los, das besprochen werden musste. Soledad ging zurück ins Haus, den Rücken noch warm von der Sonne, öffnete, ohne anzuklopfen, die Tür zum Zimmer von Mercé und begann, dort die Vorhänge vor den Fenstern zur Seite zu ziehen. Licht war das beste Mittel, sie aufzuwecken. Als sie sich umwandte, saß die Dicke schon aufrecht im Bett, damit beschäftigt, die Ohrstöpsel zu entfernen. Draußen begann der übliche Autolärm. Soledad sah zum Fenster hinaus. Sie fuhren wieder.

Ich geh eine Zeitung holen, sagte sie. Sieht aus, als wäre da ein Manöver im Gange. Ist vielleicht besser, wir wissen Bescheid.

Bring Kaffee mit, er ist alle, antwortete Mercé, unberührt von der Neuigkeit. Sie war langsam in allem. Vielleicht hatte sie noch nicht begriffen, welche Chancen sich plötzlich aufgetan hatten.

Ohne zu antworten, verschwand Soledad in ihrem Zimmer, zog Hosen an und einen Pullover, kämmte sich vor dem Spiegel, der neben ihrem Bett hing, die Haare, lange, dunkle Haare, mit Wellen, die eher Beulen glichen, und hellen, gespaltenen Spitzen. Ihr Gesicht war blass. Sie hatte große, dunkle Augen, eine schmale, gerade Nase und einen breiten Mund, für den sie keinen Lippenstift brauchte. Sie war schön.

Zeit zum Friseur ist vielleicht noch, murmelte sie vor sich hin.
Geld liegt in der Küche, rief Mercé, die gerade barfuß ins Bad patschte. Soledad nahm Geld aus der Schublade im Küchentisch. Mercé hatte die Tür zum Bad offen gelassen. Sie stand da und betastete die Fettrollen, die sich um ihren Bauch gelegt hatten.
Und Kakao, ich brauch unbedingt Kakao, hörte Soledad sie rufen, bevor sie die Tür hinter sich zuschlug. Mercé trank Unmengen Kakao, drei Kannen mindestens am Tag, und wenn die Nächte lang und anstrengend gewesen waren, tat sie Brandy in den Becher, bevor sie ihn mit dem süßen, dickflüssigen Zeug auffüllte.
Die Autos flitzten wie immer über die Straßen. Einen Augenblick fürchtete Soledad, sie könnte den Abzug der Truppen gesehen haben. Aber sie beruhigte sich schnell. Da drüben lagen die Schiffe. Sie waren gestern noch nicht da gewesen. Und diese Menge von Panzern und Soldaten wäre ihnen bestimmt nicht entgangen. Ihr Weg lief neben der Autobahn her. Bevor sie den Tunnel erreichte, durch den sie auf die andere Seite und ins Dorf gelangen würde, musste sie einen Schrottplatz überqueren. Riesige Berge von zusammengedrückten Autos waren hier gestapelt, Autos in allen Farben, alle in der gleichen, rechteckig-plumpen Form, die die Pressmaschine ihnen gegeben hatte. Zwischen den Wrackteilen turnten Katzen herum. Manchmal hüpften kleine Vögel durch leere, verbogene Fensterhöhlen, Rotkehlchen und Bachstelzen, die dort ihre Nester bauten.
Soledad mochte den Schrottplatz. Er stank nicht und sah schön bunt aus. Außerdem schützte er sie und Mercé vor neugierigen Blicken der Dorfleute. Es war den Kindern verboten, da herumzuturnen. Der Platz war eingezäunt und wurde eigentlich auch bewacht. Der Mann, der ihn bewachen sollte und der auch die Schrottpresse bediente, war aber nicht immer da. Sie hatte noch nicht herausbekommen, wann er arbeitete und wann

nicht. Er kam manchmal vorbei, um mit ihnen einen Kaffee zu trinken; ein älterer Mann, sehr groß, vielleicht kam er aus dem Norden. Er hatte nur ein Auge. Das andere hatte er bei einer Messerstecherei eingebüßt. So sagte er jedenfalls. Aber Mercé meinte, er sei kein Messerstecher. Sie kenne welche, und die seien ganz anders, mehr – sie hatte lange nach einem Wort gesucht, es war ihr dann nur »schnell« eingefallen.
Schnell war der Mann auf dem Schrottplatz nicht. Da musste Soledad ihr recht geben. Heute schien er nicht da zu sein. Seine Bretterbude war verschlossen. Im Super standen zwei schwarzgekleidete Frauen in der Nähe der Tür, die bei Soledads Eintritt zur Seite traten, um sie vorzulassen. Sie traten natürlich zur Seite, um zu zeigen, dass sie mit so einer nichts zu tun haben wollten. Soledad waren die Frauen egal. Sie kaufte Brot, Kaffee, Kakao und bestellte Bier und Cola und Brandy. Die Getränke würde der Mann der Ladenbesitzerin am Nachmittag vorbeibringen. Schon im Hinausgehen konnte sie hören, wie die Frauen hinter ihr über sie herzuziehen begannen. Sie ging schneller, hielt die Zeitung in der Hand und schlug sie erst auf, als sie durch den Tunnel gegangen und auf der anderen Seite angekommen war. Dann sah sie, dass die Tür zur Bude am Schrottplatz offen stand. Sie steckte die Zeitung in die Plastiktüte zu den anderen Sachen. Vielleicht brauchte sie gar nicht zu suchen. Vielleicht wusste Ramón Bescheid.
Was ist mir dir los, wer hat dich so früh aus dem Bett geholt, sagte er, als sie in der Tür stand. Er hantierte am Gaskocher herum und wandte ihr den Rücken zu. Er musste sie durchs Fenster gesehen haben. Auf den Holztisch, auf dem Papier und Stempel herumlagen, hatte er ein frisches Weißbrot und irgendetwas in Papier Eingewickeltes gelegt. Auch ein Glas mit Pulverkaffee und ein Becher standen dort.
Es ist wegen der Soldaten, sagte Soledad. Ich dachte, du wüsstest vielleicht Bescheid, Ramón.
Der Mann wandte sich um. Was willst du wissen, Sole, fragte

er. Sein Gesicht war völlig ausdruckslos. Trotzdem schien es Soledad, als ob er lache. Das liegt an dem verdammten Auge, dachte sie. Immer kneift er das tote Auge zusammen, und dann denkt man, er lacht.
Ich will wissen, wie lange sie bleiben. Was tun die überhaupt hier?
Ramón hatte sich wieder dem Kocher zugewandt. Kann dir doch egal sein, was die hier tun.
Soledad ärgerte sich. Na klar, sagte sie, Hauptsache, du weißt Bescheid. Hauptsache, ihr wisst immer, wo's langgeht. Unsereiner ist nur für die andern Sachen gut.
Beruhige dich, Kleine, sagte Ramón. Er ging an den Tisch und goss heißes Wasser auf das Kaffeepulver.
Willst du auch einen? Soledad antwortete nicht. Sie stand wütend und unschlüssig an der Tür.
Ramón setzte sich und sah sie an. Ist ein Manöver.
Ach nee, sagte Soledad, sollte man nicht annehmen. Gib mir 'n Kaffee.
Nimm dir selbst, sagte er. Sie nennen es Tramontana 94. Unsere heißen Iris.
Wieso unsere? Soledad erinnerte sich an die unterschiedlichen Sprachen der Männer auf den Panzern. Unsere sind auch Italiener und Franzosen. Die da draußen auf den Schiffen sind Engländer und Holländer. Ein paar Deutsche sind auch dazwischen. Eurocorps. Sie retten uns, das heißt, sie retten die Spanier, die drüben in Bedrängnis geraten sind.
Wieso, fragte Soledad, das versteh ich nicht. Wer bedrängt die denn?
Braun und Schwarz, antwortete Ramón. Denk nicht weiter darüber nach. Sie spielen es nur.
Sie sollten lieber was gegen die Marokkaner machen, die hier dauernd rüberkommen, sagte Soledad. In der Zeitung ist schon wieder ein Foto. Zehn Leute, in einem ganz kleinen Boot. Mit Kindern.

So, sagte Ramón, meinst du? Er schwieg einen Augenblick und schlürfte seinen Kaffee. Was du wissen willst, ist, wie lange die Soldaten bleiben und ob sie abends freihaben, stimmt's?
Soledad lachte. Du hast es erfasst, sagte sie. Und? Weißt du was?
Ob sie abends freihaben, das müsst ihr schon selber rauskriegen. Davon hab ich keine Ahnung. Das Manöver läuft über drei Tage. Heute ist der erste Tag. Sie haben wohl ganz früh angefangen.
Allerdings, das kann man sagen, erklärte Soledad, während sie aufstand. Sie sagte es ganz ernsthaft, in einem Ton, als wolle sie den Soldaten Anerkennung dafür aussprechen, dass sie früh aufgestanden und ihrer Pflicht nachgekommen waren.
Ich geh dann, sagte sie. Mercé wartet auf den Kakao. Und danke für die Auskunft. Sie kniff Ramón in die Wange, während sie an ihm vorüber zur Tür ging.
Ramón wandte sich zum Fenster und sah ihr nach, bis sie zwischen den Schrotthügeln verschwunden war. Er fand, dass sie langsam ging, so, als dächte sie über etwas nach, das ihre ganze Aufmerksamkeit beanspruchte.
Mercé hatte noch einen Rest Kakao gefunden. Sie saß in der Küche, trank und sah ein Werbeprogramm. Ein sehr schnell und sehr laut sprechender Mann pries das Schlankheitsprodukt einer amerikanischen Firma an. Er tat so, als mache er Interviews mit sehr dicken Leuten, die er ein zweites Mal interviewte, nachdem sie plötzlich schlank geworden waren. Soledad kannte die Werbung. Sie lief immer am Vormittag, und Mercé sah sie, während sie ihren ersten Kakao trank. Soledad packte das Brot auf den Tisch und hantierte schweigend am Herd.
Du warst lange weg, sagte Mercé. Sie sprach in den Fernseher, aber laut genug, dass Soledad den fragenden Ton in ihrer Stimme hören konnte.
Ich hab mich informiert, sagte sie. Außerdem hab ich Nach-

schub bestellt. Da ist fast kein Bier mehr. Die Cola ist ganz alle.
Und Brandy?
Brandy auch, antwortete Soledad, während sie mit einem Becher Kaffee zum Fernsehgerät ging und es ausschaltete. Sie setzte sich an den Tisch. Mercé war daran gewöhnt, dass Soledad manchmal merkwürdige Sachen machte. Außerdem kannte sie das Programm. Und wenn sie es sehen wollte, brauchte sie nur morgen wieder anzuschalten. Sie wartete, sah in ihre Tasse, stellte fest, dass sie leer war, und erhob sich schwerfällig.
Bleib sitzen, sagte Soledad. Ich hab mir was überlegt. Ich geh an den Strand. Die Häuser da vorn stehen leer. Ich nehm einen von diesen Engländerschuppen. Nur für ein paar Tage, sagte sie noch, nach einem Blick in Mercés Gesicht.
Und ich? Wie willst du da überhaupt reinkommen? Ich geh mit, sagte Mercé. Sie gab sich einen Ruck, um aufzustehen, vielleicht, um sich anzuziehen, vielleicht auch nur, um neuen Kakao zu kochen.
Ich geh allein. Das ist mir zu riskant. Zwei fallen auf. Allein kann ich besser abhauen, wenn irgendwas auffällt. Ich kann sagen, ich bin die Putzfrau. Zu zweit geht das nicht.
Mercé war auf den Stuhl zurückgesackt. Wieso willst du überhaupt hin, sagte sie. Sie sah plötzlich misstrauisch aus. Wir haben es doch gut hier. Die werden uns schon finden, wenn sie uns brauchen. Bisher hat uns noch jeder gefunden. Außerdem kommt heute dein Tomatenbauer.
Ich weiß nicht, sagte Soledad. Ich hab's mir nun mal vorgenommen. Es war ihr selbst nicht ganz klar, weshalb einer der Bungalows am Strand ihr geeigneter erschien, um die Soldaten zu empfangen. Vielleicht, weil so viele Ausländer dabei waren, von denen sie annahm, sie seien eine bessere Umgebung gewöhnt.
Vielleicht fürchtete sie auch, die Soldaten würden die Hütte jenseits der Autobahn nicht früh genug entdecken; sie würden

abziehen, bevor sie sich an ihnen vergnügt und ihr Geld ausgegeben hätten. Aber diese Soldaten bedeuteten Geld. Vielleicht sogar ausländisches Geld, neue, fremde Scheine, die sie in eine der Banken tragen konnte, an deren Wänden die leuchtenden Schilder angebracht waren: CHANGE CAMBIO EXCHANGE WECHSEL.

Den Tomatenkönig kannst du haben, sagte sie großzügig. Ich glaub, der wollte schon immer mal zu dir. Das stimmte nicht, sie wusste es. Aber wenn sie nicht da wäre, würde er mit Mercé vorliebnehmen. Sie wusste auch, dass Mercé sie um die regelmäßige Einnahme beneidete. Der Mann war freundlich und nie betrunken. Ein angenehmer Gast. Sie sah, dass Mercé noch immer nicht überzeugt war.

Wenn du willst, kannst du mein Zimmer für zwei Nächte vermieten. Wenn du nicht allein arbeiten willst. Aber kümmern musst du dich selbst. Ich hab genug zu tun.

Was willst du denn machen, fragte Mercé. Ihre Stimme klang ein bisschen weinerlich, aber es schien, als habe sie sich in ihr Schicksal gefügt.

Erst mal muss ich das passende Haus suchen. Dann muss ich die Haare eindrehen, ein paar Sachen einpacken, das Zeug rübertragen. Ich kann doch das Bier nicht am Bungalow auffahren lassen, oder? Soledad lachte. Sie spürte, dass sie gewonnen hatte. Ihre Idee gefiel ihr immer besser.

Einbrechen musst du, das willst du sagen. Mercés Stimme klang immer noch weinerlich.

Und du, sagte Soledad fröhlich, du könntest deine Haare auch mal wieder in Ordnung bringen. Der Tomatenkönig liebt seidige, blonde Haare. Hat er mir selbst gesagt. Ein bisschen Farbe könnte nicht schaden. Deine Ansätze sind schon ziemlich deutlich.

Sie stand vom Tisch auf, schaltete das Fernsehgerät wieder an und ging hinaus, bevor Mercé ihr weiter Vorhaltungen machen konnte. In ihrem Zimmer sah sie sich um. Sie sah nichts, das

sich gelohnt hätte einzupacken, außer der Schachtel mit den Kondomen, die auf der Kommode unter dem Fenster stand. In der Schachtel waren einmal Pralinés gewesen. Sie war rot und golden, mit einer kleinen nackten, aufrecht stehenden Tänzerin auf dem Deckel, der vom häufigen Anfassen die Gesichtszüge verwischt worden waren. Die Schachtel und die Tasche mit den Schminksachen würde sie hinüberbringen, sobald sie wüsste, welches Haus sie nehmen würde. Diese Häuser waren bestimmt gut eingerichtet. Am besten, sie suchte sich jetzt gleich eins aus. Soledad ließ einen letzten Blick durch das Zimmer wandern. Na ja, war wirklich keine schlechte Idee, denen etwas Besseres zu bieten. Im Flur hörte sie Mercé im Badezimmer schimpfen. Aus der Leitung kam kein Wasser.
Ich hör mich mal um, rief Soledad in den Lärm, den der Fernseher und die Stimme von Mercé zusammen produzierten. Sie werden das Wasser schon wieder anstellen. Bis nachher.
Die Leute im Dorf hatten erzählt, dass die Engländer eine eigene Wasserversorgung hätten. Angeblich würde bei denen das Wasser nie abgestellt. Sie wusste nicht, ob daran etwas Richtiges war. Sie hatte nur einmal gesehen, dass auf einem Golfplatz in der Nähe die Rasensprenger liefen, obwohl bei ihnen zur gleichen Zeit das Wasser abgestellt war. Man würde ja sehen. Vielleicht nahm sie ein Schaumbad, während Mercé ihren Kunden die Waschschüssel mit Wasser aus dem Kanister füllen musste.
Um an den Strand zu kommen, musste sie den gleichen Weg nehmen wie am Morgen. Sie ging schnell zwischen den Wrackhalden hindurch, sah nicht hinüber zur Bude von Ramón und ging erst langsamer, als sie die Autobahn unterquert hatte und das Dorf erreichte. Es war jetzt angenehm warm. Uralte Frauen in dicken schwarzen Kleidern saßen klein und zerbrechlich vor den Häusern in der Sonne. Sie hatten zahnlose Münder und böse kleine Augen. Ihre Körper waren so gebrechlich, dass man sie wohl mit dem Stuhl an die Hauswand getragen hatte. Ihre Hälse bewegten sie wie Schildkröten. Sie drehten die Köpfe,

folgten Soledad mit ihren Blicken und murmelten zahnlos giftige Worte. Sie beeilte sich, an den Alten vorbeizukommen, die man aus der Kälte der ungeheizten Häuser in die Sonne gesetzt hatte, damit wenigstens in der Mittagszeit ihr lautes Stöhnen unterbrochen wurde. Die letzte in der Reihe hielt ihren Kopf gesenkt. Jemand hatte ihr ein weißes Handtuch darübergelegt, so dass sie Soledad nicht gesehen haben konnte. Reglos und in sich zusammengesunken saß sie da. Soledad machte ihre Schritte leicht. Und doch hob die Alte den Kopf, als sie an ihr vorüberging. Ein harter Blick schoss unter dem Handtuch hervor, und böse Worte folgten ihr. Soledad bekreuzigte sich. Immer schon saßen die alten Frauen in der Sonne an den Häuserwänden. Auch sie würde eines Tages so dasitzen. Hoffentlich war es da noch lange hin.
Hinter dem Dorf lag ein steiniger Acker, und die wenigen Gräser und Pflanzen darauf waren verdorrt und von einer weißen Staubschicht bedeckt. Danach begann übergangslos der Strand. Er war breit und mit Abfall übersät, aber der Sand leuchtete weiß in der Sonne. Vorn, wo die Wellen das Ufer trafen, lagen ein paar Schlauchboote. Uniformierte Männer standen daneben, nicht sehr viele. Vielleicht kamen die anderen noch, oder dies war kein wichtiger Teil der Übung.
Entsetzt, bei dem Gedanken, nicht an der richtigen Stelle ihren Arbeitsplatz aufzuschlagen, blieb sie einen Augenblick stehen. Ach was, wenn sie freihaben, gehen sie auch ein Stückchen weiter. Als sie bemerkte, dass die Männer zu ihr herübersahen, ging sie weiter, schwenkte ihren Hintern herausfordernd und winkte den Soldaten zu. Als einer von ihnen die Hand hob, um zurückzuwinken, zeigte sie auf die Kette von weißen, mit Bougainvilleen bewachsenen Bungalows, die ein paar hundert Meter weiter begann. Sie wandte sich nicht noch einmal um, sondern ging hüftschwenkend und sicher, dass ihre Gesten verstanden worden waren, auf die Häuser zu.

IN DER NACHT kam Sturm auf, aber Manuel schlief so fest, dass er das Heulen des Windes und die an das Haus peitschenden Palmenzweige nicht hörte. Die alte Frau war noch nicht ganz eingeschlafen, als der Sturm begann. Sie stand wieder auf, zog Strümpfe und Pantoffeln an und schob mit aller Kraft die Tür auf, gegen die der Wind drückte. Ihr Nachthemd blähte sich im Sturm. Der Sturm war nicht kalt. Draußen war es hell. Nur manchmal bedeckten Wolkenfetzen den Mond.

Der Platz vor dem Haus war hell genug, so dass sie sehen konnte, was der Wind angerichtet hatte. Sie fand ihren Stuhl hinter der niedrigen Mauer des Vorgartens. Der Boden dort war hart und rissig. Als sie den Stuhl über die Mauer zog, erfasste sie der Wind zusammen mit dem Stuhl und drückte sie gegen die Hauswand. Sie versuchte, die Haustür zu öffnen, ohne sie gegen die Wand schlagen zu lassen. Sie wollte den Sohn nicht wecken. Das war schwierig, denn wenn sie den Stuhl losließe, würde der Wind ihn wieder mit sich fortreißen. Aber schließlich schaffte sie es. Eine Weile blieb sie in der dunklen Diele stehen, um Luft zu schöpfen, nur hin und wieder beleuchtet von dem am Himmel rasenden Mond.

Als sie sich ein wenig erholt hatte, spürte sie die Kälte des Steinbodens unter ihren Fußsohlen. Beim Kampf mit dem Wind hatte sie ihre Pantoffeln verloren. Sie holte tief Luft, bevor sie sich noch einmal mit aller Kraft gegen die Haustür stemmte. Der Wind wollte sie nicht hinauslassen. Schließlich gelang es ihr, die Tür einen Spalt weit zu öffnen. Der Wind riss sie ihr aus den Händen. Laut knallend schlug sie gegen die Hauswand. Die alte Frau stellte sich mit dem Rücken gegen die Tür, drückte sie an die Wand und blieb so stehen. Der warme Wind blähte ihr Nachthemd auf wie ein weißes Segel.

Der Beton vor dem Haus war leergefegt. Die Pantoffeln waren verloren. Auch die Geranientöpfe, die auf der Mauer des Vorgartens gestanden hatten, waren verschwunden. Plötzlich wurde ihr das Heulen des Windes bewusst und die Gewalt, mit der er die Haustür aufgedrückt hatte. Der Sturm würde sie mitreißen, wenn sie sich bewegte. Eng an die offene Haustür gedrückt, verhielt sie sich still und versuchte, dem Wind keine Angriffsfläche zu bieten. Als ob er sich rächen wollte, fuhr er in die Diele und riss irgendwas herunter, das auf dem Fußboden zersprang. Die Tür durfte nicht länger offen bleiben, aber sie war sicher, dass sie es nicht noch einmal schaffen würde, sie geräuschlos zu schließen. Sie wollte einen günstigen Augenblick abwarten, einen jener kleinen Momente, die sie schon bemerkt hatte, in denen der Wind Luft holte, um dann mit noch größerer Kraft heranzukommen. Sie stand an die Tür gedrückt, das Nachthemd gebläht, jetzt doch langsam kalt werdend. Schließlich passte sie eine winzige Pause ab, griff die Tür und stürzte beinahe damit in die Diele. Es gelang ihr nicht zu verhindern, dass die Tür mit einem sehr lauten Knall ins Schloss flog.

Zitternd vor Anstrengung – und jetzt auch vor Kälte –, blieb sie stehen. Sie wartete, lauschte – Manuel war nicht wach geworden. Der Sturm hatte den bunten Porzellanrahmen zu Boden geschleudert, in dem ein Foto ihrer Eltern und ein kleines Passfoto ihres Mannes gesteckt hatten. In einem kurzen Augenblick, in dem der Mond von den Wolken freigegeben wurde, sah sie die verstreuten Scherben des Rahmens und das Passfoto auf dem Boden liegen. Sollte es liegen bleiben bis morgen früh. Sie würde zurück ins Bett gehen. Sie behielt die Strümpfe an und kroch unter die Decke. Das Bett war beinahe schon kalt geworden. Bis über die Schultern darin verborgen, blieb sie lange so liegen und hörte auf den um das Haus rasenden Wind.

Als Manuel wach wurde, hantierte sie in der Küche. Draußen war es hell. Die peitschenden Palmenzweige vor dem Fenster und das laute Heulen der Sturmböen überraschten ihn. Sie ließen ihn die Wärme des Bettes und die ruhige Kargheit des Schlafraums als besonders angenehm empfinden. Er lag da, sah zum Fenster hinaus und fühlte sich wohl.

Als die alte Frau in der Tür erschien, nahm er die Hände unter der Bettdecke hervor.
Ich hab Hunger, sagte er.
Sie nickte und verschwand so lautlos, wie sie gekommen war.
Das Haupthaus hatte eine zweite Küche. Die Möbel, die darin standen, hatte der Vater getischlert. Es gab einen Gasherd und einen Kühlschrank. Die alte Frau benutzte diese Küche nicht oft. Wenn sie allein war, arbeitete sie an der Feuerstelle hinter der Garagentür. Dort, auf der offenen Feuerstelle unter dem gekalkten Abzug, hatte schon ihre Mutter gekocht. Sie wäre auch heute über den Betonplatz in die alte Küche gegangen, wenn der Sturm es zugelassen hätte. Manuel war es gleich, wo sie ihm den Kaffee vorsetzte und das geröstete, mit Öl beträufelte Brot.
Während er frühstückte, sprachen sie wenig miteinander. Ein paar Worte über den Sturm. Die Frage, die die Mutter interessierte: Wie lange würde der Sohn diesmal zu Hause sein, blieb unausgesprochen. Nach dem Frühstück war es zwölf Uhr. Wie in der Nacht der Mond, so schien jetzt mitunter eine grelle Sonne durch die graue, hohe Wolkendecke, in die der Sturm ovale Löcher riss. Er hatte sich nicht beruhigt. Die Palmen und die Eukalyptusbäume am Rand der Schlucht bogen sich noch tiefer. Das Haus der alten Frau war das letzte im Dorf und lag ungeschützter da als die anderen Häuser. Aber es würde nicht in die Schlucht wehen, denn seine Mauern waren dick und die schräg gegeneinandergesetzten Dächer der Würfel, aus denen es zusammengefügt war, waren beinahe flach und fest gedeckt.
Als Manuel das Haus verließ, um ins Dorf zu gehen, griff der Wind hinter die Mauer des Vorgartens und bog die Rosenbüsche so tief auf den Boden, dass man meinen konnte, er hätte auch die Kraft, die Mauer aus dem Fundament zu reißen. Manuel ging schnell, vom Wind getrieben, mit flatternden Hosenbeinen, die Hände in die Taschen seiner Jacke gesteckt. Die alte Frau verzichtete darauf, ihm nachzusehen. Sie hatte das Spiel, das der

Wind in der Nacht mit ihr getrieben hatte, noch nicht vergessen.
Unterwegs begegnete Manuel niemandem, und auch die Bar war leer, obwohl sich sonst um diese Zeit die alten Männer dort aufhielten. Der große, gekachelte Raum wirkte öde. Tische und Stühle waren gestapelt und an den Wänden entlang zusammengestellt worden. Nur zwei Tische standen noch da, unter dem Fernseher, und ein paar Stühle darum herum. Hier drinnen war es kalt und trotz der hin und wieder durch die Wolken schießenden Sonne beinahe dämmerig. Manuel sah, dass der Telefonapparat wie immer an der Wand hing.
Er wartete. Es dauerte lange, bis ein verwachsener Mann unbestimmbaren Alters aus der Tür kam, die zur Küche hinter dem Tresen führte. Der Mann hielt einen Teller mit gebratenen Sardinen in der Hand. Ein Geruch nach Fisch und Öl umgab ihn. Als er sah, dass jemand am Tresen stand, verzog er unfreundlich das Gesicht. Er stellte den Teller auf einen Tisch unter dem Fernseher, schaltete das Gerät an und kam erst dann hinter den Tresen, um schweigend auf Manuels Bestellung zu warten.
Kennst mich wohl nicht mehr, sagte Manuel mit unbewegtem Gesicht und sah dabei sein Gegenüber an.
Mit dem Wirt ging eine Veränderung vor. Ihm war anzusehen, dass er sich erinnerte. So etwas wie eine kleine Furcht, eine Art Erschrecken, das er nicht kontrollieren konnte, war in seinem Gesicht erschienen. Er nickte und zeigte mit dem Kopf zur Seite.
Das Telefon hängt da, sagte er, was willst du trinken? Manuel sah ihn immer noch an. Aber der Mann hatte sein Gesicht jetzt unter Kontrolle.
Gib mir einen Roten, sagte er. Solchen Sturm hattet ihr wohl lange nicht, oder?
Nein, sagte der Mann hinter dem Tresen, lange nicht. Er schob das Glas mit dem Rotwein über das blankgescheuerte Holz und

wandte sich zögernd ab. Er hätte gern angefangen zu essen, aber er war nicht sicher, ob der Gast damit einverstanden wäre.
Willst du was essen, fragte er, immer noch abgewandt und zögernd.
Kommt darauf an, was da ist, sagte Manuel. Er trank das kleine Glas in einem Zug leer.
Fisch, antwortete der Wirt, und Schinken.
Schinken ist gut, sagte Manuel. Ich hoffe, er ist gut.
Der Mann verschwand in der Küche. Er kam mit einem Teller und Besteck zurück, das er in eine Papierserviette eingewickelt hatte.
Erst jetzt sah Manuel am Ende des Tresens das hölzerne Gestell mit dem darin festgeklemmten Schweinebein. Dunkel, fast schwarz, beinahe elegant in ihrer Schmalheit stand die getrocknete Schweinepfote am Ende des Schinkens in die Höhe. Der Wirt begann, mit einem scharfen Messer Schinkenscheiben abzusäbeln und sie rundherum auf dem Teller auszulegen. Er vermied es, Manuel anzusehen. Als er fertig war, ging er in die Küche und kam mit einem Stück Brot zurück, das er mit demselben Messer in Scheiben schnitt und in eine kleine Schale legte. Er stellte den Teller mit den Schinkenscheiben und das Brot auf den Tresen, setzte eine Tonschale mit ungeschälten Knoblauchzehen daneben und ging, noch immer ohne Manuel angesehen zu haben, an den Tisch, auf dem er die Sardinen abgestellt hatte.
Und, sagte Manuel in seinem Rücken, kriege ich nichts mehr zu trinken?
Wortlos kam er zurück und füllte das Glas wieder. Ein Windstoß schob den Metallvorhang in die Bar. Mit lautem Klappern fielen die Stränge gegen den Türrahmen.
Für dich auch, sagte Manuel.
Der Wirt wagte nicht zu widersprechen. Manuel nahm seinen Teller und das Glas und ging hinter ihm her zu dem Tisch, auf dem der Teller mit den Sardinen stand. Er setzte sich, das Fern-

sehgerät im Rücken, und begann zu essen. Er schob die Schinkenscheiben ganz in den Mund und aß erst vom Brot, wenn er eine Scheibe hinuntergeschluckt hatte. Hin und wieder sah er den Wirt an, der seine Blicke nicht erwiderte. Er sah auf den Bildschirm und griff mit der Rechten, ohne hinzusehen, in den Sardinenberg, der langsam kleiner wurde.
Wenn man lange weg war, sagte Manuel, will man hören, was inzwischen passiert ist.
Der Wirt tat, als hätte er ihn nicht gehört.
Das Telefon klingelte, und er stand auf und ging durch den kahlen Raum an die gegenüberliegende Wand. Er lehnte sich seitlich gegen die Wand und nahm den Hörer ab. Deutlich waren auf seiner Brust und im Rücken hervorstehende Höcker zu sehen. Seine Beine waren dünner als bei Männern üblich. Sie wirkten beinahe wie Kinderbeine.
Für dich, sagte er, nachdem er einen Augenblick gelauscht hatte. Er wartete nicht, bis Manuel ihm den Hörer aus der Hand nahm. Er ließ ihn an der Wand herunterbaumeln, wo er leicht anschlug und dann still hing, bis Manuel ihn in die Hand nahm. Er hatte dem Höckrigen zugelächelt, als er an ihm vorbei zum Telefon gegangen war. Es war das erste Mal, dass er lächelte, aber der Wirt wusste die Auszeichnung nicht zu schätzen. Er ging schnell an den Tisch zurück, nahm den halb leergegessenen Teller und verschwand damit in der Küche.
Manuel beachtete ihn nicht. Er hatte sich am Telefon gemeldet und hörte still und aufmerksam zu. Er hörte zu, ohne das Gesicht zu verziehen oder seine Haltung zu ändern. Schließlich hängte er den Hörer ein. Seine Auftraggeber waren mit ihm zufrieden. Der Auftrag, der ihn in diese Gegend geführt hatte, würde noch ein paar Tage auf sich warten lassen. Manuel war froh darüber. So würde er Zeit haben, Soledad zu besuchen.
Einen Augenblick blieb er neben der Wand stehen, ohne sich zu rühren. An der Tür schlugen die Metallbänder des Vorhangs noch immer heftig gegen den Rahmen. Er ging an den

Tresen, zog Geld aus der Hosentasche und legte es hin. Es war mehr Geld, als der Schinken und der Rotwein kosteten. Ohne auf den Wirt und das Wechselgeld zu warten, verließ er die Bar. Der Wind blies ihm auf seinem Weg nach Hause entgegen.

Willst mich abhalten, dachte er und ging vornübergebeugt und langsam die Dorfstraße entlang zurück. Seine schwarzen Kleider drückten sich eng an seine Glieder. Er war sehr dünn.

Die Mutter sah ihn kommen. Sie hatte aus dem Fenster gesehen und dem Toben des Windes zugehört. Jetzt begann sie, in der Küche hin und her zu laufen. Natürlich hatte er Hunger. Er musste doch Hunger haben, dünn wie er war.

Manuel suchte nach dem Fernsehgerät. Er fand es in einem Zimmer im oberen Stockwerk, das leer war. Sie hatten es benutzt, als Sole und er klein gewesen waren. Ein verstaubter Schaukelstuhl stand noch dort. Die Zimmerdecke war nicht verputzt. Dachziegel und Balken waren zu sehen. Aber es gab einen Stromanschluss, und der Fernseher funktionierte. Er stellte ihn laut, um das Heulen des Windes zu übertönen, setzte sich in den Schaukelstuhl und blieb dort sitzen, bis es dunkel wurde. Die alte Frau versorgte ihn mit Essen und Trinken. Gegen Abend, als er hinunterkam, stand sie in der Küche und rührte in einer Schüssel.

Ich geh dann, sagte er. Lass die Tür offen, dass ich rein kann, wenn ich zurück bin.

Sie sah ihn an. Die Tür ist immer offen, sagte sie. Man muss sie nicht abschließen. Hier muss man sie nicht abschließen.

SOLEDAD HATTE ein Haus gefunden, bevor der Sturm gekommen war. Es war das zweite Haus, gleich vorn in der ersten Reihe zum Strand hin. Hineinzukommen war sehr einfach gewesen. Sie wusste, dass die Häuser für die Touristen nicht gut gebaut waren. Das Holz, das für die Fenster und Türen verwendet wurde, war frisch und trocknete in der Hitze des Sommers schnell aus. Es zog sich zusammen, und zwischen Rahmen und Türen oder Fenstern entstanden Ritzen, manchmal so breit, dass man eine Zeitung hineinstecken konnte. Die Schlösser fassten dann nicht mehr richtig. Wenn man kräftig zog, war es möglich, eine Terrassentür oder ein Fenster zu öffnen. Gleich beim zweiten Haus war die rückwärtige Tür, als sie daran rüttelte, aufgesprungen, als wäre sie nicht abgeschlossen gewesen. Im Haus war es dunkel. Nur durch die Ritzen der hölzernen Jalousien drang ein wenig Licht, so dass sie einen Schalter finden konnte. Das Licht ging nicht an. Es war umständlicher und dauerte länger, Streichhölzer zu suchen und die Hauptsicherung einzuschalten, als in das Haus hineinzukommen. Schließlich fand sie in der Küche ein Schlüsselbrett mit Schlüsseln für alle Räume, auch für einen Nebenraum, in dem Geräte untergebracht waren. Dort an der Wand hing auch der Sicherungskasten. Endlich wurde es hell, und sie betrachtete das Reich, das sie für ein paar Tage bewohnen würde. Sie war zufrieden. Es sah edel aus. Sie würde einen Salon haben mit Sofa und Sesseln vor dem Kamin und kleinen Tischchen, auf denen die Kunden Getränke abstellen könnten, während sie warteten. Es gab ein Radio und ein Fernsehgerät. Sie probierte den großen Kühlschrank aus. Er sprang sofort an, als sie den Stecker in die Steckdose steckte. Das Schlafzimmer war groß, größer als ihr Zimmer in dem Haus an der Autobahn. Es stand ein breites Bett darin, leider nicht bezogen, und eine hübsche, kleine Kommode mit einem Spiegel in breitem weißem Korbgeflecht. Die Lampe über dem Spiegel und die Nachttischlampen hatten weiße Schirme. Sie dämpften das Licht zu wenig. Es würde sich gut machen, wenn sie ein paar bunte Tücher mitbrächte, um sie darüberzuhängen.

Natürlich waren genug Gläser in den Küchenschränken. Sie brauchte nicht nachzusehen. Aber sie tat es trotzdem und stand

vor den Reihen einfacher Weingläser, Biergläser, Schnapsgläser, Wassergläser wie eine Braut, die zum letzten Mal, bevor sie zur Trauung in die Kirche fährt, die Aussteuer mustert, die sie mit in die Ehe bringen wird und von der sie annimmt, dass sie größer, schöner und teurer ist als die ihrer Freundin, die vor ihr geheiratet hat.
Einen Augenblick dachte sie daran, Mercé zu fragen, ob sie mitkommen und für die Bedienung der Herren sorgen wolle. Aber sie verwarf den Gedanken wieder. Mercé würde nicht umsonst arbeiten wollen. Sie würde ihr den ausgefallenen Verdienst vorrechnen. Allein der Tomatenkönig zahlte zweitausend Peseten. Soledad hatte keine Lust, ihr schwerverdientes Geld zu teilen. Denn schwer verdient würde es sein, das war ihr klar.
Sie ging noch einmal ins Schlafzimmer und sah in den Spiegel. Auf keinen Fall durfte sie die Tücher vergessen. In dem hellen Licht sah sie blass aus und hatte dunkle Ringe unter den Augen. Ich seh ja aus wie Manuel, dachte sie, halb entsetzt und halb belustigt. Auf jeden Fall sieht man, dass ich vierzig bin. Mit Schminke und dem anderen Licht, das wird gehen. Der Rest ist ja, Gott sei Dank, noch in Ordnung.
Mit einem Blick auf ihre Figur im Spiegel verließ sie das Schlafzimmer und schaltete das Licht aus. Sie ging langsam durch den Salon, fuhr mit der Hand über die breiten, mit geblümtem Leinenimitat bezogenen Lehnen der Sessel, wischte mit dem Finger über den Sims am Kamin. Ein bisschen Lauferei würde es schon noch kosten, alles bis zum Abend nach ihren Vorstellungen herzurichten. Lauferei, mehr nicht, dachte sie und ging hinaus, sorgfältig die Terrassentür andrückend, damit der stärker gewordene Wind sie nicht öffne.
Als sie zurückging, blies ihr der Wind den Sand ins Gesicht. Sie spürte ihn auf der Haut, und er knirschte zwischen ihren Zähnen.
Die Männer unten am Wasser waren verschwunden. Aber weiter draußen auf dem Meer lagen die beiden Schiffe noch immer

an derselben Stelle, unbeweglich und schwarz gegen den blauen Himmel und das blaue Wasser.
Die alten Frauen im Dorf waren in der Mittagszeit hereingeholt worden. Erst gegen fünf Uhr würden ihre Töchter oder Schwiegertöchter sie wieder herausbringen, damit sie im warmen Licht der untergehenden Sonne ihre Glieder vor der Nacht noch einmal aufwärmen könnten. Soledad war froh, nicht den bösen Blicken der Alten ausgesetzt zu sein.
Ramóns Bretterbude war verschlossen. Aber sein Auto stand da. Es stand neben der Bude. Dann sah sie auch Ramón. Er fotografierte ein Auto. Manche seiner Kunden wollten eine Erinnerung an ihre alte Kiste. Er knipste sie, bevor er die Presse in Gang setzte, und kam so zu einem kleinen Nebenverdienst. Soledad lief am Schrottplatz vorbei, ohne dass er sie sah. Sie hatte es eilig und keine Lust auf lange Gespräche.
Schon von weitem sah sie, dass der Mann aus dem Super schon gekommen war. Aber obwohl die leeren Kisten weg waren und die Getränke, die er gebracht hatte, in einem ordentlich gebauten Turm neben der Haustür standen, schien ihr das Haus, in dem sie und Mercé lebten, auf einmal hässlich und unordentlich zu sein. Nicht Bougainvilleen und Oleander, sondern Kakteen und zerschlissene Agaven standen herum. Der Schrottplatz war nichts weiter als ein hässlicher Anblick in einer ausgetrockneten, verödeten Landschaft. Schmutzige Wüste mit Bergen im Hintergrund. Und das Haus war nicht weiß, sondern irgendwann einmal weiß gewesen und jetzt grau, weil sich auf dem groben Putz der Staub festgesetzt hatte, den der Wind von den ausgetrockneten Wegen hochblies. Der Boden unter ihren Füßen war gelblich und hart und wies Risse auf.
Gut, im Dunkeln konnte man das Haus noch für weiß halten und die Kakteen für die Andeutung eines Gartens. Und die meisten Männer, die zu ihnen kamen, lebten in Häusern und Landschaften, die ähnlich waren. Der Tomatenkönig hatte sich

noch nie beschwert. Im Gegenteil, er fand ihr Haus gemütlich. Na ja, wer weiß, wie der lebte. Man wusste doch, was Bauern für Ansprüche hatten. Aber die Soldaten – Engländer, Franzosen. Soledad war froh, die richtige Entscheidung getroffen zu haben. Sie packte eine der Kisten und trug sie hinein.
Mercé war nicht in der Küche. Sie stand im Bad und betrachtete ihre Haare im Spiegel.
Wie neu, sagte sie, als Soledad zur Tür hereinkam. Ihre Haare waren sehr blond, beinahe weiß geworden. Sie standen rund um ihr breites, freundliches Gesicht wie Sonnenstrahlen.
Toll, sagte Soledad, kannst du mal mit anfassen? Gemeinsam trugen die Frauen die Kisten in die Küche. Mercé geriet schnell außer Atem.
Du bist zu dick, sagte Soledad.
Wenn man Abnehmen auch in der Packung kaufen könnte wie Haarfärbemittel! Man reibt sich ein, legt sich schlafen, und morgen früh, bums, bist du schlank. Man könnte wählen, wie viel Fett dranbleiben soll, so wie bei der Haarfarbe. Probierst du einfach aus, was dir am besten steht, sagte sie, noch immer heftig atmend, während sie eine weitere Kanne Kakao kochte und sich dabei hin und wieder nach dem Bildschirm umsah. Es lief ein alter Film, ein Film mit Kindern, die ziemlich fett waren, und in dem die Mädchen niedliche, kleine Söckchen an ihren dicken Beinchen trugen und die Jungen hübsche, kleine Fliegen über dem Hemd.
Soledad war in ihrem Zimmer verschwunden. Sie hatte zwei Reisetaschen in den Händen, als sie wieder in der Küche erschien. Die stellte sie auf den Küchentisch und begann, Flaschen einzuwickeln. Sie holte dazu schwarze und rote Wäschestücke aus den Taschen, dünnes, durchlöchertes Zeug, ihre Berufskleidung, die sie nur selten benutzte. Die meisten ihrer Kunden waren einfache Leute, die für diese Art Verkleidung wenig übrig hatten. War auch teurer, sich eine Frau zu kaufen, die so etwas trug.

Zwei Flaschen für jede, sagte sie. Ich geh rüber und seh nach, ob Ramón noch die kleine blaue Karre hat. Ich muss sonst so oft laufen. Sie ließ die Taschen auf dem Tisch stehen und ging hinaus.

Mercé sah ihr ungläubig nach. Auch für sehr viel Geld hätte sie keine Lust gehabt, so viele Aktivitäten zu entwickeln. Es war ihr schon zu umständlich gewesen, jemanden anzurufen, um nicht allein im Haus zu bleiben. Die beiden Nächte würden schon vorübergehen, ohne dass etwas geschähe. Bevor Soledad gekommen war, hatte sie immer allein gearbeitet. Nie hatte es Probleme gegeben, die größer waren, als mal einen Betrunkenen zur Tür hinauszudrängen oder einen, der mehr wollte, als das, wofür er bezahlt hatte, auf seinen Irrtum aufmerksam zu machen.

Soledad kam mit einem Karren auf zwei Rädern zurück, einer Art Fahrradanhänger, in dem sie Taschen, Kisten, Decken, Laken und Tücher verstaute. Die Laken und Tücher schob sie zwischen die Flaschen, damit deren Geklapper sie nicht den bösen Blicken der Alten verriete, die wieder vor den Türen hocken würden. Am Strand würde sie nicht den gleichen Weg nehmen wie vorher. Sie würde hinter der letzten Reihe der Häuser entlanggehen, so, als wollte sie gar nicht dorthin, und erst umkehren, wenn sie weit genug vom Dorf entfernt war, um ungesehen zwischen den Bungalows zu verschwinden.

Glaubst du, dass er auch bei dem Sturm kommt, fragte Mercé hinter ihr.

Soledad stand im Zimmer, mit den Augen suchend, ob sie nichts vergessen hätte.

Sturm, wieso Sturm, fragte sie. Sie war so beschäftigt gewesen, dass sie den stärker heulenden Wind gar nicht bemerkt hatte. Aber sie erinnerte sich jetzt an den Sand im Mund und auf der Haut und ging mit Mercé vor die Tür, um zu prüfen, wie es draußen aussähe. Ein paar von den langen, trocknen Agavenstängeln auf ihrer Seite waren abgeknickt, und der wirbelnde

Staub hing wie ein dünner, ekliger Schleier in der Luft. Sie spürten ihn sofort auf der Haut. Auch die Taschen auf dem Karren waren schon staubbedeckt.
Brennt es irgendwo, fragte Mercé. Es riecht so komisch. Es roch wirklich unangenehm, nach verkohltem Müll und brennendem Gummi.
Ich glaube, der Wind kommt über die Müllkippe, sagte Soledad. Im Stillen hoffte sie, dass der Gestank die Häuser am Strand auslassen würde. Der Wind war warm. Er kam aus Afrika, über das Meer. Die Müllkippe lag hinter den Häusern. Vielleicht hatte sie Glück.
Ich geh dann, sagte sie, du solltest die Tür nicht offen lassen. Der Geruch ist ja widerlich.
Mercé sah ihr nach. Der Sturm drückte Soledad zur Seite, so dass sie Mühe hatte, den Karren gerade hinter sich herzuziehen. Sie hielt sich die linke Hand vor den Mund oder vor die Nase. Mercé trat zurück und schloss die Tür. Sie musste ihr ganzes Gewicht dagegenlehnen, um sich dem Wind entgegenzustemmen. Drinnen roch es kaum nach Müll. Trotzdem holte sie eine Dose Rosenspray aus dem Bad und sprühte im Flur, in den Zimmern und in der Küche.
Nicht wie auf dem Misthaufen, murmelte sie vor sich hin, hier riecht es schließlich nicht wie auf dem Misthaufen.
Der Tomatenbauer kam, als es draußen dunkel geworden war. Er kam immer zur gleichen Zeit, und auch der Sturm hatte ihn nicht abhalten können. Mercé ließ ihn ein. Er begrüßte sie freundlich und wollte an ihr vorbei in Soledads Zimmer gehen. Es dauerte eine Weile, bis er begriff, dass sie nicht da war und dass Mercé sich ihm statt ihrer anbot. Er hatte keine große Lust, sich mit ihr einzulassen. Erst als sie ihm wieder und wieder versicherte, dass Soledad nicht zurückkommen würde (Mercé übertrieb absichtlich, als sie behauptete, vielleicht nie mehr), und als letztes Mittel, um ihn zu überzeugen, eine ihrer großen Brüste aus dem Ausschnitt hervorholte, hatte sie gewonnen. Da

sie ihn kannte und froh war, dass er nicht wieder gegangen war, ließ sie ihn machen, was er wollte; lag nur da wie ein riesiger, weißer Fleischberg, quiekte ein paarmal, um ihn bei Laune zu halten oder ihr angebliches Vergnügen darzutun, und dachte nacheinander: Das Geld ist leicht verdient, meinetwegen müssen keine Soldaten kommen, hier stinkt es nach Rosen, der Wind heult wie verrückt und sonst noch ein paar Dinge, die sich allesamt dadurch auszeichneten, dass sie nichts mit seiner Arbeit an ihrem Körper zu tun hatten.

Schließlich rollte er zur Seite und schlief ein wenig. Sie stand vorsichtig auf, um ihn nicht zu wecken, ging unter die Dusche und anschließend in die Küche. Dort saß sie am Tisch, trank Kakao mit Brandy und wunderte sich über den heulenden Wind, der so laut geworden war, dass sie kaum noch verstehen konnte, was die Personen im Fernsehen sagten, jedenfalls, wenn sie leise sprachen.

Später stand der Bauer in der Küche. Sie hatte ihn schon beinahe vergessen. Er legte das Geld auf den Tisch.

Gib mir auch einen, sagte er und zeigte auf das Glas, das Mercé in der Hand hielt.

Sie kicherte ein wenig vor Freude darüber, dass er das Geld in die Küche gebracht und sich nicht einfach davongemacht hatte. Und weil sie leicht betrunken war.

Das kostet nun extra, sagte sie fröhlich, holte ein Glas und schüttete eine kräftige Portion Brandy hinein, bevor sie es mit Kakao auffüllte.

Der Mann legte zwei Hunderter auf den Küchentisch, blieb stehen und trank langsam und bedächtig. Und wo ist sie nun wirklich, fragte er, die Augen genau wie Mercé auf den Fernseher gerichtet.

Was weiß ich, antwortete Mercé, irgendwo am Strand, in einem von diesen leeren Häusern. Sie wollte – sie unterbrach sich und sah hoch. Vielleicht wollte Soledad den Kerl da unten nicht haben. Vielleicht hätte sie das mit den Häusern am Strand nicht

sagen sollen. Aber er stand da und sah auf den Bildschirm, als hätte er gar nicht begriffen, was sie gesagt hatte. Außerdem: Der war jetzt zufrieden. Weshalb sollte er zum Strand gehen. Er hatte ja bekommen, was er brauchte.
Der Bauer sah sie noch immer nicht an. Ich geh dann, sagte er. Er stellte das leere Glas auf den Tisch. Es gab einen harten Klang. Bestell ihr 'n Gruß von mir. Er ging, und sie hörte ihn mit dem Wind an der Tür kämpfen.
Gerade als sie ihn vergessen hatte, kam er noch einmal zurück.
Du solltest die Tür abschließen, sagte er, der Wind wird sie aufdrücken, wenn sie nicht abgeschlossen ist. Dann hast du den ganzen Dreck hier drin. Da fliegt alles Mögliche durch die Gegend.
Mercé nickte. Klar, mach ich gleich, sagte sie, ohne den Blick vom Bildschirm abzuwenden.

DAS HAUS ist leicht zu finden. Es ist das einzige, aus dem Licht durch die geschlossenen Fensterläden dringt. Er versucht, zu erkennen, was da drinnen geschieht. Es gelingt ihm nicht. Der Sturm bläst ihm Sand in die Augen. Es gibt kein unverschlossenes Fenster. Auch nicht auf der Rückseite. Sie hat sich gut abgesichert, die Schlampe. Irgendwo wird eine Tür offen sein. Ruhig bleiben, erst sehen, was los ist. Hier ist die Küche. Da vorn. Rotes Licht, natürlich. Das ahnt sie nicht, dass ich sie beobachte.
Da ist jemand, sagt Soledad. Sie steht in der Tür zum Schlafzimmer. Ihr Hemd ist rot und durchsichtig. In der Hand hält sie einen Morgenrock aus dem gleichen Stoff. Sie spricht zum Kamin hinüber. Er kann nicht sehen, zu wem sie spricht. Sie sagt: Du musst jetzt gehen. Da ist jemand. Jetzt kommen sie doch noch. Die wollen zu mir.

Jawohl, schreit er, jetzt komm ich doch noch. So war das nicht abgemacht. Komm bloß raus da. Dir werd ich's zeigen.
Der andere steht neben dem Kamin. Er ist nicht schlank, sondern dünn. Einer von der Sorte, denen die Haut direkt an den Knochen klebt. Er trägt ein schwarzes Hemd, eine schwarze Krawatte und eine weite, schwarze Hose. Auch Schuhe und Socken sind schwarz. Über dem ganzen Schwarz schimmert ein mageres, blasses Gesicht unter blonden, nass angeklatschten Haarsträhnen. Der Kopf ist so fleischlos, dass die Schläfen hohl wirken. Er hat keinen Mantel an, auch kein Jackett. Er ist einer von denen, die mit dem Messer arbeiten.
Der Bauer sieht das Messer nicht. Es geht zu schnell. Er sieht nur etwas Blitzendes. Er hat keine Zeit mehr, darüber nachzudenken, was mit ihm geschieht. Im Fallen sackt er zuerst auf die Knie. Seine Hände greifen in die Luft. Will er sich stützen? Will er sich schützen? Will er die Frau um Hilfe bitten, die da steht in ihrer lächerlichen Verkleidung? Die da steht und sich nicht rührt. Der große Bruder ist gekommen. Sie hat ihn freudig aufgenommen.
Manuel löst sich vom Kamin und geht zu dem Mann, dessen Körper reglos auf dem Boden liegt. Er ist nicht auf den Knien geblieben. Als hätte er begriffen, dass seine Haltung sinnlos war, ist er vornübergefallen. Er liegt auf dem Gesicht. Manuel versucht, ihn mit dem Fuß auf den Rücken zu drehen. Es dauert eine Weile, bis der schwere Körper zurückrollt.
Wer ist das, sagte er, während er sich hinunterbeugt und das Messer wieder an sich nimmt. Er hätte auch sagen können: Wie spät ist es, oder was für ein Datum haben wir heute, oder dieser Wein lässt sich trinken. Als Soledad nicht antwortet, sieht er auf. Sie steht noch immer in der Tür und hält den Morgenrock in den Händen. Ihr Mund ist geöffnet, so, als wolle sie etwas sagen. Sie zittert stark.
Manuel geht zu ihr, nimmt ihr den Morgenrock aus der Hand und führt sie ins Schlafzimmer.

Setz dich hin, sagt er und wartet, bis sie sich auf die Bettkante gesetzt hat. Er setzt sich neben sie und tätschelt ihren Arm. Als er merkt, dass sie ruhiger wird, verlässt er den Raum.
Der Tote ist leicht zu bewegen. Er zieht ihn über den glatten Steinboden in die Küche und öffnet die Küchentür. Der Wind hat nachgelassen, ist aber immer noch stark. Er lauscht, hört aber keine Stimmen. Er schließt die Küchentür von innen und beginnt, den Toten zu durchsuchen. Papiere, Geld, Autoschlüssel, das Foto einer lachenden Blonden im zu engen Badeanzug. Manuel nimmt die Autoschlüssel an sich und steckt die Papiere und das Geld in die Jackentaschen des Toten. Dann geht er zurück ins Schlafzimmer. Im Vorübergehen wirft er einen Blick auf die Stelle, an der der Tote gelegen hat. Kein Blut, saubere Arbeit. Soledad sitzt nicht mehr auf dem Bett. Er findet sie im Bad, über den Rand der Wanne gebeugt.
Ich dachte, mir wird schlecht, sagt sie und steht auf. Er sieht, dass sie sich wieder gefasst hat.
Zieh dir was Warmes an, sagt er, ich hab die Tür abgeschlossen, und geht wieder hinaus. Soledad schminkt sich, bevor sie zu ihm ins Wohnzimmer geht. Sie trägt Jeans und einen schwarzen Pullover und hat die Haare hochgesteckt. Sie ist nicht mehr jung, aber er findet seine Schwester schön, und er bewundert ihre Haltung. Jede andere Frau, die er kennt, hätte Theater gemacht.
Er war ein Bauer, sagt sie. Er kam regelmäßig. Mercé hatte versprochen, sich um ihn zu kümmern. Vielleicht hat er nicht gewollt. Er tat immer so, als ob ich zu seinem Harem gehörte.
Sie spricht klar und gefasst, aber sie sieht nicht auf die Stelle, an der der Bauer auf die Knie gesunken ist.
Ich möchte einen Brandy, sagte sie, einen doppelten. Er steht auf und kommt gleich darauf mit einem halbvollen Wasserglas aus der Küche zurück. Er gibt ihr das Glas und sieht ihr zu, während sie trinkt. Sie trinkt in schnellen Schlucken, bis das Glas leer ist, und stellt es neben sich auf den Fußboden.

Wir gehen hier weg, sagt er vom Kamin her. Sowie ich genug Geld zusammen hab, gehn wir hier weg. Die Alte ist verrückt. Sie kocht die Suppe immer noch auf dem offenen Feuer. Sie hat mir wieder das Märchen erzählt, bevor ich einschlief. Man kann es ihr nicht ausreden. Die Orangenbäume sind jetzt vertrocknet. Wozu soll ich ihr Geld geben. Was soll sie mit den Orangen. Sie hat alles, was sie braucht. Weißt du noch, wie wir in der Schlucht gelegen haben?
Weshalb hast du ihn umgebracht, sagt Soledad.
Ich weiß nicht, sagt er. Er ging mir auf die Nerven mit seinem Gebrüll. Er hatte kein Recht auf dich.
Ich glaube doch, sagte Soledad. Aber nun ist es egal. Ich möchte noch was trinken.
Ich denke, es kommen noch Kunden, sagt Manuel.
Ja, und? Ihr Ton ist scharf, und er geht an den Glastisch neben dem Fenster, wo eine zweite Flasche steht, um ihr Glas noch einmal zu füllen.
Was wirst du mit ihm machen, fragt sie, während sie die Hand ausstreckt und das Glas entgegennimmt.
Wenn es hier einen Spaten gibt, vergraben wir ihn im Sand hinter dem Haus.
Ich nicht, sagt Soledad. Das machst du allein.
Er hebt die Schultern, um anzudeuten, dass es ihm egal ist, ob sie mithilft, den Toten zu beseitigen.
Wenn wirklich noch Leute kommen, sollte ich ihn jetzt rausbringen, sagt er und geht hinaus.
Sie hört ihn in der Küche rumoren, aber eigentlich hört sie ihn von viel weiter her.
Dann verstummen die Geräusche, und sie achtet nur noch darauf, ob der Wind Stimmen mitbringt oder ein Gelächter, das das Näherkommen von Soldaten ankündigt. Als Manuel wieder hereinkommt, ist sie auf dem Sofa eingeschlafen. Ihr Kopf ist über die breite Lehne nach hinten gefallen. Er sieht auf sie hinunter, auf die Kehle, die schutzlos und weiß aus dem

Pullover hervorsieht. Ich sollte sie töten, denkt er, sie und dann mich. Und alles wäre vorbei.
Als sie die Augen öffnet, steht er wieder am Kamin.
Ich gehe jetzt, sagt er, draußen ist alles erledigt. Und denk dran: Wenn ich wiederkomme, gehn wir. Das meiste hab ich schon zusammen. Es wird nicht mehr lange dauern. Zwei, vielleicht drei Monate. Wahrscheinlich bleib ich sogar in der Gegend.
Hat sie was gesagt, fragt Soledad.
Nein, antwortet er, sie lässt dich nicht grüßen, wenn du das meinst. Ich sag dir doch, sie ist verrückt. Wenn ich zurück bin –
Ja, ja, sagt Soledad. Wenn du zurück bist, gehen wir hier weg. Weißt du schon wohin? In die Berge? Oder ans Meer? Mercé hat eine Karte bekommen von einem Verehrer. Aus England. Da waren kleine Häuser drauf mit Dächern aus Stroh und Hecken aus Blumen, rosa und blau. Da möcht ich hin. Gehn wir dahin?
Wir gehen dahin, wo du hinwillst, sagt er. Mach's gut, Sole.
Er winkt ihr zu und geht. Ihr fällt auf, dass seine Schritte nicht zu hören sind. Sie hört auch nicht, dass er die Küchentür öffnet oder schließt. Deshalb steht sie auf und geht ihm nach. Er hat die Tür nur angelehnt. Der Wind ist jetzt ruhiger. Vom Strand kommt der Geruch des Meeres herüber. Wenn sie genau hinhört, kann sie die Wellen auf den Sand schlagen hören. Und Stimmen. Es sind Männerstimmen, die da näher kommen, lachen und rufen. Die Soldaten sind da. Irgendwo wird ein Auto gestartet.

DAS ITALIENISCHE RESTAURANT, in das Willi von Bella eingeladen worden war, hatte das angestrengte Ambiente eines Ladens, der sich, weil die Überfütterten ständig nach neuen Reizen suchen, vermutlich ein paar Monate größerer Umsätze

erfreuen wird, um dann übergangslos und für den Besitzer unerklärlich seine Kunden wieder zu verlieren. Im Grunde waren die Toskana-Fraktion und ihr Verschnitt in den großen Städten konservativ bis zur Langweiligkeit. Die eisernen, strengen Stühle, »Stück für Stück Unikate«, versicherte der Besitzer jedem neuen Gast, die einfachen Tische aus schwarzgestrichenem Holz, die Schwarzweißfotos ehemaliger italienischer Fußballstars und Opernsängerinnen, weißgestrichene Wände und nackte Glühbirnen in schwarzen Fassungen würden voraussichtlich in wenigen Monaten verkauft, auf den Müll geworfen oder übermalt sein. Die Kenner der italienischen Küche würden wieder bei »Luigi« oder »Enzo« sitzen.
Bella und Willi würden allerdings nicht darunter sein. Sie hatte der Ausflug in die »Szene«, den Willi beschämt auf ihre Kappe nahm, daran erinnert, dass es bessere Möglichkeiten gab, die Zeit zu verbringen. Willi kam regelmäßig, um den Haushalt zu versorgen und Bella die Büroarbeit abzunehmen. Sie saß nachmittags und an manchen Abenden bei Bella im Arbeitszimmer, knobelte an einem astrophysikalischen Problem oder war damit beschäftigt, in irgendeiner ihrer vielen Kladden Notizen zu machen. Sie hatte sich inzwischen mit großer Selbstverständlichkeit und großem Vergnügen dareingefügt, dass Bella der Meinung war, eine junge, begabte Frau könne gar nicht umfassend genug gebildet und ausgebildet sein und die finanzielle Förderung so einer Person sei eine außerordentlich sinnvolle Geldanlage.
Seit einigen Wochen hatte Willi die Russisch-Lehrbücher und Vokabelhefte allerdings beiseitegelegt. Der Grund dafür lag nicht etwa darin, dass die russischen Machthaber inzwischen alles darangesetzt hatten, ihr Land und dessen Wissenschaft zu ruinieren, und dass ihnen dies auch weitgehend zu gelingen schien; es lag einfach daran, dass Willi, durch Olgas Erzählungen neugierig geworden, begonnen hatte, sich mit Spanien zu beschäftigen. Sie hatte festgestellt, dass es hervorragende literarische Schil-

derungen des spanischen Bürgerkriegs gab, mit denen verglichen die historischen Analysen und sogar viele Augenzeugenberichte nichts weiter waren als Herrschaftswissen von links oder rechts. Eines ihrer ständigen Streitgespräche mit Bella entwickelte sich an ihrer Behauptung, alle Historiker seien überflüssig und die Geschichtswissenschaft sei keine Wissenschaft.

Im Grunde, sagte sie, sollte man die Historiker abschaffen. Oder jedenfalls ihre Aufgaben auf das Sammeln von Daten und Dokumenten beschränken. Alles, was die darüber hinaus verkünden, ist nichts weiter als Geschichtsschreibung im Sinne der gerade Herrschenden oder derer, die gerade unterdrückt werden und nach Herrschaft streben. Intelligente Menschen werden sich, wenn sie daran interessiert sind, zu erfahren, wie die vergangene Zeit wirklich war, an die Kunst halten, werden Bilder aus der Zeit ansehen, Skulpturen, Gebrauchsgegenstände. Und sie werden die Bücher lesen, die damals geschrieben wurden. Dann werden sie eher in der Lage sein, sich ein eigenes Urteil zu bilden, als jetzt, wo sie doch nur die eine oder andere Herrschaftsideologie unterstützen, wenn sie das glauben, was man ihnen erzählt.

Bella fand Willis Standpunkt erklärlich auf dem Hintergrund der Tatsache, dass sie in einer Zeit lebte, in der alle Wahrheiten umgestoßen oder relativiert wurden. Aber sie fand ihn auch zu rigoros.

Geschichtswissenschaft ist doch nichts weiter als der Versuch, Anhänger zu werben für die eine oder die andere Seite, behauptete Willi.

Allerdings, antwortete Bella, etwas Wahres ist daran, wenn ich Ihre Ansicht auf mein augenblickliches Interessengebiet anwende. Sie sah in der überlieferten Geschichte des Herakles ein wesentliches Grundmuster männlichen Handelns und war dabei, diese Entdeckung näher zu betrachten.

Aber wir haben keine andere Möglichkeit, sagte sie gerade, als das Telefon klingelte. Sie unterbrach ihren Satz und nahm den

Hörer ab. Es war Eddie. Da sie wusste, wie empfindlich Willi reagierte, wenn sie mit Eddie zu freundlich sprach, versuchte sie, einsilbig zu bleiben. Willi stand auf und ging hinaus.
Hör mal, sagte Bella, seit wann ist es so, dass du anrufst und ich komme? Wir haben gerade eine intensive Arbeitsphase, die ich ungern unterbreche.
Ich weiß, sagte Eddie. Meinetwegen tust du ja nie etwas. Er machte eine winzige Pause, um Bella Gelegenheit zu geben, ihm zu widersprechen. Als der Widerspruch ausblieb, sagte er: Hier sitzt eine Frau, die ich von früher kenne und die ich mit dir zusammenbringen möchte.
Wir haben noch nicht darüber gesprochen, sagte Bella, weil sich die Gelegenheit nicht ergeben hat. Aber wo sie gerade da ist: Ich hab diese Frauen noch nie verstanden, die mit den Verflossenen ihrer Geliebten einen Verein gründen, der gemeinsam das Lob des Herrn singt. Aus der Küche hörte sie Willi, die laut zu singen begann. Sie sang die Caprifischer, fing aber beim Refrain an.
Du bist unmöglich, sagte Eddie. Vielleicht gibt es etwas, das du an mir auszusetzen hast. Nobody is perfect. Aber dass ich nicht zu denen mit dem Freundinnen-Verein gehöre, solltest du eigentlich wissen.
Entschuldige, sagte Bella.
Als sie nicht weitersprach, begann Eddie erneut von der Frau zu reden, die bei ihm war. Sie hat hier auf der Straße gearbeitet bis vor zwei oder drei Jahren.
In Bellas Vorstellung erschien das Bild der Süderstraße, heißer Beton, halbnackte Frauen am Straßenrand, Freier in Autos jeder Preisklasse und der Geruch von ausgeschlachteten Schweinehälften im Hinterzimmer einer Schlachterei.
Dann hat sie ihr Glück gemacht, sagte Eddie.
In der Schlachterei, die die Polizei zur Einsatzzentrale erklärt hatte, ist sie zum letzten Mal ihrem Freund Beyer begegnet, kurz bevor er sich umgebracht und sie in einem Chaos von Wut und

Trauer zurückgelassen hat. Es tut ihr nicht gut, sich daran zu erinnern, noch immer nicht.
Sie hat auf dem Strich einen Lastwagenfahrer kennengelernt, der sie unbedingt heiraten wollte.
Wie schön für sie, sagte Bella böse, obwohl ihr klar war, dass die Frau es von da an vielleicht wirklich etwas besser gehabt haben könnte. Und was will sie jetzt von dir?
Der Mann war Spanier, sagte Eddie. Ich hab ihn gekannt. Ein einfacher Mann, in Ordnung. Er ist so lange LKW gefahren, bis sein Kreuz kaputt war. Glücklicherweise traf das zusammen mit der Politik der EG, die Geld in den Süden schickte, um dort arbeitslosen Andalusiern eine Existenzmöglichkeit zu geben.
Du meinst, die haben sich überlegt, dass es besser ist, in Andalusien eine Front gegen die hereindrängenden Afrikaner zu schaffen. Und deshalb lassen sie die Andalusier an der Küste die Tomaten züchten, die bisher aus Marokko gekommen sind. Dann haben die Leute im Süden mehr Grund, die lästige Konkurrenz zu vertreiben.
Du bist unmöglich, sagte Eddie, ich möchte gern ausreden dürfen.
Sofort, sagte Bella, ich will ja nur, dass du die Dinge richtig siehst. Die Europäer machen ihre Grenzen mit allen Mitteln dicht. Mehr wollte ich damit gar nicht sagen.
Du wirst mir sicher später erklären, was diese vielleicht richtige Meinung mit dem Schicksal der Frau zu tun hat, die hier neben mir sitzt und weint.
Bella unterdrückte eine weitere Bemerkung, die davon gehandelt hätte, Eddie den Gebrauch hochtrabender Worte vorzuwerfen, und hörte ihm zu. Willi kam zur Tür herein und stellte sich neben den Schreibtisch, um ungeniert ebenfalls zuzuhören.
Also, sagte Eddie, sie hat ihren Spanier geheiratet. Er kam übrigens aus dem Norden. Vielleicht war er deshalb besonders kreditwürdig. Kein echter Andalusier, jedenfalls, sie haben ihm Geld gegeben, und er hat eine Tomatenplantage aufgebaut.

Unten Granulat, oben Plastik, in der Mitte holländische Saat und dazwischen deutsche Chemie, sagte Bella.
Eddie ging auf ihre Bemerkung nicht ein. Sie hat dort mitgearbeitet. Sie haben angefangen, ein Haus zu bauen, weil sie wohl von Anfang an ganz gut verdient haben. Also, es lief alles wunderbar. Bis er vor ein paar Wochen verschwunden ist. Er hat den Wagen genommen, um in die Stadt zu fahren, und ist nicht wiedergekommen.
Vielleicht konnte er seine alten Gewohnheiten nicht ablegen, fragte Bella.
Eddie verstand und überhörte ihre Bemerkung. Sie hat alles versucht, sagte er. Sie hat sich bei den Nachbarn erkundigt, hat in der Stadt nach ihm gefragt und überall nach seinem Auto gesucht; alles ohne Erfolg. Erst als ihr nichts mehr einfiel, hat sie einen Koffer gepackt und ist hergekommen. Sie hat sich an dich erinnert. Unser inniges Verhältnis war ihr nicht verborgen geblieben. Ich versteh übrigens nicht, wie das kommen konnte. Ob vielleicht die Jalousien im Billardraum nicht gut schließen?
Bella fühlte eine kleine Erregung und begann zu überlegen, ob es sinnvoll sein könnte, Eddies Freundin kennenzulernen. Aber sie hatte keine Lust, sich in deren Familienangelegenheiten einzumischen. Zu Eddie konnte sie jederzeit gehen, auch ohne langweilige Begleiterscheinungen.
Tu es mir zum Gefallen, sagte Eddie. Sie tut mir einfach leid. Red mit ihr. Vielleicht hat sie irgendetwas übersehen, und du kannst ihr einen Tipp geben, wo sie noch suchen könnte.
Ist sie zur Polizei gegangen?
Sie sagt ja, ich bin nicht ganz sicher. Ihr Verhältnis zur Polizei beruht auf besonderen Erfahrungen, wie du dir denken kannst. Aber sonst scheint sie alles Mögliche unternommen zu haben.
Wie spät ist es, sagte Bella.
Danke, antwortete Eddie, es ist jetzt halb acht.

Soll sie inzwischen essen gehen oder Freundinnen von der Arbeit abhalten. In zwei Stunden, denke ich, werde ich da sein. Sie legte auf und sah sich den erwartungsvollen Augen Willis gegenüber. Willi war jederzeit bereit, für einen neuen Fall ihre Arbeit liegenzulassen. Bella nicht; sie fand das Detektivspielen lächerlich. Nachdem sie durch eine Erbschaft finanziell unabhängig geworden war, übernahm sie nur noch wenige Aufträge. Jedes Mal war dabei ihr ganz persönliches Interesse an einem Fall oder an den Auftraggebern entscheidend. In der Süderstraßen-Sache war es eine alte Frau gewesen, die durch ein paar ungewöhnliche Sätze ihr Interesse geweckt hatte. Sie kam eines Tages in ihr Büro, hatte die Handtasche voller Geld und verlangte, dass Bella nachts ihre Enkelin bewachen sollte.
Am Tage schlafen diese Leute ja wohl, hatte sie gesagt und damit den Killer gemeint, der auf die junge Frau, eine Prostituierte, angesetzt worden war. Die alte Frau war ihr sympathisch gewesen, weil sie ungewöhnlich nüchtern und treffend über »Liebe« gesprochen hatte. Am Ende hatte Bella die größte Niederlage ihrer Laufbahn erlitten. Sie konnte nicht verhindern, dass die Enkelin ermordet wurde. Der Killer kam ungeschoren davon. Und – noch immer fiel es ihr schwer, daran zu denken – ihr Freund Beyer, den sie geliebt hatte, war tot. Manchmal bekam sie seit damals Alpträume, die sie tagelang verstörten.
Ein neuer Fall?, fragte Willi prompt.
Ich glaube nicht, sagte Bella. Bei Eddie ist eine seiner Bekannten aufgetaucht, die glaubt, ich könnte ihr einen Rat geben. Ich werde es dabei belassen. Wir sprechen morgen darüber. Vielleicht fällt Ihnen etwas dazu ein.
Die Aussicht, in eine, wie sie selbstverständlich annahm, spannende Geschichte eingeweiht zu werden, stimmte Willi fröhlich. Bella dagegen fand Geschichten, in denen Ehemänner verschwanden, eher langweilig. Sehr selten nur hatte sie die Motive der Frauen verstanden, die ihre Männer unbedingt

wiederhaben wollten. Ihr gefiel eher die Aussicht auf eine angenehme Nacht, die mit dem Besuch bei Eddie verbunden sein würde.

Zwei Stunden später, als sie sich umgezogen hatte, um zu Eddie zu gehen, fand sie, sie sähe aus, wie von Chandler erfunden, wenn er auf die Idee gekommen wäre, anstatt Philip Marlowe eine Frau zur Hauptfigur seiner Bücher zu machen. Sie hatte einfach nicht widerstehen können. Seit Wochen war die Stadt mit Reklamefotos dekoriert, auf denen halbverhungerte Mädchen in lässiger Pose schwarze Spitzenkleider feilboten. In weitsichtiger Einsicht in die Tatsache, dass nur ein sehr kleiner Teil der Kundinnen, die auf die Werbung hereinfallen würden, ebenso verhungert war wie das Mädchen auf dem Plakat, wurde das Kleid im Laden in den Größen vierunddreißig bis vierundvierzig angeboten. Mit viel gutem Willen und von Willis Nähkünsten unterstützt, passte Bella das vierundvierziger Kleid wie angegossen. Schwarze Spitze, sehr kurz, schwarze Strümpfe, hochhackige schwarze Schuhe – sie fand sich attraktiv. Bevor sie den Trenchcoat anzog, überlegte sie einen Augenblick, ob der Ausschnitt nicht vielleicht doch ein wenig zu tief geraten wäre, beschloss dann aber, derlei kleinliche Gedanken nicht zuzulassen. Willi hatte ihren Hut vergessen. Er hing am Garderobenständer im Flur, ein gewöhnlicher Männerhut. Bella fand, er passe wunderbar zu ihrer Aufmachung. Als Eddie sie in der Tür stehen sah – die Kneipe war voll wie immer, und sie überlegte, welchen Weg sie einschlagen sollte –, pfiff er laut durch die Zähne.

Warte, mein Lieber, bis ich den Mantel ausziehe, murmelte sie, während sie versuchte, sich zum Tresen durchzuschlängeln. Ein paar von Eddies Gästen waren der Meinung, sie müssten eindeutige oder zweideutige Einladungen aussprechen. Bella sah sie sich an und nahm es ihnen nicht übel. Man kann dem Ochsen nicht übelnehmen, dass er sich wie ein Ochse verhält, und dem Stinktier nicht, dass es stinkt. Man kann sie nur meiden, wenn

man sie nicht braucht. Und wer braucht schon ein Stinktier? Sie holte tief Luft, als sie endlich am Tresen stand, und schob den Hut mit zwei Fingern in den Nacken. Im Spiegel hinter dem Tresen sah sie sich und lachte.
Jetzt frag mich nur noch nach der Ben-Hur-Ausgabe von 1860 mit dem Druckfehler auf Seite sowieso, sagte Eddie leise. Du siehst wunderbar aus. Und so komisch. Was hast du denn unter dem Mantel an?
Bella legte den Hut auf den Tresen, zog die Revers des Trenchcoats ein wenig auseinander und sagte: Einen Wodka-Orangensaft, Herzchen. Darf ruhig gleich sein.
Eddie machte sich daran, Bellas Spezialmischung herzustellen, während sie einen im Gedränge unbemerkt gebliebenen Barhocker heranangelte, sich in lässiger Pose darauf platzierte und begann, sich umzusehen.
Sie ist noch nicht wieder da, sagte Eddie neben ihr, wonach riechst du eigentlich? Du bleibst doch nachher noch, oder?
Bella sah ihn an, bis er sicher war, dass sie bleiben würde, und wandte sich dann ihrem Glas zu.
Dann müssen wir uns eben trennen, sagte der Mann neben ihr. Er sprach leise, in der Annahme, trotz des Lärms gehört zu werden. Bella betrachtete die Frau, an die seine Worte gerichtet waren. Sie war kleiner als er, zierlich, mit dunklen, kurzen Haaren. Sie passte nicht zu Eddies Gästen. Er auch nicht, fand sie nach einem erneuten Seitenblick. Die Gründe, weshalb Leute in Kneipen gehen, die nicht zu ihnen passen, waren nicht sehr vielfältig: Neugier, Sich-Verstecken, Zufall. Die hier versteckten sich. Und da sie nicht so aussahen, als hätten sie Angst vor der Polizeistreife, die zur Tür hereinkommen könnte, versteckten sie sich wohl vor sich selbst oder vor den Partnern, die sie zu Hause gelassen hatten. Vielleicht vor beidem.
Ist das alles, was dir einfällt, fragte die Frau zurück. Auch sie sprach leise und deutlich. Ihrer Stimme war anzuhören, dass sie dazu mehr Beherrschung brauchte als er.

Du hast es von Anfang an gewusst, hörte Bella ihn sagen. Die Frau lachte kurz und ein wenig zu laut.
Er redete weiter, als sagte er ihr etwas Neues. Als wir uns kennenlernten, hast du bewundert, wie ich lebe. Ich kann nur so leben. Es hat mich mein halbes Leben gekostet, die Form zu finden, in der ich existieren kann. Es gibt keinen Grund für mich, das zu ändern. Du gehörst doch dazu.
Ja, ja, ich gehöre dazu. Und wenn ich mehr will als die Nische, die du mir lässt? Und wenn ich –
Bella spürte eine leichte Übelkeit, die jedes Mal entstand, wenn sie gezwungen war, weiblichen Erniedrigungsszenen beizuwohnen. Sie rutschte vom Hocker und drängte sich zwischen dem Paar hindurch zum anderen Ende des Tresens. Am liebsten hätte sie die Frau im Vorbeigehen angesprochen. Irgendetwas gesagt in der Art wie: Lass ihn doch sausen, Mädchen, ich hab genau gesehen, dass er oben schon kahl ist, oder lass ihn, sie werden sowieso nicht alt. Aber sie ließ es sein. Man hätte riesige Plakatkampagnen entwickeln können. An jeder Straßenecke würden entsprechende Losungen aufgestellt werden. Und trotzdem hätte sich vermutlich nur sehr langsam etwas geändert an diesem unerträglichen Hang der Frauen, sich kleinzumachen. Und dadurch die Proportionen zu Unrecht zu verschieben.
Eddie kam ihr nach. Er hielt den Schlüssel zum Billardzimmer in der Hand. Hier kann man sich nicht in Ruhe unterhalten, sagte er und lächelte.
Bella nahm ihm den Schlüssel ab, blieb aber stehen und sah interessiert umher. Es kam ihr so vor, als seien diesmal besonders viele ehrbare Bürger da. Eddies Kneipe am Autostrich war schon lange nicht mehr nur für die dort stehenden Mädchen, die Arbeiter und LKW-Fahrer aus der Gegend ein Treffpunkt. Früher hatten sich hin und wieder mal Neugierige oder zufällig vorbeikommende Mittelständler auf dem Weg vom Theater nach Hause hierher verirrt. Jetzt aber waren viele schwarze Lederjacken, Männer mit halblangen, glatten Haaren, Kunstpelze

in grellen Farben und raffinierten Formen anwesend, Bella überlegte schon, ob Eddies Kneipe dabei sei, zum Szenetreff zu mutieren. Der Gedanke gefiel ihr nicht. Sie sah sich nach dem Paar um, das neben ihr gestanden hatte. Im Gedränge sah sie nur den Mann, der mit verschlossenem Gesicht zur Tür starrte.

Jemand legte ihr die Hand auf die Schulter. Es war Eddie, der sie auf eine Blondine aufmerksam machte, die sich gerade einen Weg zum Tresen bahnte. Da ist sie, sagte er, ich kann hier jetzt nicht weg. Am besten, ihr geht nach nebenan.

Da ist sie, sagte er noch einmal, jetzt der Frau zugewandt, die nahe herangekommen war. Seine Worte waren beinahe nicht zu hören. Irgendjemand hatte an der Musicbox herumgespielt. Irgendeine Pop-Gruppe brüllte so laut, dass einige Gäste sich erschreckt umsahen. Mit einer Kopfbewegung wies Eddie den Kellner an, das Geschrei zu dämpfen. Die blonde Frau blieb neben Bella und Eddie stehen. Sie warteten, bis sie sich verständigen konnten.

Das ist Inge, sagte Eddie. Geht doch gleich nach drüben. Bella begann, sich durchzudrängen. Sie musste einen alten Mann beiseiteschieben, der beschlossen hatte, seinen Rausch im Stehen auszuschlafen, und dazu die Türklinke zum Billardzimmer als Haltegriff gebrauchte. Es war so eng, dass er nicht hinfiel, als sie ihn endlich bewegt hatte. Sie ließ die blonde Frau zuerst durch den Türspalt schlüpfen und schloss ab, als sie selbst glücklich drinnen angekommen war. Es war draußen schon dunkel, so dass kein Licht durch die heruntergelassenen Jalousien drang. Sie fand erst nach längerem Suchen den Lichtschalter neben der Tür. Es gab mehrere Lampen, aber nur in einer war die Glühbirne festgedreht. Sie hing neben dem Klavier und gab nicht viel Licht. Die Blonde blieb an der Tür stehen, während Bella zwei Campingstühle neben das Klavier trug.

Kommen Sie hierher, sagte sie.

Die Frau kam näher, sah sich aber weiter interessiert um. Das ist es also, sagte sie. Damals erzählten sie immer, dass Eddie ein Zimmer hat mit Klavier und dass er manchmal singt. Ich hab immer gedacht, das sei nur eine Geschichte. Singt er hier wirklich?

Keine Ahnung, sagte Bella. Ich bin nicht oft hier. Kann schon sein, dass er das Klavier manchmal benutzt. Auf jeden Fall benutzt er den Billardtisch, dachte sie bei sich. Sie staunte über ihre gute Laune, nahm einen Stuhl, lehnte sich mit dem Rücken gegen das Klavier und wartete.

Die Frau berührte vorsichtig das Mikrophon, bevor sie sich setzte. Ist echt, sagte sie.

Das beste ist, Sie erzählen mir, was vorgefallen ist, sagte Bella. Sie fand, dass sie plump daherredete. Keine Übung mehr in Verhörtechnik, dachte sie.

Wenn ich wüsste, was vorgefallen ist, Sie sind gut. Ich hab doch keine Ahnung, was vorgefallen ist. Er fuhr manchmal in die Stadt. Alltags ging er zur Bank oder so. Sonntags traf er sich mit ein paar Freunden. Nicht oft. Ich fand nicht, dass ich ihm das verbieten sollte. Diesmal war Sonntag. Er – sie wollten irgendwas spielen. Andalusier spielen immer irgendwas. Ich hab nicht gefragt, was es war. Karten nicht, irgendetwas anderes. Er war immer nur ein paar Stunden weg, das war alles. Wir haben viel gearbeitet. Wenn er weg war, hab ich – die Frau fing an zu weinen.

Bella ließ sie weinen. Sie hörte auf den gedämpften Lärm von der Straße, auf hin und wieder quietschende Bremsen und das ferne Geheul eines Peterwagens. Sie hörte auf die Geräusche, die vor langer Zeit auch Teil ihres Lebens gewesen waren und die sie in dem stillen Haus am Elbhang schon beinahe vergessen hatte.

Die Frau beruhigte sich, suchte in ihrer Handtasche nach einem Taschentuch und wischte sich damit im Gesicht herum. Bella sah ihr zu. Inge war Anfang vierzig, kräftig, mit einem fest eingepackten Busen und einer nur noch angedeuteten Taille. Ihre

Haare waren gefärbt und die Augenbrauen sehr dünn. Sie trug schwarze Hosen, die mit einem Gummiband unter den Füßen strammgezogen wurden. Sie sah ordentlich aus und solide, als könnte sie zupacken.

Das geht alles ein bisschen durcheinander, sagte Bella. Vielleicht ist es doch besser, wenn ich Ihnen ein paar Fragen stelle.

Die Frau nickte erleichtert.

Ich glaub auch, sagte sie. Es wird dann vielleicht klarer. Sie steckte ihr Taschentuch ein und sah Bella erwartungsvoll an.

Bella fand, sie sollte gleich zu Beginn klarstellen, dass sie nicht die Absicht hatte, mehr zu tun, als sie hier und jetzt tun würde.

Bitte, erwarten Sie nicht von mir, dass ich mich der Sache annehme, sagte sie. Eddie wird Ihnen gesagt haben, dass ich schon lange nicht mehr – sie verschluckte im letzten Augenblick die Worte »Detektiv spiele« – in meinem Beruf arbeite. Aber ich will natürlich gern versuchen, Ihnen einen Rat zu geben. Wie lange ist es her, dass ihr Mann nicht nach Hause gekommen ist?

Heute sind es genau vier Wochen, sagte die Frau. Sie nahm sich zusammen, um nicht wieder zu weinen.

Sind Sie zur Polizei gegangen, als Sie anfingen, sich Sorgen zu machen?

Es blieb einen Augenblick still. Die Frau sah auf ihre Hände. Schließlich schüttelte sie den Kopf.

Ich nehme an, es gibt einen Grund dafür, dass Sie nicht zur Polizei gegangen sind, sagte Bella. Ich hab weder mit der spanischen noch mit der deutschen Polizei zu tun. Sie riskieren also nichts, wenn sie offen sprechen. Es wäre besser, Sie sagten mir, weshalb Sie die Polizei nicht informiert haben. Ich würde mir schon gern ein genaues Bild machen. Sie spürte, dass sie begann, sich zu langweilen, und überlegte, ob die Langeweile ihrer Stimme anzumerken wäre.

Wir waren nicht verheiratet, sagte die Frau. Wir wollten immer heiraten, aber es kam immer die Arbeit dazwischen. Ich war

illegal, weil wir nie dazu gekommen sind, mich anzumelden. Ich, und die Marokkaner auch.
Sie haben illegal Marokkaner beschäftigt, sagte Bella, und hatten Angst, wenn die Polizei käme, würde sie es herausfinden?
Ja, sagte die Frau, sie haben es nicht so gern. Aber es ist nicht so einfach, eine neue Existenz aufzubauen. Jeder Pfennig wird gebraucht. Wir haben geschuftet und uns nichts gegönnt. Wir haben doch gleich mit dem Haus angefangen. Die Marokkaner haben auch beim Bauen geholfen. Wir haben sie gut behandelt.
Sie begann wieder zu weinen und suchte nach ihrem Taschentuch.
Wo sind die Arbeiter jetzt, fragte Bella, ungerührt durch die Tränen und schon beinahe an der Grenze ihrer Geduld.
Sie wollten dableiben und warten, bis ich zurück bin. Sie warten auf den Chef. Sie wollten – wieder erstickte ihre Stimme in Tränen.
Sie warten, weil sie noch Geld bekommen, sagte Bella. Der Chef hat sie bezahlt. Das Geld ist auf dem Konto, und Sie haben keine Vollmacht, ist es so?
Die Frau nickte, dann sagte sie mit veränderter Stimme: Das war's wohl. Vorbei der Traum. Ich hab vorhin eine Freundin wiedergetroffen. Sie arbeitet in einer von Eddies Imbissbuden. Sie meinte, ich soll mit ihm reden. Er würde mir 'n Job geben, wenn er was hätte.
Der Stimmungsumschwung kam schnell. Wahrscheinlich hatte Inge schon selbst darüber nachgedacht, was sie tun könnte, um ihre aussichtslose Lage zu verbessern.
Ja, sagte Bella, ich glaube, es ist besser, Sie machen sich nichts mehr vor. Mit viel Glück, und wenn die spanischen Behörden gnädig sind, wird es Ihnen am Ende vielleicht gelingen, an das Konto Ihres Freundes heranzukommen. Sie sind doch nicht wegen des Betriebs nach Spanien gegangen. Oder wollten Sie wirklich Tomaten anbauen? Sie sind doch mitgegangen, weil sie mit ihm zusammen sein wollten. Das mit dem Konto kön-

nen Sie auch von hier aus über einen Rechtsanwalt versuchen. Wenn ich Ihnen raten soll, kann ich nur sagen, suchen Sie sich einen Anwalt. Dann fahren Sie noch einmal runter, holen Ihre Sachen und fragen Eddie nach einem Job.

Die Frau blieb einen Augenblick still sitzen. Sie hatte sich gefasst. Schließlich sagte sie: Ich könnte mir Geld leihen für die Marokkaner. Sie sah immer noch auf ihre Hände, aber dann blickte sie Bella an. Und wenn er doch noch zurückkommt?, sagte sie.

Bella fand, sie hatte genug Zeit damit zugebracht, sich mit fremden Angelegenheiten zu befassen. Sie stand auf.

Es wird doch sicher nicht nur Ihre Tomatenplantage da unten geben, sagte sie. Überlassen Sie einfach einem Nachbarn das Ganze. Wenn Ihr Freund zurückkommt, soll er sich mit dem auseinandersetzen. Ist er eigentlich mit dem Auto weggefahren, damals? Sie hätte sich ohrfeigen können für diese Frage, für diese völlig überflüssige Frage, die die Gefahr mit sich brachte, dass die ganze Geschichte noch einmal von vorn begänne. Aber die Frau war offenbar schon dabei, in Gedanken ihr neues Leben vorzubereiten. Sie beantwortete Bellas Frage, ohne noch einmal von vorn zu beginnen.

Ja, sagte sie, mit dem Auto. Ich hab überall rumgefragt und auch gesucht. Das Auto ist weg. Ob ich Eddie gleich fragen könnte?

Sicher können Sie das, sagte Bella, wir gehen zusammen zu ihm.

Eddie hatte einen Job für Inge. Er hatte auch tausendzweihundert Mark, die er vorstreckte und vom Lohn einbehalten würde. Da die Marokkaner weitergearbeitet hatten, in der Hoffnung, der Chef käme zurück und würde sie bezahlen, war sie mit den Löhnen für zwei Monate im Rückstand.

Die wissen schon, weshalb sie ihrem Chef so lange die Treue gehalten haben, sagte Eddie später. Da saßen sie schon neben dem Klavier, entspannt und ein wenig benebelt von dem Wodka, den Eddie mitgebracht hatte. Von nebenan kamen noch immer Musikfetzen herüber und hin und wieder ein lautes Lachen oder Gekreisch. Eddie hatte nicht gewartet, bis der Laden leer war.

Wenn er diesen Leuten dreihundert Mark gegeben hat, dann hatten sie fast so viel wie jeder legale Landarbeiter da unten. Mehr verdienen die nämlich nicht. Ich hatte gerade ein paar Fahrer hier, die mir erzählt haben –

Bitte, sagte Bella, kannst du dir vorstellen, wie sehr mich im Augenblick die Löhne andalusischer Landarbeiter interessieren? Erzähl mir etwas Schönes, Eddie, oder lass uns ein bisschen den Mund halten.

Eddie stand auf und begann, zwischen den Noten herumzuwühlen, die auf dem Klavier lagen. Er fand einen Zeitungsausschnitt. Hör zu, ich hab mir gedacht, das könnte dir gefallen:

> Land reich an Sonne; an Blut,
> vergessen, vertrocknet an der Sonne, als
> Fahnenzier (sagen sie); Land reich
> an Oliven, Orangen, Nonnen, Kupfer,
> Tamburinen und Wein; viel Geist
> und noch mehr Vieh.

Gib her, sagte Bella lachend, wo hast du denn das aufgetrieben? Sie nahm Eddie den Zeitungsausschnitt aus der Hand, um das Gedicht selbst zu lesen.

Ich dachte, das könnte dir vielleicht Lust auf Andalusien machen, sagte Eddie. Ich weiß ja, dass du nicht wegen so einer Lappalie, wie einem verschwundenen Mann, deine Höhle verlassen würdest. Ein Glück, dass das jetzt nicht mehr nötig ist.

Ruf mir ein Taxi, ja?, sagte Bella. Sie steckte den Ausschnitt in die Tasche des Trenchcoats, der auf dem Klavierhocker gelegen hatte. Ich bin müde. Danke für den Abend.

Danke für die guten Ratschläge und alles andere, sagte Eddie förmlich. Er stand auf und ging zur Tür. Bella fand, dass er das kaputte Bein stärker nachzog als sonst. Er ist mindestens so müde wie ich, dachte sie. Wird Zeit, dass wir schlafen gehen.

Der Taxifahrer war einer von der redseligen Sorte. Er hatte seine Schicht gerade erst angefangen und war daran interessiert, über die Spätnachrichten zu reden, die gelaufen waren, bevor er die Arbeit begonnen hatte.

Denen geht doch die Muffe, sagte er. Haben Sie gesehen, wie dieser Spanier die Fragen beantwortet hat? Eine Kleinigkeit ist das nicht. Achtundzwanzig Leute umgebracht, in staatlichem Auftrag. Man kann sich ja denken, wie so was zustande kommt.

So, sagte Bella, wie denn, ohne wirklich Interesse an der Antwort zu haben.

Ich kann mich noch gut erinnern, wie die damals von der ETA aktiv waren. Da verging ja kaum ein Tag, ohne dass 'ne Bombe explodiert wäre. Und unsere wollten die Spanier in ihre Nato haben. Ohne Bomben und Terroristen, versteht sich. Die hatten ihnen ja selbst genug zugesetzt. Ich sag nur: Stammheim und Mogadischu. Ich fress meinen Hut, wenn die Deutschen den Spaniern nicht gut zugeredet haben, die Leute aus dem Weg zu räumen. Ist doch alles die gleiche Bande. Dass die Deutschen dem Gonzales geholfen haben, Anti-Terror-Truppen aufzubauen, das war doch überall bekannt. So 'ne Art Entwicklungshilfe nach Franco. Unsere hatten ja Erfahrung mit Anti-Terror-Truppen. Wenn man bloß an das Mogadischu-Theater denkt, GSG 9 und all das.

Finden Sie nicht, dass das ein wenig viel Spekulation ist, sagte Bella. Solche Sachen lassen sich schwer unter der Decke halten. Irgendetwas kommt immer raus. Darauf kann sich kein Staat einlassen.

Na klar kommt das raus. Das sieht man ja jetzt in Spanien. Aber warten wir mal ab. Ich wette, es kommt auch noch raus, wer ihnen den Tipp gegeben hat, die ETA-Leute einfach umzubrin-

gen. Jemand, der Erfahrung hatte mit – oh, sagte der Taxifahrer und blieb stumm.
Es dauerte eine Weile, bis er weiterredete. Mist, da ist mir was eingefallen. Er holte tief Luft. Mist, sagte er noch einmal, da ist mir wirklich was eingefallen. Ich dachte, jetzt wär 'ne Chance, dass die Deutschen sich mal öffentlich blamieren. Ich meine, mit Stammheim und so. Aber ich sag Ihnen, was die machen werden. Sie werden ihre Listen durchgehen, überlegen, welche Zeugen noch da sind, und werden den Spaniern helfen, diese Zeugen einfach zu beseitigen. Davon kriegt unsereiner dann natürlich nichts mit. Das geht still und leise. Das Einzige, was wir davon merken werden, ist, dass Gonzales wieder locker ist, wenn er im Fernsehen auftritt. Achten Sie mal darauf, wenn es so ist, dann hat sich die Lage beruhigt. Mist, sagte er noch einmal, um anschließend schweigend weiterzufahren.
Bella suchte in der Jackentasche nach Geld und fand den Zeitungsausschnitt mit dem Gedicht. Sie kannte den Verfasser nicht und nahm sich vor, zu Hause nachzusehen, wer er war. Der Taxifahrer brach sein Schweigen nicht mehr. Offenbar hatte ihn die Erkenntnis, dass er nicht in der Lage war, hinter die Geheimnisse staatlicher Machtpolitik zu kommen, so, wie er sie sich vorstellte, schwer getroffen. Er wünschte Bella eine gute Nacht und fuhr davon.
Ihre Müdigkeit war verflogen. Der Verfasser des Gedichts heißt Eugenio de Nora, und die kurze biographische Notiz in Reclams »Spanische Lyrik des 20. Jahrhunderts« besagt, dass er ein intelligenter und skeptischer Mann sei und mit der politischen Entwicklung Spaniens nicht einverstanden.

MANUEL SCHLIEF bis zum Mittag. Da hatte die alte Frau schon seine Kleider ausgebürstet und den Sand aus den Schuhen geschüttet. Er war nicht davon wach geworden, dass sie die

Sachen aus dem Zimmer geholt hatte. Am Abend hatte sie das andere Zimmer fertig gemacht. Aber als er dann nicht gekommen war, war sie selbst in das Bett des Sohnes gekrochen. Wie hätte er wissen können, dass er im anderen Zimmer schlafen sollte, wenn er so spät kommen würde? Am Morgen, während Manuel noch schlief, war der Bürgermeister erschienen. Es hatte einen kurzen Dialog gegeben. Dein Sohn ist zurück, heißt es, sagte der Bürgermeister.

Ja, antwortete die alte Frau.

Wir haben jetzt Geld, fuhr er fort. Als die Frau nicht reagierte, sagte er: Sie geben uns jetzt Geld, damit wir die Leute anstellen können, die keine Arbeit haben.

Mein Sohn braucht euer Geld nicht, sagte sie und drehte ihm den Rücken zu. Der Bürgermeister blieb stehen und sprach gegen ihren Rücken.

Fünfundzwanzigtausend Peseten. Dafür bringen wir die Hänge in Ordnung. Du weißt, wie oft es gebrannt hat. Das alte Holz muss weg. Man verkauft es an die Engländer. Sie nehmen es für den Kamin.

Er sagte nicht, wer »man« war, und die alte Frau fragte ihn nicht. Sie beachtete den Mann gar nicht mehr.

Sag es ihm. Er soll im Büro vorbeikommen. Wir haben Arbeit für ihn. Das Geld ist da, wiederholte er noch einmal, bevor er sich zum Gehen wandte.

Die Alte trat in die offene Garagentür und sah ihm nach. Sie spuckte auf den Boden, bevor sie sich wieder ihrer Arbeit in der Küche zuwandte.

Als Manuel in der Tür erschien, hatte sie Kaffee gekocht und das Brot geröstet, als habe sie gewusst, wann er aufstehen würde.

Wer war da, fragte er, ich hab eine Stimme gehört.

Das war Pascual. Er ist jetzt hier Bürgermeister.

Und was wollte er? Manuel interessierte sich nicht dafür, was der Bürgermeister gewollt hatte. Aus irgendeinem Grund

schien ihm aber die Gegenwart der Mutter erträglicher, wenn er mit ihr sprach.
Sie haben jetzt Geld. Du kannst für sie arbeiten, sagte sie. Fünfundzwanzigtausend Peseten. In ihrer Stimme war eine winzig kleine Hoffnung, so klein, dass sie es selbst nicht wahrnahm. Aber Manuel hörte es. Er hörte es als Vorwurf und begann zu lachen.
Fünfundzwanzigtausend, das ist ein guter Witz, sagte er. Das Gesicht der Mutter blieb verschlossen. Sie sprach nicht mehr, während sie ihm den Kaffee eingoss und den Teller mit den Broten hinschob.
Und du, sagte Manuel, mit wem redest du überhaupt, wenn ich nicht da bin. Er wusste, dass sie nicht mehr mit den Leuten aus dem Dorf sprach, seit Soledad weggegangen war. Sie nahm an der Prozession teil, das war alles. Die Leute im Dorf waren fröhlich. Sie redeten viel und lachten gern. Nur seine Mutter nicht. Er hatte sie einmal gesehen, wie sie vor dem Heiligen auf der Erde gelegen hatte. Sie hatten ihn aus der Kirche geholt, um ihn an seinem Ehrentag durch das Dorf zu tragen. Er stand zwischen Tischen und Stangen und langen, weißen Kerzen und wartete, dass man ihn aufnähme, hochhöbe und im Zug durch die Straßen trüge. Es war überhaupt noch nicht losgegangen. Sie hatte ihre Einkaufstasche neben sich gestellt, lag auf der Erde und küsste den Dreck. Ihre schwarze Strickjacke war im Rücken nach oben gerutscht, und ein Stück der weißen Unterwäsche hatte sich zwischen den schwarzen Rändern von Rock und Jacke hervorgeschoben. Es war nicht ungewöhnlich, dass jemand niederkniete, um den Heiligen zu ehren. Aber er hatte sich trotzdem geschämt und war weggegangen.
Eine Zeitlang hatte er seine Mutter sogar im Verdacht gehabt, dass sie zu den Leuten aus dem Dorf gehörte, die sich Kapuzen über die Köpfe zogen und barfuß, mit Stricken um die zusammengebundenen Knöchel, in der Heiligen Woche den Berg hinaufkrochen. Heimlich hatte er in ihrem Schrank nach dem

Büßergewand gesucht und ihre Füße betrachtet. Konnte sie gehen, oder merkte er ihr die Schmerzen an, die ihr die zerschundenen Füße in den Lederschuhen bereiten mussten? Sie büßte wegen Soledad, er wusste es genau. Und obwohl es eine Zeit gegeben hatte, in der ihm seine Schwester hätte gleichgültig werden können, hatte die Mutter es mit ihrem Verhalten fertiggebracht, ihn und Soledad noch enger miteinander zu verbinden.
Ich rede, mit wem ich will, sagte die Mutter. Und dann noch: Sie haben jetzt eine Krankenschwester im Nachbardorf. Die kommt manchmal.
Manuel hatte keine Lust mehr, das Gespräch fortzusetzen. Er stand auf.
Ich hab gesehen, dass sie eine Bahn gebaut haben, beim Laden, sagte die Mutter schnell. Du hast doch immer gern gespielt.
Ja, sagte Manuel, ich geh sie mir ansehen.
Er war froh, dass sie ihm einen Vorwand gegeben hatte, aus der Küche zu verschwinden. Sie ging ihm auf die Nerven.
Wieder blendete ihn die Sonne, als er aus der Tür trat. Er fühlte sich müde und unruhig. Die Sonne machte ihn nervös. Er nahm den Hut, der im Flur an einem einzelnen Haken an der Wand hing. Irgendwer musste ihn vergessen haben. Er hing dort schon immer. Unterwegs ins Dorf dachte er zum ersten Mal, dass der Hut seinem Vater gehört haben könnte. Der Gedanke war ihm unangenehm, aber der Hut hatte eine breite Krempe, und er behielt ihn auf.
Neben dem Bürgersteig stand eine Gruppe von Männern um eine Murmelbahn. Die Männer lachten und redeten durcheinander, während sie versuchten, ihre gläsernen Kugeln mit einem Wurf im Loch verschwinden zu lassen. Manuel stellte sich neben sie und sah dem Spiel zu. Er hatte noch Zeit.

ES WAR SOLEDAD nicht gutgegangen mit den Soldaten. Sie war zu betrunken gewesen und hatte sich keinen Respekt verschaffen können. Irgendwann hatte sie alles gemacht, was die wollten, und der Brandy, den sie ihr auf den Bauch gekippt hatten, war an den Seiten heruntergelaufen. Das Sofa war hin. Geld hatte sie nicht viel mehr als sonst. Die ganzen Extras hatte ihr niemand bezahlt. Sie wollte nicht noch eine Nacht in dem verdammten Haus zubringen. Sie wollte hier weg. Sie wollte ihre Sachen einsammeln, die Karre beladen und abhauen.
Konnte sie überhaupt um diese Zeit mit der Karre durch das Dorf laufen? Die Leute, denen das Haus gehörte, würden sicher herumfragen, ob jemand einen Verdacht hätte. Egal, sie wollte hier weg. Auch die leeren Bierkisten mussten mit. Noch wurde es nicht hell. Sie würde den anderen Tunnel nehmen. Der Weg dahin war weiter, aber er führte nicht durch das Dorf. Sie würde anderthalb Stunden brauchen, bis nach Hause. Aber es würde ihr niemand begegnen.
Im Dunkeln war nicht zu erkennen, wo Manuel den Bauern eingegraben hatte. Es wehte noch immer ein kräftiger Wind. Wahrscheinlich war die Stelle schon mit Sand bedeckt. Sie zog die Küchentür zu, schloss aber nicht ab. Die würden sowieso gleich merken, was hier los gewesen war.
Die frische Luft tat ihr gut. Sie zog den Karren hinter sich her durch den Sand. Nicht mal der Mond schien. Es war so dunkel, dass sie eine Weile brauchte, um das Meer zu erkennen, obwohl sie nur ein paar Meter davon entfernt war und die Wellen an den Strand schlagen hörte.
Weshalb hatte sie gedacht, dass die ausländischen Soldaten etwas Besonderes wären. Sie hätte es verdammt besser wissen können. Mercé hatte es gut. Was für eine Idee: ihr den Bauern abtreten, für nichts. Obendrein war der jetzt tot. Sie hatte keine Angst, dass sein Tod mit ihr in Zusammenhang gebracht werden könnte. Sie vertraute Manuel. Er hatte alles erledigt. Nur die

regelmäßige Einnahme war weg. Ob der überhaupt bei Mercé gewesen war? Musste er wohl, woher hätte er sonst gewusst, wo sie steckte.
Als sie unter dem Tunnel durchkam, sah sie einen feinen, türkisfarbenen Rand über den Bergen. Die Sonne ging auf. Aber jetzt brauchte sie sich nicht mehr zu beeilen. Auf dieser Seite der Autobahn gab es keine Häuser; außer ein paar Ruinen, die schon lange nicht mehr bewohnt wurden. Ein dünner, gelber Hund begann ihr nachzulaufen. Sie kümmerte sich nicht darum. Er holte auf, und als er beinahe neben ihr ging, sah sie, dass er einen knöchernen Kopf hatte, wie ein Schaf, das gerade geschoren worden war, und große, vorstehende Augen.
Das Licht veränderte sich jetzt sehr schnell. Es wurde rot und dann rosa und veränderte auch die Farbe des Weges und der zerrupften Palmen. Den Palmen waren beim Sturm Äste abgeknickt. Die hingen jetzt neben den Stämmen oder lagen in der Gegend umher. Als sie ihr Haus erreichte, waren auch das Rot und das Rosa am Himmel verschwunden. Der Himmel war durchsichtig blau. Die Schiffe lagen noch immer auf dem Meer, das jetzt von gleicher Farbe war wie der Himmel. Man konnte sie kaum voneinander unterscheiden.
Mercé hatte, gegen ihre Gewohnheit, die Tür abgeschlossen. Soledad musste sehr kräftig gegen das Fenster schlagen, bevor die Gardine zurückgezogen wurde.
Was tust du da draußen, fragte Mercé verschlafen. Erst als sie den Karren auf dem Weg stehen sah, begriff sie und lief an die Tür.
Mach Kaffee, sagte Soledad, ich geh unter die Dusche. Mercé gehorchte sofort. Sie räumte sogar den Karren leer, als der Kaffee fertig und Soledad noch nicht in der Küche erschienen war. Sie stapelte die Kisten auf, warf die leeren Brandyflaschen weg und trug den Haufen schmutziger Tücher in den Anbau, in dem die Waschmaschine stand. Soledad saß in ihrem dicken, roten Morgenrock am Tisch, als sie zurückkam.

Sie hatte die feuchten Haare im Nacken zusammengebunden und sah sehr blass aus.
Soll ich dir mal was sagen, Mercé, sagte sie. Sie hielt den Kaffeebecher in den Händen und pustete auf die Oberfläche.
Nee, sagte Mercé, ich kann's mir schon denken. Weshalb sollen wir uns die Laune verderben wegen der Scheißkerle. Ich koch uns jetzt einen Kakao. Brandy ist noch genug da. Und dann machen wir uns einen gemütlichen Tag.

DIE MÄNNER steckten die Säckchen mit den Murmeln ein und beendeten ihr Spiel. Einige gingen nach Hause, andere nahmen den Weg zur Bar. Manuel schloss sich denen an, die in die Bar gingen. Als Pascual ihn ansprach, waren sie schon in dem kahlen Raum angekommen, hatten Stühle von den Stapeln genommen und sich unter Reden und Gelächter niedergelassen. Auf dem Bildschirm lief ein Ratespiel. Der Verwachsene brachte Bier und verschwand dann in der Küche.
Ich war neulich bei deiner Mutter, sagte Pascual. Hat sie dir Bescheid gesagt?
Ja, sagte Manuel. Er sah vor sich hin.
Und, kommst du?
Ihr habt es wohl mächtig eilig, das Geld auszugeben, was? Gibt's keine anderen Arbeitslosen im Dorf?
Es wird jetzt viel gebaut, sagte Pascual, viele Straßen. Und Häuser. Wer Arbeit will, der findet auch welche. Und du, lebst du noch immer von deiner Schwester? Er erschrak, als Manuel den Kopf hob und ihn ansah. Du weißt, was die Leute reden, sagte er schnell. Seine Worte taten ihm leid. Er hätte sie gern ungeschehen gemacht.
Ich überleg's mir, sagte Manuel. Sag denen, die so reden, sie sollen ihr Maul halten, sonst wird es ihren Angehörigen leidtun. Er blieb ruhig sitzen. Pascual rutschte ein Stück von ihm weg.

Die Männer unterhielten sich über Felipe. Pascual mischte sich ein. Sie sagten »dein Felipe«, wenn sie mit Pascual sprachen. Meiner, sagte Pascual, das schon. Aber wer hat ihn denn gewählt, ihr doch, oder?
Dann lasst noch mal wählen, sagte ein Witzbold. Da werdet ihr schon sehen, ob wir ihn noch mal wollten. Wie kann man einem Halbidioten ein so verantwortungsvolles Amt anvertrauen. Ist doch die Höhe! Es wurde gelacht und zustimmend genickt.
Damals habt ihr anders geredet, versuchte Pascual es noch einmal.
Damals. Da wussten wir auch nicht, was der Kleine alles anstellen würde.
Als das Telefon klingelte, kam der Wirt aus der Küche. Er sah mit einem schrägen Blick zu Manuel hinüber, während er abhob. Als er den Hörer fallen ließ, stand Manuel auf und ging ans Telefon. Die Männer in seinem Rücken stellten ihr Gespräch ein und folgten ihm mit ihren Augen. Manuel nahm den Hörer auf und sah zu ihnen hinüber, während er horchte. Da versuchten sie, ihr Gespräch wieder aufzunehmen, und streiften ihn nur hin und wieder mit verstohlenen Blicken. Er sprach nicht, legte nur irgendwann den Hörer auf und ging an den Tresen, um sein Bier zu bezahlen. Er verließ die Bar, ohne sich von den Männern zu verabschieden.
Was will der eigentlich hier, sagte einer. Da war Manuel schon außer Hörweite. Kommt und geht und denkt, er wäre was Besonderes.
Seinen Vater haben sie damals umgebracht, sagte ein sehr alter Mann, der sich bisher nicht am Gespräch beteiligt hatte.
Wollt ihr noch was trinken, fragte der Wirt. Er war herangekommen, ohne dass sie ihn bemerkt hatten. Offenbar hatte er sich in der Zwischenzeit etwas zu essen gemacht. Auf dem Teller in seiner Hand lag ein Tintenfisch, auf dessen reinem, weißem Fleisch hellbraune Streifen vom Grill eingebrannt waren.

Ich nicht, sagte Pascual schnell. Er stand auf, und auch die anderen Männer schoben die Stühle beiseite. Der Wirt setzte seinen Teller auf dem Tisch unter dem Fernseher ab und ging zum Kassieren hinter den Tresen. Die Männer zahlten und gingen zum Ausgang. Der alte Mann, der neben Pascual aus der Tür trat, sagte noch einmal: Seinen Vater haben sie damals umgebracht, aber niemand hörte ihn.
In der Bar saß der Verwachsene vor dem Fernsehgerät und aß. Der Reklamefilm zeigte einen zum klassischen griechischen Jüngling getrimmten Blonden, der in aquamarinblaues Wasser taucht und beim Auftauchen eine Flasche Herrenparfüm in den Händen hält. Von seinem gleichmäßig gebräunten, eingefetteten Körper perlen die Wassertropfen herab.

MANUEL GING ZURÜCK in das Haus seiner Mutter. Er nahm sein Jackett und die kleine, schwarze Reisetasche, die er bei sich gehabt hatte, als er gekommen war.
In zwei Tagen bin ich zurück, sagte er, ohne die alte Frau anzusehen. Auf dem Weg zum Bus ärgerte er sich, dass er überhaupt etwas gesagt hatte. Jedenfalls war er froh, dass er einen Grund gehabt hatte, zu gehen. Jedes Mal war es so, dass er sich darauf freute, nach Hause zu kommen. Die Alte hätte er ertragen. Aber die unausgesprochene Ablehnung der Männer aus dem Dorf kränkte ihn so sehr, dass die Abstände zwischen seinen Aufenthalten zu Hause immer größer wurden. Die Männer lungerten herum, hatten keine Arbeit und kein Geld. Sie beneideten ihn. Sie hätten gern gewusst, was er wirklich tat, wenn er unterwegs war. Und weil er nicht darüber sprach – hätte er sagen sollen: Ich bin schon lange nicht mehr bei der Guardia, ich arbeite auf eigene Rechnung? –, quatschten sie über ihn, stellten Vermutungen an, die ihn kränken mussten. Sie rächten sich an ihm für das Elend, in dem sie selbst saßen. Das war's.

Weil er sehr vorsichtig war, nahm er nicht den direkten Bus in die Stadt, in die ihn seine Auftraggeber schickten. Er kam deshalb erst gegen Abend dort an. Sein Hotel lag in der Altstadt. Er bezog das Zimmer, das für ihn bestellt worden war. Kurz vor Mitternacht ging er noch einmal aus. Der junge Mann in dem winzigen Raum hinter der Rezeption schlief. Manuel gab seinen Schlüssel nicht ab. In der Hotelhalle lief der Fernseher. Das Geräusch verschluckte seine Schritte. Draußen wandte er sich nach links und durchquerte die Stadt bis hinunter zum Hafen. Das Hotel, das er dort aufsuchte, war größer und teurer.
In der Hotelhalle war noch Betrieb. Er wusste, dass dort eine Tagung stattgefunden hatte. Männer mit Gläsern in der Hand, gekleidet in dunkle Anzüge, standen herum und redeten. Es fiel ihm leicht, ohne aufzufallen einen Blick auf die Schlüsselwand am Empfang zu werfen. Der Schlüssel, den er sehen wollte, hing an seinem Platz. Er sah auf die Uhr und ging zum Fahrstuhl. Er fuhr in den vierten Stock, ging zum Zimmer vierhundertzwölf, sah einen Augenblick gegen die Tür und nahm denselben Weg wieder zurück. In der Halle suchte er sich eine Zeitung und setzte sich in einen der tiefen Sessel, die dort herumstanden. Er sah auf die Uhr und versicherte sich, dass er die Wand mit den Schlüsseln im Auge behalten konnte. Die Zeitung nahm er vor sein Gesicht. Als der Kellner kam und ihm auf einem Tablett ein Glas Champagner anbot, lehnte er ab. Es war zehn Minuten nach eins, als der Mann aus Zimmer vierhundertzwölf seinen Schlüssel abholte. Er war ein kleiner Mann, elegant gekleidet, mit einer roten Weste unter dem Jackett. Er ging zum Fahrstuhl. Manuel sah auf seine Armbanduhr, wartete fünf Minuten, legte die Zeitung zur Seite und benutzte für einen Augenblick das Telefon in der Kabine neben dem Fahrstuhl. Dann fuhr er nach oben. Der Mann von Zimmer vierhundertzwölf hatte ihm die Tür geöffnet und war zurück ins Bad gegangen. Manuel betrat das Zimmer. Im Pay-TV lief ein Pornofilm. Das Bett war aufgeschlagen. Auf einem weißen Ledersessel lag die rote Weste.

Im Kleiderschrank hingen ein schwarzes Jackett, eine dunkelgelbe Kamelhaarhose und ein kleinkariertes Sakko. Die Tür zum Bad stand offen.
Nehmen Sie einen Moment Platz, rief der Mann aus dem Bad. Manuel trat in die Badezimmertür. Der Mann stand vor dem Waschtisch und wusch sich die Hände. Im Spiegel begegneten sich ihre Blicke. Es blieb ihm keine Zeit mehr, Angst zu haben. Er war dünn unter dem weißen Oberhemd, und er brach schnell und lautlos zusammen. Manuel wartete in der Tür, bevor er hineinging und das Messer an sich nahm. Er säuberte es an der Hose des Mannes und steckte es zurück in das Futteral, das er unter dem rechten Knie befestigt hatte. Auf dem Hemd des Toten breitete sich langsam ein roter Fleck aus. Als er das Zimmer verließ, öffnete und schloss er die Tür mit dem Ellenbogen. Der Gang war leer. Er benutzte nicht den Fahrstuhl, sondern ging die Treppe hinunter bis zur Tiefgarage. Dort nahm er den Ausgang zur Straße. Er war sicher, dass er niemandem aufgefallen war.
Der Junge im Hinterzimmer der Rezeption seines Hotels schlief noch immer. Der Fernseher lief und zeigte einen amerikanischen Film. Er hieß »El Cid«, und Manuel kannte ihn. Er hatte ihn gesehen, weil er in Andalusien gedreht worden war.
Als er in seinem Zimmer ankam, schaltete er das Fernsehgerät an und suchte den Film. Er lief auf Tele 5. Manuel legte sich aufs Bett und sah zu. Er wunderte sich, wie viele Bilder er vergessen hatte. Er wusste nicht einmal mehr genau, wie der Film endete. Zum Schluss musste er noch einmal aufstehen und das Gerät ausschalten, denn es gab keine Fernbedienung. Er sah sonderbar aus in seiner Unterhose und mit dem Messerfutteral unter dem rechten Knie. Aber es sah ihn ja niemand.

DER SOHN war gegangen. Es würde lange dauern, bis er wiederkäme. Die alte Frau hatte darauf verzichtet, in die Kirche zu gehen. Die Kirche lag im Nachbardorf, und sie fühlte sich zu müde für den Weg. Sie war zu müde für alles. Hinter ihr im Haus standen die zerwühlten Betten. Morgen würde sie die Laken glattziehen, die Bettwäsche vom Bett des Sohnes nehmen, waschen und in die Sonne hängen. Heute wollte sie nur vor dem Haus sitzen und warten, bis die Trauer in ihrem Innern wieder auszuhalten wäre; bis sich der Schmerz mit dem Einerlei der Tage vermischte; bis er dazugehörte wie der Wind über der Schlucht, der den Duft der Orangenblüten herauftrieb; wie der Staub, der die trockene Erde bedeckte; wie das Feuer unter dem Topf.
Den ganzen Tag über saß sie auf dem Stuhl vor dem Haus, den Rücken an die Wand gelehnt, die Hände im Schoß. Einmal, gegen Mittag, verspürte sie Durst. Da stand sie auf, stocherte im Feuer, bis die Flammen höher wurden, und füllte den Wassertopf. Auf dem Tisch stand ein Becher, den der Sohn benutzt hatte. Sie nahm ihn auf und hielt ihn einen Augenblick in den Händen, bevor sie ihn in die Abwaschschüssel setzte. Gegen Abend saß sie noch immer auf dem Stuhl vor der Hauswand, eine leere Tasse neben sich auf dem Betonboden, die Hände im Schoß.
Die Straße war dunkler geworden. In ihrem Garten hingen die vertrockneten Orangen wie schwarze Unglücksvögel in den Ästen. Sie hatte geschlafen, war aufgewacht, hatte die Straße entlanggesehen und die Trauer gespürt, die sie ins Herz biss. Es war der Anblick der Straße, der ihr wehtat, und sie schloss die Augen, obwohl sie nicht mehr müde war. Diesmal war er nicht lange geblieben. Nicht einmal so lange, dass sie Gelegenheit gehabt hätte, ihm zu sagen, wo das Geld lag, das sie für ihn gespart hatte. Vielleicht würde sie sterben, ohne dass er davon erführe. Die Leute im Dorf würden Sole benachrichtigen, und sie würde das Geld finden und behalten. Die Verachtung

für die unwürdige Tochter überdeckte einen Augenblick lang die Trauer über die Abwesenheit des Sohnes. Sie musste ihm sagen, dass das Geld nur für ihn bestimmt war, wenn er wiederkam. Jetzt bedauerte sie, nicht schreiben zu können. Sie hätte gern einen Zettel geschrieben und ihn in die Schachtel zu dem Geld gelegt, damit sie wussten, für wen das Geld bestimmt war. Der Sohn konnte schreiben und lesen, aber weder sie noch ihr Mann hatten es gelernt. Der Mann hatte heimlich einen Kurs besucht, bis sie ihn abgeholt hatten. Da war ihm auch sein bisschen Lesen und Schreiben nicht mehr von Nutzen gewesen.

Die kahlen, eisernen Stangen vor dem Haus, die im Sommer den Wein trugen, warfen lange Schatten, als die alte Frau endlich aufstand und in die Küche ging. Sie hatte nicht einmal die Katze beachtet, die ein paarmal um ihren Stuhl gestrichen war und sich dann beleidigt zurückgezogen hatte.

Das Feuer war ausgegangen. Sie fühlte sich schwach, weil sie den Tag über nichts gegessen hatte. Ein Rest Suppe war da, sie würde ihn aufwärmen. Es fiel ihr schwer, sich zu bücken, um das Holz aufzuschichten, und sie hielt sich dabei mit einer Hand an dem eisernen Gestell fest, auf dem der Topf stand. Als das Feuer brannte, stellte sie ihn darüber. Sie ging hinaus, nahm den Stuhl von der Hauswand, trug ihn hinein und setzte sich vor das Feuer. Als sie spürte, dass die Wärme der Flammen ihren Beinen guttat, rückte sie den Stuhl näher heran. Es war tröstlich, am Feuer zu sitzen und die Wärme zu fühlen.

Erst als die langen Schatten der beiden Männer durch das Garagentor auf den Fußboden fielen, sah sie, dass sie Besuch bekommen hatte.

Zwei Männer standen groß und beinahe schwarz in der Öffnung. Hinter ihnen sah sie ein Stück des roten Himmels. Die Sonne war untergegangen, und der Wind hatte sich gelegt. Es war sehr still, und sie fühlte nichts außer der Wärme an ihren Beinen und einer großen Müdigkeit. So sah sie nur zu den Män-

nern hin, ohne aufzustehen, ohne sich zu bewegen oder etwas zu sagen.
Wir sind Freunde von Manuel, sagte einer der beiden. Sie konnte die Gesichter der Männer nicht erkennen, aber je länger sie zu ihnen hinübersah, desto stärker spürte sie die Bedrohung, die von ihnen ausging. Sie hätte jetzt nicht mehr sprechen können, auch wenn sie gewollt hätte. Sie sah, wie der eine dem anderen zunickte und dann zum Haus hinüberging. Der zurückgebliebene stellte sich breitbeinig in die Türöffnung, so, als wollte er verhindern, dass sie hinausging. Aber die alte Frau blieb sitzen, hielt die Hände weiter auf dem Schoß und bewegte sich nicht. Sie wandte nur den Kopf weg von dem Mann und sah wieder ins Feuer.
Freunde von Manuel, flüsterte sie mit einer kleinen tonlosen Stimme, die klang, als wollte sie sich beruhigen und gleichzeitig, als hätte sie jetzt, erst jetzt, in diesem Augenblick verstanden, dass ihr das Leben ihres Sohnes fremd war und dass sie es nicht billigen könnte, wenn sie es kennen würde.
Eine Weile war es still in der Küche. Das Feuer knisterte leise. Sie hätte Holz nachlegen müssen, aber sie bewegte sich nicht. Dann kam der Mann aus dem Haus zurück. Sie hörte seine Schritte auf dem Beton. Er hatte die Tür nicht geschlossen. Sie sah nicht die beiden Männer, die nebeneinander in der Tür standen und sich zunickten. Sie sah auf das langsam verglimmende Feuer und auf ihre Hände im Schoß, die vorn an den Fingern rötlich gefärbt waren vom Schein des Feuers. Und sie hörte auf die Schritte der Männer, die nun zu ihr hereinkamen.

WILLI GING ans Telefon, als Inge anrief. Sie hielt den Hörer zu.
Da ist eine Frau, die Inge heißt. Sie wüssten schon.
Bella überlegte und brauchte einen Augenblick, bis ihr einfiel,

dass Inge nur die Frau sein konnte, die sie bei Eddie getroffen hatte. Sie schüttelte den Kopf.
Frau Block ist beschäftigt. Sie können mir sagen, worum es geht.
Bella schüttelte noch einmal den Kopf.
Ach ja?, sagte Willi ungerührt. Das ist gut. Wir freuen uns für Sie.
Bella lächelte erleichtert.
Willi hörte aufmerksam zu. Am besten, Sie schicken es uns her, sagte sie. Ja, natürlich. Vielen Dank. Willi legte den Hörer auf.
Bella tat so, als habe sie nicht mehr zugehört.
Sie schickt uns ein Foto, sagte Willi.
So beeindruckt war ich nicht, dass ich ihr Foto haben müsste, sagte Bella ungerührt.
Es ist nicht von ihr, ich meine, sie ist nicht drauf, es ist –
Tun Sie es in den Papierkorb, sagte Bella, oder schicken Sie es zurück. Ich will es jedenfalls nicht sehen.
Willi antwortete nicht und wandte sich wieder ihrer Arbeit zu. Sie hatte es übernommen, für Bella eine Aufstellung der Taten des Herakles anzufertigen, stöhnte nur hin und wieder über komplizierte Verwandtschaftsverhältnisse in der griechischen Mythologie und kam nicht mehr auf den Anruf zurück.
Zwei Tage später fand Bella, es war Dienstag, und Willi verbrachte den Nachmittag bei Olga, zwischen den Seiten des ordentlich aufgelisteten Herakles-Lebens ein Foto. Es hatte das Format einer halben DIN-A4-Seite. Auf der Rückseite stand: Es ist sein Auto. Ich brauche das Foto nicht. Ich finde es unheimlich. Vielleicht wollen Sie es haben. Sonst soll man es wegwerfen. Mir geht es gut. Viel zahlt Eddie nicht, aber was man hat, das hat man.
Frdl. Gruß: Inge.
Auf dem Foto war es Nacht, jedenfalls dunkel. Es war auf einem Schrottplatz aufgenommen worden. Drei Autos, weiß, alt, billige

Modelle, standen vor einer Schrottpresse. Hinter dem letzten Auto stand ein Mann, dessen Figur im Dunkeln nur schwach zu erkennen war. Dafür sah man seinen Kopf umso deutlicher. Er hatte sehr viel Ähnlichkeit mit einem Totenkopf.

Sie kannte ihn. Der Mann war ein Killer. Er war bei Eddie gewesen, damals, als Beyer sich erschossen hatte; als die Polizei zu blöd gewesen war, den Kerl festzunehmen; als die alte Frau in ihr Büro gekommen war und verlangt hatte: Sie müssen meine Enkelin beschützen; als sie zu spät gekommen war; als die Frau tot und nackt, abgemagert, aber vor ihrem Tod noch zu einem letzten Liebesdienst am Herrn gezwungen, auf dem Sofa im Schuppen gelegen hatte.

Mehr als vier Jahre war es her, dass sie, verdeckt von einem Rosenstrauch, vor dem Schuppenfenster gestanden und die Tote entdeckt hatte. Der Geruch nach Rosen und Tod war noch immer nicht aus ihrem Gedächtnis verschwunden. Ihre Niederlage und Beyers Tod hatten damals zu einer Krise in ihrem Leben geführt, die lange andauerte und die sie nur schwer überwunden hatte. Jetzt, während sie das Bild des Totenkopfmannes in den Händen hielt, begann sie sogar, daran zu zweifeln, ob sie wirklich überwunden war.

Bella setzte sich, um nachzudenken. Sie wusste nicht, ob die alte Frau noch lebte. Aber selbst wenn sie noch mit ihr sprechen könnte, über den Tod der Enkelin hätte sie sich inzwischen hinweggetröstet. Es war sinnlos und würde sie nur beunruhigen, von damals zu hören. Niemand interessierte sich für alte Geschichten. Aber es war der Mann von damals, daran bestand kein Zweifel.

Beinahe automatisch nahm Bella den Hörer in die Hand und wählte Eddies Nummer. Eddie war nicht da, aber sein Kellner wusste, in welcher der Imbissbuden Inge Arbeit gefunden hatte. Er wusste sogar ihre Arbeitszeit. Sie bedankte sich und sah auf die Uhr. Die Schicht hatte gerade erst angefangen. Es war genug Zeit, mit der Bahn zu fahren und ein Stück zu Fuß zu gehen.

Am Hauptbahnhof trank sie beim Spanier ein Glas Rotwein, aß ein paar in Speck eingewickelte und gebratene Datteln und beobachtete die Menschen. Sie schoben sich suchend und lüstern von einem Fressstand zum anderen. Irgendwann fiel ihr ein Ehepaar auf, modisch gekleidet, mittleren Alters. Sie hatte die beiden eben schon einmal gesehen. Da waren sie nebeneinander gegangen, in eine heftige Diskussion verwickelt. Jetzt gingen sie schon wieder an ihr vorbei. Sie gingen hintereinander und taten so, als wären sie sich fremd. Über der rechten Schulter der Frau hing der Riemen einer Schultertasche. Der Reißverschluss der Tasche war halb geöffnet.
Das ist nicht wahr, dachte Bella, ich träume. Das, was ich jetzt gleich sehen werde, ist nichts weiter als ein böser, hässlicher Traum, geboren aus meiner völlig unbegründeten Abneigung gegenüber ordentlichen, deutschen Mitbürgern, die ihr Geld ehrlich verdienen und ihre Steuern pünktlich zahlen.
Sie sah fassungslos auf die Gesichter der beiden, die höchste Konzentration zeigten. Plötzlich schrie die Frau auf, gleichzeitig sprang der Mann nach vorn. Er hielt den Arm einer Frau fest, die ihre Hand in die Umhängetasche seiner Frau gesteckt hatte. Es war eine kleine, dunkelhaarige Frau, die sich in ein großes Umschlagtuch gehüllt hatte und an einer Hand ein Mädchen hielt, das sie jetzt losließ und das im Gewühl verschwand. Sie begann in einer fremden Sprache laut zu klagen. Der Mann hielt ihren Arm in der Tasche fest und rief nach der Polizei. Die Diebin versuchte, den Arm aus der Tasche zu ziehen. Aber die Ehefrau drängte die Handtasche der Hand entgegen.
Da sieht man's ja, rief sie ein ums andere Mal.
Zwei Uniformierte kamen, Männer mit Sprechfunkgeräten und Pistolen an den Gürteln. Sie hatten so dumme Gesichter, dass Bella hoffte, sie würden vergessen, dass sie bewaffnet waren. Um das zeternde Ehepaar und die Diebin hatte sich ein Menschenauflauf gebildet, einige hielten noch die Sektgläser in der Hand,

die zu dem Sonderangebot »Hummer und Champagner« eines Sylter Fischhändlers gehörten.
Bella wandte sich ab, um die Kommentare nicht hören zu müssen, die die Festnahme der Frau begleiteten. Sie sah, dass der Spanier die Szene mit unbewegtem Gesicht verfolgte.
Was ist bloß mit den Deutschen, sagte er leise, als er sah, dass Bella sich abgewandt hatte. Ich verstehe sie nicht. Bella zahlte, ohne etwas zu erwidern. Sie nahm an, er erwarte keine Antwort.
Während sie den Steindamm hinunterging, dachte sie über seine Worte nach. Sie dachte an die gutgekleideten, mit Paketen vom Einkauf beladenen Menschen in der Markthalle des Hauptbahnhofs, während hier, zweihundert Meter weiter, frierende Frauen in den Hauseingängen angeboten wurden, zerlumpte Süchtige sich an den Geländern des U-Bahn-Schachts festhielten, um nicht in den Dreck zu fallen, und schnelle, männliche Kinder die Straße auf und ab liefen und von Mädchen flüsterten, von Drogen oder von sich selbst. Das alles geschah öffentlich, und jeder konnte es sehen.
Und sie sehen es alle, dachte Bella, sie wissen alles.
Der große Fehler, den Olga ihr Leben lang gemacht hat, der Fehler, den sie immer noch macht, obwohl sie es eigentlich besser wissen könnte, ist so leicht zu erkennen: Sie glaubt, die wüssten nicht über den Zustand der Welt Bescheid und man müsste sie nur aufklären, damit sie ihn ändern. Aber sie wissen alles und finden die Welt in Ordnung.
Es begann zu regnen. Bella ging schneller und schlug den Mantelkragen hoch. Sie ging so schnell, dass der Aufreißer der Scientologen kaum Gelegenheit hatte, sie anzusprechen. Er lief ein paar Schritte neben ihr her, ein kleiner, drahtiger Mann mit einem runden Gesicht unter der Kapuze seines Anoraks. Die Sekte hatte eines ihrer Standquartiere am unteren Ende des Steindamms aufgeschlagen – eine moderne Kirche, die sich mit modernen Methoden mühte, das Erbe der alten Kirchen an-

zutreten, und dabei erfolgreich war. Wegen ihrer ökonomischen Erfolge wurde sie heftig bekämpft. Der Mann war ihr lästig. Ein Taxi fuhr heran. Bella winkte und ließ sich mitnehmen.
Hamburger Wetter, was?, sagte der Fahrer, der ihren durchweichten Mantel gesehen hatte. Soll noch mehr regnen. Dann blieb er still und konzentrierte sich auf den Straßenverkehr.
Soll ich warten, fragte er, als er hielt. Er warf einen Blick auf die nasse Straße und die Imbissbude.
Keine schlechte Idee, sagte Bella, bis gleich.
Im Innern der Bude roch es nach nassen Mänteln und Pommes. Ein paar Männer aßen im Stehen ein paar Würste und tranken Wasser dazu. Sie passten nicht hierher.
Inge war damit beschäftigt, das Fett in der Friteuse auszuwechseln. Sie hatte die Haarfarbe geändert. Ihre eigene stand ihr besser. Als sie Bella erkannte, lachte sie. Die Würste sind gut, sagte sie, oder lieber ein Bier?
Bella nahm beides und blieb an der Theke stehen. Die Wurst war wirklich gut.
Wenn Sie was über das Foto wissen wollen, keine Ahnung, sagte Inge. Es war in der Post, an dem Tag, an dem ich da unten abgereist bin.
Stand kein Absender drauf?
Nichts, deshalb hab ich den Umschlag auch gleich weggeworfen. Ich hätte das Foto auch weggeworfen. Aber dann fiel mir ein, dass Sie es vielleicht brauchen könnten. Oder an die Polizei geben, was weiß ich.
Das ist schade, sagte Bella, man hätte vielleicht sehen können, wo der Brief abgestempelt war –
Ach, wissen Sie, mir war das so wurscht. Ich war froh, dass ich die Marokkaner los war und die Sache mit dem Acker geregelt hatte. Der Nachbar hat alles genommen. Ich hab sogar noch ein bisschen Geld dafür bekommen. Ich kann's doch nicht ändern, dass er weg ist. Tun Sie das Foto in den Papierkorb. Ich hätte es Ihnen gar nicht erst schicken sollen.

Bella legte das Foto auf die Glastheke. Inge sah es sich an, aber ihr Gesicht zeigte keinerlei Interesse.
Können Sie sich vorstellen, wo es aufgenommen wurde? Da scheint so etwas wie ein Schrottplatz zu sein.
Keine Ahnung. Wissen Sie, Schrottplätze gibt's da unten genug. Da kann jeder in Frage kommen.
Aber wer fotografiert auf einem Schrottplatz?
Ich sag doch, ich hab keine Ahnung. Wirklich nicht. Ich würde es Ihnen sagen. Möchten Sie noch ein Bier? Geht auf meine Rechnung.
Danke, sagte Bella, heute nicht. Mein Taxi wartet. Ich komm mal wieder vorbei. Sie ging hinaus. In der Tür begegnete ihr ein weiterer Mann, der nicht in die Gegend passte, jedenfalls nicht tagsüber.
Das ging ja schnell, sagte der Taxifahrer. Wohin soll's denn jetzt gehen?
Nach Hause, sagte Bella. Sie gab ihm die Adresse. Dann sagte sie: Ich vermute, Sie kennen sich in der Stadt aus. Ich hab hier eine Freundin besucht. Sie arbeitet in der Imbissbude. Ich bin lange nicht dort gewesen. Die Leute, die da standen und aßen, das waren doch keine Arbeiter oder Fernfahrer. Die Kunden waren anders als sonst.
Der Fahrer lachte. Ist Ihnen aufgefallen, was? Sehen Sie doch mal aus dem Fenster. Was sehen Sie?
Bella sah hinaus. Rechts und links der Straße folgte ein Verwaltungsgebäude dem anderen. Aufwendige Bauten, hell erleuchtet.
Seit die Mauer weg ist, ist die Sache hier in Gang gekommen, sagte der Fahrer. Jetzt kleckern sie nicht mehr. Ich würde nicht mal mehr klotzen sagen. Millionen Quadratmeter, vom Feinsten. Granit, Marmor, was Sie wollen. Und wenig Leute drin. Die Gegend hier ist kein Hinterhof mehr. Hier wird jetzt Gewinn gemacht. Kriegsgewinn.
Bella antwortete nicht. Plötzlich hatte sie genug von schlau

daherredenden Taxifahrern. Sie wusste nicht, was sie tun sollte. Wenn das Foto eine Spur war, eine Spur zu dem Mann – Totenkopfäffchen hatte Eddie damals gesagt –, der ein Killer war, dann war es gefährlich, ihr nachzugehen. Weshalb sollte sie sich dieser Gefahr aussetzen? Es war nicht ihre Aufgabe, die Welt von Widerlingen zu befreien. Dafür war die Polizei da. Wenn die nicht dazu in der Lage war, dann war das nicht mehr ihr Problem. Worum ging es also wirklich? Was war der Grund für ihre Beunruhigung? Weshalb war sie schon fast sicher, dass sie die Suche nach dem Totenkopfmann aufnehmen würde?

Gib es zu, Bella, dachte sie. Es ist die Niederlage von damals, die du nie verwunden hast. Ist das alles? Nein, da ist ein Gefühl der Schuld. Du bist nicht schuld an Beyers Tod gewesen. Aber du hast ihn angerufen, damals, und hast ihm gesagt, wo er den Killer finden kann. Dein Anruf hat den Einsatz ausgelöst, bei dem er gestorben ist. Dieser Mann auf dem Foto ist der Grund dafür, dass Beyer nicht mehr lebt. Und du willst, dass er bestraft wird.

Ihr Atem ging heftiger, als sie versuchte, sich zu erinnern, wie sie damals vor Eddies Kneipe gesessen und auf den toten Körper von Beyer gestarrt hatte. Sie war nicht allein gewesen. Kranz, der Psychologe Kranz, hatte neben ihr gestanden und versucht, sie zu trösten. Mit ihm würde sie Kontakt aufnehmen. Kranz war inzwischen in der Polizeihierarchie so hoch gestiegen, dass er bestimmt Zugriff auf alle gespeicherten Daten hatte. Wenn der Totenkopfmann im Polizeicomputer war, dann würde sie eine brauchbare Spur haben.

Nichts für ungut, sagte der Taxifahrer, während er hielt und sie nach Kleingeld suchte. Manche Gäste wollen unterhalten sein.

Ist schon in Ordnung, sagte Bella, während sie ausstieg.

Sie hatte das Licht im Arbeitszimmer brennen lassen, als sie gegangen war. Es war schön, zurückzukommen, die Bücher zu

sehen, den Sessel am Fenster, Willis Arbeitsplatz neben dem Schreibtisch.
Sie nahm eins der Bücher auf, die dort lagen: Mercé Rodoreda: »Auf der Plaza del Diamant.« Sie schlug es auf und begann zu lesen. Sie las die ganze Nacht, im Sessel sitzend, eine andere Geschichte des spanischen Bürgerkriegs als die, die sie von Olga gehört hatte. Am Morgen lag sie im Sessel und schlief. Willi kochte einen starken Kaffee, während Bella unter der Dusche stand und sang. Sie sang oft, wenn sie das Gefühl hatte, etwas gelernt zu haben.
Nach dem Frühstück rief sie Kranz an. Sie hatte ihn vor zwei oder drei Jahren zum letzten Mal gesehen, nach der Geschichte mit den Polizisten am Hoffnungsberg. Damals hatte sie ihn einen gebildeten Opportunisten genannt. Anscheinend war das bei ihm in Vergessenheit geraten, oder er hatte ihr recht gegeben. Jedenfalls schien er erfreut, ihre Stimme zu hören. Sie schlug vor, sich mit ihm in einem türkischen Café neben dem Polizeihochhaus zu treffen. Es machte ihr Spaß, an dem kurzen Zögern in seiner Stimme zu hören, dass er überlegte, ob seine Stellung es ihm erlaubte, sich dort sehen zu lassen. Aber er war einverstanden.
Willi verlor nicht ein Wort über das Foto. Sie ging nach dem Frühstück in irgendeine Vorlesung und sagte, sie sei am späten Nachmittag zurück.
Taktvoll nahm Bella die Herakles-Listen erst zur Hand, nachdem Willi gegangen war. Es waren mehrere Blätter. Sie überflog sie und las Willis Zusammenfassung.

> Herakles läuft, von Schuldgefühlen geplagt, durch die Welt und erniedrigt sich vor Ranghöheren, um unsterblich zu werden. Von den ihm gestellten Aufgaben löst er zwölf durch Muskelkraft, eine durch Ingangsetzen seines Gehirns. Liebesunfähig. Frauen sind Beute oder Schacherobjekte. Naturgemäß versagt er im entscheidenden Augenblick seines

> Lebens: Als er von den Göttern zu Hilfe gegen die Giganten (Söhne und Töchter der Erde = Menschen = Frauen) geholt wird, schlägt er sich, Überläufer, Kriecher und Ehrgeizling, der er ist, auf die Seite der Götter. Alles Unheil, das ihm widerfährt, erkennt er nicht als selbstverschuldet, durch unbedachte Handlungen hervorgerufen, es wird ihm von Frauen zugefügt (Hera/Deianira). Am Ende nehmen seine Schuldgefühle (und man kann annehmen, die Angst vor der Rache der Unzähligen, die er umgebracht hat) so furchtbaren Umfang an, dass er sie nicht mehr aushält. Sie brennen ihm so sehr auf der Haut, dass er sich verbrennen lässt, um seine Qualen loszuwerden. (Wahrscheinlich hat er nicht bedacht, dass er dann tot ist.) Aber der Mythos rettet ihn. Er wird am Ende unsterblich, wie es sich für einen tapferen Mann gehört.

Kranz war noch nicht da, als Bella das Café betrat. Eine Frau saß allein an einem Tisch. Sonst war das Lokal leer. Bella setzte sich und bestellte ein Glas Weißwein. Die Frau am Tisch sah durch die Scheiben auf den gegenüberliegenden U-Bahn-Eingang. Sie war zwischen vierzig und fünfzig, hatte ein lebendiges Gesicht und sah aus, als warte sie auf ihren Liebhaber.
Durch die Fenster war der untere Teil des Polizeihochhauses zu sehen. Bella würde Kranz schon von weitem sehen, jedenfalls, wenn sie die Augen von dem Buch nahm, das sie aus der Jackentasche zog. Unter den spanischen Lyrikern waren einige, die sie interessierten und an deren Gedichten sie ihre Spanischkenntnisse erprobte. Sie begann, Dámaso Alonso zu lesen:

> Madrid ist eine Stadt mit mehr als
> einer Million Leichen
> (Laut den letzten Zählungen)
> Oft, in der Nacht, wälze ich mich
> und richte mich auf
> in meiner Gruft, in der ich
> seit 45 Jahren verwese –

Als die Tür geöffnet wurde, sah sie auf. Es war nicht Kranz. Ein anderer Mann betrat das Lokal, schmal, mit kurzgeschorenen Haaren und großen Augen. Es war ganz sicher der Mann, auf den die Frau da drüben am Tisch wartete. Er setzte sich an ihren Tisch. Die beiden sprachen nicht, und Bella begann sich zu fragen, woran es liegt, dass Liebende so leicht zu erkennen sind. Sie müssen eine besondere Ausstrahlung haben. Liebende und Polizisten, dachte sie gleich darauf. Da war Kranz zur Tür hereingekommen, groß, elegant, aber eben trotz aller Verkleidung als Polizist zu erkennen. Während sie auf den Kaffee warteten, den Kranz bestellt hatte, betrachtete Bella das Paar. Der Kellner hatte ihnen Wein gebracht, ohne dass sie gesprochen hatten. Manchmal sagten sie mit leiser Stimme etwas zueinander. Hauptsächlich bestand ihre Kommunikation darin, sich anzusehen.

Was ist der Mensch? Der Traum eines Schattens!
Wenn aber ein Glanz vom Himmel kommt, dann strahlt er im Lichte und das Leben ist lieblich.

Bella war so fasziniert vom Anblick der beiden, dass sie sich erst Kranz zuwandte, als er seine Tasse hörbar auf die Untertasse setzte.
Sehen Sie, hier, sagte sie und zog das Foto aus ihrem Buch. Ich vermute, es ist in Spanien aufgenommen worden. Sagt Ihnen der Mann darauf etwas? Oder können Sie herausfinden, ob er Ihrem Computer etwas sagt?
Kranz besah das Foto gründlich und las auch die Aufschrift auf der Rückseite. Wenn Sie wollen, versuche ich es gleich, sagte er. Es kann aber eine halbe Stunde dauern. Der Computer steht nicht in meinem Büro. Er lächelte zuvorkommend.
Natürlich stand der Computer nicht in seinem Büro. Kranz war Psychologe und ein Teil der rechten Hand des Polizeipräsidenten.

Wenn das möglich ist, sagte Bella, warte ich gern. Sie lächelte zurück. Seine Zuvorkommenheit sollte belohnt werden.
Ich trinke den Kaffee, dann versuche ich mein Glück, sagte er, was bedeutete, dass sie sich einen Augenblick mit ihm unterhalten musste. Also fragte sie ihn danach, wie es den beiden Polizisten ginge, die vor ein paar Tagen bei der Verfolgung eines Fahrraddiebs eine alte Frau überfahren hatten. Die Frau war inzwischen gestorben.
Kranz holte zu einer langen Erklärung aus, unterbrach sich aber und sagte beleidigt: Sie machen sich über meine Arbeit lustig und wollen gleichzeitig meine Hilfe. Darüber reden wir noch. Er stand auf und verließ mit dem Foto in der Hand das Lokal. Bella sah ihm nach und hatte ein schlechtes Gewissen.
Als er zurückkam, war das Liebespaar schon gegangen. Zuerst war sie aufgestanden. Die liebevolle Geste, mit der der Mann ihr den Mantel um die Schulter gelegt hatte, war beeindruckend gewesen. Ein paar Minuten später bezahlte der Mann den Wein und ging ebenfalls. Er sah traurig aus.
Die kommen schon seit ein paar Wochen, hatte der Kellner gesagt, als er Kranz' Tasse vom Tisch nahm und Bella einen Wein brachte. Ich weiß nicht, warum. So schön ist es doch hier auch nicht.
Kranz legte das Foto auf den Tisch.
Fehlanzeige, sagte er, den Mann haben wir nicht. Sollten wir ihn denn haben? Weshalb interessieren Sie sich für ihn? Hatten Sie nicht das Detektivspielen aufgegeben?
Viele Fragen, sagte Bella. Sie haben ganz recht. Ich wollte nur einer Freundin einen Gefallen tun. Ihr ist in Spanien die Handtasche abhanden gekommen.
Und es waren wichtige Sachen darin, sagte Kranz anteilnehmend.
Natürlich. Wenn's nur der Führerschein gewesen wäre – aber nein, sie hatte einen Grundbuchauszug drin. Das Haus war ge-

rade erst gekauft. Und die spanischen Behörden sind neuerdings ziemlich pingelig.
Na, jedenfalls, wenn's der da war, kann sie die Tasche abschreiben, sagte Kranz. Er ist unbekannt. Das muss ein Amateur sein. Sie hätten wohl nicht zufällig Lust, heute Abend mit mir essen zu gehen?
Wie dumm, sagte Bella, gerade heute bin ich verabredet. Warum rufen Sie nicht einfach in den nächsten Tagen an? Sie war sich nicht sicher, ob er ihr glaubte, aber eigentlich konnte ihr das egal sein.
Ich melde mich, sagte Kranz, während sie sich vor dem Café verabschiedeten. Bella nahm sich vor, in den nächsten Tagen ausschließlich Willi ans Telefon gehen zu lassen.
Bis dann, winkte sie und verschwand im U-Bahn-Eingang. Kranz blieb stehen und folgte ihr mit den Augen, bis sie nicht mehr zu sehen war. Er ging so nachdenklich zurück, dass er beinahe vergaß, am Eingang des Hochhauses den Passierschein vorzuzeigen.
In seinem Büro betrachtete er lange die Kopie des Fotos, die auf seinem Schreibtisch lag, bevor er sie in eine Schublade legte und die Schublade abschloss. Er nahm sich vor, Bella nicht mehr aus den Augen zu lassen.

ES DAUERTE NOCH drei Tage, bis Bella wusste, dass sie nach Andalusien fliegen würde, und weitere fünf, bis sie im Flugzeug saß. Die Maschine machte eine Zwischenlandung in München, was der dortigen Flughafenleitung Gelegenheit gab, ihre Unfähigkeit in Organisationsfragen unter Beweis zu stellen. Die Passagiere, erfreut, mit einem Bummel durch die Flughafenpassagen die langweilige Fliegerei unterbrechen zu können, wurden nämlich für zwei Stunden eingeschlossen. Es gab weder zu essen noch zu trinken und zu wenige Toiletten. Entsprechend gereizt waren die Leute beim Weiterflug. Neben Bella saß ein Ehepaar aus Frankfurt, sie Spanisch lernend, er schlafend. Kurz vor der Ankunft begannen sie, miteinander zu reden. Es ging um Baupläne, billige Löhne und einen Architekten, der von allem keine Ahnung hatte.

Wenn man sich entschließt, seinen Lebensabend in Spanien zu verbringen, will man schließlich anständig wohnen, sagte die Frau. Sie war kaum älter als Bella, der das Wort »Lebensabend« sonderbar vorkam.

Nach dem zweiten Wodka verliebte sich Bella in eine Stewardess. Die war so unglaublich schön, dass ihr gar nichts anderes übrigblieb, als sich in sie zu verlieben. Nach dem dritten Wodka war klar, dass die Liebe aussichtslos war. Bella war froh. Es wäre sicher schwierig gewesen, jeden Tag so viel Schönheit zu ertragen.

Leicht benebelt nahm sie kurz vor der Landung ein paar große Schrotthalden wahr, die dicht neben einer Autobahn lagen. Das Flugzeug setzte hart auf. Den Weg zur Abfertigungshalle gingen die Passagiere zu Fuß über das Rollfeld. Die kleine Halle war aus Blech und ließ unter ihrem Dach das Gestänge sehen, das die Konstruktion hielt.

Bella kam sich vor wie Madame Exupéry. Sie nahm ein Taxi und bat den Fahrer, sie vor einem ordentlichen Hotel abzusetzen. Er hielt an einer mit Palmen bestandenen Promenade. In der Nähe musste das Meer sein, sie konnte es hören.

Die Hotelhalle war groß, aber nicht leer. Bella war darüber froh, denn sie war sich nicht sicher, ob sie den glänzenden Granitfußboden ohne zu schwanken hinter sich bringen würde. Sie nahm ein Zimmer, ließ sich den Fahrstuhl zeigen und fuhr nach oben. Das Zimmer war geräumig, das Bett ebenfalls. Vor dem Fenster zum Meer gab es einen Balkon. Sie beschloss, dort zu frühstücken und jetzt sofort ins Bett zu gehen. Die Fernbedienung lag griffbereit neben dem Kopfkissen. Sie schaltete ein wenig herum und blieb dann bei Spiegel TV. Nacheinander sah sie einen Bericht über Zuhälter, den zu ihnen gehörenden Polizeichef und einige Leichen; einen Bericht über einen Krieg gegen das brasilianische Volk und einige besonders übel zugerichtete Leichen in Nahaufnahme; und einen Bericht über ein Projekt, Lenins Leiche zu zerkleinern und in Einmachgläsern zu verkaufen. Mit einem Gefühl des Ekels schaltete sie aus und versuchte zu schlafen.

Es dauerte eine Weile, bis sie sich am Morgen darüber klar wurde, wo sie war. Sie stand auf, zog die Vorhänge zur Seite und versagte sich das in solchen Augenblicken übliche Staunen. Da war das Meer, und es war blau. Na und? Da unten standen Palmen. Na und? Hinter dem Meer lag die afrikanische Küste, und der weiße Dampfer, der gerade ablegte, fuhr vermutlich diesen fremden Kontinent an – ja, so würde es sein. Na und? Sie war nicht hierhergekommen, um touristische Eindrücke zu sammeln. Sie war einem Mann auf der Spur, der ein Killer war. Er würde sie umbringen, würde er sie erkennen. Dass er sie erkannte, war zwar unwahrscheinlich, aber immerhin möglich. Aber, was wichtiger war, sie hatte fast keinen Anhaltspunkt für ihre Suche.

Die helle Sonne tat ihrem verkaterten Kopf nicht gut. Sie frühstückte nicht auf dem Balkon, sondern an der Bar in der Hotelhalle. Während sie auf ihren Kaffee wartete, hörte sie dem Gespräch der beiden Mädchen zu, die damit beschäftigt waren, eine Tasse Milchkaffee herzustellen.

Man darf nicht darüber reden, sagte die eine, während sie mit abwesenden Blicken etwas suchte, das sich nach langen Minuten als die Tüte Milch herausstellte, die vor ihr stand.

Aber es war wirklich so, flüsterte die andere, die mit einer müden, sich mehrmals wiederholenden Bewegung das Kaffeesieb ausschlug. Die beiden trugen weiße Blusen mit breiten Spitzenkragen und hatten, Idee der Hotelleitung oder ihre eigene, kleine, rote Blüten in ihre schwarzen Locken gesteckt. Sie waren hübsch anzusehen und verkürzten mit ihrem Anblick die Wartezeit.

Was war so?, flüsterte die erste zurück. Die beiden streiften Bella mit einem kurzen Blick. Während die eine das leere Kaffeesieb hielt, füllte die andere den Kaffee ein.
Der Teppich war voller Blut. Sie kicherten, während sie das Sieb in die Kaffeemaschine einsetzten.
Bella stand auf und holte sich eine Zeitung vom Empfang. Unter der Überschrift »Ist Felipe noch der unsere?« veröffentlichte das Blatt die Ergebnisse einer Umfrage. Die befragten Männer, in ihrer andalusischen Ehre gekränkt, waren überwiegend bereit, ihn zu verstoßen. Den Frauen tat er leid, und sie suchten nach Entschuldigungen für die vielen Affären, in die er verstrickt war.
»Kein Held ohne Dame«, wie wahr, dachte Bella, als das Zischen der Maschine ankündigte, dass die Milch aufgeschäumt wurde und deshalb der Kaffee bald fertig sein würde. Eigentlich war es ihr nicht unrecht, dass die Mädchen so lange brauchten. Sie hatte noch immer keine Ahnung, was sie tun sollte. Ihre Anhaltspunkte waren das Foto und der Schrottplatz. Von Inge hatte sie sich die Adresse ihres damaligen Nachbarn in der Tomatenplantage geben lassen. Das war alles. Sie legte die Zeitung beiseite, weil sie keine Lust hatte, den Sportteil zu lesen. Der Milchkaffee stand vor ihr. Die beiden Mädchen waren verschwunden. Während sie trank und darauf wartete, dass ihre Kopfschmerzen verschwinden würden, beschloss sie, ein Auto zu mieten und sich in der Plantage umzusehen. Das war zwar wenig erfolgversprechend, aber wenn sie Glück hatte, wussten die Nachbarn mehr über die Gewohnheiten des Verschwundenen als seine Frau. Daraus konnte dann immerhin so etwas wie eine konkrete Spur entstehen.
Eine Stunde später fuhr sie in einem klapprigen Seat über die Autobahn. Die im Süden besonders gut gedeihenden Hunde und Katzen waren der neuen Zeit offensichtlich nicht gewachsen. Sie lagen in solchen Mengen tot am Straßenrand, dass man annehmen konnte, sie hätten sich mit Absicht umgebracht.

Die meisten hatten ein helles Fell, eine Art Ockerfarbe in vielen Schattierungen, die sich wahrscheinlich in einem langen Entwicklungsprozess der Farbe der Erde angepasst hatte. Fähigkeiten, sich den Bedingungen des Straßenverkehrs anzupassen, hatten sie anscheinend noch nicht entwickelt.
Das Dorf, zu dem die Plantagen gehörten, hätte in jeden amerikanischen Western gepasst. Es gab eine Hauptstraße, rechts und links ein paar Häuser und Tankstellen, mehrere Bars und eine Art Restaurant. Direkt hinter den Häusern begann die Wüste. Am Ende der Straße lagen ein paar Lagerhallen. Daran schlossen sich Plastikhallen an, so weit man sehen konnte. Dazwischen gab es Wege aus gelber, hartgetrockneter Erde. Hin und wieder stand eine Hütte, ein Haus, ein Stall oder ein angefangener Bau zwischen den Plastikdächern.
Bella fand die Adresse, weil Inge nicht vergessen hatte, den hohen Drahtzaun zu erwähnen, von dem das Grundstück umgeben war. Ein wildgewordener Hund sprang von innen am Zaun hoch, als sie die Klingel an der Drahtpforte betätigte. Zwei Kinder, barfuß und nur mit Jogginghosen bekleidet, flitzten um die Hausecke und hängten sich von innen an den Zaun. Bella sprach sie an, aber sie antworteten nicht. Eine Frau kam aus dem Haus. Sie ging barfuß, war rundlich, vielleicht vierzig Jahre alt und trug einen Rock und eine Schürze, die fast bis auf den Boden reichten. Sie griff wortlos den Hund am Halsband, schleppte ihn weg und sperrte ihn in eine Garage ein. Dort sprang er sofort von innen gegen das Garagentor, das bei jedem Aufprall schepperte.
Sie hat Junge, sagte die Frau, dann ist sie so. Wollen Sie zu uns?
Bella sagte ja, sie käme von der Autoversicherung und versuche, den Wagen wiederzufinden, mit dem der Nachbar damals weggefahren sei. Das war ein ziemlicher Blödsinn, und sie hoffte, die Frau würde nicht darüber nachdenken, solange sie da wäre.
Die Frau öffnete das Tor. Wir wissen auch nicht, wohin er ge-

fahren ist, sagte sie, aber Sie können gern mit meinem Mann sprechen. Es geht ihm nicht gut, deshalb ist er im Haus.
Bella folgte der Frau ins Haus. Die Kinder folgten Bella. Der Mann lag auf dem Sofa im Wohnzimmer und sah fern. Er hatte den Ton laut gestellt, vielleicht, um den Hund in der Garage zu übertönen. Garage und Wohnzimmer hatten eine gemeinsame Wand.
Sie ist von der Versicherung, wegen José Valera, sagte die Frau und verschwand hinter einer halbhohen Mauer. Dort hantierte sie mit Geschirr.
Sie können alles prüfen, wir haben einen ordentlichen Vertrag. Wenn er wiederkommt, kann er sofort wieder einsteigen.
Der Mann sah wirklich krank aus. Seine Augenlider waren geschwollen. Sein Gesicht war eher gelb als braun. Um den Hals trug er einen Schal. Er hustete und hatte kaputte Fingerspitzen.
Das will ich Ihnen gern glauben, sagte Bella. Ich bin nicht deswegen da. Inge hat mir gesagt, dass Sie ihr sehr behilflich waren. Sie lässt Ihnen Grüße ausrichten. Das war nicht wahr, aber da der Name Inge bei dem Mann auf dem Sofa eine positive Veränderung bewirkt hatte, schien es ihr richtig, ein wenig zu übertreiben.
Inge, sagte der Mann, die ist in Ordnung. Sie kann jederzeit wiederkommen. Wir können Hilfe gebrauchen. Was wollen Sie denn wissen?
Ich will rausfinden, wohin José zuletzt gefahren ist und mit wem er sich getroffen hat, sagte Bella. Wir haben die Hoffnung noch nicht aufgegeben, ihn wiederzufinden.
Von welcher Versicherung sind Sie? Der Mann war nun doch misstrauisch geworden. Für unsereinen interessiert man sich erst, wenn man verschwunden ist, murmelte er. Warum gehen Sie nicht und sagen denen in Brüssel, sie sollen die verdammten Marokkaner mit ihren Tomaten ins Meer schmeißen, anstatt sie uns auf den Hals zu hetzen?

Er wandte sich ab, sah auf den Bildschirm und war nicht zu bewegen, das Gespräch fortzusetzen.
Die Frau kam und brachte Bella zum Gittertor.
Ich habe Ihnen ja gesagt, dass wir nichts wissen, sagte sie. Hier hat jeder mit sich zu tun. Sie seh'n doch, wie es hier aussieht. Arbeit, wohin man tritt. Wenn wir wenigstens selbst entscheiden könnten, an wen wir verkaufen. Die Preise machen die andern, die Arbeit machen wir. Grüßen Sie Inge. Sie soll bleiben, wo sie ist.
Als Bella das Auto wendete, hingen die Kinder am Zaun. Die Frau war damit beschäftigt, das Garagentor zu öffnen. Sie hatte es erst einen kleinen Spalt angehoben, als die Hündin herausstürzte. Im Rückspiegel sah sie sie gegen den Zaun springen.

MANUEL HATTE sehr fest geschlafen. Als das Telefon neben seinem Kopfkissen zu klingeln begann, wachte er sofort auf und war im ersten Augenblick erschrocken. Aber es war nur der Junge vom Empfang, der ihn fragte, ob er noch frühstücken wolle. Die Küche mache jetzt zu.
Macht, was ihr wollt, sagte Manuel und legte den Hörer auf. Er stand auf und ging unter die Dusche. Dann zog er sich an, nahm seine Tasche und verließ das Zimmer. Da er wusste, dass sein Zimmer bezahlt war, ging er an der Rezeption vorbei zur Tür. Der Junge rief ihn zurück.
Es ist ein Brief für Sie da, Señor, sagte er, hier, in Ihrem Fach.
Manuel war nicht erstaunt. Seine Auftraggeber wählten die Form, in der sie mit ihm in Kontakt treten wollten. Er nahm dem Jungen den Brief aus der Hand, ohne nach dem Absender zu sehen. Selbst wenn ein Absender auf dem Umschlag gestanden hätte, wäre er falsch gewesen. Er öffnete den Brief. Der Inhalt überraschte ihn. Er arbeitete seit einigen Jahren für eine Gruppe von Leuten, die er noch nie gesehen hatte. Seine

Auftraggeber waren immer im Verborgenen geblieben. Aus der Art der Aufträge hatte er geschlossen, dass es sich um eine oder mehrere Mafia-Organisationen handeln müsste, die im Bereich Drogen, Mädchen und Autos tätig waren. Es war ihm von Anfang an klar gewesen, dass es für ihn besser wäre, wenn er nicht versuchte, die Organisation genauer kennenzulernen. Im Grunde hatte er auch kein Interesse daran. Die Leute zahlten gut. Wie sie auf ihn gekommen waren, konnte er nur ahnen. Es war beinahe zehn Jahre her, dass er aus dem Dienst der Guardia ausgeschieden war. Damals hatte er einen neuen Job gebraucht. Er war ein guter Polizist gewesen, verschwiegen und gut geeignet für Sonderaufgaben. Sein Chef wusste seine Qualitäten zu schätzen. Als seine Gruppe aufgelöst wurde, war er es wahrscheinlich gewesen, der ihm den neuen Job besorgt hatte. Jedenfalls hatte er damals so etwas angedeutet.

Spezialisten wie du werden bei uns nicht arbeitslos, hatte er gesagt. Und so war es auch gekommen.

Seine neuen Aufträge waren präzise umschrieben und gut vorbereitet. Es hatte bisher keine Schwierigkeiten gegeben. Vielleicht hing das damit zusammen, dass sie in relativ großen Abständen zu erledigen gewesen waren. Es war bisher noch nicht vorgekommen, dass er zwei Aufträge hintereinander zu übernehmen hatte. Er reiste umher, verließ das Land, in dem er seine Arbeit erledigt hatte, lebte da, wo man ihn haben wollte, und wartete.

So war es bisher gewesen. Er las die Anweisung noch einmal, steckte sie ein und verließ das Hotel.

Señor, rief der Junge ihm nach, das Zimmer ist bezahlt. Sie können Ihre Tasche hierlassen.

Irgendetwas stimmte nicht mehr. Natürlich konnte es sein, dass ihnen noch etwas eingefallen war und er deswegen im Hotel bleiben sollte. Aber es war nicht ihre Art. Die arbeiteten präzise, nicht spontan.

Er sah auf die Zeitungen am Kiosk, an dem er vorüberging.

Es hatte ihn noch nie interessiert, ob und wann etwas in den Zeitungen stand, das mit seiner Arbeit zu tun hatte, wenn er unterwegs war. Es konnte auch noch gar nichts drinstehen. Er würde nicht noch einmal in das Hotel zurückgehen. Und auch die Gegend um das Hotel von heute Nacht müsste er meiden. Konnte er es riskieren, in sein Dorf zurückzufahren?
Plötzlich, ohne dass sich irgendetwas um ihn herum verändert hatte, wurde ihm klar, dass er auf der Flucht war. Er war auf der Flucht und wusste nicht, vor wem. Das war lächerlich. Er musste in Ruhe darüber nachdenken, ob er es riskieren sollte, nach Hause zu fahren.
Manuel blieb vor einem Schaufenster stehen. Er sah die Leute hinter seinem Rücken vorüberlaufen. Niemand sah ihn an oder kam ein zweites Mal vorbei. Wusste er denn, ob auf der anderen Seite der Straße jemand stand und ihn beobachtete? Er konnte nicht sehen, was sich auf der anderen Straßenseite abspielte. Ein Café hinter ihm auf dem Bürgersteig, durch Plastikwände von den Vorbeieilenden abgetrennt, versperrte ihm die Sicht.
Er wandte sich um, suchte den Eingang und betrat das Café. Es war dicht besetzt. Er fand einen Platz an einem kleinen Tisch direkt an der Wand zum Bürgersteig. Der durchsichtige Kunststoff verzerrte die Bilder. Undeutlich sah er eine Gruppe Schwarzer, die Bündel über den Schultern trugen. Sie setzten die Bündel auf dem Bürgersteig ab und breiteten sie aus. Es schien, als seien bunte Tücher darin gewesen. Menschen versammelten sich um die am Boden ausgebreiteten Tücher. Er konnte ihre Gesichter nicht genau erkennen, sie waren verzerrt. Es tat ihm jetzt leid, dass er sich in dies Café gesetzt hatte. Er sah nicht genau genug. Aber er wollte die Aufmerksamkeit des Kellners nicht dadurch auf sich lenken, dass er aufstand, bevor er etwas bestellt hatte.
Vielleicht war der Platz doch nicht so schlecht gewählt. Vorsichtig prüfte er mit der Rechten, wie dick der Kunststoff war. Wenn er ihn mit dem Messer aufschlitzen konnte, würde er die

Möglichkeit haben, sehr schnell in der Menge zu verschwinden.
Der Kellner kam, und Manuel bestellte einen Milchkaffee. Langsam wurde er ruhiger. Er fühlte, dass sich irgendetwas entwickelte, das er zu fürchten hatte. Er wusste nicht, was es sein konnte. Nur dass es nicht die Polizei war, die ihn suchte, war sicher. Die waren nicht so schnell. Und sie wussten nichts von ihm.
Vielleicht lösten seine Auftraggeber ihre Organisation auf und wollten ihn deshalb beseitigen? Oder andere hatten in der Organisation die Macht übernommen und neue Leute mitgebracht, auf die sie sich besser verlassen zu können glaubten. Sie wussten alles über ihn, aber er nichts über sie. Er würde nicht einmal eine der Stimmen identifizieren können, die mit ihm am Telefon gesprochen hatten; jedes Mal eine andere Stimme.
Zwei Männer betraten das Café, sahen sich um, streiften ihn mit einem Blick und setzten sich an einen frei gewordenen Tisch, mit dem Rücken zu ihm. Sie hatten auch alle anderen Leute angesehen, weil sie einen Platz suchten. Wieder erschienen zwei Männer im Eingang, die sich suchend umblickten. Sie setzten sich zu den beiden anderen. Gemeinsam studierten sie die Speisekarte und bestellten umständlich etwas zu essen. Es waren Spanier, Andalusier, die in der Mittagspause zusammen aßen. Der Kellner brachte vier Gläser Bier und besprach etwas mit ihnen. Manuel entspannte sich einen Augenblick. Draußen drängten sich noch immer die Menschen um die Ware der Afrikaner. Ein großer Schwarzer in einem langen, bunten Gewand redete auf sie ein. Er hatte eine kehlige Stimme, und Manuel hörte ihm zu, ohne zu verstehen, was er sagte.
Nach einer Weile wandte er sich ab und suchte nach dem Kellner. Er musste etwas essen. Sein leerer Magen störte ihn beim Nachdenken. Ein Mann zu seiner Linken war ganz hinter seiner Zeitung verborgen, aber Manuel hatte ihn hereinkommen sehen. Von dem ging keine Gefahr aus.

Der Kellner kam, und er wollte eine Bestellung aufgeben, aber es fiel ihm nicht ein, was er essen sollte, und er schickte ihn noch einmal weg.
Der Mann am Nebentisch blätterte die Zeitung um. Manuel sah auf die Titelseite. »Bricht die GAL-Affäre Felipe Gonzales den Hals?« stand da in großen Buchstaben. Felipe, dachte er, was soll mir Felipe. Was geht mich der Kerl an. Am liebsten hätte er geweint.

DIE SCHROTTPLÄTZE konnten die vom Foto sein oder auch nicht. Das Foto war zu dunkel, um charakteristische Einzelheiten genau zu zeigen. Ansehen würde nicht schaden.
Bella bog von der Autobahn ab und fuhr durch ein Dorf. Irgendwo würde es einen Tunnel geben, um die Autobahn zu unterqueren. Als sie den Tunnel gefunden hatte, führte sie der Weg direkt auf eine Schrotthalde. Zusammengequetschte Autos – was macht man eigentlich mit dem ganzen Blech, dachte sie.
Der Schrottplatz war bewacht. Eine Bretterbude stand am Rand, deren Tür offen war. Als sie vor der Bude anhielt und ausstieg, erschien ein Mann in der Tür.
Stellen Sie ihn da drüben hin, rief er, neben die Presse. Wollen Sie vorher noch ein Foto?
Wäre nicht schlecht, rief sie zurück. Die Autovermietung wird sich freuen. Am besten auch eins vom Ergebnis.
Fahren Sie das Ding trotzdem zur Seite, sagte er. Sie stehen vor meiner Freitreppe.
Bella stieg ein und fuhr das Auto zur Seite.
Der Mann verschwand im Innern der Bude. Sie ging ihm nach. Er kochte irgendetwas, das sehr nach Knoblauch roch. Obwohl sie laut guten Tag gesagt hatte, antwortete er nicht und sah sich auch nicht um. Auf dem kleinen Tisch unter dem Fenster, von dem aus er die Einfahrt und einen Teil des Platzes überblicken

konnte, lag ein Stapel alter Zeitschriften. Es waren deutsche und spanische. Auf dem Brett unter dem Fenster lag ein Fotoapparat. Bella nahm einen der beiden Stühle, sagte danke und setzte sich. Der Mann schaltete den Kocher aus und sah sich um.

Wofür, sagte er, dafür, dass Sie sich hier niederlassen, ohne aufgefordert worden zu sein? Er sprach Deutsch, und er hatte keine unangenehme Stimme.

Ich glaube, dass ich Sie kenne, sagte Bella langsam. Wenn ich einen Augenblick nachdenke, fällt es mir ein. Polizei?

Machen Sie, dass Sie rauskommen, sagte der Mann. Dies hier ist mein Haus. Oder ich schmeiße Sie eigenhändig raus.

Ich gehe freiwillig, sagte Bella. Sie stand auf, zog das Foto aus der Jackentasche und hielt es ihm hin.

Haben Sie das gemacht?

Der Mann sah auf das Foto. Verdammt, sagte er. Und nach einer kleinen Pause: Nun wollen Sie wissen, wo der Kerl wohnt, der darauf abgebildet ist.

Ja, sagte Bella, mehr nicht. Sie stand schon im Türrahmen.

Der wohnt in Aljaroz, wenn er überhaupt mal irgendwo wohnt, sagte der Mann mit gleichgültiger Stimme. Er wandte sich ab und zündete die Gasflamme wieder an.

Bella ging, ohne etwas zu sagen. Sie startete das Auto und wendete vor der Bretterbude. Der Mann stand am Fenster und beobachtete sie. Sie winkte, aber er winkte nicht zurück.

In der Stadt kaufte sie eine Karte von der Gegend. Der Name, den der Mann genannt hatte, bezeichnete ein Dorf, das mit dem Auto zu erreichen war. Sie würde vielleicht zwei Stunden brauchen, um dorthin zu kommen. Beim Verlassen der Stadt verfuhr sie sich, weil die schmalen Straßen der Altstadt nur in eine Richtung befahren werden konnten. Und auch das war zu viel. Sie landete in einem Elendsviertel, das überwiegend von Zigeunern bewohnt wurde. Kinder versuchten, den Wagen anzuhalten. Sie war froh, als eine alte Frau die Kinder zurückrief.

Die Kosten für einen Kilometer Autobahn hätten ausgereicht, um das Quartier zu sanieren, dachte sie, als sie über die beinahe leere Straße fuhr. Dann fiel ihr ein, dass sie vergessen hatte, auf dem Schrottplatz nach dem Namen des Mannes auf dem Foto zu fragen. Wenn sie ihn erfahren hätte, wäre die Suche im Dorf einfacher gewesen. Sie ärgerte sich und gab dem merkwürdigen Verhalten des Arbeiters die Schuld an ihrer Nachlässigkeit. Weshalb war er so unfreundlich gewesen? Wo hatte sie den Kerl schon gesehen?

Das Dorf war über einen Weg zu erreichen, der durch eine Orangenplantage führte. Der Weg war staubig, und der Staub hatte die Blätter der Bäume mit einer hellgrauen Schicht überzogen. Das Dorf bestand aus einer Ansammlung von mehr oder weniger hässlichen Neubauten, die ohne Plan nebeneinander aufgestellt worden waren. Die alten Bauernhäuser, die, weißgekalkt und mit ockerfarbenen Ziegeln belegt, hin und wieder dazwischenstanden, sahen aus, als gehörten sie zu einer anderen Zeit.

Bella fand die Bar und betrat den dämmerigen Raum hinter einem alten Mann. Sie ging, wie er, zum Tresen. Niemand war da, aber nach einer Weile erschien ein Mann aus einem Hinterraum. Dem Geruch nach zu urteilen, den er mitbrachte, lag dort die Küche. Der Alte verlangte einen Roten. Der Wirt war klein und verwachsen. Er sah missmutig aus. Bella holte das Foto hervor und legte es auf den Tresen. Der Alte, der sein Glas schon in die Hand genommen hatte, um sich damit vor den Fernseher zu setzen, kam zurück und sah es sich an.

Wenn das nicht Manuel ist, sagte er, hier guck mal. Das ist doch Manuel.

Der Wirt, so angesprochen, konnte nicht umhin, sich ebenfalls das Foto anzusehen. Er hob die Schultern, was merkwürdig aussah, denn der Höcker auf seiner Brust bewegte sich nicht mit.

Kann sein, kann nicht sein, sagte er.

Natürlich ist er das, sagte der Alte fröhlich. Den erkennt man doch sofort. Wo ist er denn da? Er nahm das Foto in die Hand. Der Wirt verschwand in der Küche. Hat er jetzt ein Auto?
Keine Ahnung, sagte Bella, hatte er denn sonst keins? Der? Nicht dass ich wüsste. Ich hab ihn immer nur zu Fuß gehen sehen. Sonst hätte er ja mal seine Mutter spazieren fahren können. Hat er aber nie gemacht. Hast du Manuel mal mit einem Auto gesehen?, rief er in die Küche.
Der Wirt erschien in der Tür. Er hatte eine Schürze vorgebunden und hielt ein Messer in der Hand. Hör schon auf, Miguel, das will die Frau doch gar nicht wissen. Wenn Sie ihn suchen: Er wohnt bei seiner Mutter, das letzte Haus vor der Schlucht. Wenn Sie rauskommen nach rechts.
Während Bella den beschriebenen Weg ging, hatte sie Zeit zum Überlegen. Was würde sie tun, wenn sie diesem Manuel tatsächlich begegnete? Wenn er sie erkannte, würde ihr nichts anderes übrigbleiben, als zu schießen. Erkannte er sie nicht und war sie überzeugt, dass er der Mann war, den sie bei Eddie gesehen hatte, würde sie ihn in Ruhe lassen und die Polizei verständigen.
Dann lag das letzte Haus des Dorfes vor ihr. Sie sah die Rückseite eines flachen Bauernhauses, verschiedene gegeneinandergestellte Kuben, weißgekalkt und alt. An der Rückseite schloss sich ein großer Garten mit vertrockneten Orangenbäumen an. Das weiße Haus stand gegen den blauen Himmel, als sei es das Motiv für eine Postkarte.
Langsam ging sie an der Rückseite vorbei, erreichte einen seitlich angebauten Stall, dessen Dach eingestürzt war, und sah das Haus von vorn. Es hatte die Form eines L. An der Schmalseite befanden sich noch zwei Kuben, von denen einer wie eine Garage aussah.
Die Garagentür war geschlossen, auch alle anderen Türen waren zu. Vor dem Haus lag ein kleiner Betonplatz. Ein langer, laubenartiger Gang, jetzt kahl, aber im Sommer vermutlich mit Wein

überwachsen, zog sich an der Vorderfront des Hauses entlang. Es war ein schönes Haus, das ruhig dalag, alt und ehrwürdig. Es sah nach Arbeit aus, nach Erfahrung, nach Leben. Nirgends war ein Mensch zu sehen.
Bella ging über den Vorplatz und klopfte an die Tür des Haupthauses. Die Tür öffnete sich von selbst. Sie war nur angelehnt gewesen. Sie rief, und als niemand antwortete, trat sie ein. Der Raum dahinter lag im Halbdunkel. Es gingen ein paar Türen davon ab, die geschlossen waren. Sie rief noch einmal. Als wieder niemand antwortete, begann sie, die Türen zu öffnen und in die Zimmer zu sehen. Die Zimmer waren leer. Zum Schluss ging sie über eine schmale gemauerte Treppe nach oben. Sie fand einen großen Raum, in dem ein Fernsehgerät stand und ein Schaukelstuhl. Im Haus war niemand. An den Dingen, die in der Küche auf dem Tisch standen, sah sie, dass vor kurzem jemand hier gewesen sein musste. Einen Augenblick bewunderte sie die hölzernen, offenbar selbstgefertigten Küchenmöbel. Es waren zwei Schlafzimmer in dem Haus. In beiden hatte jemand geschlafen; jedenfalls waren die Betten zerwühlt.
Sie ging hinaus und überlegte, ob sie zuerst in die Garage oder in den anschließenden Raum gehen sollte. Sie war beinahe sicher, dass auch diese Türen offen sein würden. Vielleicht war der Bewohner nur einkaufen gegangen oder zu einem Schwätzchen zum Nachbarn.
Bella entschloss sich, zuerst das Garagentor zu öffnen. Als sie über den Betonplatz ging, kam der alte Mann aus der Bar um die Ecke. Er war ihr gefolgt, neugierig und von Langeweile getrieben. Bella winkte ihm zu und öffnete das Garagentor. Der Raum dahinter war keine Garage, sondern eine Küche. Auf der linken Seite befand sich eine Feuerstelle, über der, auf einem kleinen Dreifuß, ein eiserner Kessel stand. Davor saß auf einem hölzernen Stuhl eine alte Frau. Sie hielt die Hände auf dem Schoß zusammen. Ihr Kopf war nach hinten gesunken. Jemand hatte ihr mit einem einzigen Schnitt die Kehle durchgeschnitten.

Bella blieb in der Tür stehen. Sie bewegte sich nicht und versuchte, das Bild in sich aufzunehmen. Es war etwas Widersinniges darin, etwas, das über den Anblick der Getöteten hinausging, die sie bisher gesehen hatte. Nichts im Leben der alten Frau, die da vor ihr saß, ließ sich mit diesem Tod in Verbindung bringen. Es war, als hätte jemand versucht, ein Stück Zeit umzubringen, eine Zeit, nicht einen Menschen.
Und die Frau war daran gestorben.
Mein Gott, sagte der alte Mann, als er neben ihr stand.
Ich nehme an, das war Manuels Mutter, sagte Bella.
Mein Gott, warum macht er so was. Der alte Mann schluchzte. Er hatte sich abgewandt und lehnte mit dem Rücken an der Hauswand.
Bella sah, dass es keinen Sinn hatte, mit ihm zu sprechen. Er musste sich erst beruhigen. Vom Eingang her betrachtete sie die Küche. Nichts wies darauf hin, was vor dem Mord geschehen war. Der Raum war karg, aufgeräumt. Sie wandte sich ab und schloss das Garagentor. Dann stand sie neben dem Alten und wartete.
Der alte Mann fing von selbst an zu sprechen.
Es mochte ihn hier keiner. Seinen Vater hat die Guardia umgebracht. Er hat nie richtig gearbeitet. Es gab ja auch keine Arbeit. Aber manche haben sich getroffen, auch so was wie 'ne heimliche Gewerkschaft gegründet. Er nicht. Irgendwann ist er weggegangen. Seine Mutter – er schluchzte wieder, beruhigte sich aber schnell –, seine Mutter ist fromm geworden. Was sollte sie denn tun. Der Junge weg, das Mädchen weg. Als er zurückkam, gehörte er nicht mehr hierher. Alle haben das gesagt. Aber ihn hat es nicht gekümmert. Manche hatten Angst vor ihm. Er war so – sie haben ihn in Ruhe gelassen. Wenn sie seinen Vater nicht getötet hätten –
Wann ist er zuletzt hier gewesen?
Gestern oder vorgestern, sagte der alte Mann. Was soll denn jetzt werden?

Gibt es eine Polizeistation im Dorf?
Nein, hier nicht.
Aber ein Telefon?
Ja, in der Bar. Da hat er ja auch immer seine Anrufe bekommen.
Ich nehm Sie mit bis zur Bar, sagte Bella. Von da aus rufen Sie die Polizei an. Warten Sie dort, bis die kommen, und führen Sie die Polizei hierher. Die kennen sich doch hier bestimmt nicht aus.
Nein, sagte der alte Mann. Die sind ja nie hier. Hier kann man doch nachts die Türen offen lassen.
Ich hol das Auto, sagte Bella.
Warten Sie, rief der Alte, ich komme mit.
Er wollte nicht mit der toten Frau allein zurückbleiben.
Bella verstand ihn und ging langsam mit ihm bis zum Auto. Sie nutzte die Gelegenheit, nach dem Mädchen zu fragen, das er erwähnt hatte.
Sole, sagte er, die ist schon lange weg. Die Mutter war streng. Vielleicht war sie zu streng. Mädchen ist die schon lange nicht mehr. Sie muss auch bald vierzig sein. Aber außer ein paar Andeutungen, aus denen Bella entnahm, dass die Dorfbewohner genauso wie die Mutter mit dem Lebenswandel der Tochter nicht einverstanden waren, erfuhr sie nichts. Sie setzte den alten Mann an der Bar ab, schärfte ihm ein, mit niemandem über die Sache zu reden, bis die Polizei gekommen wäre, und verließ das Dorf.
Es war früher Nachmittag, die Sonne schien, niemand war auf der Dorfstraße. In den Vorgärten leuchteten die Bougainvilleen lila-rot, und ein paar gelbe Katzen lagen am Straßenrand, entspannt und froh, nicht gejagt zu werden.

UNTERWEGS ÜBERLEGTE BELLA, dass ihr nichts anderes übrigblieb, als zu dem Mann auf dem Schrottplatz zurückzufahren. Er war so unfreundlich gewesen, dass sie keine große Lust verspürte, aber er war ihr einziger Anhaltspunkt. Wenn er wusste, wo Manuel wohnte, kannte er vielleicht auch die Schwester. Als sie auf dem Schrottplatz ankam, sah sie, dass er bei der Arbeit war. Obwohl er sie gesehen hatte, kümmerte er sich nicht um sie. Bella sah zu, wie er die Schrottpresse bediente. Es dauerte fast eine Stunde, bis er fertig war und zurück zu seiner Behausung kam. Sie hatte inzwischen genug Zeit gehabt, um über die tote Frau nachzudenken und sich vorzustellen, wie sie gelebt hatte.

Ich hab mir schon gedacht, dass Sie noch einmal wiederkommen, sagte er. Ich heiße hier Ramón, und dabei soll es bleiben. Kommen Sie rein. Wir trinken einen Kaffee.

Sie hätten wohl nicht zufällig etwas Stärkeres?, fragte Bella. Ich sag Ihnen gleich, warum.

Nicht nötig. Behalten Sie Ihre Geheimnisse für sich. Ramón schloss die Tür zu seiner Bude auf, und Bella folgte ihm. Er zeigte auf einen ausgebauten Autositz, den er inzwischen leergeräumt und über den er eine Decke gebreitet hatte. Die Decke war aus Kamelhaar. Auf dem kleinen Schild in der Ecke stand Harrods. Bella setzte sich und sah Ramón zu, der am Kühlschrank hantierte.

Es tut mir leid, dass ich grob war, sagte er. Ich hab gedacht, Sie wären eine von den Ziegen, die sich hier einschleichen, mir ein schönes Gesicht machen und hoffen, sie kriegen eine Exklusivgeschichte. Ich hab zu spät gemerkt, dass Sie Ihre eigene Geschichte interessiert. Als er sich umwandte, hielt er zwei hohe Gläser mit einer zitronenfarbenen Flüssigkeit in den Händen. Im Gesicht hatte er die Andeutung eines Lächelns.

Bella wusste, dass es nicht mehr lange dauern würde, bis ihr einfiel, wer Ramón war. Auf jeden Fall hatte er nichts mit der Polizei zu tun.

Geben Sie her, sagte sie, ihr Getränk sieht so aus, als wäre es genau das, was ich jetzt brauche. Sie nahm das Glas und trank. Das Zeug war irgendein Rum mit irgendeinem Saft. Sie glaubte, noch nie etwas getrunken zu haben, das ihr so gut geschmeckt hatte. Sie hatten's aber nötig, was? Sieht ganz so aus, als wäre Ihnen etwas an diesem wunderschönen Andalusien nicht bekommen. Schütten Sie mir ruhig Ihr Herz aus. Der gute Onkel Ramón bringt die Dinge wieder ins Lot.
Ramón – ich glaube, ich weiß jetzt, wer Sie wirklich sind.
Ramón schwieg, sah sie nur an.
Sie sind Raul Delgado, der Bildreporter. Ich erinnere mich an einen groß aufgemachten Artikel, in dem behauptet wurde, Sie wollten Ihren Beruf aufgeben. Es war ein Foto von Ihnen dabei, danach müssen Sie Delgado sein. Ehrlich gesagt, ich hab das Ganze damals für einen Reklametrick der Zeitung gehalten. Ihre Serie »Bilder vom Krieg« war das Eindrucksvollste, das ich je zu diesem Thema gesehen habe. Die Zeitungen müssen Ihnen doch Ihre Arbeiten aus den Händen gerissen haben.
Sie haben ein gutes Gedächtnis. Das alles ist schon ein paar Jahre her. Und wie Sie sehen, hab ich meinen Beruf tatsächlich aufgegeben. Ich hab's nicht mehr ertragen, das Elend zu fotografieren, den Krieg, den Mord, die unschuldigen Opfer, die kaputten Täter. Irgendwann begann ich zu glauben, ich sei mitschuldig, ich und meine Bilder. Erstaunlich, wie naiv man sein kann, wenn man sich selbst zu wichtig nimmt.
Und hier auf dem Schrottplatz fühlen Sie sich besser.
Ja. Und nun lassen Sie uns von etwas anderem reden. Vielleicht interessieren Sie meine Erfahrungen hier unten. Wenn Sie wollen, können Sie daraus eine Geschichte machen; die Geschichte von dem Land, das sich selbst das Wasser abgräbt. Hier regnet es nicht mehr. Die Wüste breitet sich aus. Und diese Idioten bauen Autobahnen und vernageln das Land mit Plastik, anstatt Bäume zu pflanzen. Sie sind doch Journalistin, oder?
Ehrlich gesagt, interessiert mich das nicht besonders. Erinnern

Sie sich an das Foto, das ich Ihnen heute Morgen gezeigt habe?
Manuel, ja, natürlich. Sie sind bei seiner Mutter gewesen, und die hat Sie rausgeworfen, stimmt's? Wissen Sie, es ist manchmal nicht so einfach für die Leute hier, zu verstehen, was mit ihnen geschieht. In den letzten zwanzig Jahren ist eine Menge Geld hierhergeflossen, legales und illegales. Jetzt schickt auch noch die EG Geld. Wenn die andalusischen Landarbeiter vierzig Tage im Jahr Arbeit finden, dann bekommen sie jetzt Sozialhilfe. Das ist doch was, oder? Jedenfalls mehr, als sie vorher hatten. Haben Sie mal die Küsten gesehen? Diese weiße Krätze, die sich da am Meer entlangzieht: alles Häuser für Touristen. Plötzlich ist Geld hier. Aber in den Dörfern, sind Sie mal in den Häusern gewesen? Jeder hat einen Fernseher, aber fragen Sie mal, ob's auch ein ordentliches Klo gibt. Hier wird den Menschen eine Entwicklung aufgezwungen, für die andere hundert Jahre und noch länger gebraucht haben. Niemand macht sich Gedanken darüber, wie die mit den Veränderungen fertig werden.
Die Mutter von Manuel jedenfalls nicht mehr, das ist wahr, sagte Bella.
Ramón sah sie an.
Sie ist tot. Er hat ihr den Hals durchgeschnitten.
Ramón sah sie immer noch an. Mit solchen Dingen macht man keine Witze. Manuel ist ein Lump, für so was hab ich ein Gefühl; auch wenn Soledad mir das nicht glaubt. Sie liebt ihren Bruder. Für sie ist er der weiße Ritter. Aber weshalb sollte er seiner Mutter die Kehle durchschneiden. Er hat bei ihr gewohnt, jedenfalls, wenn er hier in der Gegend war.
Mit Familien ist das so eine Sache, sagte Bella. Ich würde mal annehmen, dass es eine Menge Leute gibt, die jemanden aus ihrer Familie –
Ist sie wirklich tot?
Ich hab es gesehen. Und ich möchte gern mit der Schwester reden. Wenn ich den Bruder schon nicht haben kann.

Was wollen Sie eigentlich von Manuel, fragte Ramón. Er stand auf und sah sie an, während er ihr das leere Glas aus der Hand nahm.
Nein, danke, sagte sie, nicht noch ein Glas von Ihrem Teufelszeug. Ich glaube, dass Manuel ein Killer ist. Einer von der üblen Sorte, ein Profi, wenn Sie wissen, was ich meine.
Allerdings, sagte Ramón langsam, allerdings. Er setzte sich, ohne die leeren Gläser abgestellt zu haben. Er hielt sie in den Händen und schlug die Glaswände leicht gegeneinander, während er nachdachte. Dann sah er auf. Sie sind nicht von der Polizei. Die Brüder erkennt man doch.
Nein, ich mach das privat. Die Polizei habe ich schon lange aufgegeben. Ändert das etwas?
Wenn Sie von der Polizei gewesen wären, hätte ich Sie nicht zu Sole gebracht. Ich hab nicht mit ihr darüber gesprochen, aber ich nehme an, dass der Betrieb, den sie aufgezogen hat, illegal ist. Sie ist in Ordnung, weshalb sollte ich ihr Schwierigkeiten machen. Er stand auf und stellte die Gläser in eine Schüssel. Beim Absetzen auf dem emaillierten Boden gab es einen hellen Klang.
Ich komme mit, sagte er dann. Auf Frauen ist sie nicht gut zu sprechen. Wenn ich Sie mitbringe, wird es keine Probleme geben. Es ist nicht weit. Sie können Ihr Auto hier stehen lassen.
Auch Bella stand auf. Der Autositz war nicht besonders bequem gewesen. Sie sah, dass Ramón seinen Fotoapparat vom Tisch nahm und einsteckte, sagte aber nichts. Es war nicht ihre Aufgabe, darüber nachzudenken, was er vorhatte.
Ramón schloss das Bretterhäuschen ab und zeigte auf den Weg, der durch die Schrotthalden führte.
Da lang, sagte er und ging voran.
Bella folgte ihm. Es war warm und windgeschützt zwischen den Blechbergen. Ein leichter Geruch nach verbranntem Müll lag in der Luft, der das Atmen anstrengend machte.

Toll, was, sagte Ramón, wobei er auf die Schrottberge zeigte. Seien Sie in Andalusien vorsichtig beim Autofahren. Viele, die hier ein Auto haben, sind deshalb noch lange nicht versichert.
Ein Hund kam ihnen entgegen, ein dünnes gelbes Tier mit einem hässlichen Kopf. Er war gierig und scheu zugleich, eine unangenehme Mischung, fand Bella. Sie waren höchstens sechs oder sieben Minuten gegangen, als Ramón auf ein Haus zeigte, ein einfaches weißes Haus, das lange nicht gestrichen worden war. Bella fand, dass es afrikanisch aussah und dass der Schrott und ein paar in der Gegend herumstehende Palmen gut dazu passten.
Da ist es, sagte Ramón. Sie lebt da mit Mercé, so 'ner Art Freundin.
Eine Freundin?
Na ja, eher wohl Geschäftspartnerin.
Was für Geschäfte eigentlich, fragte Bella, obwohl sie ahnte, welcher Arbeit die Frauen nachgingen.
Mein Gott, sind Sie langsam. Was, glauben Sie, machen zwei Frauen in so einem Haus, allein, hinter Schrottbergen? Internationale Anlageberatung? Die sind froh, wenn sie genügend Freier besuchen, dass sie die Miete für das Haus bezahlen können. Gehört übrigens der katholischen Kirche und ist nicht besonders teuer.
Er klopfte an die Haustür. Der hässliche Hund neben ihm begann zu jaulen. Niemand antwortete. Ramón wiederholte das Klopfen. Dann drückte er den Türgriff nach unten. Das Haus war nicht abgeschlossen. Gehen Sie nicht hinein, sagte Bella. Sie spürte, dass ihre Knie weich wurden, und war nicht sicher, ob Ramóns Getränk oder das, was sie erwartete, daran schuld war.
Ramón sah sie an. Sie meinen –
Ich hab keine Ahnung. War nur so eine Idee. Lassen Sie mich vorgehen.

Ramón trat zur Seite, stieß aber erst die Tür auf.
Der Hausflur war leer und aufgeräumt. Ein Paar rosa Pantoffeln mit weißem Schwanenfederbesatz lagen auf dem Boden. Vier Türen gingen vom Flur ab, die alle geschlossen waren. Bella gab sich einen Ruck und betrat das Haus. Bis zur ersten Tür auf der rechten Seite waren es nur zwei Schritte.
Man hatte ihnen die Morgenröcke heruntergezogen und sie an die Küchenstühle gebunden; die Arme an den Stuhllehnen, die Beine an den Stuhlbeinen festgemacht. Sie waren nackt. Sie saßen nicht, sondern lagen halb auf dem Stuhl, weil man ihnen Kissen in den Rücken und unter das Gesäß geschoben hatte. Das Blut, das ihnen vom Hals herabgelaufen war, hatte auf den Körpern eine Kruste gebildet und auf den am Boden liegenden Morgenröcken schwärzliche Spuren hinterlassen. Auch die Kissen waren schwarz verkrustet.
Bella überwand ihre Erstarrung, als der Hund sich in die Küche drängte. Sie scheuchte ihn weg und ging nach draußen. Dort blieb sie, an die Hauswand gelehnt, stehen und versuchte, ihre Fassung wiederzugewinnen. Der Hund kam zurück, und sie nahm einen Stein auf und traf ihn. Jaulend rannte er davon. Sie hörte Ramóns Fotoapparat klicken. Nach einer Weile kam er heraus und stellte sich neben sie.
Das war nicht Manuel, sagte er.
Nein, sagte Bella, das war nicht Manuel. Sie standen da und schwiegen.
Schließlich sagte Ramón: Ich habe die Tür zugemacht. Wenn Sie noch mal ins Haus wollen, begleite ich Sie.
Danke, sagte Bella. Sie löste sich von der Wand und ging zurück in den Hausflur. Ramón folgte ihr. Sie warf einen Blick in die beiden Zimmer und in das Bad, aber sie war nicht in der Lage, wirklich zu sehen, was sie sah. Schließlich ging sie hinaus. Ramón schloss die Tür und zeigte mit dem Kopf in die Richtung seines Häuschens.
Wir gehen wohl am besten. Reden können wir besser da.

Bella folgte ihm, ohne zu antworten. Der gelbe Hund war verschwunden. Der Weg durch die Schrotthaufen schien ihr endlos lang zu sein. Sie hatte das Gefühl, als werde das Haus mit den beiden toten Frauen in ihrem Rücken größer, je weiter sie sich davon entfernte. Es schien ihr, als wüchse in ihrem Rücken ein Albtraum von ungeheuren Ausmaßen. Das Gefühl wurde so beherrschend, dass sie sich zwang, stehen zu bleiben und zurückzusehen. Aber das Haus war schon hinter den Schrottbergen verschwunden, und es hätte sie überragen müssen, wenn es wirklich so groß gewesen wäre, wie es in ihrer Vorstellung geworden war. Sie spürte so etwas wie Angst, irrationale Angst, die sie loswerden musste, wenn sie handlungsfähig bleiben wollte. Sie zwang sich, ruhig zu überlegen.
Die drei Frauen waren von denselben Tätern umgebracht worden. Es waren mindestens zwei Männer gewesen. Einer allein hätte Soledad und Mercé nicht festhalten können. Es gab eine Verbindung zwischen der Alten in Aljaroz und den Frauen hier, etwas, das über das bloße Verwandtschaftsverhältnis hinausging. Die Verbindung konnte mit Manuel zu tun haben. In dem Haus seiner Mutter war kein Foto von ihm gewesen. Hatte hier ein Foto von ihm gestanden? Sie wusste es nicht. Wenn die Täter Manuel gesucht hatten – weshalb? Lag der Grund in seiner Vergangenheit? Hatte er Streit mit seinen Auftraggebern? Rächte sich jemand an ihm?
Sie musste noch einmal mit Ramón über Manuel reden. Er hatte gesagt, Soledad liebe ihren Bruder. Vielleicht wusste er mehr über die Familie, und sie würde irgendeinen Hinweis darauf bekommen, weshalb seine Mutter und seine Schwester auf so entsetzliche Weise gestorben waren. Ramón war weitergegangen, hatte schon die Tür aufgeschlossen, so dass sie sich setzen konnte, als sie ankam. Er bot ihr noch einmal sein Rum-Getränk an. Bella schüttelte den Kopf.
Ich glaube, ich hab noch nie etwas so Furchtbares gesehen, sagte sie. Ich hab die Beherrschung verloren, scheint mir.

Sie waren sehr beherrscht, sagte Ramón.
Nein, das meine ich nicht. Ich habe einfach vergessen, das zu tun, was ich bei ähnlichen Gelegenheiten schon aus Routine gemacht habe. Ich hätte prüfen sollen, wie lange sie tot waren, nach irgendwelchen Anhaltspunkten suchen, mich gezielt umsehen sollen – sie schwieg und sah vor sich auf den Boden.
Ich habe mich ein wenig umgesehen, sagte Ramón. Ich schätze, dass sie vor zehn oder zwölf Stunden umgebracht wurden. So was ist nicht genau zu sagen, aber ich hab früher mal Gelegenheit gehabt, Vergleiche anzustellen. Die Zimmer waren flüchtig durchsucht. Ich bin mal bei den beiden zu Besuch gewesen. Die Mädchen sind – waren sehr ordentlich, besonders Sole. Er unterbrach sich und starrte über Bella hinweg aus dem Fenster. Erst als er seine Fassung wiedergewonnen hatte, sprach er weiter.
Das Einzige, was fehlte, jedenfalls, soweit ich es beurteilen kann, war das Bild von Manuel. Es stand neben der Schachtel mit der Tänzerin. Die Schachtel war noch da.
Danke, sagte Bella. Sie schwieg eine Weile. Was wissen Sie über Manuel, Ramón, fragte sie dann. Außer, dass er bei seiner Mutter wohnte, wenn er hier war?
Ramón sah sie nachdenklich an. Sie waren es doch, die mir erzählt hat, dass er ein Killer ist. Vielleicht ist ihm die Konkurrenz auf den Fersen?
Ich möchte wissen, wie er gelebt hat, bevor er zum Mörder wurde.
Damit kann ich Ihnen nicht dienen. Ich weiß nur das, was Soledad mir erzählt hat. Viel war es nicht. Es gab irgendein Problem mit dem Vater, die Kinder sind wohl ohne Vater aufgewachsen. Manuel ist sehr jung gewesen, als er von zu Hause wegging; jedenfalls hat sie sich schon als Kind gewünscht, dass er zurückkommt.
Wohin ist er gegangen? Ausgewandert?
Nein, er ging zur Polizei, zur Guardia Civil, glaube ich. Soledad sprach nicht viel darüber. Nach Franco – sie hatte wohl begrif-

fen, dass sie nicht unbedingt stolz sein konnte auf seine Arbeit, jedenfalls nicht in der Öffentlichkeit.
Aber er war nicht bei der Polizei. Er war ein Berufskiller. Ich weiß es, weil ich das zweifelhafte Vergnügen hatte, ihn bei der Arbeit zu erleben.
Ramón sah sie an. Wissen Sie eigentlich, was hier im Augenblick los ist?, fragte er. Lesen Sie die spanischen Zeitungen. Zwischen Polizei und Berufskillern scheint kein großer Unterschied mehr zu sein. Eine Zeitlang waren sie wohl sogar identisch.
Ja, ich hab davon gehört, dass in den achtziger Jahren – glauben Sie, dass Manuel etwas damit zu tun gehabt haben könnte? Und weshalb bringt man seine Familie um, wenn man ihn wegen dieser Sache sucht?
Weiß ich nicht, und das ist mir auch ganz recht so.
Bella überlegte. Nehmen wir mal an, dass Manuel seine Mutter aufsuchen wollte oder seine Schwester und dass er gesehen hat, was mit ihnen geschehen ist.
Wohin könnte er gegangen sein? Wo hätte er eine Chance, nicht entdeckt zu werden?
Von diesen Leuten? Ob man denen überhaupt entgehen kann? Ramón schwieg und sah Bella nachdenklich an. Er schüttelte den Kopf. Ehrlich gesagt, ich finde, Sie sollten Manuel machen lassen, was er will, und möglichst bald jede Verbindung mit dieser Geschichte aufgeben. Es sieht so aus, als ob es Leute gibt, die nicht nur ihm, sondern auch seinen Bekannten nicht wohlgesinnt sind.
Wohin könnte er fliehen, fragte Bella noch einmal.
Es gibt für ihn nur eine Möglichkeit. Er muss nach Afrika, per Schiff oder per Flugzeug, und so schnell wie möglich. Da drüben kann er untertauchen, das ist kein Problem.
Und wenn sie ihn da drüben erwischen, in Marokko oder Algier, und ihn da umbringen, dann werden es »Fundamentalisten« gewesen sein, dachte Bella, aber sie schwieg.

Die Fotos, sagte sie dann, wann könnte ich Abzüge davon haben?
Gar nicht. Ich bin nicht mal sicher, ob ich den Film nicht lieber vernichte.
Bella hob die Schultern, um anzudeuten, dass es ihr egal sei, ob sie die Fotos hätte oder nicht. Die Dinger sind für Sie genauso gefährlich wie für mich. Ich geh jetzt zurück ins Hotel und werde da hinterlassen, wo ich bleibe, für den Fall, dass Sie es sich überlegen.
Ich überleg's mir. Ich glaube, ich werde nicht länger hierbleiben. Ich finde auch woanders Arbeit. Ramón machte eine kleine Pause. Ehrlich gesagt, ich hatte mir das Ende unserer Bekanntschaft etwas anders vorgestellt. Meine Spezialmischung biete ich nur Frauen an, die ich gern näher kennenlernen möchte. Sehr viel näher. Aber unter diesen Umständen –
Ja, sagte Bella, unter diesen Umständen. Sie erhob sich, versuchte ein Lächeln, das zu einer Grimasse wurde, und ging hinaus. Sie fühlte Ramóns Augen in ihrem Rücken, als sie zum Auto ging.
Sie haben vergessen, mir zu sagen, in welchem Hotel Sie sich aufhalten, hörte sie ihn sagen.
Das war richtig. Sie wandte sich um und nannte ihm den Namen des Hotels. Er stand noch immer in der Tür und sah sie an.
Ich glaube, es ist besser, wenn Sie die Polizei benachrichtigen. Für mich ist es kompliziert, zu erklären, weshalb ich bei den Frauen gewesen bin. Sie waren Nachbarn und hatten einen Grund, dort vorbeizugehen.
Ohne seine Antwort abzuwarten, wandte sich Bella dem Auto zu. Der Innenraum war heiß, weil sie nicht daran gedacht hatte, den Wagen in den Schatten zu stellen, aber sie verzichtete darauf, das Fenster zu öffnen, bevor sie den Schrottplatz verlassen hatte. Auch der Fahrtwind half ihr nicht, das Bild der geschlachteten Frauen in ihrem Kopf loszuwerden. Während der Fahrt, als sie über den Parkplatz des Hotels ging, während sie

an der Rezeption stand und auf ihren Zimmerschlüssel wartete, hatte sie das Bild im Kopf. Im Fahrstuhl, während sie ihr Zimmer betrat, hinausging auf den Balkon, die Palmen sah und das Meer – es wollte nicht verschwinden. Sie hätte sich betrinken müssen, um es, vielleicht, loszuwerden.
Als das Telefon läutete, lag sie auf dem Bett und dachte darüber nach, was für eine Flüssigkeit wohl in den Tassen gewesen war, die vor den beiden Frauen auf dem Tisch gestanden hatten. Sie dachte so intensiv darüber nach, als hinge von der Lösung dieser Frage ab, was sie als Nächstes tun würde.
Willi wollte wissen, ob alles in Ordnung sei. Außerdem habe dieser Kranz schon ein paarmal angerufen. Er wolle sie unbedingt sprechen, und sie sei nicht sicher, ob er die Telefonnummer bekommen solle. Sie habe ihn auf morgen vertröstet.
Nein, sagte Bella, geben Sie ihm auf keinen Fall meine Adresse oder Telefonnummer. Sagen Sie ihm, ich rufe ihn an, wenn ich zurück bin.
Und wann sind Sie zurück? Ich meine, ich möchte es nur für mich wissen. Ich könnte mit einem Kommilitonen ein paar Tage aufs Land fahren. Aber ich fahre natürlich nur, wenn Sie nicht da sind.
Ich hab keine Ahnung, wie lange ich hier bleibe. Fahren Sie auf jeden Fall. Warten Sie nicht. Sie können mir ja Ihre Adresse dalassen. Wenn ich früher zurück bin, rufe ich Sie an.
Der Vorschlag schien Willi zu gefallen. Sie versprach, die Adresse auf den Schreibtisch zu legen.
Ich weiß ja, dass Sie solche Fragen nicht mögen, aber geht es Ihnen auch wirklich gut, fragte sie dann. Ihre Stimme klingt so komisch.
Bella wartete einen Augenblick mit der Antwort. Sie hatte keine Lust, Willi etwas vorzumachen, aber sie scheute sich davor, am Telefon darüber zu sprechen, was geschehen war.
Es ist hier nicht ganz einfach. Wir reden darüber, wenn ich zu-

rück bin. Aber, bitte, auch darüber, wie es mir geht, nichts zu Kranz, ja?
Also wirklich. So gut sollten Sie mich doch kennen, um zu wissen, dass ich nichts tue – Willie unterbrach sich. Sie dachte genau wie Bella an das Foto unter den Herakles-Listen.
Danke, dass Sie angerufen haben, sagte Bella. Es war schön, Ihre Stimme zu hören. Sie legte auf, fand, dass sie dabei war, eine Neigung zu melodramatischen Sätzen zu entwickeln, und blieb am Telefon sitzen. Wahrscheinlich wusste man an der Rezeption, wann und wie sie nach Melilla kommen würde. Es gab noch eine kleine Chance, Manuel zu finden, bevor die anderen ihn fanden. Sie wollte die Chance nutzen. Sie wollte Manuel sehen. Sie wollte sehen, wie es aussah, wenn er Angst hatte; sein Gesicht sehen, wenn er in der Falle saß. Und er saß in der Falle, das war klar.

DIE AFRIKANER hatten ihre Waren zusammengepackt und waren vom Bürgersteig verschwunden. Das Café war jetzt überfüllt, aber die Straße davor hatte sich geleert. Er hatte zu lange gewartet. Jetzt war es nicht mehr möglich, sich draußen in der Menge zu verstecken. Täuschte er sich, oder hatte der Kellner ihn schon ein paarmal misstrauisch angesehen?
Manuel schob den Teller beiseite. Kalt und verschrumpelt schwammen die gebratenen Eier im Öl. Es war ihm nicht möglich gewesen, etwas zu essen. Er stand auf, drückte im Vorübergehen dem Kellner zu viel Geld in die Hand und verließ das Café. Außer einer Frau, die einen gefüllten Einkaufskorb trug, und zwei Taxifahrern, die rauchend neben ihren Wagen standen, war niemand zu sehen.
Die Straße führte direkt zum Hafen. Dort unten lag die Fähre nach Melilla. Wenn es ihm gelang, auf das Schiff zu kommen, war er gerettet.

Zwei Männer kamen die Straße herauf. Sie waren groß, und ihre Bewegungen wirkten aus der Entfernung so gleich, als wären sie Soldaten, daran gewöhnt, nebeneinander zu marschieren, und hätten nur jetzt, in diesem Augenblick, eine lockere Gangart eingeschlagen. Manuel sah sich um. Hinter ihm war die Straße leer. Die Taxifahrer standen nicht mehr neben ihren Autos. Links neben ihm lag ein Juweliergeschäft, dessen Schaufenster und Eingang mit Gittern verschlossen waren. Im Hauseingang daneben saß eine Frau mit einem Kind an der Brust. Sie war zu klein; hinter ihr konnte er sich nicht verbergen. Ein Café, da vorn war ein Café. Noch zehn Schritte, dann fühlte er den Vorhang in der Eingangstür hinter sich zusammenschlagen. Ein einzelner Tisch war frei, ein kleiner Tisch, direkt hinter der Fensterscheibe zur Straße. Manuel setzte sich. Wieder wurde ihm klar, dass er vor einer Gefahr floh, die vielleicht gar nicht existierte. Durch die Gardine vor dem Fenster sah er hinaus. Er hätte sich mit dem Rücken zur Straße setzen müssen, wenn er nicht gesehen werden wollte. Er konnte es nicht. Er starrte den beiden Männern entgegen, die jeden Augenblick vor dem Fenster auftauchen mussten. Da waren sie. Plötzlich fühlte er seine Hände, die weiß und kalt vor ihm auf der Tischplatte lagen. Er fühlte sie wie abgestorbene Teile, die nicht zu ihm gehörten und doch auf sonderbare Weise mit seinem Körper verbunden waren.

Die Männer standen jetzt vor dem Eingang zum Café. Durch einen Spalt zwischen den Gardinen sah er ihre Gesichter. Diese Gesichter kannte er, er kannte sie sogar gut. Es war mindestens zehn Jahre her, dass sie sich zuletzt gesehen hatten, aber ihre Gesichter waren ihm vertraut wie damals. Sie hatten derselben Polizeitruppe angehört wie er. Als er dazukam, waren sie schon dabei gewesen; harte Burschen, die ihm die Dinge beigebracht hatten, die er für die Arbeit brauchte. Anti-Terror-Arbeit, von oben angeordnet und so geheim, dass über ihre Existenz in der Öffentlichkeit absolutes Stillschweigen bewahrt werden musste.

Er wusste nicht, was sie in der Zwischenzeit getan hatten, aber von denen konnte die Gefahr nicht kommen. Der Himmel wusste, weshalb sie gerade jetzt hier auftauchten. Oder bildete er sich die Gefahr nur ein?
Als der Vorhang an der Eingangstür auseinandergeteilt wurde und sie den Raum betraten, sah er ihnen entgegen. Seinem Gesicht war noch dic Angst anzusehen, aber auch schon die Erleichterung, die langsam von ihm Besitz ergriff. Seine Hände lagen noch immer wie gelähmt auf der Tischplatte, doch auf seinem Gesicht erschien der Versuch eines Lächelns. Auch die Männer hatten ihn entdeckt. Sie kamen an seinen Tisch. Hinter ihnen her ging die Serviererin. Sie wartete, bis die beiden sich gesetzt hatten, bevor sie nach ihren Wünschen fragte.
Nicht jetzt, sagte einer der beiden, kommen Sie in fünf Minuten noch einmal wieder.
Vielleicht war es die Bestimmtheit, mit der er sprach, die in Manuel plötzlich Misstrauen hervorrief, vielleicht auch nur der ruhige, überlegene Blick, mit dem die beiden ihn ansahen.
»Bricht die GAL-Affäre Felipe den Hals?« Plötzlich sah er die Überschrift in der Zeitung vor sich. Die GAL, das waren sie gewesen. Da war nichts mehr geheim. In den Zeitungen wurde darüber geschrieben. Man würde sie dafür zur Rechenschaft ziehen, dass sie gemordet hatten.
Es gelang Manuel nicht mehr, die lockeren Worte zur Begrüßung hervorzubringen, die ihm im Augenblick des Wiedererkennens durch den Kopf gegangen waren.
Gehen wir, sagten beide gleichzeitig. Sie standen auf, einer nahm Manuels Tasche vom Boden auf. Sie nahmen ihn in die Mitte. Und endlich begriff er, dass sie von jetzt an bis zu seinem Ende nicht mehr von seiner Seite weichen würden. Sie hatten noch immer dieselbe Methode. Der Unterschied war nur, dass er jetzt das Opfer war.

WENN SIE SICH BEEILEN, hatte die Frau an der Rezeption gesagt, erreichen Sie das Schiff noch. Das Flugzeug fliegt etwas später, wenn es mit dem Schiff nicht klappt, können Sie sich immer noch mit dem Taxi zum Flughafen fahren lassen. Wollen Sie, dass ich versuche, für Sie anzurufen, während Sie unterwegs sind? Ich könnte Ihnen vorsorglich einen Platz in der Maschine reservieren lassen.

Tun Sie das, bitte. Bella legte den Hörer auf, stopfte die wenigen Sachen, die sie mitgenommen hatte, in die Reisetasche und lief aus dem Zimmer. Es dauerte ihr zu lange, auf den Fahrstuhl zu warten. Sie rannte die Treppe hinunter.

Ich behalte das Zimmer, rief sie zur Rezeption hinüber und verließ das Hotel. Da drüben lag das Schiff. Sie würde es schaffen. Sie lief über die Straße, direkt in eine Polizeikette hinein.

Hier können Sie nicht durch, sagte ein Mann. Er trug die Uniform der Guardia Civil.

Ich muss das Schiff noch erreichen.

Sie können es da vorn versuchen. Aber Sie brauchen sich nicht zu beeilen. Der Dampfer ist heute bestimmt nicht pünktlich. Der Mann sprach höflich und bestimmt. Bella genierte sich plötzlich wegen ihrer Hast.

Was ist los, fragte sie. Der Mann hob die Schultern und wandte sich ab.

Bella sah sich um und versuchte, die Lage zu erkennen. Der Platz vor dem Schiff war weiträumig abgesperrt. Mindestens hundert Uniformierte waren im Einsatz. Vorn am Quai bildeten sie eine enge Gasse. Einzeln wurden die Passagiere hineingeschoben, durchsucht und wieder entlassen. Jeder Koffer wurde geöffnet und durchwühlt. Auch an Deck liefen Uniformierte herum, einzelne von ihnen waren sogar hinter den Bullaugen in den Kabinen zu erkennen. Bella holte tief Luft. Was immer Manuel vorhatte, auf dieses Schiff würde er bestimmt nicht gehen.

Sie wandte sich um. Vor dem Hotel standen Taxis. Die Fahrer sahen erwartungsvoll zu ihr herüber. Auf ihr Winken setzte sich

einer von ihnen in Bewegung. Kurze Zeit später saß sie im Taxi zum Flughafen.
Als sie ausstieg, lief sie Kranz direkt in die Arme. Nicht einmal ein Versuch, ihm auszuweichen, war ihr noch möglich. Das Taxi hielt vor der Abflughalle, und Kranz stand am Rand des Bürgersteigs, als hätte er auf sie gewartet. Auf dem Flugfeld landete gerade eine Propellermaschine.
Mein Flugzeug, sagte Bella und macht einen lahmen Versuch, an Kranz vorbeizukommen.
Er fasste sie am Arm. Sie werden nicht fliegen, Bella. Er drängte sie vorsichtig zur Tür der Abflughalle.
Und weshalb nicht? Sie wusste es, aber sie fand, er sollte es selbst sagen.
Der Mann, den Sie suchen, ist tot. Er schwieg, öffnete die Tür, wobei er sie am Arm festhielt, und ließ sie vorangehen.
Wir setzen uns da drüben hin.
»Da drüben« war eine Ansammlung von Tischen und Stühlen, die an der rechten Seite der Halle standen. Niemand saß dort. Die Halle war beinahe leer. Bella schüttelte seine Hand von ihrem Arm ab.
Ich hole uns etwas zu trinken. Laufen Sie mir nicht weg, ja? Unser Flug geht in zwei Stunden.
Sie setzte sich und sah ihm nach, als er an die Bar ging. Draußen vor der Halle fuhren zwei Reisebusse vor. Kranz kam zurück und stellte zwei Gläser mit einer orangefarbenen Flüssigkeit auf den Tisch. Der Tisch war aus leichtem, billigem Kunststoff und wackelte. Aus den Bussen kletterten Männer und Frauen mit grauen oder weißen Haaren. Manche hatten große Mühe, die Stufen herabzusteigen. Der Busfahrer half ihnen nicht. Er hatte eine Klappe geöffnet und warf Gepäckstücke auf den Bürgersteig. Ich habe Ihre Arbeit immer bewundert, sagte Kranz neben ihr. Als Sie noch bei uns waren und auch später.
Danke. Ich hab schon begriffen. Das hier war eine Nummer zu groß für mich, ja?

Wenn Sie es so nennen wollen. Ich muss Ihnen noch etwas sagen. Es ist besser –
Ich weiß. Ich bin niemals hier gewesen. Ich habe niemals ein Foto von Manuel gesehen. Es gibt ihn nicht und hat ihn nie gegeben. Alle, die sich an ihn erinnern, sind lästige Zeugen.
Einen Augenblick dachte sie an Ramón. Er hatte gesagt, er würde woanders hingehen. Sie hoffte, dass er schon unterwegs war.
Gibt es jemand, in dessen Auftrag Sie gehandelt haben?
Nein, niemand, der wirklich daran interessiert ist, was ich herausbekomme.
Ich bin auch auf eigene Rechnung hier, sagte Kranz.
Zum ersten Mal sah Bella ihm ins Gesicht. Sie fand ihn älter aussehend, aber seine Kleidung war teuer und korrekt wie immer.
Ich hole noch etwas zu trinken. Kranz ließ die Zeitung auf dem Tisch liegen, die er die ganze Zeit über in der Hand gehalten hatte. An der Bar war inzwischen Hochbetrieb. Es würde eine Weile dauern, bis er zurückkäme.
Bella schlug die Zeitung auf. Andalusische Umweltbehörden hatten große Mengen illegal entsorgten Mülls aus Deutschland entdeckt. In der Nähe von Almeria waren auf wilden Müllkippen mehrere Tonnen deutschen Abfalls sichergestellt worden; darunter Computerschrott, Krankenhausabfälle, Haushaltsmüll und Chemikalien. Sie legte die Zeitung beiseite, weil ihr plötzlich der Geruch der Müllkippe bewusst wurde, die in der Nähe von Soledads Haus gelegen haben musste.
Am Nebentisch hatten sich vier alte Leute niedergelassen; zwei Frauen mit weißblau gefärbten Haaren und zwei Männer, die sich nur mühsam auf den Beinen gehalten hatten. Sie waren mitgeschleppt worden. Allein wären sie nie auf die Idee gekommen, den Winter im Süden zu verbringen. Na gut, der Alkohol war billiger gewesen. Aber wenn man den Flugpreis dagegenrechnete – was hätten sie zu Hause saufen können. Allerdings wäre dann niemand da gewesen, der ihnen die Betten machte und das Essen vorsetzte. Soledad und Mercé –

Im Fernsehgerät an der Wand gegenüber lief die Übertragung einer Debatte im Parlament. Strahlend und locker stand Felipe am Rednerpult. »Die Regierung hat von der Existenz und den Machenschaften der GAL-Truppe nichts gewusst, und niemandem wird es gelingen, uns etwas anderes nachzuweisen. Und nun lassen Sie uns zu einem wichtigen Thema kommen: Spaniens Haltung zu Europa.« Soledad und Mercé –

Ich hab Kaffee genommen. Kranz setzte die Tassen auf den Tisch. Wenn wir zurück sind, gehen wir zusammen essen, ja? Sie hatten es versprochen.

Bella sah ihn an. Er wollte mit ihr reden. Aber worüber, wenn doch das Thema Manuel nicht mehr existierte. Sie sagte nichts, sah ihn nur an.

Kann sein, dass ich meinen Job los bin, wenn ich zurückkomme.

Doch nicht meinetwegen?

Aber nein. Die Hamburger Polizeiführung gerät gerade unter Druck. Es hat so viele ausländerfeindliche Übergriffe von Beamten gegeben, dass man es nicht mehr unter der Decke halten konnte. Und in gewissem Sinne gehöre ich dazu, zur Polizeiführung, meine ich.

Was für eine absurde Idee, sagte Bella.

Wie bitte? Kranz wirkte leicht verärgert. Vielleicht fühlte er sich nicht ernst genommen.

Ich meine nicht Sie. Bella sah ihn an, aber in Wirklichkeit sah sie Soledad und Mercé.

Mir ist gerade etwas durch den Kopf gegangen. Kennen Sie Olga Bergholz?

Kranz dachte nach. Ist das die russische Dichterin, die während der Belagerung von Leningrad –

Ja, sagte Bella. Ich dachte gerade an ihren bekanntesten Satz.

Niemand ist vergessen. Nichts ist vergessen, sagte Kranz.

Ja, sagte Bella. Was für eine absurde Idee.

Die Zitate sind folgenden Werken entnommen:

Peter Weiss: *Notizbücher 1971–1980*, Frankfurt/M., 1981.
Anna Achmatowa: *Requiem*, Berlin, 1987.
Dámaso Alonso Fernández de las Redondas: *Spanische Lyrik des 20. Jahrhunderts*, Stuttgart 1985.
Eugenio Garcia de Nova: *Spanische Lyrik des 20. Jahrhunderts*, Stuttgart 1985.

DSCHINGIS KHANS TOCHTER

Ophelia:
Nieder mit dem Glück der Unterwerfung.
Es lebe der Haß, die Verachtung,
der Aufstand, der Tod.

UNTER DEM ÄUSSERSTEN der weißen Sonnenschirme des Eiscafés, nur durch die Straße vom Platz vor der Odessaer Oper getrennt, sitzt ein Mann. Er trägt einen grauen Anzug, ein offenes Hemd und braune Schuhe ohne Strümpfe. Der Mann hat ein blasses Gesicht. Zwischen Nase und Mund wächst ein dünner, schwarzer Bart. Die Ärmel des Jacketts sind an den Handgelenken durchgescheuert. Der Mann ist der einzige Gast in dem Eiscafé. Die Kellnerin kommt heran. Er sieht ihr entgegen. Sie wendet sich um und geht zurück an das Büfett im Hintergrund. Sie wird ihn nicht nach seinen Wünschen fragen.
Der Mann sieht ruhig auf die Straße. Er beobachtet ein Auto, schwarzglänzend, mit silbernen Beschlägen. Das Auto rollt langsam heran und hält auf dem leeren, unteren Ende der Straße, in Höhe der weißen Schirme des Eiscafés. Der Fahrer steigt aus, öffnet die Tür hinter der Fahrertür und bleibt daneben stehen. Er nimmt die Mütze vom Kopf, hält sie sich vor die Brust und lächelt. Seine Mütze ist blau wie sein Anzug. Eine schmale, rot-goldene Litze blinkt über dem Mützenschirm und an den Ärmeln seiner Jacke. Es ist Mittag, Herbstmittag in Odessa, die Sonne wärmt den Mann unter den weißen Sonnenschirmen des Eiscafés, den glitzernden Chauffeur und das wunderschöne Mädchen, das zuerst langsam, zögernd ein schlankes, weißbestrumpftes Bein aus der geöffneten Autotür gestreckt hat und nun, schmal, in glänzender, weißer Seide, die eng am Körper liegt, neben dem Chauffeur steht, groß wie der Mann in der Livree, nur eben viel zarter, viel schöner. Beide, der Chauffeur und das Mädchen, sehen über das Dach des Wagens auf die andere Seite. Die Autotür ist von innen geöffnet worden. Schnell und ohne zu zögern steigt der junge Mann im schwarzen Anzug

aus. Jetzt geht er um die Kühlerhaube des Wagens herum, der Chauffeur tritt zur Seite, lächelnd nimmt der Junge das weißseidene Mädchen am Arm, legt die Hand unter dessen rechten Ellenbogen und führt es über den leeren Bürgersteig. Am Rand, vor den weißen Schirmen, bleiben beide stehen, wenden sich um und sehen zurück auf die Straße. Auf dem Bürgersteig, in respektvollem Abstand, sammeln sich Männer, Frauen und Kinder, die die beiden betrachten. Die Menschen sprechen nicht, rufen nur manchmal ein Kind zurück, das der weißen Seide zu nahe gekommen ist.
So, in respektvollem Abstand umringt, von Stille umringt, steht das Paar und sieht den Wagen entgegen, die nun, einer nach dem anderen, heranrollen, auf der eben noch fast leeren Straße anhalten, im Rücken die prachtvolle Fassade des Operngebäudes. Männer in teuren Anzügen mit glitzernden Westen und schwarz-weißen Schuhen, dicke Männer mit roten Nacken und schwarzen Haaren, die ihre Zigarren auch im Auto nicht ausgehen ließen, steigen aus und kommen lachend heran. Frauen folgen ihnen, deren Kleider so kostbar sind, so leuchtende Farben, so raffinierte Schnitte haben, dass manche unter den Gaffern sich fragen mögen, wo gibt es diese Stoffe zu kaufen? Welches Schuhgeschäft bietet Schuhe an aus feinstem Schlangenleder, mit hohen Absätzen und Spangen über dem Spann? Wo kauft man solche Handtaschen, passend zu Kleid und Schuhen, an goldenen Ketten über den Schultern hängend, unter dem Arm zu tragen, mit passenden Puderdosen in ledergefütterten Klappen? Die werden jetzt aufgeschlagen, und in dem fröhlichen Kreis, der sich um das junge Paar gebildet hat, werden Nasen gepudert, zarte, junge und fleischige, alte, mit kostbaren, federleichten Quasten. Acht, neun Autos halten nun auf der Straße. Die Chauffeure stehen in einer Gruppe neben dem ersten Wagen, zünden sich Zigaretten an, stehen, die Arme über der Brust gekreuzt, beisammen und unterhalten sich.
In die Gruppe der Gaffer auf dem Bürgersteig ist Bewegung

gekommen. Ein Fotograf ist aufgetaucht. Laut, mit rudernden Armbewegungen versucht er, die feine Gesellschaft zur Tür und auf die Stufen des weißen Gebäudes am Bürgersteig zu drängen. Da soll die Gesellschaft sich aufstellen; das junge Paar unten, neben ihm und auf der Treppe seine Gäste. Es dauert eine Weile, bis alle so stehen, dass sie ein hübsches Bild abgeben. Die Gaffer rücken näher heran.
Weg, ruft der Fotograf, zur Seite da!
Sie weichen ein wenig zur Seite. Der Fotograf dirigiert die Gruppe mit den Händen. Der Mann unter dem Sonnenschirm nimmt seine Aktentasche vom Boden und steht auf. Er wird näher herangehen müssen. Die vielen Gaffer verstellen seinen Blick. Er kann die Gruppe auf den Stufen von seinem Platz aus nicht mehr sehen. Auch die Kellnerin kommt aus dem Hintergrund nach vorn an den Rand der Straße. Sie sieht die vielen Menschen und den Mann im grauen Anzug, der sich langsam der Gruppe nähert. Sie sieht, dass er seine Tasche öffnet, seine Hand hineinsteckt und wieder herauszieht.
Ich weiß nicht, warum ich gerufen habe, wird sie später sagen.
Sie beginnt zu schreien in demselben Augenblick, in dem der Mann im grauen Anzug über die Köpfe der Menge hinweg die Bombe in die glitzernde Gruppe auf den Treppenstufen wirft. Die Detonation ist so stark, dass in dem Haus, auf dessen Treppe die Gruppe stand, alle Scheiben bersten. Auch in den anderen Häusern in der Nähe splittert das Glas in den Fenstern. Es klirrt und scheppert, aber niemand hört darauf in diesem Augenblick. Wer noch etwas wahrnimmt, hört die Schreie der Verletzten. Wer noch etwas sieht, sieht die Glieder der Zerfetzten. Wer noch etwas will, will Hilfe.
Der Anblick eines zerfetzten, abgerissenen Beins, an dessen Fuß ein eleganter, unzerstörter Schuh merkwürdig obszön wirkte, und der Kommentar des Sprechers, der irgendetwas über »Mode« quasselte, waren der endgültige Anlass für Bella, das Fernsehgerät auszuschalten. Ihr Bedarf an Fetzen, gleich wel-

cher Art, war nicht groß; genaugenommen war er gar nicht vorhanden.
Du bist harmoniesüchtig, Bella, dachte sie, während sie überlegte, ob sie in die Küche gehen und das Tablett mit Wodka und Orangensaft holen sollte, das Willi dorthin gestellt hatte, bevor sie gegangen war. Willi war gegangen und würde nicht wiederkommen.
Es war Nachmittag, Herbst, die Sonne schien ungewöhnlich warm. Es war unsinnig, so zu tun, als sei nichts geschehen. Willi hatte es vorgezogen, sich in die Arme eines verliebten Studenten zu stürzen. Obwohl das Leben mit Bella durchaus erotische Augenblicke gehabt hatte, war Willi die Liebe zu einem Jüngling am Ende verlockender erschienen. Genaugenommen hatte Bella sie zu dieser Entscheidung gezwungen. Ein paarmal war sie gemeinsam mit dem Jungen, der sinnigerweise Willi hieß, bei Bella erschienen. Bella hatte »Wilhelmina« sagen müssen, nur um zu vermeiden, dass sich zwei Köpfe gleichzeitig bewegten, vier Augen mit den gleichen erwartungsvollen Blicken ihr entgegensahen. Der Junge, Jurastudent, war ein freundlicher, sanfter Typ, Wilhelmina intellektuell hoffnungslos unterlegen, aber im Bett wahrscheinlich hemmungslos vor Lust, mit der ganzen Rücksichtslosigkeit des jungen Liebhabers. Wie und unter welchen Umständen die erste Begegnung zwischen den beiden stattgefunden hatte, erzählte Wilhelmina an einem Morgen, während Bella bald nicht mehr zuhörte, nur die im ersten Herbstnebel auf der Elbe laut werdenden Nebelhörner wahrnahm und zu verstehen begann, dass die Zeit mit Willi vorüber war. Zwei Wochen hatte sie gewartet mit dem letzten Gespräch. Ein wenig in der Hoffnung, Willi würde zur Besinnung kommen, hatte sie deren Versuch zugesehen, das Leben mit Bella in der gewohnten Form aufrechtzuerhalten und den Ansprüchen ihres Liebhabers und ihres Körpers gerecht zu werden. Dann hatte sie die Sache beendet. Während der junge Mann vor einer Kommission von ausgewachsenen Männern saß, die

ihn mit Fragen einfachster Qualität (»Ist der Verteidiger als Organ der Rechtspflege anzusehen?«) in Verlegenheit zu bringen suchten, um ihn anschließend zu sich in die Gemeinschaft der Volljuristen zu erheben, saßen Bella und Willi sich zum letzten Mal in Bellas Arbeitszimmer gegenüber.
Wir werden unser Arbeitsverhältnis beenden, sagte Bella. Willi sah sie an. Ihrem Gesicht war anzusehen, dass sie verstanden hatte, worum es ging.
Besser, wir behalten uns in guter Erinnerung, sagte Bella.
Willi wäre nicht Willi gewesen, wenn sie kampflos aufgegeben hätte.
Ich hätte gern mit Ihnen geschlafen, sagte sie.
Einen Augenblick war Bella hilflos. Wie selbstverständlich sich jetzt dieser Satz anhörte, der so lange Zeit zwischen ihnen nicht gesagt worden war.
Ich weiß, sagte sie. Ich auch, wahrscheinlich.
Willi schwieg und sah vor sich auf den Boden.
Ich geh dann, sagte sie nach einer kleinen Pause.
Sie stand auf und ging in die Küche. Ihre abgetretenen Absätze knallten hart auf den Boden, während Bella sie hin und her gehen hörte. Sie wusste plötzlich, dass sie gerade dieses Knallen der Absätze vermissen würde.
Ich habe die Sachen auf das Tablett gestellt, sagte Willi. Sie stand in der Tür mit traurigem Gesicht, hielt den Kopf ein wenig schief, fragend, ein Bild des Jammers.
Danke, sagte Bella, auch für alles andere. Und viel Glück.
Ohne zu antworten, wandte Willi sich ab und verließ das Haus. Bella blieb im Sessel sitzen.
Später, als ihr klargeworden war, dass es wenig Sinn hatte, über Versäumnisse nachzudenken, die sich nicht mehr beheben ließen, hatte sie das Fernsehgerät eingeschaltet. Vielleicht hätte sie sich gezwungen, den Bildern aus Odessa mehr Aufmerksamkeit zu schenken, wenn sie gewusst hätte, dass sie selbst in ein paar Tagen dort sein würde. Aber sie wusste es nicht. Sie ging

in die Küche, trug das Tablett mit Wodka und Orangensaft zum Sessel am Fenster und fing an, sich langsam und systematisch zu betrinken. Gegen Abend begann das Telefon zu läuten. Sie nahm den Hörer nicht ab. Irgendjemand versuchte wieder und wieder, sie zu erreichen. Später beschloss sie, anstatt den Telefonstecker aus der Wand zu ziehen, das Haus zu verlassen. Noch war es das Haus, in dem Willi und sie zusammen gearbeitet hatten. Es musste ein Abstand geschaffen werden zwischen dem alten Leben und dem neuen, das jetzt zu beginnen hatte. Während sie im Dunkeln die Stufen zum Strand hinunterstieg, hin und wieder sich an einem Zaun oder einer Mauer stützend, kühlte der Wind ihren Kopf, und der Geruch nach Öl und Tang und Teer trug dazu bei, dass sie nüchtern wurde. Einmal begegnete ihr ein Mann, der vom Strand die Treppen heraufkam.

Kann ich Ihnen helfen, fragte er. Auch diese Frage trug dazu bei, sie wieder klar denken zu lassen.

Der Strand war dunkel und leer. Lautlos zog ein Containerschiff an ihr vorbei. Drüben am anderen Ufer waren die Lichterketten von MBB zu sehen. Vielleicht waren solche Anblicke dafür verantwortlich, dass Menschen im Zusammenhang mit Rüstung romantische Gefühle bekamen? »›Tante Ju‹ oder ›Iron Anny‹, wie die Maschine liebevoll genannt wird«, stand vor ein paar Tagen im kostenlos verteilten Anzeigenblatt und darüber in dicken Buchstaben BLASMUSIK UND SCHUNKELLIEDER. Die sollten den Ausflug der Kinder in der »Tante Ju« begleiten, ihnen aufspielen beim Volksfest-Rundflug mit der »Iron Anny«. So wie Odessa ihnen nichts sein würde, als eine spannende Kriminalgeschichte mit einem abgerissenen Bein am Rand des Kraters, den eine Mafia-Bombe vor der Oper hinterlassen hatte. Die Eltern würden mit ihren Kindern in der »Tante Ju« begeistert durch die Lüfte schaukeln. Ein Volk ohne Erinnern, ohne Geschichte, tot, gefährlich tot.

Irgendwann spürte Bella ihre Beine müde werden vom Stapfen

durch den Sand. Da kehrte sie um, mit nassen Schuhen und durstig. Vier oder fünf Stunden war sie gelaufen, zu wenig, um genaue Vorstellungen davon zu haben, wie sich ihr neues Leben gestalten würde. Zu lange, um noch eine geöffnete Kneipe zu finden. Müde fiel sie ins Bett und schlief sofort ein.

ICH WARNE DICH, Nigger.
Ich hab dir gesagt, du sollst mich nicht ankotzen, Nigger.
Der Mann hält die Arme an die Wand. Seine Beine sind gespreizt, zwischen Körper und Wand ist auf dem Fußboden ein stinkender Haufen von Erbrochenem. Kastner, der Polizist hinter ihm, schlägt ihm leicht, wie zur Probe, in die Kniekehlen. Der Mann hört nicht auf, sich zu übergeben. Ein zweiter Polizist kommt den Flur entlang.
Dass du dazu Lust hast, Kastner, sagt er, schmeiß ihn doch gleich weg. In zehn Minuten geht der Transport. Der Mann an der Wand würgt noch immer.
Hab ich dir nicht gesagt, du sollst mich nicht ankotzen. Hier, los, trink.
Ein Schlag in die Kniekehlen befiehlt dem Mann, sich umzudrehen. Schweißperlen haben sich auf seinem Gesicht gebildet. Er sieht grau aus. Kastner hält ihm ein Glas mit grauweißem Inhalt hin.
Los, mach schon.
Der Mann beginnt beim Anblick des Glases erneut zu würgen. Er übergibt sich, einige Spritzer treffen Kastners Schuhe. Der stößt ihm mit dem Schlagstock vor die Brust. Der Mann taumelt, gerät mit den Füßen in das Erbrochene.
Du Sau, sagt Kastner zufrieden. Ihr seid alle Säue. Schwarze Säue. Bleib da stehen und rühr dich nicht vom Fleck.
Er geht den Flur entlang, bleibt stehen und stellt das Glas, das er noch in der Hand hält, auf dem Fußboden ab.

Das ist leer, wenn ich zurückkomme, sagt er, wir sind noch nicht fertig miteinander. Kapierst du?
Der Mann an der Wand schweigt. Kastner ist hinter einer Tür verschwunden. Jetzt ist er allein im Flur. Es stinkt, und die Luft ist überhitzt durch die schlecht isolierten Heizungsrohre, die an der Decke entlanglaufen. Er macht ein paar Schritte auf das Glas zu. Auf dem Fußboden entstehen Abdrücke aus Erbrochenem. Als er das Glas in der Hand hält und sich umsieht, geht die Tür wieder auf.
So ist es brav, sagt Kastner. Er ist ein großer kräftiger Mann mit blonden, kurzgeschnittenen Haaren und der Andeutung eines modischen Dreitagebarts. Er ist so groß und kräftig, dass die Kamera in seinen Händen wie ein Spielzeug wirkt.
An die Wand, Nigger, dich wollen wir schwarz auf weiß. Runter mit der Pudelmütze.
Bevor Kastner mit dem Schlagstock seinen Kopf erreicht, hat der Mann die Pudelmütze vom Kopf gerissen. Während Kastner fotografiert, sind vor der Tür Stimmen zu hören.
Kommst du endlich? Wie lange brauchst du noch? Seid ihr fertig? Wir sind so weit.
Los, Nigger, saubermachen, sagt der Polizist leise.
Der Mann sieht sich um. Er weiß nicht, womit er das Erbrochene beseitigen soll.
Nimm deine Jacke, du Schwein. Siehst du die Tür da? Weißt du, was oo heißt? Ihr scheißt noch hinter die Büsche, was? Kommt aus dem Busch und scheißt hinter die Büsche. Rein da, nimm Papier, los, dalli.
Der Mann rennt, kommt mit ein paar Papierhandtüchern zurück und beginnt, den Fußboden zu säubern. Der Polizist, der vor einer Weile über den Flur gegangen ist, kommt zurück.
Es stinkt hier, sagt er, hoffentlich seid ihr bald fertig. Er gibt sich Mühe, sagt Kastner. Er will auch auf Transport. Freut sich schon auf seinen Kral. Dalli, dalli.
Der Mann trägt die schmutzigen Papiertücher hinter die Toilet-

tentür. Kastner hält die Flurtür schon auf, als er wieder zurückkommt. Der Mann hat nasse Hände.
Hat sich die Pfoten gewaschen, das Schwein. Los, raus hier.
Der Mann geht schnell an Kastner vorbei, nicht schnell genug. Er wird in die Seite gestoßen, fliegt schräg nach vorn und prallt gegen eine Gruppe von Schwarzen, die im angrenzenden Raum in der Nähe der Tür gestanden haben.
Marsch jetzt, hier ist keine Wärmehalle. Raus, bevor ich mich vergesse.
Die Schwarzen werden zur Tür gedrängt, über den Bürgersteig in ein bereitstehendes Auto geschoben, die Tür wird hinter ihnen verschlossen. Passanten gehen vorbei, ohne hinzusehen. Im Innern ist es dunkel. Der Wagen fährt an. Die Männer wissen nicht, wohin sie gefahren werden. Sie hocken auf dem Boden, stumm und äußerlich gleichgültig. Sie haben Angst. Die Angst verstärkt sich, als der Wagen anhält und die Tür geöffnet wird. Es sind keine Lichter zu sehen, weder von Häusern noch von Straßenlaternen. Die Scheinwerfer des Wagens sind abgeschaltet.
Hände hoch und einzeln rauskommen!
Sechs Männer steigen nacheinander aus dem Wagen. Sie halten die Hände über dem Kopf verschränkt. Jedem Einzelnen leuchtet Kastner mit der Taschenlampe ins Gesicht, während er kommandiert: An die Wand, Hände bleiben oben.
Die Männer tasten sich unsicher vorwärts, kommen langsam voran, stoßen gegen eine Mauer, bleiben stehen.
Da bleibt ihr und rührt euch nicht.
Sie hören, wie Kastner und sein Kollege die Tür des Wagens zuschieben, einsteigen, die Vordertüren schließen und den Wagen starten. Die Köpfe gegen die Mauer gelehnt, die Hände darüber abgestützt, stehen sie und warten. Sie hören, dass der Wagen in ihrem Rücken wendet. Plötzlich werden die Scheinwerfer eingeschaltet. Licht fällt gegen die Mauer, auf ihre Rücken, auf die erhobenen Arme. Der Wagen fährt dichter heran, steht erst, als

er fast ihre Beine berührt. Durch das Motorengeräusch hören sie Kastners Stimme.
Wenn ich euch noch mal erwische, kommt ihr nicht so billig davon. Das nächste Mal seid ihr dran.
Der Wagen setzt zurück und fährt davon. Es dauert eine Weile, bis die Männer die Arme von der Mauer nehmen. Sie versuchen, sich zu orientieren. Es ist vier Uhr morgens. In der Ferne sehen sie den roten Himmel über der Stadt. Vor ihnen liegen Felder. Wege oder Häuser sind nicht zu erkennen.

FÜR DEN POLIZISTEN KASTNER ist der Dienst beendet. Er lässt sich an der Wache absetzen, steigt um in seinen Privatwagen und fährt nach Hause. Um diese Zeit sind die Straßen noch leer. Für den Weg bis nach Lurup braucht er nicht länger als eine halbe Stunde. Als er ankommt und vor dem Gartentor parkt – wenn er um diese Zeit vom Dienst kommt, fährt er sein Auto nicht auf das Grundstück, eine Angewohnheit von früher, als die Frau noch zu Hause war und er sich Mühe gab, sie morgens nicht zu wecken – ist es kurz nach fünf. Er schließt den Wagen ab, geht über den Plattenweg, sieht sich an der Haustür noch einmal um. Niemand beobachtet ihn. Die Nachbarn schlafen noch.
Dann steht er im Hausflur, den Schlüssel noch in der Hand und lauscht. Auch als die Frau noch da war, ist es morgens im Haus still gewesen, wenn er vom Dienst gekommen ist. Dann lag sie im Bett und schlief. Bevor sie ihn für immer verließ, hat er nicht gewusst, dass es unterschiedliche Arten von Stille geben kann.
Kastner nimmt die Post vom Boden auf, die hinter der Haustür gelegen hat, und geht in die Küche. Früher standen da, wenn er kam, eine Thermosflasche mit Tee und ein Brett mit belegten Broten, über das sie eine dünne Klarsichtfolie gezogen hatte. Manchmal stand daneben eine Schale mit Pudding oder ein Tel-

ler mit Obst. Sie wusste, dass er Hunger hat, wenn er vom Dienst kommt. Er saß allein in der Küche und aß, aber er war doch nicht allein gewesen. Als sie gegangen war, hatte er in der ersten Zeit selbst für den Tee und die Brote gesorgt. Irgendwann mochte er nicht mehr so tun, als sei die Frau noch da. Wenn er jetzt nach Hause kommt, ist die Küche aufgeräumt, ohne Leben.
Kastner bleibt in der Tür stehen. Er wundert sich über sich selbst. Was ist los? Weshalb beunruhigen ihn Dinge, die nicht zu ändern sind? Er wird sich nicht gleich hinlegen. Er wird sich ein Frühstück machen, die Stille aushalten. Dann erst schlafen gehen. Als das Brett mit den Broten auf dem Tisch steht, die Küche nach Kaffee duftet, setzt er sich, um gleich noch einmal aufzustehen. Es geht ihm schon viel besser als vorhin. Innerlich lächelnd geht er hinüber ins Wohnzimmer und öffnet die oberste Schublade des Eckschranks. Sie hat einen Servietten-Tick gehabt. Er wird eine Serviette benutzen, so wie sie es gewollt hätte. Es ist das erste Mal, seit er allein ist, dass er die Schublade öffnet. Er sieht auf das Durcheinander von verschiedenfarbigen Papierservietten, weißen Papierdeckchen, irgendwelchen runden Papierfetzen und zieht die Schublade ganz heraus. Sorgfältig glättet er zerdrückte Servietten und stapelt sie, nach Farben geordnet, auf dem Wohnzimmertisch. Es gibt verschieden bedruckte rote und grüne Weihnachtsservietten, solche für Ostern, einige sind mit Blumen bedruckt, andere fein wie Spitzentaschentücher. Ein paar sind gebraucht und wieder in die Schublade zurückgelegt worden. Ob sie es war, die die Spuren auf dem bunten Papier hinterlassen hat? Kastner spürt, dass er traurig wird. Aber er schiebt die Schublade nicht zurück, sortiert weiter Papiertücher, Tortendecken und diese merkwürdigen runden Papierdinger, deren Sinn er nicht kennt. Er räumt die ordentlichen Stapel wieder ein und trägt die unbrauchbaren und benutzten Servietten in die Küche, um sie in den Müll zu werfen. Er vergisst, eine Serviette neben sein Frühstücksgedeck zu legen. Er ist traurig und fühlt sich sehr allein.

AM MORGEN bleibt das Haus ruhig. Bella schläft lange und tief. Als sie wach wird, bleibt sie liegen, gegen ihre Gewohnheit. Es ist schwierig, ein neues Leben anzufangen, wenn das alte in Form von Büchern, Heften, Zetteln mit Notizen noch daliegt, als sei nichts geschehen, und darauf wartet, fortgesetzt zu werden. Sie beginnt darüber nachzudenken, ob wirklich nur die Trennung von Willi ihr die Lust genommen hat, die Arbeit fortzusetzen, mit der sie in den letzten Wochen beschäftigt war. Zuletzt haben sie Anzeigen gesammelt: zu Coca-Cola-Flaschen umgeformte Säulen des Parthenon-Tempels, Belmondo-Schuhe an den Füßen eines griechischen Diskuswerfers, Versicherungswerbung auf einer griechischen Vase.

Ein Gefühl der Ohnmacht war in den letzten Wochen in ihr entstanden. Welchen Nutzen hatte der Beweis, dass der Pergamon-Altar die Darstellung des erbarmungslosen Kampfes der neuen patriarchalischen Ordnung gegen die alte Ordnung der bluttriefenden Mütter sei. Wer will noch die Wahrheit wissen, wenn Venus für Wärme wirbt, die deutsche Braunkohle verbreitet, und der schwule Antinoos in der Parfüm-Werbung Mädchen küsst. Es gab tatsächlich diesen

augenblick der lautlosigkeit
da der mächtige dunst des weines
die nacken beugt
der schatten das beil von der wand löscht
und tote und mörder aussöhnt.

Tote und Mörder, Geschundene und Schinder waren lautlos eins geworden, ausgesöhnt sollten sie sein und waren es.

Es ist Mittag, als Bella beschließt aufzustehen. Sie fühlt sich merkwürdig leicht, unangemessen fröhlich, und beschließt, noch vor dem Duschen ein Stück den Strand entlangzulaufen. Auf dem Rückweg – sie hält die Tüte mit den Brötchen in der

Hand, die gestern noch Willi gebracht hätte – kommt ihr eine Frau entgegen, deren Anblick geeignet wäre, ihr Selbstbewusstsein ins Wanken zu bringen, wenn sie nicht schönen Frauen von jeher mit Gleichmut begegnet wäre. Jedenfalls beim ersten Hinsehen.
Sie sind Frau Block, nehme ich an.
Auch die Stimme ist angenehm, klar, kräftig, gar nicht schüchtern.
Wollen Sie zu mir? Wenn Sie Zeit haben zu warten, bis ich angezogen bin, kommen Sie mit.
Bella nimmt im Vorbeigehen den Duft wahr, zu dessen Verbreitung Antinoos beigetragen hat. Der Gedanke, dass es Willi gewesen ist, die ihr eine Probe des Parfüms besorgt hat, lässt sich schon ohne größere Gemütsbewegungen denken. Bin ich herzlos, zu ernsthaften Gefühlen unfähig?, fragt sie sich, während sie unter der Dusche steht.
Die junge Frau, vielleicht Mitte dreißig, steht unten im Arbeitszimmer am Fenster. Bella wirft ihrem Rücken einen Blick zu, geht in die Küche und stellt Frühstücksutensilien für zwei Personen auf ein Tablett. Sie trägt es hinein, stellt es auf den Tisch am Fenster und bittet die Besucherin, Platz zu nehmen. Sie denkt nicht darüber nach, dass sie alles so angeordnet hat, als säße Willi ihr zur täglichen Arbeitsbesprechung gegenüber.
Charlotte Mehring, sagt die Frau, während sie sich in Willis Sessel setzt. Sie trägt die Art Kleidung, die für Frauen mit perfekter Figur gemacht wird; schmale lange Hosen, einreihig geknöpfte Jacke, flache Schuhe, Rollkragenpullover, alles dunkelbraun und von bester Qualität. Ihre Haare sind blond und glatt, fransig bis zum Kinn, der Haarschnitt so teuer wie die Schuhe. Sie lächelt, weil Bella sie einen Augenblick zu lange gemustert hat, nimmt die Bewunderung wie selbstverständlich hin, die sie zu verdienen meint. Ihr Lächeln ist sympathisch.
Wir haben einen gemeinsamen Bekannten, sagt sie, das heißt, für mich ist er ein Verwandter.

Einen kurzen Augenblick denkt Bella an Eddy, nur, um den Gedanken schnell wieder wegzuschieben. Sie kann sich nicht vorstellen, jemanden zu kennen, der mit dieser Person verwandt sein könnte.

Mein Onkel hat mir allerdings gesagt, dass Ihr Verhältnis – sie zögert einen Augenblick, bevor sie weiterspricht –, dass Ihr Verhältnis zu ihm größeren Schwankungen unterworfen ist. Weshalb ich Sie bitten möchte, Onkel Peter einfach zu vergessen und mich anzuhören.

Onkel Peter. Bella ist sich nicht bewusst, jemanden dieses Namens zu kennen.

Peter Kranz, sagt die Schöne, während sie mit langen schlanken Fingern die Kaffeekanne fasst, darf ich, sagt und, ohne eine Antwort abzuwarten, erst Bella und dann sich Kaffee einschenkt. Bella sieht der Bewegung ihrer Hände zu.

Ich hab ihn vor ein paar Tagen getroffen, irgendein Familienfest, und ihm erzählt, dass ich eine Frau suche, die Russisch spricht. Ich habe die Absicht, einen Teil meiner Produktion in den Osten zu verlegen. Außerdem möchte ich herausfinden, ob es sich lohnt, dort einen Laden zu eröffnen. Ich brauche eine Begleitung bei der ersten Kontaktaufnahme. Onkel Peter sagte, Sie seien perfekt in Russisch und außerdem eine geeignete Reisebegleiterin. Er macht sich Sorgen, weil er meint, die Verhältnisse da drüben seien für mich schwer zu durchschauen. Und es sei nicht ungefährlich. Ich glaube ihm nicht so ganz. Er ist einer von denen, die nur noch Übeltäter sehen, weil sie täglich mit ihnen zu tun haben. Ich könnte mir vorstellen, dass die Leute da froh sind, wenn sie Arbeit bekommen.

Wahrscheinlich, sagt Bella. So froh wie die Leute hier, die freigesetzt werden und nun endlich das tun können, wozu sie bisher keine Zeit gehabt haben.

Überall sind die Leute froh. Die da drüben, weil Sie ihnen Arbeit bringen. Unsere, weil sie endlich frei sind. Frohe Völker, frohe Zukunft. Hat Onkel Peter Ihnen gesagt, dass ich nicht

umsonst zu haben bin? Er hat gesagt, Sie seien früher mal eine Kollegin von ihm gewesen, hätten lange als Privatdetektivin gearbeitet und wären jetzt nicht – ich meine, ist ja auch egal, was er gesagt hat. Ich würde Sie gern als Begleiterin engagieren. Ich weiß noch nicht genau, wie lange, eine Woche, zehn Tage, vierzehn Tage. Die Kosten übernehme ich selbstverständlich. Geld ist kein Problem. Sagen Sie mir nur, wie hoch Ihr Honorar sein soll.
Was genau wäre meine Aufgabe?
Sie fliegen mit mir, wohnen im selben Hotel und begleiten mich bei verschiedenen Verhandlungen. Sie übersetzen für mich, unabhängig davon, ob uns drüben Dolmetscher angeboten werden. Und Sie halten an den Produktionsstätten, die wir hoffentlich zu sehen bekommen, die Augen offen. Ich will wissen, wie die Maschinen aussehen, wie der organisatorische Ablauf in den Werkhallen ist, ob die Leute zufrieden oder unzufrieden mit ihrer Arbeit sind, was sie für Stundenlöhne bekommen.
Ob sie überhaupt Lohn bekommen.
Auch das, wenn es nötig ist.
Wo genau ist eigentlich dieses »Drüben«? Sie haben bisher noch nicht gesagt, wohin wir fahren werden. Dann habe ich Sie also gewonnen?
Vermutlich, sagt Bella, wenn es sich nicht gerade um Sibirien handelt. Da wäre es mir jetzt schon zu kalt. Sibirien? Nein, viel zu weit. Die Transportwege sind außerdem unsicher. Nein, nicht so weit. Ich denke an Odessa, an die Ukraine.
Meine Seele sagt mir, ich muss nach Odessa.
Wie bitte?
Tschechow sagt Bella, Tschechows Seele. Aber ich glaube, meine könnte ihm zustimmen.

Erst als Charlotte Mehring gegangen ist, begreift Bella, was sie getan hat. Und es ist ihr recht. Den Tag und den Abend verbringt sie damit, alle Spuren der Arbeit zu beseitigen, mit der sie in den vergangenen Monaten beschäftigt war. Die Lust, die sie dabei empfindet, das Vergnügen, Bücher, Zettel, beschriebene Blätter, Aktenordner in Kartons zu verstauen und auf den Boden zu tragen, überrascht sie.

Als sie damit fertig ist, setzt sie sich an den Schreibtisch und beginnt einen kurzen Brief an Willi, um ihr mitzuteilen, dass sie sich verpflichtet fühle, ihre Studien bis zu einem Abschluss »gleich welcher Art« zu finanzieren. Sie schreibt auch, dass sie für unbestimmte Zeit verreise und nach ihrer Rückkehr von sich aus den Kontakt wieder aufnehmen werde. Sie schreibt: »Viel Glück, Willi«, und es gelingt ihr ohne Anstrengung, die Worte so zu setzen, dass sie aufrichtig klingen. Sie glaubt nicht, dass sie Willi wiedersehen wird.

Dann ruft sie Kranz an. Sie hat vor, sich nach seiner Nichte zu erkundigen, aber dazu kommt sie kaum. Kranz überschüttet sie sofort mit einer Mischung aus Vorwürfen, Bewunderung und Jammern über sein Schicksal. Bella fällt es schwer, seinen Redestrom zu unterbrechen. Es scheint, als sei aus dem eher schweigsamen, überlegenen Mann ein wütender, in die Enge getriebener Beamter geworden. Erst als Bella ihm versichert, sie habe den ganzen Tag noch keine Zeitung gelesen und wisse nicht, wovon er rede, versucht er, verständlicher zu werden.

Sie lesen also keine Zeitung mehr, gut, gut. Sie können sich das ja auch leisten. Ich komme ins Büro und vor mir liegen, säuberlich aufbereitet, die neuesten Meldungen. Wissen Sie, was ich seit ein paar Tagen morgens als Erstes tue? Ich beobachte das Gesicht meiner Sekretärin, wenn ich zur Tür hereinkomme. Was glauben Sie, wie oft es in dieser Woche nicht mitleidig ausgesehen hat? Einmal, am Donnerstag. Weil nämlich am Mittwoch der HSV verloren hatte. Sonst bin im Augenblick ich der Verlierer.

Sie?

Na ja, auch der Verein, dem ich angehöre. Aber was glauben Sie, wie oft mein Name genannt wird.

Ist es Ihnen nicht gelungen, Wölfe im Schafspelz zu züchten, oder was immer Ihre Aufgabe war? Oder ist. Ich wundere mich, wie sehr Sie sich mit Ihrer Arbeit identifizieren. Ich dachte, es sei Ihnen klar, unter welchen Bedingungen Ihre Polizei arbeitet und wie die Leute gestrickt sind, die zur Polizei gehen. Sie waren doch früher gelassener, wenn es um Polizisten ging. Oder wenn Ihr Name in den Zeitungen genannt wurde. Die rechte Hand des Innensenators – klang doch immer hübsch. Weshalb jetzt auf einmal nicht mehr?
Bella, sagt Kranz, ich bitte Sie, machen Sie sich nicht lustig über mich. Mir ist nicht danach.
Aber wieso denn, ich habe das ganz ernst gemeint.
Der Innensenator ist zurückgetreten, sagt Kranz.
Es hört sich an, als verkünde er den Tod seines Vaters oder seiner Mutter oder beider. Vermutlich ist sein Schock aber größer.
Oh, mein Beileid, sagt Bella. Tut mir leid, dass ich Sie in Ihrer Trauer aufgestört habe. Fühlen Sie sich trotzdem in der Lage, mir ein paar Fragen, Charlotte Mehring betreffend, zu beantworten?
Ach, reden Sie schon.
Sie hört Kranz einen Stuhl heranziehen und ein Geräusch, als atme er erleichtert aus, während er sich auf den Sitz fallen lässt. Vielleicht ist er froh, von den Sorgen um seine Karriere abgelenkt zu werden.
Immerhin haben Sie die Frau zu mir geschickt. Sie möchte, dass ich sie nach Odessa begleite. Ist denn die Firma, die ihr gehört, so groß, dass sie ausländische Produktionsstätten suchen muss?
Wo leben Sie denn, fragt Kranz. Heute lässt doch schon jeder kleine Krauter im Osten produzieren. Charlottes Laden macht Millionen-Umsätze. Ich denke schon, dass es sich für sie lohnen könnte. Übrigens zeichnen Sie sich durch bemerkenswerte Ignoranz aus, was den Bereich Mode betrifft. Eigentlich kennt

man die Mehring-Produkte. Noch nie was von »Charlotte-Design« gehört?
Bella antwortet nicht sofort. Sie denkt darüber nach, weshalb sie Kranz angerufen hat. Sie sieht die Mehring vor sich, schön, kühl, wortgewandt – aber etwas war nicht in Ordnung gewesen unter der Maske. Nein, in einer Maske war sie nicht erschienen. Man kann sich gut vorstellen, dass ein Teil ihres Wesens so ist, wie sie ihn vorführt. Aber da ist noch etwas anderes, irgendetwas, das sie verbirgt, das sie aber mehr beschäftigt als niedrige Löhne und große Verdienstspannen. Danach wollte sie Kranz eigentlich fragen. Und jetzt weiß sie nicht mehr, ob sie sich nicht getäuscht hat. Oder ob Kranz seine Nichte so gut kennt, dass er in der Lage ist, eine Sache zu erklären, von der sie selbst nicht genau weiß, ob sie existiert. Bella, sind Sie noch da?
Ja, sagt Bella, ich habe gerade über etwas nachgedacht. Ich glaube, ich sollte jetzt auflegen.
Habe ich Ihnen schon erzählt, mit welcher Begründung er zurückgetreten ist?
Kranz spricht schnell, vielleicht ist ihm nicht nach Alleinsein. Vielleicht hat ihr Anruf in ihm das Bedürfnis zu reden ausgelöst. In den oberen Etagen ist die Luft sehr dünn. Freunde, auf die man sich verlassen kann, die nicht jedes Wort zu viel als Sprossen für die Strickleiter benutzen, auf der nach oben zu kriechen sie selbst die Absicht haben, sind eher selten.
Nein, sagt Bella, ich vermute, wenn mir danach ist, kann ich es morgen in der Zeitung lesen.
Wann fahren Sie? Sie hätten nicht zufällig Lust, mit mir essen zu gehen, bevor Sie mit Charlotte –
Essen? Überlegen Sie gut. Das kann teuer für Sie werden.
Noch hab ich den Job ja.
Es hört sich tatsächlich so an, als rechne er damit, diesen Job in absehbarer Zeit nicht mehr zu haben. Was natürlich möglich ist, aber ganz sicher nur geringe Gehaltseinbußen mit sich bringen wird.

Trotzdem, trinken ist mir lieber. Sagen wir morgen Abend? Wir treffen uns an den Landungsbrücken, Tor 6.
Bella legt auf. Sie fühlt sich so wunderbar leicht, dass es sie selbst erstaunt; und sie weiß, dass dies Gefühl anhalten wird.

Am Abend trifft sie sich mit Kranz. Sie hat immer noch keine Lust zu essen, was ihm offensichtlich recht ist. Kranz schlägt vor, den Abend mit einem trockenen Martini zu beginnen, den man am besten in der Tower-Bar über dem Hafen bekäme. Bella ist einverstanden. Während sie mit dem Fahrstuhl nach oben fahren, betrachtet sie ihn. Manche Männer sehen, auch wenn sie älter werden, noch passabel aus. Kranz ist ein hagerer Typ, der manchmal das Gesicht verzieht, als habe er Magenschmerzen. Wenn er lacht oder seine Magenschmerzen vergisst, sieht er intelligent aus.
Die Bar ist noch leer. Sie trinken ihren Martini, sehen auf die Lichter im Hafen und spielen Touristen. Als der Barmixer beginnt, ihnen die Skyline zu erklären, wechseln sie das Lokal.
Einmal versucht Kranz, Bella für seine Probleme im Dienst zu interessieren, begreift aber schnell, dass sie sehr wenig Lust hat, sich damit zu befassen.
In der nächsten Bar bleibt Kranz bei Martini, während Bella von nun an Wodka und Orangensaft trinkt. Sie lachen viel, besonders, wenn sie sich daran erinnern, bei welchen Gelegenheiten sie sich bisher getroffen haben.
Wissen Sie noch? Auf der Insel? Sie hatten sich gerade diesen Alexander Hausmann vom Hals geschafft. Damals habe ich Sie bewundert!
Erst damals?
Sie bewundern und von Ihnen nicht ernst genommen zu werden, gehört das eigentlich immer zusammen?
Keine Ahnung, sagt Bella fröhlich.
Sie beglückwünscht sich dazu, Kranz' Einladung angenommen

zu haben. Hat sie vielleicht bisher ein falsches Leben geführt? Sollte sie nicht endlich anfangen, ihr Leben zu genießen?
Irgendwann, gegen Morgen, sitzen sie in der Bar des Atlantik-Hotels.
Hier hab ich Sie mal einen Opportunisten genannt, wissen Sie noch?
Und ob, sagt Kranz. Das hat mein Selbstbewusstsein damals ganz schön ramponiert.
Und? Stimmt's etwa nicht?
Jetzt geht Kranz nicht mehr auf Bellas lockere Bemerkung ein.
Ich werd Ihnen beweisen, dass es nicht stimmt, sagt er. Ich mach Ihnen ein Angebot. Wenn ich meinen Job verliere – was halten Sie davon, wenn wir uns dann zusammentun?
Sie werden Ihren Job nicht verlieren.
Da kann man nachhelfen.
Kranz strahlt Bella an. Sie begreift, dass er es ernst meinen könnte mit seinem Angebot. Dass sich das Angebot nicht nur auf eine, wie auch immer gemeinsam gestaltete, Arbeit bezieht, begreift sie auch. Sagen Sie der Frau am Klavier, sie soll noch etwas Schönes spielen, bitte.
Kranz steht auf und geht ein wenig unsicher zum Klavier hinüber, aber die Frau dort hat ihre Noten eingepackt und geht, ohne sich von ihm erweichen zu lassen. Er kommt zurück, zieht die Schultern hoch, lächelt entschuldigend. Nichts zu machen, sagt er. Geh'n wir woanders hin?
Wir gehen nach Hause, antwortet Bella und ist froh, dass Kranz die Frage »zu dir oder zu mir« nicht stellt.
Vor dem Hotel fragt der Portier: Ein Taxi oder zwei?
Alle so verständnisvoll heute Nacht, denkt Bella, während sie neben dem Fahrer sitzt und ihren rechten Handrücken anstarrt.
Merkwürdige Sitte, dieses Handküssen.
In der Nacht hat es geregnet, genug, um das Pflaster der Puschkinstraße noch am Morgen glänzen zu lassen. Die Krähen sind

aus den Akazien verschwunden. In der Straße ist es noch ruhig. Nur wenige Menschen eilen unter den Bäumen irgendeiner Arbeit zu, manchmal gehen sie langsamer, um auf den ersten herabgefallenen Blättern nicht auszurutschen.
Auf dem Bretterpodest vor dem Hotel Krasnaja stellt ein dünner, übermüdeter Kellner die Tische und Stühle auf, die über Nacht zusammengekettet an der Hauswand gestanden haben. Ein Mann, dessen Oberlippe ein dünner, schwarzer Bart ziert, erscheint aus dem Innern im Eingang des Hotels. Ruhig beobachtet er die beiden Frauen in dicken Mänteln, die auf der gegenüberliegenden Straßenseite zwei ramponierte Kühltruhen installieren. Als die ersten Kunden sich neben den Kühltruhen aufstellen, noch ist nicht zu erkennen, was da drüben verkauft werden wird, verlässt der Mann das Hotel und schlägt den Weg zum Hafen ein. Er geht ruhig und gleichmäßig, ohne Hast. Ein paarmal überholen ihn eilige Fußgänger. Der Mann hat eine helle Steppjacke über seinen grauen Anzug gezogen. Er trägt einen grauen Hut mit einem dunklen Band und an den Füßen nicht mehr braune Halbschuhe, sondern eine Reebok-Imitation, schwarz, mit weißen Einsätzen. Alles in allem ist er genauso unscheinbar wie am Tag zuvor. Und genauso gefährlich.
Nach ein paar Minuten Fußweg hat er die Parkanlagen neben der Oper erreicht. Einen Augenblick zögert er, wendet sich dann nach links, nähert sich der Oper und bleibt stehen. Er stellt fest, dass um den Bombenkrater vor dem Standesamt eine Absperrung gezogen worden ist. Das Eiscafé ist noch geschlossen. Damit hat er gerechnet. Er wendet sich ab und setzt seinen Weg fort.
Der Frau, die im Eiscafé üblicherweise die Vormittagsschicht übernimmt, hat man gesagt, sie könne heute zu Hause bleiben, das Eiscafé bleibe geschlossen. Der Frau war es recht. Sie wird ein wenig länger im Bett bleiben als sonst. In ihrer Wohnung ist es jetzt schon ziemlich kalt. Sie ist froh über die kleine Wohnung, Zimmer und Küche in den dicken Mauern eines nied-

rigen Hauses in der Nähe des Hafens. Bis vor ein paar Jahren haben Angestellte der Schwarzmeerschifffahrtsgesellschaft in dem Haus gewohnt. Die Gesellschaft war reich und hat die Wohnungen ihrer Leute in Ordnung gehalten. Wahrscheinlich waren sogar immer genug Kohlen da. Dann, irgendwann zu Glasnost-Zeiten, ist der Direktor der Gesellschaft mit der Kasse durchgebrannt, um irgendwo anders ein lukratives Geschäft aufzumachen. Auch ein paar Angestellte sind verschwunden. Die Wohnung stand ein paar Wochen leer. Dann ist sie eingezogen, zusammen mit ein paar Bekannten, von denen einer die leere Wohnung entdeckt hat. Sie haben die Zimmer unter sich aufgeteilt. Es wohnt sich schöner hier als in dem Neubauviertel, aus dem sie gekommen sind. Inzwischen werden die alten Straßen wieder sauber gehalten. Die gepflasterten Straßen, die Häuser aus dem achtzehnten und neunzehnten Jahrhundert, die sehr dicke Mauern haben, gedrechselte Türen und schwarze Türklopfer, sind schön anzusehen und gelten unter Touristen als besonders sehenswert. Touristen gibt es allerdings jetzt nicht sehr viele. Die reichen Russen fahren ins Ausland, und ausländische Touristen haben zu viel Angst vor Unbequemlichkeiten. Sie kommen nicht mehr nach Odessa. Autos fahren kaum auf den alten Straßen. Sie sind zu abschüssig, manchmal sogar, um leichter begehbar zu sein, mit Stufen versehen. So wohnt man hier ruhig. Irgendwo wird sie in den nächsten Wochen Kohlen auftreiben müssen. Der Herbst hat schon begonnen. Das Eiscafé wird nur noch kurze Zeit geöffnet sein. Dann hat sie Zeit, sich umzusehen.

Natürlich würde ich ihn wiedererkennen, denkt die Frau. Ich hab es ihnen trotzdem nicht gesagt. Was geht es mich an, wenn die Schieber sich gegenseitig umbringen. Das geht jetzt schon seit Monaten so. Anscheinend ist es Mode geworden, vor der Oper zu heiraten. Was für Dämchen hab ich da schon gesehen. Da war die gestern ja noch harmlos.

Das Bein fällt ihr ein. Plötzlich steht die ganze Szene wieder

vor ihr. Wie schrecklich das war. All das Blut und das Geschrei. Wie haben die Menschen geschrien. Und wie lange hat es gedauert, bis Hilfe kam. Als alles vorbei war, ist sie hingelaufen, um zu helfen. Aber sie konnte es nicht. Der Anblick der verletzten Leute war so schrecklich. Sie ist umgekehrt und hat sich auf einen Stuhl im Café gesetzt. Da hat sie ganz allein gesessen und auf die Schreie gehört. Es war so schlimm, dass sie nicht still sitzen bleiben konnte. Sie musste einfach etwas tun. Da ist sie wieder hingegangen. Diesmal zögernd, mit zitternden Knien. Ein paar andere waren auch gekommen. Erst jetzt sah sie, dass die Scheiben in den umliegenden Häusern herausgefallen waren. Alles lag voller Glas. Aus den leeren Fensterhöhlen beugten sich die Menschen hinunter auf die Straße. Viele hatten die Münder aufgerissen, so als ob sie schreien wollten. Aber sie schrien nicht. Stumm vor Entsetzen sahen sie auf den Krater, hörten das Schreien und Wimmern. Sie hatte mit einem Mann, den sie nicht kannte, den Fotografen auf das Gelände des Cafés getragen. Seine Jacke war zerrissen, aber er schien nicht verletzt zu sein, nur ohnmächtig. Als er erwachte, begann er nach seiner Kamera zu suchen. Er wusste nicht, wo er war. Vielleicht hatte er einen Schock. Er drehte sich um sich selbst, und sie hörten ihn von der Kamera reden. Der Anblick des verstörten Mannes in der zerrissenen Jacke, der sich ohne Bewusstsein um sich selbst drehte und sinnlose Worte rief, war schrecklich.
Ich werde aufstehen und Kaffee kochen, denkt die Frau, die die Bilder loswerden möchte. Es kann ja auch sein, dass die Polizei mich noch einmal sprechen möchte. Ich werde sie nicht im Bett empfangen. Ich werde einen Kaffee trinken und dann versuchen, die Tochter anzurufen.
Die Tochter lebt in Kiew. Vielleicht hat sie die Bilder im Fernsehen gesehen und macht sich jetzt Sorgen. Obwohl ja deutlich zu sehen gewesen ist, dass das Café nicht beschädigt war.
Es ist wirklich schon ein wenig kalt in der Wohnung. Kalt und feucht. Der Hafen. Das Wasser liegt zu sehr in der Nähe. Dass es

Herbst wird, merkt man zuerst an den Wänden. Wenn die Wände beginnen, feucht zu werden, wird es Zeit, an die Kohlen zu denken. Der Mann mit dem dünnen Bart auf der Oberlippe hat die abschüssige Straße erreicht. Die Profilsohlen seiner Turnschuhe finden auf dem Kopfsteinpflaster festen Halt. Er geht ruhig die Straße hinab, manchmal einen Blick auf die Hausnummern werfend. In der Höhe des Hauses mit der Nummer achtundzwanzig bleibt er stehen. Er zieht den Reißverschluss der linken Tasche in seiner Jacke auf und steckt die Hand hinein, während er über die Straße geht. Er fühlt die schmale Röhre zwischen seinen Fingern. Vor der Tür bleibt er stehen, nimmt die Röhre aus der Tasche und behält sie in der linken Hand. Er klingelt und wartet.

Die Frau in der Wohnung ist auf dem Weg zur Tür. Das Telefon steht an der nächsten Straßenecke. Sie wird zuerst ihre Tochter anrufen und dann Kaffee trinken. Kann doch sein, dass die Kleine sich Sorgen macht. Sie legt die Hand auf die Türklinke, als es klingelt.

Hoffentlich nicht jetzt schon die Polizei, denkt sie, das kann länger dauern. Sie schiebt den Riegel beiseite und öffnet. Der Mann, der ihr gegenübersteht, hat seinen Hut tief ins Gesicht gezogen. Den schmalen Bart auf der Oberlippe kann sie trotzdem erkennen, auch noch das gläserne Röhrchen, das er vor den Mund hält und aus dem er ihr irgendetwas ins Gesicht bläst. Sie bricht beinahe sofort zusammen. Ihr Körper liegt zwischen Tür und Hausflur. Der Mann sieht nach rechts und links. Die Straße ist leer. Weit hinten, am oberen Ende, kommt jemand mit einem Kinderwagen die Straße herunter. Der Mann schiebt die Tote mit den Füßen zurück in den Hausflur; einfach über den alten, glatten Steinboden, bis die Tür sich schließen lässt.

Er wendet sich um und geht zurück, der Frau mit dem Kinderwagen entgegen. Als er sie erreicht hat, sieht er sie prüfend an. Sie schiebt mit der einen Hand den Kinderwagen und hält in der anderen ein Buch.

»Die Wahrheit über Babel« entziffert er im Vorübergehen. Sie hat nichts gesehen, sie wird ihn auch nicht erkennen.
Auf der Puschkinstraße ist der Betrieb lebhaft geworden. Der Verkauf aus den Kühltruhen auf der gegenüberliegenden Straßenseite des Krasnaja-Hotels ist in vollem Gange. Vielleicht wird dort Eis verkauft. Jedenfalls haben die Frauen in den dicken Mänteln schon eine Menge Kartons geleert. Sie werfen sie hinter sich auf die Straße. Da liegt jetzt ein Berg aus zerrissenen Kartons und Einwickelpapier. Er liegt neben einem Haufen Müll, der in der Nacht verbrannt worden sein muss. Das Feuer war nicht stark genug, um alles zu verbrennen, was da gelegen hat. Angekohlte alte Aktentaschen, ein kaputter Einkaufsbeutel, der Rest einer Jacke aus Kunstleder sind in der Asche zu erkennen. Der Regen von heute Nacht hat sich mit den verkohlten Resten und der Asche vermengt. Die Menschen, die etwas aus der Kühltruhe bekommen haben, treten durch den Aschenschlamm auf die Straße. Die Spuren ihrer Schritte ziehen sich nach beiden Seiten über die Fahrbahn bis auf den gegenüberliegenden Bürgersteig. Einzelne Fußabdrücke sind noch auf dem grünen Filz zu erkennen, der den Bretterfußboden des Cafés vor dem Hotel Krasnaja bedeckt. Einen Augenblick ist der Mann zwischen den leeren Tischen und Stühlen stehen geblieben, hat sich umgedreht, den Rücken der Frauen hinter den Kühltruhen betrachtet und den Dreck auf der Straße. Es ist noch zu früh, um draußen zu frühstücken. Er wendet sich um und verschwindet hinter der Tür zur Hotelbar. Hier drinnen ist es voll. Alle Tische sind besetzt, zwischen den Stühlen liegen Bündel, Mäntel und Taschen. Der Mann findet einen Platz an der Bar. Irgendjemand an den Tischen ruft ihm Hallo, Sergej zu. Er sieht kurz hinüber, nickt, wendet sich der Frau hinter der Bar zu und versucht, einen Kaffee zu bestellen.
Die Frau trägt ein blaues Kleid, eng, mit tiefem Ausschnitt und mit irgendwelchem Glitzerkram besetzt. Die schwarze Tusche um ihre Augen ist verwischt, die roten Flecken auf den Wan-

genknochen sind für das Tageslicht zu dick aufgetragen. Vielleicht hatte sie noch keine Gelegenheit, das Make-up vom vergangenen Abend zu erneuern. Sergej betrachtet sie, während sie an der Kaffeemaschine hantiert. Wenn sie sich umdreht, um aus dem Regal an der Rückwand ein Glas oder eine Tasse zu nehmen, betrachtet er ihren Hintern in dem engen Kleid und die schmalen Streifen der Strumpfhalter, die sich darunter abzeichnen. Irgendwann schiebt sie ihm einen Becher mit Kaffee hin. Da sagt Sergej, ohne die Stimme zu erheben, Mascha? und deutet nach oben. Mascha schüttelt den Kopf. Trotz des Lärms in der Bar glaubt Sergej, das Klingeln ihrer Ohrringe zu hören. Später beugt sie sich zu ihm über den Tresen. Du siehst doch, was hier los ist, sagt sie.

Sergej hat sie schon vergessen. Er steht mit dem Rücken zur Bar und betrachtet die Leute an den Tischen. Sie interessieren ihn nicht wirklich, er hat nur Zeit, und er ist auf der Suche. Rechts von ihm, in einer Ecke neben der Portiere, die den Eingang zum Restaurant verdeckt, sitzen drei Männer und eine Frau. Sergej kennt die Leute: Der Vater bietet hier seine Tochter an, die Brüder passen auf, dass gezahlt wird und erledigen nebenbei das eine oder andere Geschäft. Die Stimmung an ihrem Tisch ist schlecht. Es sieht aus, als hätten sie auf irgendetwas Wichtiges gewartet, irgendetwas, das ihr Leben verändern würde. Aber nichts ist geschehen und niemand ist gekommen. Aus der Tatsache, dass leere Teegläser vor ihnen stehen, schließt Sergej, dass sie gerade kein Geld haben. Vielleicht sind die Geschäfte in der letzten Nacht nicht besonders gut gelaufen. Aufmerksam beginnt er die Frau zu betrachten.

Er weiß, dass sie jung ist, zwanzig vielleicht, aber jetzt, bei Tageslicht, sieht sie wie vierzig aus. Ihre langen Haare hängen in dunklen Zotteln um den Kopf. Auch eine, die keine Zeit hatte, sich zurechtzumachen. Was ist los mit ihr? Jedenfalls hat sie geheult. Außerdem ist ihr Gesichtsausdruck stumpf. Sie hat etwas eingenommen. Die vier wechseln kein Wort miteinan-

der. Der Vater sieht dauernd zur Tür, auch die Brüder folgen ab und zu seinen Blicken. Ihre Schwester starrt vor sich hin. Sergej versucht, sich an den Namen der Frau zu erinnern. Sie interessiert ihn. Ihr Körper ist nicht vierzig, so viel steht fest. Sie ist zu apathisch. Noch. Er versucht, den Blick des Vaters auf sich aufmerksam zu machen, indem er ihn unentwegt anstarrt. Merkwürdiges Gefühl, in dem Stimmengewirr, dem Rauch, dem Geruch von Kaffee und Cognac, den in den Sonnenstrahlen tanzenden Staubteilen, sich auf den Mann in der Ecke zu konzentrieren. Ihn zu zwingen, herüberzusehen. Endlich.
Sergej sieht, dass der Vater die Frau neben sich anstößt. Sie reagiert nicht gleich. Er beugt sich zu ihr hin, redet, sie steht auf, ohne zu Sergej hinzusehen. Während sie aufsteht, streicht sie ihren Rock glatt, eine mechanische Handbewegung, und fährt anschließend langsam mit einer Hand durch die Haare. Ohne sich umzusehen, verschwindet sie hinter der Portiere. Sergej legt einen Dollar auf die Theke und folgt ihr. Als er am Tisch des Vaters vorübergeht, hört er ihn fünfzigvierundzwanzig murmeln. Sergej weiß, er hat es oft genug gesehen, dass er fünfzig Dollar zahlen soll.
Zwanzig, hinterher, sagt er und folgt der Frau durch die Portiere.
Um die Zimmer zu erreichen, muss er einen sehr hohen und finsteren Gang entlanggehen. Es muss eine Zeit gegeben haben, in der hier Kristallleuchter von der Decke gehangen und große Spiegel die Wände bedeckt haben. Jetzt ist am Ende des Ganges eine nackte Glühbirne, und die Vertiefungen in den Wänden, in die Spiegel eingelassen waren, sind leer. Im Halbdunkel ist ein zerschlissener Läufer auf dem Fußboden zu erkennen, der sich die Treppe hochzieht. Auf die Treppe fällt Licht aus hohen und schmalen Fenstern. Das Licht fällt in rötlichen und gelben Streifen, durch kunstvoll aus Schwänen und Mädchen mit langen blonden Haaren zusammengesetzten Fensterscheiben auf die Treppenabsätze. Wie eine Erinnerung an lange vergangene

bessere Zeiten sehen die Fenster aus, eine Erinnerung, die aus unbekannten Gründen nicht zerbrochen ist.
Sergej erreicht das Zimmer mit der Nummer vierundzwanzig. Er hat die Schritte des Mädchens nicht gehört, auch nicht das Öffnen und Schließen der Tür. Aber er ist sicher, dass sie dahinter auf ihn wartet.
Sie sitzt auf dem Bett und versucht, ihre Schuhe auszuziehen. Die Schuhe sind geschnürt. Es fällt ihr schwer, die Schleifen zu öffnen, aber schließlich schafft sie es und sieht auf. Ihr Gesicht gleicht einer blutleeren Fratze. Sergej geht zu den Fenstern und zieht die Vorhänge zu. Drüben stehen noch immer die Eisverkäuferinnen. Der Müllberg in ihrem Rücken ist größer geworden. Zwei Jungen versuchen, die Kartons in der Asche anzuzünden. Als er sich umdreht, liegt die Frau auf dem Bett. Sie ist nackt, und er sieht sie zufrieden an. Sie ist wirklich erst zwanzig. Und sie wird einschlafen, wenn er sie nicht auf Trab bringt. Er zieht den Gürtel aus seiner Hose, geht hinüber zum Bett, schiebt das Ende mit der Schnalle unter dem Hals der Frau durch und schließt den Gürtel um ihren Hals.
Wie heißt du?
Sie murmelt undeutlich etwas, das sich wie Katja anhört.
Gut, Katja, du stehst jetzt auf und bewegst dich auf allen vieren.
Die Frau sieht ihn halb schlafend, halb verständnislos an.
Das kann ja nicht so schwer sein, sagt er.
Zur Aufmunterung zieht er am langen Ende des Gürtels. Die Frau begreift schneller, als er gedacht hat. Sie ist darauf abgerichtet zu begreifen, was Männer von ihr wollen. Je besser sie begreift, desto mehr Chancen hat sie, das Geld zu verdienen, das ihr Vater und ihre Brüder für sie kassieren. Sie weiß, dass sie jetzt aufstehen und auf allen vieren durch das Zimmer kriechen muss. Es gelingt ihr auch. Es gelingt ihr, alles zu tun, was der Mann über ihr von ihr will. Sie ist sein Tier, bis er genug hat von ihr.

Wenn man ihr Gesicht nicht sieht, ist sie in Ordnung, denkt Sergej. Er hat ihr erlaubt, sich auf das Bett zu legen, nachdem sie sich gewaschen hat. Im Hotel gibt es kein warmes Wasser. So hat sie darauf verzichtet zu duschen. Ihre Knie sind schwärzlich vom Staub des Fußbodens, aber die Hände sind sauber, und sie hat auch ein paar Hände voll Wasser in ihr Gesicht geschüttet. Sergej gibt ihr eine Zigarette. Er hält ihr das Feuerzeug hin. Sie nimmt es ihm aus der Hand, zündet erst seine und dann ihre Zigarette an und fällt zurück auf die Bettdecke.
Wo wohnt ihr, fragt er. Er weiß nicht, weshalb er gefragt hat.
Gar nicht, sagt die Frau neben ihm.
Er hat von Leuten gehört, denen man die Wohnung weggenommen hat, während sie zum Einkaufen oder zur Arbeit gegangen sind. Er weiß, wie so was gemacht wird. Er hat keine Lust, darüber zu reden. Ein Wort zu viel und man hat sie am Hals. Sie rauchen schweigend. Von unten dringt Straßenlärm herauf, irgendein Auflauf ist im Gange. Vielleicht ist es den Jungen gelungen, den Haufen in Brand zu setzen. Sergej drückt den Rest der Zigarette auf dem Fuß der Nachttischlampe aus. Er beginnt, sich anzuziehen. Als die Frau keine Anstalten macht aufzustehen, geht er zu ihr ans Bett und sieht auf sie herab.
Nun mach schon, sagt er. Deine Leute warten. Der Tag fängt erst an. Du warst nicht schlecht. Wasch dir öfter das Gesicht. Ist mir egal, was du da in dich reinpumpst, aber wenn du mit mir ins Geschäft kommen willst, solltest du dich nicht so gehen lassen.
Die Frau starrt ihn an. Es dämmert ihr, dass sie so etwas wie ein Lob und ein Angebot gehört hat.
Ich heiße Katja, sagt sie hastig und zu laut. Sie setzt sich hin und stellt die Füße auf den Läufer, der vor dem Bett liegt. Sie nimmt die Hände unter ihre Brüste, lächelt und hält sie Sergej entgegen.
Und was ich nicht ausstehen kann, sind grinsende Weiber, die einem ihre Titten unter die Nase halten. Das kannst du dir merken.

Er wendet sich zur Tür und geht hinaus. Die Tür hinter ihm fällt leise ins Schloss. Die Frau steht vom Bett auf und zieht sich an. Sie weint nun leise jammernd vor sich hin und wischt manchmal mit der Hand über ihr Gesicht. Schließlich ist sie angezogen. Sie zieht die Vorhänge zurück und geht noch einmal ins Bad. Aus dem Spiegel sieht sie ihr Gesicht an. Es ist ihr fremd. Wenn sie nur einen regelmäßigen Kunden hätte. Der war zufrieden. Was ist bloß mit meinem Gesicht? Sie wird sich waschen, hinuntergehen und von Mascha Schminke erbitten. Sie wird Mascha über diesen Sergej aushorchen. Sie müssen ihr jetzt etwas Vernünftiges zu trinken geben. Was hat er gesagt? Der Tag fängt erst an. Ja, der Tag fängt erst an.
Unten in der Bar ist es noch voller geworden. Ihr Platz am Tisch des Vaters ist besetzt. Die Brüder sind nicht mehr da. Der Vater sieht sie und nickt ihr zu. Er sieht nicht unfreundlich aus. Katja drängt sich an den Tresen. Mascha ist abgelöst worden. Sie sitzt im Gang hinter der Bar auf einem Stapel leerer Bierkästen und raucht. Katja setzt sich neben sie. Mascha sieht sie an.
Von dem lass die Finger. Ich glaube nicht, dass es hier jemanden gibt, der so krumme Dinger dreht wie der. Der ist 'ne Nummer zu groß für dich.
Kannst du mir Schminke borgen? Ich hab nichts dabei.
Du bist gut, bist du nicht bei der Arbeit?
Seit gestern. Ohne zu schlafen. Als wir in der Nacht zurückgekommen sind, war das Wohnungsschloss ausgebaut. Unsere Schlüssel passen nicht mehr. Die Brüder versuchen, eine andere Wohnung zu bekommen. Heute Morgen, sagen sie, haben sie unsere Sachen ausgeräumt. Alles in einen Wagen und weg. Steht im Hafen, in einem leeren Schuppen. Wie soll ich da meine Sachen finden. Ich weiß ja nicht mal, wo der Schuppen ist.
Wo habt ihr gewohnt?
An der Promenade, gleich neben dem Londonskaja. Ja, dann … Ihr werdet schon was finden. Nimm dir das Zeug aus meiner

Handtasche. Vorn ist heute der Teufel los. Kannst du wahrscheinlich ordentlich Geld machen. Sogar Ausländer sind da, Franzosen, glaube ich. Katja sucht in der Tasche, die sie vom Boden aufgenommen hat, findet einen Lippenstift und einen schwarzen Kajalstift. In dem Stück Spiegel, das über Mascha an der Wand hängt, umrandet sie ihre Augen schwarz und malt die Lippen knallrot.
Ich müsste meine Haare waschen, sagt sie, während sie die Stifte zurück in die Handtasche legt. Mascha ist aufgestanden.
Lass dir von deinem Alten einen doppelten Cognac spendieren und mach dich an die Arbeit. Wenn ihr bis heute Abend keine Wohnung gefunden habt, kannst du bei mir schlafen. Meine Schwester ist nicht da. Aber ohne den Rest der Familie.
Mascha, du bist süß.
Und du bist blöd, wenn du dich mit Sergej einlässt. Mach Platz, ich muss an die Arbeit. Soll ich den Cognac gleich einschenken?
Ja, mach, sagt Katja. Als sie hinter Mascha den Gang verlässt, fühlt sie sich sehr gut.

IM TRAUM KOMMT eine Putzfrau vor, die ihren Schrubber selbst mitgebracht hat und als Erstes aus einer grünen Tube den weißlichen dicken Strahl eines Putzmittels auf dem Fußboden des Arbeitszimmers verteilt. Bevor sie ihre Kollegin, die vor der Tür steht und auf ihren Einsatz wartet, hereinholt, wacht Bella auf. Sie ist nicht benommen genug, um sich nicht darüber zu wundern, dass das neue Leben ausgerechnet mit einer Putzorgie beginnen soll.
Unter der Dusche fällt ihr ein, dass Olga Geburtstag hat. Noch vor dem Frühstück ruft sie sie an. Olga hat noch geschlafen. Bella spürt einen kleine Triumph, während sie laut bedauert, so früh angerufen zu haben. Natürlich ist Olga sehr schnell hell-

wach. Was ist denn mit dir los? Bist du aus dem Bett gefallen? Oder musstest du heute früh deine Brötchen selbst holen?
Mit nachtwandlerischer Sicherheit findet ihre Mutter sofort den Punkt, der geeignet ist, Bella die Laune zu verderben. Sofort beschließt sie, Olga nicht zu sagen, dass Willi gegangen ist. Soll die sich doch mit Olga auseinandersetzen. Sie spürt den Ärger entstehen, der immer damit verbunden ist, dass Olga sich einmischt. Sie ärgert sich über sich selbst. Sie wird einsilbig. Olga tut so, sie tut immer so, als merke sie nichts.
Und heute Abend, Kind, du kommst doch?
Den Abend hat Bella völlig vergessen. Seit einiger Zeit versammelt Olga bei sich zu Hause einen Literaturkreis, vier oder fünf Genossinnen und ein Genosse, alle weit über siebzig, der alte Mann schon an der Grenze seiner Aufnahmefähigkeit. Zu ihrem Geburtstag hat Olga sich einen Brecht-Abend gewünscht. Was ich schon immer mal überprüfen wollte: Ist der nun altmodisch, der Brecht? Wir machen das so: Jeder von euch sucht sich zwei Sachen aus, egal was, Gedichte, irgendwas aus den Stücken. Die lest ihr dann vor, und wir reden darüber.
Eigentlich hat Bella vorgehabt abzusagen. Jetzt bringt sie es nicht übers Herz.
Natürlich komme ich. Ich weiß nur noch nicht, womit ich euch beglücken soll. Was hältst du davon:

> Ihr vergeht wie der Rauch, und die Wärme
> geht auch
> Und uns wärmen nicht eure Taten!

Olga schweigt. Bella hört ihr Schweigen und sieht Olga, die ihr runzliges Gesicht in angestrengtem Nachdenken zusammenzieht.
Wenn du damit die Kommunisten meinst, so muss ich dir sagen, dass es erstens überhaupt noch keinen Kommunismus gegeben hat, und zweitens ist es natürlich vollkommen unzuläs-

sig, einem großen Dichter den Sinn seiner Worte im Mund zu verdrehen.
Ich dachte, ihr wolltet erst feststellen, ob es sich wirklich um einen großen Dichter handelt?
Das ist überhaupt keine Frage, jedenfalls nicht für mich. Pause. Und was hältst du davon?

> Was brauchen den Dirnen die Stirnen breit sein
> Viel besser, die Hüften sind breit.
> Es kommt mehr heraus, und geht mehr hinein
> Und das fördert die Seligkeit.

Bella lacht. Plötzlich hat sie Lust, Olga mit Eddy bekanntzumachen. Absurder Gedanke: Olga in Eddys Kneipe, den Huren darüber Vorträge haltend, dass sie sich mit ihrem Leben nicht abfinden sollen, dass sie sich erniedrigen und so dazu beitragen, dass ihr Geschlecht erniedrigt bleibt.
Ich komme, aber erwarte nicht, dass ich länger bleibe als bis zehn. Ich verreise und hab noch zu packen. Bella beendet das Gespräch, muss aber versprechen, etwas früher zu kommen, um Olga genau zu erklären, was es mit der Reise auf sich habe. Sie hat die Zeit, die sie bei Olga verbringen will, auch deswegen eingegrenzt, weil sie sich nachts von Eddy verabschieden wird. Aber zuerst muss sie den Abend bei Olga überstehen. Bewaffnet mit der Dünndruckausgabe der Brecht-Gedichte und dem schmalen Band der Gedichte von Inge Müller »Wenn ich schon sterben muss«, steht sie eine halbe Stunde zu früh vor Olgas Tür. Olga öffnet sofort, aber sie ist nicht allein. Beinahe achtlos nimmt sie Bella die Müller-Gedichte aus der Hand. Danke, wir sprechen darüber, wenn ich gelesen habe. Ob du Tee kochen würdest? Wir besprechen nur schnell noch den Text.
Welchen Text?
Ach, weißt du, die SPD-Betriebsgruppe –
Ja, ich mach Tee.

Bella geht in die Küche, froh, noch eine Weile in Ruhe gelassen zu werden. Während sie Wasser aufsetzt und Tassen auf einem Tablett zusammenstellt, hört sie aus dem Wohnzimmer Bruchstücke einer heftigen Diskussion, in der die Worte »Verrat« und »Bündnis für Arbeit« und »Aktionseinheit« eine Rolle spielen. Einmal geht sie zu den Streitenden hinein, der Literaturkreis ist vollzählig versammelt, um Olga flüsternd zu fragen: Gibt es irgendwas zu essen, was du deinen Gästen anbieten wolltest?
Olga sieht sie so irritiert an, dass Bella gut, gut sagt und zurück in die Küche geht. Sie trägt den Tee und die Tassen hinein. Die Diskussion scheint sich ihrem Ende zu nähern.
Nur noch einen Augenblick, sagt Olga.
Bella geht zurück in die Küche, setzt sich auf den Tisch und beginnt in dem Buch zu blättern, das sie Olga geschenkt hat. Als sie gerufen wird, zeigt die Uhr über dem Küchentisch an, dass ihr nur noch eine halbe Stunde bleibt, um am Literaturkreis teilzunehmen.
Weißt du, Kind, wir haben uns überlegt, dass wir heute doch nicht mehr dazu kommen, den Brecht zu besprechen. Lass uns so noch ein bisschen zusammensitzen. Was denkst du? Willst du uns von der Reise erzählen, die du vorhast?
Die alten Leute sind erschöpft, Bella sieht es ihnen an, auch wenn sie es nicht zugeben würden. Sie haben sich zwei Stunden lang aufgeregt über einen, ihrer Meinung nach, falschen Text in einer Betriebszeitung, haben einen Gegenartikel geschrieben und überlegt, wie sie ihn verbreiten können. Sie haben beschlossen, ein Flugblatt drucken zu lassen und es nach Betriebsschluss vor dem Werk zu verteilen, in dem die Zeitung erschienen ist. Jetzt sind sie müde und froh, dass sie nur noch zuhören müssen.
Bella gibt eine möglichst farbige Schilderung ihres Gesprächs mit Charlotte Mehring. Zu spät fällt ihr ein, dass ihre Mitteilung, die Mehring beabsichtige, in der Ukraine produzieren zu lassen, hier auf Empörung stoßen könnte.

Ich halte es für falsch, dass du dich dazu hergibst, diese Dame zu begleiten, sagt Olga und leitet damit eine heftige Diskussion über Arbeitslosigkeit und Betriebsverlagerungen ins Ausland, rücksichtslose Unternehmerstrategien, Frauenarbeitslosigkeit und schlaffe Gewerkschaften ein, deren Ende Bella nicht abwartet. Pünktlich um zehn steht sie auf und verabschiedet sich. Die Gäste ihrer Mutter, erfrischt durch den Tee und erfreut, den Klassenfeind in der Person dieser Mehring so plastisch vorgeführt bekommen zu haben, bleiben noch sitzen.
Ich ruf dich an, verkündet Olga laut, während Bella schon ihren Mantel anzieht. Sie hat Lust, den Band mit Gedichten wieder mitzunehmen, schilt sich kindisch und geht.
Irgendjemand hat in der Zwischenzeit die Antennen sämtlicher Autos in der Straße abgeknickt. Auf der Fahrt zu Eddy kann sie deshalb nicht Radio hören. Vielleicht wäre sie sonst durch den Polizeifunk vorbereitet worden. Schon von weitem sieht sie den Menschenauflauf in Höhe der Kneipe. Sie stellt den Porsche in einer Seitenstraße ab und geht zu Fuß weiter. Eddys Laden ist dunkel. Ein paar Scheiben sind eingeworfen oder eingeschlagen worden. Es riecht verbrannt. Einige der Frauen, die auf dem Platz vor der Tür stehen, sind Bella bekannt. Sie fragt und bekommt nach und nach heraus, was passiert ist.
Gegen halb zehn sind zwei Männer zu Eddy gekommen. Sie haben an der Theke mit ihm verhandelt, leise, aber Eddy hat sie laut abgefertigt.
Hätte er nicht tun sollen, sagt die Frau, die ihre kurze Hose und durchsichtige Bluse unter einem Umschlagtuch verbirgt.
Was denn? Sollte er denen vielleicht Geld zahlen?
Und was hat er nun davon? Sein Laden ist hin, und er liegt im Krankenhaus.
Es stellt sich heraus, dass die Männer gegangen und wenig später mit Verstärkung zurückgekommen sind. Da war es schon ziemlich voll. Sie haben »zur Warnung« einen kleinen Brandsatz durch die Scheibe geworfen. Drinnen ist Panik ausgebro-

chen. Eddy und eine Frau, die versucht hat zu löschen, liegen mit Brandwunden im Krankenhaus.
Bella sieht durch die zerschlagene Scheibe. Es herrscht ein großes Durcheinander, aber der Schaden scheint nicht besonders groß zu sein. Der Billardtisch allerdings ist hin. Niemand weiß, in welches Krankenhaus Eddy gebracht worden ist. So bleibt ihr nichts anderes übrig, als die zuständige Polizeiwache aufzusuchen und zu fragen. Sie findet einen Parkplatz in der Nähe der Wache. Am Eingang des U-Bahnschachts nebenan wird mit Glück gehandelt. Glückliche, freigesetzte, Freiheit genießende Männer und Frauen liegen auf den Treppen, hocken, vom Glück betäubt, an den Geländern, sonnen sich im Licht der Großstadt. Zwischen den Glücklichen gibt es keine Beziehungen mehr. Jeder träumt für sich, entwickelt träumend seine Persönlichkeit. Manche haben den Tornister dabei, in dem der Marschallstab verborgen ist, der ihnen zu einer großen Zukunft verhelfen wird. Wohl um den kostbaren Stab zu schützen, legen sie ihren Kopf auf den Tornister. Dem Glücklichen ist die Erde nicht kalt, die einsame Insel nicht einsam. Wen stört das Erbrochene am Schaufenster. Es stört nicht. Es gehört dazu. Wir kotzen auf euren Konsum, heißt die Botschaft, wir brauchen euer Zeug nicht. Wir leben unser eigenes Leben. Leichtfüßig, schnellsprachig gehen die Glückshändler unter den Liegenden, Einknickenden, Sichfesthaltenden, Taumelnden herum und versprechen Nachschub. Nicht endende Seligkeit. Freiheit.
Der Anblick eines Mädchens, vielleicht dreizehn, betrunken oder bekifft, in zerrissener Strumpfhose und zu großem Pullover, bringt Bella in die Wirklichkeit zurück. Sie wendet sich ab, erreicht die Wache in wenigen Minuten. Unterwegs wird ihr zweimal Stoff angeboten. Die Stimmung in der Revierwache ist aggressiv. Es hat einen Einsatz gegeben, ein paar Leute stehen im Gang, die Hände gegen die Wand gelehnt, und werden durchsucht. Eine verwirrte alte Frau, die grauen Haare verfilzt,

unförmiger, langer Mantel und zwei Plastiktüten, jammert nach einer Unterkunft für die Nacht.
Geh nicht in die Nähe der Alten, ruft eine junge Polizistin einer anderen zu. Die hat die Pest unterm Mantel.
Was soll ich machen? Ich kann sie nicht rausschmeißen.
Und weshalb nicht? Was ist das hier? 'ne Notunterkunft? Los, raus, geh zur Bahnhofsmission, Oma. Wir sind nicht die Heilsarmee.
Der Uniformierte, der die Plastiktüten hochhebt, um sie vor die Tür zu tragen, hat Handschuhe an. Bella kennt ihn, sie weiß sogar seinen Namen noch. Kastner heißt dieses Prachtexemplar von Ordnungshüter. Die Alte schlurft jammernd hinter ihren Tüten her. Kastner kommt zurück, zieht die Handschuhe aus und legt sie in eine Schublade hinter der Barriere. Auch er hat Bella erkannt, tut aber so, als sähe er sie nicht.
Guten Abend, Herr Kastner, sagt Bella laut. Haben Sie mit dem Einsatz in der Süderstraße zu tun gehabt, vorhin?
Kastner tut, als habe er Bella nicht gehört.
Kann ich etwas für Sie tun?
Die Polizistin, die Skrupel hatte, die alte Frau vor die Tür zu setzen, versucht freundlich zu sein. Weshalb haben alle diese Polizistinnen bloß lange, blonde Haare, denkt Bella, während sie einen Schritt näher geht. Kastner dreht sich um.
Was geht Sie das an?
Ich bitte Sie, mir zu sagen, in welches Krankenhaus der Wirt der demolierten Kneipe gebracht worden ist.
Bella hat sich mit der Frage der Frau zugewendet. Die sieht sich unsicher um, fährt mit dem Finger über die Eintragungen im Wachbuch. Kastner schüttelt den Kopf. Die Frau sagt nichts. Kastner kommt einen Schritt näher.
Sind Sie verwandt? Er grinst. Bella weiß plötzlich, dass er ihr Verhältnis zu Eddy kennt.
Er fickt mich, sagt sie laut. Irgendwas dagegen?
Einen Augenblick ist Kastner verblüfft. Die Frau sagt schnell:

St. Georg. Bella sagt: Danke. Tritt ihm irgendwohin, wenn er sich aufbläst, und verlässt die Wache. Vor der Tür bleibt sie stehen und überlegt. Hinter einem gutgekleideten, älteren Herren überquert sie die Straße. Vor dem Eingang zum Bahnhof werden die Schritte des Herrn langsamer. Bella geht an ihm vorüber. Als sie zurückkommt, eine Flasche Wodka in der Hand, sieht sie, dass die Verhandlungen inzwischen abgeschlossen sind. Der blonde Junge, der sich an der Seite des älteren Herrn fröhlich plaudernd, Großvater und Enkel im angeregten Gespräch, auf dem Weg ins Hotel macht, ist vierzehn, vielleicht. Nur wenn man ganz genau hinsieht, wird deutlich, dass seine Hosen zu eng und die Haare gefärbt sind. Der Porsche steht noch neben dem U-Bahn-Eingang. Die Glücklichen sind verschwunden. Vielleicht sind gerade ein paar Hundeführer durch ihre Träume gewandert.

Die kurze Strecke zum Krankenhaus kommt sie nur langsam vorwärts. Die automatische Schranke vor dem Parkplatz des Krankenhauses ist heruntergelassen. In seinem Häuschen sitzt der Nachtpförtner und lauert. Bella beugt sich aus dem Fenster und spricht in die Rufsäule. Professor Wolter.

Sie hat keine Ahnung, ob es jemanden gibt, der so heißt, oder ob der Pförtner annimmt, sie habe sich vorgestellt. Sie weiß nur, dass bei »Professor« die Schranke aufgeht. Der Parkplatz ist beinahe leer. Mildes, friedliches Licht schimmert hinter den Fenstern des Krankenhauses. Vielleicht auch hier eine Insel der Seligen.

Brandopfer liegen auf der chirurgischen Abteilung, wenn sie nicht in Spezialzentren gebracht werden. In den Gängen der Abteilung ist es leer und still. Das Stationszimmer ist leer. Auf dem Schreibtisch findet sie Eddys Namen unter Zimmer 13. Sie klopft nicht an. Im Zimmer stehen zwei Betten, rechts an der Wand. Im hinteren Bett liegt ein Mann, der schläft oder tot ist, jedenfalls liegt er steif da, mit geschlossenen Augen und gibt keinen Laut von sich. Im vorderen Bett sieht Eddy ihr entgegen. Seine Hände ruhen unförmig, weiß verbunden auf der Bettdecke. Rechts neben der Tür befindet sich hinter einem Vorhang das Waschbecken. Bella holt ein Zahnputzglas und eine kleine Blumenvase hinter dem Vorhang hervor. Auf der Bettkante sitzend, gießt sie Wodka ein. Eddy ist sichtlich gerührt. Als sie ihm den Becher an die Lippen führt, stellt sie fest, dass er Schwierigkeiten hat, sich aufzusetzen.

Ich hab irgendwas verpasst gekriegt, sagt er. Irgendeiner dieser Banditen muss mir noch eins verpasst haben, bevor sie rausgingen und die Mollys geworfen haben. Der Arzt sagt, es könnte sein, dass die Rippen lädiert sind. Sie röntgen das morgen. Bella hilft ihm, den Wodka zu trinken.

Ich verreise morgen, sagt sie. Ich fahr nach Odessa. Ich dachte, wir könnten Abschied feiern. Der Billardtisch ist hin.

Es dauert einen Augenblick, bis Eddy antwortet. Er spricht langsamer als sonst und undeutlicher.

Ich finde sowieso, dass wir dafür zu alt werden, sagt er. Ich kauf uns ein schönes Haus. Großes Schlafzimmer.

Bella versucht sich vorzustellen, wie sie und Eddy in einem Haus mit großem Schlafzimmer dem Billardtisch nachtrauern. Rundherum Wolkenstores und Läufer um das Doppelbett.

Wir sind für gar nichts zu alt, sagt sie. Werd du mal erst wieder gesund. Welche Polizisten waren bei dir? Ein paar grüne Jungs und dieser Kastner. Der nimmt mir immer noch übel, dass ich nicht mit den Bullen zusammenarbeite. Wer bin ich denn, dass ich die – Eddys Kopf fällt zur Seite.

Er ist voll von Schmerzmitteln, Beruhigungsmitteln und nun auch von Wodka. Bella tätschelt seine Wange. Er wacht auf und lächelt entschuldigend.

Nichts los mit mir.

Ich geh dann, soll ich die Flasche hierlassen? Eddy nickt.

Hast du behalten –

Odessa, ja. Stell die Flasche in den Nachtschrank. Und schreib mir 'ne Karte. Er schläft schon wieder. Der Mann im Nach-

barbett beginnt, auf eine ungewöhnliche Art Luft zu holen. Es klingt, als säße ihm jemand an der Gurgel. Bella verlässt das Zimmer. Die Nachtschwester sitzt am Schreibtisch und macht Notizen.
Zimmer 13, sagt Bella, vielleicht sehen Sie mal nach. Kann sein, da verabschiedet sich jemand.
Die Nachtschwester steht schnell auf und läuft an Bella vorbei, ohne etwas zu sagen. Bella sieht ihr nach, bis sie hinter der Tür verschwindet. Beim Hinausfahren öffnet sich die Schranke automatisch. Der Pförtner grüßt freundlich.

HAT EIN POLIZIST einen Menschen umgebracht, braucht er psychologische Betreuung. So verlangt es das gegenseitige Dienst- und Treueverhältnis, das den Polizisten und seinen Staat miteinander verbindet. Kranz, innerhalb des Polizeiapparates trotz (oder wegen) öffentlicher Anfeindungen nach wie vor ein angesehener Psychologe, hat gleich vier Polizisten vor sich sitzen. Sie gehören einer Sondereinheit an, die bei Geiselnahmen mit bewaffneten Tätern eingesetzt wird.
Ich möchte, dass Sie mir den Hergang schildern. Danach werden wir auf Ihre Probleme näher eingehen. Unsere Probleme? Wenn einer Probleme hatte, dann war das der Verrückte.
Erzählen Sie trotzdem.
Kranz meint, das Verhalten der Leute zu kennen. Es ist nicht ungewöhnlich.
Wir wurden zum Einsatzort – Praxis einer Heilpraktikerin am Grindelhof – geschickt. Wir wussten, dass sich der Mann mit zwei Patientinnen und der Frau eingeschlossen hat. Eine der Patientinnen hat auf seinen Wunsch die Wache angerufen. Von da an hatten wir dauernden Kontakt mit dem Geiselnehmer. Es war ziemlich schnell klar, was er wollte.
Was wollte er?

Sie werden es vielleicht nicht glauben, aber wir hatten gleich den Eindruck, den uns die Frauen nachher bestätigt haben: Er wollte erschossen werden.
Haben Sie darüber miteinander gesprochen, als Ihnen seine Absicht klar war?
Ja, wir waren der Meinung, wir sollten die Geiseln nicht gefährden. Versuchen, sie rauszuholen. Den Rest würde man sehen.
Der Mann hat dann die Geiseln selbst freigelassen? Ja. Wir haben ihm gesagt, wir könnten nichts machen, wenn die Frauen noch drin sind. Das hat er eingesehen.
Hat er das so gesagt?
Nein. Er hat sie nacheinander, fünf bis zehn Minuten Abstand dazwischen, freigelassen.
Und dann?
Die Polizisten, die abwechselnd geantwortet haben, schweigen.
Dann beginnt einer stockend: Ich will mal so sagen: Wir waren von Anfang an darauf eingestellt, dass wir den Mann erledigen müssen. Und es war klar, dass er nichts dagegen hatte. Er war dafür. Für uns war wichtig, dass hinterher nicht einer von uns als Killer dasteht. Wir haben uns darauf verständigt, dass wir ihn alle treffen werden. Als wir nichts mehr hörten, haben wir uns nacheinander vom Nachbarbalkon zu ihm abgeseilt. Als wir die Tür eingetreten haben, war er in der Küche. Sie haben da so eine Art Kaffeeküche in der Praxis. Von da kam er angerannt. Wir haben gleich geschossen, alle vier. Der Mann war sofort tot.
Die Frauen unten haben gehört, dass Sie Hände hoch gerufen haben.
Das machen wir automatisch, bevor wir schießen. Ich hab vergessen, es zu erwähnen.
Hatte der Mann eine Waffe in der Hand?
Ja, irgend so ein Ding, das aussah wie 'ne Spielzeugpistole.
Kranz schweigt und sieht die Männer an. Er ist sicher, dass kei-

ner von ihnen ein Problem hat, das besprochen werden muss; jedenfalls keins, das im Zusammenhang mit dem Mord steht, den sie gemeinsam begangen haben. Es ist Zeitverschwendung, länger mit ihnen zu sprechen.

Und nun?, sagt er, weil niemand sonst etwas sagt.

Wir hätten schon eine Bitte. Sie wissen, dass es immer irgendwelche Journalisten gibt, die so was aufbauschen. Geben Sie eine Erklärung für uns ab, die den Leuten einleuchtet. Das ist alles, was wir wollen. Und eine Woche Sonderurlaub, sagt Kranz. Ihm fällt ein, dass er im Augenblick wahrscheinlich die falsche Person ist für öffentliche Erklärungen, die Polizisten schützen können. Und er muss darüber nachdenken, ob er das überhaupt will.

Ist in Ordnung, sagt er. Und falls Sie in den nächsten Wochen doch noch schlecht schlafen sollten, rufen Sie mich ruhig an.

Die Männer stehen auf und verabschieden sich. Kranz bleibt zurück, nimmt den Hörer auf und ruft die Presseabteilung an. Er erfährt, dass die Journalisten um elf erscheinen werden und sagt sein Kommen zu. Als er kurz vor elf in den Presseraum tritt, sind alle Plätze besetzt. Polizei ist immer ein dankbares Thema.

Er nimmt vorn neben dem Pressesprecher Platz und wartet auf seinen Auftritt. Der Pressesprecher schildert ausführlich den Hergang der Geiselnahme. Es gibt einige Nachfragen. Besonders, dass der Täter eine Art Selbstmörder gewesen sein soll, erregt die Phantasie der Journalisten.

Herr Kranz kann Ihnen das besser erläutern als ich, hört er den Mann neben sich sagen. Das ist sein Stichwort.

Selbstmörder, oder sagen wir besser lebensmüde Geiselnehmer, sind für uns kein neues Phänomen. Nicht häufig allerdings, eher selten, aber immerhin bekannt. Solche Menschen denken an Selbstmord, wollen die Durchführung aber lieber der Polizei überlassen. Dabei ist es wohl nicht so, dass es ihnen an Mut fehlt, sich umzubringen. Sie wollen möglichst großes Aufsehen

erregen, wenn sie sterben. Wenn schon, dann soll es spektakulär sein. Erst die Polizei im Großeinsatz, dann die Presse, die darüber berichtet – das ist es, was diese Menschen im Kopf haben, wenn sie sich auf eine Geiselnahme einlassen.
Sind Polizisten für solche Fälle ausgebildet?
Natürlich. Vergessen Sie nicht, dass es sich in diesen Fällen immer um eine Spezialtruppe handelt, die eingesetzt wird.
Sind Sie der Meinung, dass die Einsatzgruppe –
Truppe, bitte, Einsatztruppe, hört Kranz die Stimme des Pressesprechers neben sich.
Sind Sie der Meinung, dass die Einsatztruppe in diesem Fall richtig gehandelt hat?
Nein.
Was meinen Sie mit »nein«?
Ich bin nicht der Meinung, dass die eingesetzten Polizisten richtig gehandelt haben.
Einen Augenblick ist es still. Diese Reporter sind schlau genug, um sofort zu begreifen, dass sich hier etwas Ungewöhnliches anbahnt.
Was ist los? Haben Sie den Verstand verloren. Die leise Stimme des Pressesprechers.
Was wollen Sie damit sagen? Der Mann, der fragt, kreischt beinahe.
Ich will sagen, dass ich mit den beteiligten Polizisten gesprochen habe. Sie haben übereinstimmend erklärt, sie hätten den Mann umgebracht. Sie werden mir beipflichten, dass das nicht zu den Aufgaben der Polizei gehört.
Die Kameras, die schon auf den Tischen gelegen haben, werden hochgerissen. Stimmen überschlagen sich. Der Pressesprecher ist aufgestanden und versucht, den Lärm zu übertönen.
Bitte, beruhigen Sie sich. Herr Kranz kann doch gar nicht zu Wort kommen. Er wird Ihnen das Missverständnis erklären. Bitte.
Es gelingt ihm, die Meute vorübergehend zu beruhigen. Die

Ankündigung, dass Kranz noch einmal reden wird, wirkt wie der Fleischbrocken, in den sich Hunde in stummer Gier verbeißen.
Sie sehen, Herr Kranz, welche Aufregung Ihre missverständliche Äußerung hervorgerufen hat. Bitte –
Der Pressesprecher ist ein Schleimscheißer. Außerdem ist er fotogen und hofft, durch möglichst viele Fotos, auf denen er abgebildet ist, irgendeinen Konzern auf sich aufmerksam zu machen. Er beneidet den zurückgetretenen Innensenator, weil er sicher ist, dass der den lukrativen Industriejob schon in der Tasche hatte. Aus moralischen Gründen tritt niemand zurück.
Ich wiederhole, sagt Kranz, die Männer der Einsatzgruppe – so falsch finde ich die Bezeichnung nicht – haben den Geiselnehmer umgebracht. Sie haben sich zur Tat verabredet, einen günstigen Augenblick abgewartet und den, erkennbar mit einer Spielzeugpistole bewaffneten Mann, gemeinsam erschossen; als eine Art selbsternanntes Hinrichtungskommando, könnte man auch sagen.
Meine Damen und Herren, die Pressekonferenz ist beendet. Der Pressesprecher weiß ganz offensichtlich nicht mehr weiter.
Kranz steht auf und verlässt den Raum. Es bleibt still, während er hinausgeht. Über die leeren Korridore kommt er zurück in sein Büro und weiß, dass er darüber nachdenken sollte, was er eben getan hat.
Als Kind wird er mit seiner Mutter aus der brennenden Stadt auf das Land geschickt. Damals hat er seinen Vater zwei- oder dreimal bewusst gesehen. Der Vater ist im Krieg. Er selbst ist ein verunsicherter Junge, der niemanden hat, dem er nacheifern kann. Die Kinder im Dorf sind nicht freundlich zu ihm. Er ist oft allein. Einmal liegt er neben einem Bach auf der Wiese. Es stehen Weiden in der Nähe. Er kann durch die schmalen, silbrigen Blätter in den Himmel sehen. Er hat gehört, dass der Krieg bald zu Ende ist. Er muss kein Soldat werden. Er liegt da, den Himmel über sich, und weiß nicht, was er werden will, wenn

er größer ist. Und plötzlich fühlt er sich wunderbar frei. Er hat noch nie so ein Glücksgefühl gespürt wie in diesem Augenblick.
So ähnlich empfindet er auch jetzt. Er setzt sich an den Schreibtisch und legt die Hände auf die Schreibunterlage. Als sein Telefon zu läuten beginnt, steht er auf, nimmt seinen Mantel aus dem Schrank, sieht ihn einen Augenblick an, lässt ihn zurück und verlässt den Raum. Auf dem Weg zum Fahrstuhl kommt ihm die Vorzimmerdame des neuen Senators entgegen.
Sie sollen zum Chef kommen, sofort, ich hab versucht, Sie zu erreichen.
Ich komme gleich, sagt Kranz. Er steigt in den Fahrstuhl und fährt nach unten. Am Pförtner vorbei verlässt er das Haus.

BELLA TRIFFT CHARLOTTE MEHRING auf dem Flughafen. Die Unternehmerin ist so elegant gekleidet, wie es ihr das Firmenimage vorschreibt. Sie erklärt, unterwegs arbeiten zu wollen, schläft aber gleich nach dem Start ein. Bella blättert im Lufthansa-Bordbuch:

> Über Babels Tod weiß man nichts Genaues, nur, dass er in einem stalinistischen Straflager ums Leben kam. Zu seiner Zeit stellten die Juden mit 29 Prozent die größte Volksgruppe der Stadt. Als die Sowjetmacht zusammenbrach, waren sie noch etwa 100 000 von rund 1,3 Millionen Einwohnern.

So dichtet die Lufthansa per Lufthansa-Bordbuch die deutsche Geschichte um. Sie legt das Heft zur Seite, liest den Babel, den sie sich mitgebracht hat, und achtet darauf, dass die Papiere, die die Mehring auf dem Schoß hat, nicht herunterrutschen. Beim Landeanflug für den Zwischenstop in Wien sind ihr Babels Räuber Benji Krick und der alte Fuhrmann, der sein Vater ist, so vertraut, dass sie beginnt, sich auf Odessa zu freuen. Aber es gibt auch ein erklärendes Nachwort:

> Am sechzehnten Oktober neunzehnhunderteinundvierzig haben Rumänen und Deutsche nach längerer Belagerung Odessa besetzt. Am nächsten Tag schon fanden die ersten Massenerschießungen statt. Am 22. Oktober verübten Partisanen einen Bombenanschlag auf das Hauptquartier der Besatzer. In den drei Tagen danach wurden fünfunddreißigtausend Odessaer Juden umgebracht. Die Täter waren Rumänen und Deutsche, Armee- und SS-Angehörige. Russlanddeutsche Siedler haben sich an den Massakern beteiligt. Odessa, die neue Hauptstadt des neu gegründeten Transnistrien, wurde mit vereinten Kräften judenfrei gemacht.

Bella legt das Buch beiseite. Jetzt hat sie keine Lust mehr, Babel zu lesen. Nachdem das Flugzeug in Wien gestartet ist, bestellt sie sich einen doppelten Wodka mit Orangensaft und überlegt, ob sie testen soll, was die Frau neben ihr über die Geschichte Odessas weiß. Sie beschließt, jetzt nicht nachzufragen. Eine Weile noch möchte sie sich die Illusion erhalten, die Begleiterin einer geschäftstüchtigen und klugen Frau zu sein.
Der Flughafen von Odessa gleicht einem Stall, in dem das System, nach dem die Boxen für das Vieh eingezogen wurden, nicht erkennbar ist. Ein paarmal stehen sie an der falschen Box, irgendwann, da sind zwei oder drei Stunden vergangen, werden ihre Papiere kontrolliert, und sie dürfen den Stall verlassen. Bella ist froh, bei der Hotelreservierung darauf bestanden zu haben, dass sie abgeholt werden, denn Taxis gibt es nicht. Der Hotelbus ist frisch gestrichen, hat aber alte Polster und alte Stoßdämpfer. Die Schlaglöcher auf der Straße sind sehr tief, und der Fahrer ist zu schnell, um ihnen rechtzeitig ausweichen zu können. Auf dem letzten Stück vor der Stadt fahren sie durch ein Gartengelände. Hinter Hecken aus riesigen Sonnenblumen und Herbst-

astern zerfallen die Häuser. Ihr Hotel, das Londonskaja, liegt am Tschaikowski-Boulevard, einer ruhigen, prächtigen Promenade. Vom Hotel aus hat man einen wunderbaren Blick auf den Hafen. Bella hofft, dass sie vom Fenster ihres Zimmers zum Hafen hinübersehen kann, und sie hat Glück. Als es dunkel wird, steht sie dort.
Weshalb ihr gerade diese Verse ihres Großvaters einfallen, weiß sie nicht.

Die Male häufen sich, da ich die Stadt
Durchstreife und den Tod erblicke –
Und heiter anseh. Denn, was soll's?
Ich stimme ein. Und bin mir sehr gewiß,
Daß er zu seiner Zeit auch mich ereilt.

Eine unsichtbare Drohung, eine abweisende Fremdheit meint sie zu spüren. Da unten am Hafen liegt die Richelieu-Treppe. Die wird sie sich auf jeden Fall ansehen. Als Kind hat Olga sie in Eisensteins Film »Panzerkreuzer Potemkin« mitgenommen. Sie empfindet es als Glück, jetzt die Schauplätze des Aufstands von 1905 sehen zu können. Sie wird Olga eine Karte schreiben, auf der die berühmte Treppe abgebildet ist.
Als sie zum Abendessen in das Hotel-Restaurant kommt, ist die Mehring noch nicht da. Das Restaurant ist nur wenig beleuchtet und beinahe leer. Auf der kleinen Bühne sind ein paar Musiker dabei, ihre Instrumente zurechtzurücken. Sie sind als ukrainische Bauern verkleidet. An der Seite sitzt eine ältere Frau in weitem Rock und mit Bändern im Haar. Vermutlich wird sie irgendwann singen. Bella setzt sich an einen Tisch, der, wie sie hofft, der Beschallung aus den Lautsprechern am wenigsten ausgesetzt sein wird. Von ihrem Platz aus kann sie den Eingang des Restaurants beobachten. Außer ihrem ist nur noch ein weiterer Tisch besetzt. Fünf Männer tafeln in der Nähe des Eingangs. Mehrere Kellner sind damit beschäftigt,

Speisen und Getränke an ihren Tisch zu schleppen, halbvolle Teller und Schüsseln zurückzutragen, Teller und Gläser nie leer werden zu lassen. Selten, denkt Bella, habe ich Menschen gesehen, die so ungeniert fressen und saufen. Sie stellt sich ein Geschäftsessen in einem feinen Hamburger Restaurant vor und beobachtet anschließend mit noch größerem Vergnügen die Urform.

Als die Mehring durch die Tür tritt, wird es am Tisch der Esser still. Auch Bella hat nicht oft eine so schöne Frau so vollendet selbstbewusst ein Restaurant betreten sehen. Sie trägt ein schwarzes, enges Kleid. An ihren Ohren hängen riesige glitzernde Kränze, und auch an den Schuhen glitzert irgendetwas. Völlig unbeeindruckt von dem zustimmenden Gemurmel der Männer, die jetzt ihren Weg durch das Restaurant kommentieren, geht sie an ihnen vorbei, ohne sie zu beachten. Bella ist in Versuchung, aufzustehen und ihr einen Stuhl zurechtzurücken, als sie nahe herangekommen ist. Charlotte Mehring hält ein Blatt Papier in der Hand, auf dem Bella handschriftliche Notizen sieht. Unter dem Arm trägt sie eine elegante, kleine Aktentasche.

Ich hab einen Plan gemacht, sagt sie. Hier sind meine Termine, die ich, die wir abarbeiten werden. Ich darf Sie bitten, morgen früh vom Hotel aus diese drei – sie zeigt auf das Blatt, Bella entdeckt ein paar rot angestrichene Zahlen – Firmen anzurufen. Machen Sie so schnell wie möglich Termine. In der Tasche sind die Unterlagen, die Sie vielleicht brauchen, wenn es Nachfragen gibt. Für jede Firma eine eigene Mappe. Insgesamt sind es vier. Die vierte werden wir jetzt noch nicht brauchen. Ich gebe sie Ihnen zum Aufbewahren. Die Straßen oder Orte auf der Liste, die nicht mit Telefon-Nummern versehen sind, werden wir im Anschluss an die geschäftlichen Besprechungen aufsuchen. Ein bisschen Sightseeing soll ja auch sein.

Bella nimmt das Blatt, stellt fest, dass nur drei Firmen aufgesucht werden sollen und sehr viel mehr Sightseeing-Orte, sagt aber nichts; auch nicht, als sie sich vergewissert hat, dass die Richelieu-Treppe für die Mehring offenbar nicht interessant ist. Sie hat keine Eile herauszufinden, weshalb sie wirklich hier ist.

Die Mehring isst wenig und trinkt mehr, als Bella erwartet hat. Dabei bleibt sie kühl und freundlich, vom Alkohol sichtlich unbeeindruckt. Sie unterhalten sich über belanglose Dinge, den Kontrast zwischen den verlebten Gesichtern der Musiker und ihren frischgestärkten Bauernkitteln, die Qualität der Speisen und zu erwartende Mode-Trends. Bella ist in Versuchung, die Mehring langweilig zu finden, intelligent und langweilig. Nur die Tatsache, dass sie schon vier doppelte Wodka getrunken hat, zusätzlich zum Weißwein, nötigt ihr Bewunderung ab.

Nach zwei Stunden verlassen Bella und Charlotte Mehring gemeinsam das Restaurant. Die tafelnden Männer sind sehr viel ruhiger geworden. Einer hat den Kopf auf den Tisch gelegt und beginnt, seinen Rausch auszuschlafen. Auch die anderen beachten die beiden Frauen nicht. Sie sehen das Ziel ihrer Träume jetzt wohl eher verschwommen. Auf dem Korridor verabschiedet sich Bella. Sie wartet, bis die Mehring die Tür hinter sich geschlossen hat. Dann geht sie weiter, auf einem ehemals kostbaren, jetzt verblichenen Läufer, der ihre Schritte dämpft, so dass sie nicht zu hören sind. Fast ein wenig träumerisch, weil leicht betrunken, denkt sie an das wunderschöne Bein der Mehring, dessen Anblick das Letzte war, was sie von ihr gesehen hat: ein schlankes, schwarzbestrumpftes Bein, ein schmaler Fuß, die glitzernde Strassspange auf dem Schuh – sie verschwinden hinter der Tür, graziös eingezogen, wie Fühler einer Schnecke bei Berührung.

KATJA HAT DEN TAG über zur Zufriedenheit ihrer Brüder und ihres Vaters gearbeitet. Gegen Abend ist sie in einem Zustand, der die Männer beschließen lässt, ihr jetzt Ruhe zu gönnen. Sie sitzt mit den dreien am Tisch, hört sie reden, versteht aber kaum etwas von dem, was gesagt wird. Anscheinend haben die Brüder ein Quartier gefunden. Ihr ist es gleichgültig. Sie will lieber bei Mascha schlafen. Erst wird sie sich hier ausruhen und es dann dem Vater sagen. Mascha arbeitet bis zwei Uhr, so lange hat sie Zeit. Die Brüder sind noch einmal weggegangen. Die neue Wohnung liegt am Stadtrand. Sie wollen jemanden mit einem Auto auftreiben, der sie hinfährt. Das kann lange dauern. Neben ihr sitzt der Vater. Sie sieht sein Gesicht von der Seite an. Sie weiß, dass sie ihm im Profil ähnlich ist. Er sieht schmutzig aus, findet sie. Hat sich nicht gewaschen und nicht rasiert, der Arme. Sie möchte ihn streicheln, aber ihre Hände bewegen sich nicht. Ihre Arme fühlen sich schwer an. Sie vergisst ihre Absicht sofort wieder. In der Bar sind jetzt noch mehr Menschen als am Morgen. Aber es sind andere Leute da, Russen und Ukrainer in Trainingsanzügen, mit teuren Turnschuhen und goldenen Uhren um die Handgelenke. Sie tragen viel Geld in ihren ausgebeulten Hosentaschen; ausländisches Geld, Dollar oder D-Mark, nicht das wertlose Zeug, das die Rentner ausgezahlt bekommen. Touristen sind keine mehr da. Die Männer besprechen Geschäfte. Hin und wieder verlassen ein paar von ihnen die Bar, so, als ob sie zur Arbeit gingen. Was werden sie arbeiten? Katja liegt im Halbschlaf, ihren Rücken gegen die Wand gelehnt, als die Brüder zurückkommen.
Um eins holt man uns ab.
Der Vater nickt, auch er ist jetzt müde. Die Brüder finden keinen Platz am Tisch. Sie drängen sich zur Bar. Sie wird mit dem Vater reden müssen. Katja versucht, klar zu denken. Sie nimmt den Kopf von der Wand, blickt auf und sieht Sergej zur Tür hereinkommen. Eigentlich ist sie sicher, dass er sie vergessen hat. Weshalb fürchtet sie sich trotzdem? Sergej wirft ihr einen

Blick zu, bevor er sich hinter den Brüdern zur Bar drängt. Katja sieht die drei miteinander reden.
Nein, das werden sie nicht machen. Ich habe gut gearbeitet. Der Vater hat es gesagt.
Sie sieht, dass Sergej den Brüdern Geld gibt. Von ihrem Platz aus kann sie nicht sehen, wie viel es ist. Weder Sergej noch die Brüder haben zu ihr herübergesehen. Sie versucht, mit Mascha hinter der Bar einen Blick zu tauschen. Mascha ist zu beschäftigt. Sergej drängt sich an den Brüdern vorbei. Er bestellt irgendetwas, sieht noch immer nicht herüber zum Tisch. Sie hat sich geirrt.
Du gehst mit Sergej, sagt der Vater neben ihr. Das ist so abgemacht.
Während sie gearbeitet hat, haben sie mit Sergej verhandelt. Während sie dafür gesorgt hat, dass die Brüder die Anzahlung für die Wohnung bekommen, hat Sergej sie gekauft – vielleicht hat er ihnen überhaupt den Tipp mit der Wohnung gegeben. Es ist schwierig, Wohnungen zu finden, die frei sind. Sie ist jetzt sicher, dass Sergej die Wohnung besorgt hat. Und sie darf nicht mit einziehen.
Meine Sachen, alles ist doch in den Kisten.
Kriegst du schon noch. Sag ihm, er soll dir kaufen, was du brauchst. Sergej hat genug Geld.
Katja sagt nichts mehr. Es hat keinen Sinn. Sie könnte aus dem Lokal verschwinden. Die Aussicht, die Nacht auf der Straße zu verbringen, ist nicht angenehm. Sie weiß nicht, wo Mascha wohnt. Sie kann Mascha nicht fragen. Sergej steht bei ihr. Er wird es merken, dann ist nichts gewonnen. Also wird sie mit Sergej gehen. Katja schließt die Augen und lehnt den Kopf wieder an die Wand.
Als Sergej am Tisch auftaucht, hat sie geschlafen und geträumt. Deshalb erschrickt sie, als der Vater sie anstößt.
Wir gehen, sagt Sergej. Er spricht weder freundlich noch unfreundlich, einfach so. Wir gehen.

Geht, Kinderchen, sagt der Vater. Katja spürt das Bedürfnis, ihn zu schlagen, plötzlich und heftig, aber sie rührt ihn nicht an, als sie sich hinter seinem Rücken vorbeizwängt. Sergej hat sich schon zur Tür gewendet. Sie hat Mühe, ihm zu folgen. Das Gedränge ist zu groß.
Steig ein.
Vor der Bar steht ein Jeep. Sie klettert auf den Beifahrersitz, während Sergej schon anfährt. Er rast die Puschkinstraße hoch. Fußgänger springen zur Seite.
Einmal landen sie beinahe in einer ungesicherten Baugrube. Vor dem Bahnhofsplatz biegt er nach rechts ab. Straßenbahnschienen und Schlaglöcher beachtet er nicht. Geht die rasende Fahrt in Richtung Moldowanka? Aber dann biegt er wieder nach rechts ab, rast weiter, zum Meer hinunter. Endlich fahren sie viel zu schnell in einen Innenhof und halten mit quietschenden Bremsen. Sergej steigt aus, ohne sich um sie zu kümmern. Katja hört ihn eine hölzerne Treppe hinaufgehen. Sie sieht sich um. Der Innenhof gehört zu alten, im Viereck gebauten Häusern. Sie haben drei Stockwerke, zum Hof hin sind die Wohnungen durch einen umlaufenden, verglasten Laubengang miteinander verbunden. Die verglasten Lauben ahnt sie mehr, es ist dunkel. Vor einigen Wohnungstüren brennen trübe Lampen. Ihr Licht reicht nicht aus, um den Hof zu beleuchten. Gerümpel scheint herumzuliegen. Zwei weitere Autos stehen da, eins hat keine Räder. Sie sieht Sergej in der zweiten Etage auf den Laubengang treten. Jetzt könnte sie weglaufen. Sie geht die Treppe hinauf, über ausgetretene, zersplitterte, verfallene Stufen, die erst weiter oben einigermaßen heil zu sein scheinen. Als sie auf den zweiten Gang hinaustritt, sieht sie, dass eine Tür offen steht. Bevor sie Sergej in die Wohnung folgt, bleibt sie stehen und blickt hinunter in den Hof. Ein Baum mit abgebrochenen Ästen steht da. Den hat sie unten gar nicht gesehen. Auf dem Boden um Sergejs Auto herum bewegt sich etwas. Katzen oder Ratten, das ist nicht genau zu erkennen.

Die Wohnung hat sehr hohe Räume, die vor langer Zeit, vielleicht in den zwanziger Jahren, durch Zwischenwände geteilt wurden. Sergej sitzt in der Küche am Tisch und kritzelt etwas in ein Notizbuch. Beim Schreiben beugt er sich tief hinunter.
Mach Kaffee, sagt er.
Katja sucht in den Schränken.
Wohnst du hier?, fragt sie.
Sergej antwortet nicht. Sie hat gefragt, weil es so aussieht, als habe eine Frau die Ordnung in den Schränken eingerichtet. Als sie die Kanne und zwei Tassen auf den Tisch stellt, sieht er kurz auf.
Meinetwegen lass die Tasse stehen, sagt er. Aber gewöhn dich gleich daran. Wenn ich Kaffee will, heißt das noch lange nicht, dass du Kaffee bekommst. Hast du verstanden?
Katja gießt Kaffee ein und setzt sich mit ihrer Tasse auf einen Stuhl neben der Küchentür. Sie ist müde, hat aber Angst, nach einer Schlafgelegenheit zu fragen. So sitzt sie da und betrachtet die fremde Küche, den Herd, der die Schmalseite gegenüber der Tür ausfüllt, die beiden Küchenschränke, die mit Geschirr und mit gefüllten Einweckgläsern vollgestellt sind, das bestickte Tuch über dem Handtuchhalter.
Als Sergej endlich aufsteht, ist sie auf dem Stuhl eingeschlafen. Er stößt sie an, und sie folgt ihm durch einen langen Flur bis an das Ende der Wohnung. Es ist niemand außer ihnen zu Hause, jedenfalls hört sie hinter den Türen keinen Laut. Das Schlafzimmer, das sie betreten, sieht aus, als hätte heute Morgen eine ordentliche Hausfrau die Betten gemacht. Am Kopfende liegen bunte Kissen. Zwei Puppen mit lachenden Gesichtern und weiten Röcken sitzen davor. Die Vorhänge vor den Fenstern sind zugezogen. Sergej beginnt sich auszuziehen. Schließlich legt er sich ins Bett, Puppe, Bettdecke und Kissen auf die andere Seite des Doppelbettes werfend, ohne ein Wort zu sagen. Katja steht noch immer in der Tür. Rechts an der Wand ist eine weitere

Tür. Schließlich geht sie dorthin, öffnet sie und sieht ein Bad. Auch hier hat sie den Eindruck, als sei gerade Ordnung gemacht worden. Zwei Handtücher hängen ordentlich an Haken neben dem Waschbecken. Ein großes, neues Stück Seife liegt auf der Seifenschale. Katja nimmt die Seife in die Hand und riecht daran. Sie zieht ihre Sachen aus und geht unter die Dusche, nicht ohne vorher probiert zu haben, ob es warmes Wasser gibt. Als sie den Duschvorhang zurückzieht, um nach dem Handtuch zu greifen, steht Sergej vor ihr. Sie sieht ihn an und weiß, was er sagen wird. Sie hat ihn nicht gefragt. Er wird sie bestrafen. Aber dann endlich kann sie schlafen.

BELLA ERWACHT von einem Geräusch, das ihr fremd ist, und versucht einen Augenblick, sich zu orientieren. Im Zimmer ist es noch dunkel. Die schweren Vorhänge vor den Fenstern schließen jedes Licht aus. Langsam gewöhnt sie sich an die Dunkelheit. Das Geräusch ist nicht mehr zu hören. Sie würde spüren, wenn jemand im Zimmer wäre. Vielleicht ist auf dem Gang etwas bewegt worden. Deshalb muss sie nicht aufstehen. Sie schläft wieder ein. Als sie aufwacht, ist es nicht mehr ganz dunkel draußen. An den Rändern der Vorhänge sind dünne, graue Streifen zu sehen. Draußen wird es Tag. Vielleicht sollte sie auf die Uhr sehen. Das beste ist, sie erledigt die Telefonate noch vor dem Frühstück. Sie hat keine Ahnung, wann die Bürozeiten in Odessa beginnen.
Bella steht auf, geht zu den Fenstern und zieht die Vorhänge zurück. Über dem Hafen liegt Nebel, der einen schönen Herbsttag verspricht. Der Telefonapparat steht auf dem Schreibtisch zwischen den Fenstern. Der Schreibtisch ist eine Kopie des Möbels, das in Moskau Tolstois Arbeitszimmer schmückt: schwarz, mit kleinem Geländer an drei Seiten, das die Arbeitsplatte abschließt und Papier und Stifte daran hindert, hinun-

terzurutschen. Das Telefon ist ein einfaches Telekom-Modell, unpassend modern auf dem pseudoalten Möbel.
Bella zieht die Bedienungsanleitung hervor: Vorwahl für Stadtgespräche: 0. Sie nimmt den Hörer hoch. Kein Laut, 0, kein Laut. Das Telefon funktioniert nicht. Da kann man nichts machen. Also erst duschen, dann zur Rezeption hinunter, nachfragen. Vielleicht kann sie von dort aus telefonieren.
Das Bad ist wunderbar groß, hat goldene Armaturen, und mit dem Wasserstrahl, der aus dem Hahn über der Wanne kommt, könnte man Odessa in einer Stunde unter Wasser setzen. Bella beschließt eine Schnellwäsche und ein rauschendes Badefest am Abend. An Garderobe wählt sie die Version »korrekt«, die aus Hose und Jackett besteht und ihr für die bevorstehende Dolmetscher-Tätigkeit angemessen erscheint. Während sie in den Spiegel sieht, geht ihr durch den Kopf, dass sie Willi jetzt seit einer Woche nicht mehr gesehen hat. Sie denkt nüchtern daran und ohne Bedauern.
Als sie auf den Gang tritt, zögert sie einen Augenblick, entscheidet sich dann hinunterzugehen, ohne die Mehring zu wecken. Sie ist als Dolmetscherin angestellt, nicht als Zimmermädchen. Die Empfangshalle ist sehr hoch und sehr düster, viel schwarzer Stein, wenig Lampen. Rechts von der Treppe, im Hintergrund, steht ein einfacher Holztisch mit einem Telefon und zwei Stühlen. Die Stühle sind leer. Bella geht trotzdem zu dem Tisch hinüber. Sie zögert, sieht sich um. Niemand ist zu sehen. Als sie den Hörer aufnimmt, stellt sie fest, dass auch dieses Telefon nicht funktioniert. Als sie den Hörer zurücklegt, erscheint am Ende der Halle ein Kellner. Er sieht sie und kommt schnell auf sie zu. Der Ausdruck auf seinem Gesicht scheint mehr Ärger zu bedeuten, als durch das, vielleicht unberechtigte, Benutzen eines Telefons hervorgerufen worden sein kann.
Sie werden für den Schaden haften, sagt er, als er vor ihr steht.
Bella sieht ihn verständnislos an.

Sie sind doch mit der Dame zusammen gekommen. Wenn Sie mir folgen wollen.
Der Kellner geht, ohne abzuwarten, die Treppe hinauf, den Gang entlang, an Bellas Zimmertür vorbei zum Zimmer der Mehring. Er öffnet die Tür, wozu er keinen Schlüssel braucht, denn das Schloss ist zerstört, bleibt in der offenen Tür stehen und zeigt auf das Innere des Zimmers. Er tut das alles, ohne ein Wort zu verlieren, und Bella ist so überwältigt von dem Anblick, der sich ihr bietet, dass sie ebenfalls stumm bleibt. Die Mehring ist nicht im Zimmer. Wahrscheinlich hätte sie auch keinen Platz mehr gefunden, auf dem sie sich hätte niederlassen können. Das Chaos, die Zerstörung sind perfekt, bis hin zu den ausgebauten Türen des eingebauten Kleiderschranks, den umgestürzten Sesseln, mit den zerschnittenen Polsterbändern, beige mit roten, eingewebten Streifen, die schlaff herunterhängen. Alle Schubladen liegen am Boden. Ihr Inhalt ist über das Zimmer verstreut. Tasche und Koffer der Mehring sind ausgeleert. Es riecht nach teurem Parfüm und irgendetwas anderem, das ein Hauch von Äther sein könnte. Es lässt sich unmöglich feststellen, ob und was die Mehring angehabt hat, als irgendjemand sie tot oder lebend aus diesem Chaos herausgebracht hat. Oder als sie das Zimmer verlassen hat, bevor das Chaos angerichtet wurde. Oder als sie das Chaos angerichtet hat, bevor sie das Zimmer verließ.
Plötzlich fällt Bella etwas ein. Sie lässt den Kellner stehen und läuft zurück in ihr Zimmer. Während sie läuft, fühlt sie nach dem Blatt mit den Telefonnummern in ihrer Jackentasche. Es steckt noch darin. Ihre Zimmertür ist verschlossen. Sie braucht einen Augenblick, um aufzuschließen. Der Kellner ist ihr nachgelaufen und steht wieder neben ihr. Sie öffnet die Tür, drängt den Mann zurück, der ihr folgen will, schlägt ihm die Tür vor der Nase zu und schließt ab. Er beginnt, dagegenzutrommeln, während sie zum Schreibtisch läuft und erst stehen bleibt, als sie die Aktentasche neben dem Papierkorb stehen sieht, unge-

öffnet, dick, wie am Abend zuvor. Schnell wirft sie einen Blick hinein, stopft die Tasche ins Bett und geht zurück, um dem immer noch trommelnden Kellner die Tür zu öffnen. Er ist nicht mehr allein. Ein kleiner, dicker Mann, einer von denen, die am Abend im Restaurant gesessen haben, steht neben ihm. Die beiden stürzen ins Zimmer und bleiben, offensichtlich erleichtert, stehen, als sie feststellen, dass es hier keine Verwüstung gegeben hat.

Sie werden mir sicher sagen, wo ich die Dame zu suchen habe, die gestern mit mir gekommen ist, sagt Bella. Sie spricht laut und energisch. Die Männer sehen sie verblüfft an, wechseln Blicke miteinander, sehen sie wieder an.

Dies ist ein Hotel, sagt sie geduldig, aber laut. Für die Sicherheit der Gäste sind Sie verantwortlich. Wo ist Frau Mehring?

Das dann folgende Gerede über Schaden und Nachprüfen und Polizei benachrichtigen unterbricht sie bald.

Bringen Sie einen Kaffee in das Zimmer da drüben. Ich werde mich um die Sachen von Frau Mehring kümmern. Anschließend können Sie dort aufräumen, oder auch nicht, das ist mir egal. Bis ich ihre Sachen zusammengepackt habe, lassen Sie die Polizei aus dem Spiel. Wenn Frau Mehring bis heute Mittag nicht wieder aufgetaucht ist, werde ich zur Polizei gehen.

Die Männer lassen sich von Bellas Worten einschüchtern. Sie verschwinden, während sie sich – die kleine Aktentasche nimmt sie mit – zurück in das verwüstete Zimmer begibt. Eine junge Frau kommt gleich darauf mit einem Tablett. Sie bringt Kaffee, Butter und einen Stapel Brotscheiben und wartet, bis Bella ihr das Tablett aus der Hand genommen hat. Es gibt keinen freien Platz, auf dem sie es hätte abstellen können. Bella schließt die Tür hinter ihr und klemmt einen Stuhl unter den Türgriff. Sie hat keine Lust, sich stören zu lassen. Dann setzt sie sich auf die Bettkante und sieht sich um.

Ob hier wohl jemand gefunden hat, was er gesucht hat?

Zuerst gießt sie sich einen Kaffee ein, während sie trinkt, sieht sie sich die Papiere in der Aktentasche an. Vielleicht gibt es irgendeinen Hinweis, irgendetwas, das erklären könnte, was hier in der Nacht geschehen ist. In der Tasche befinden sich drei Mappen, die einander in Inhalt und Umfang gleichen, bis auf die ersten zwei Blätter. Auf diesen Blättern sind jeweils die Daten der drei Firmen notiert, mit denen Bella Termine absprechen sollte. Offenbar hatte die Mehring vor, bei den Verhandlungen ihre eigene Firma anhand von Prospekten, einem Katalog mit der neuesten Kollektion und Stoff- und Farbmustern vorzustellen. Die Unterlagen über ihre eigene Firma sind sorgfältig zusammengestellt und umfangreich. Die Notizen über ihre Gesprächspartner sind dagegen kurz und oberflächlich. Anscheinend hat sie nicht viele Informationen gehabt, bevor sie losfuhr.

Bella hört ein leises Knacken. Sie sieht hoch – nichts, außer einem kleinen Lichtschein unter dem Bett. Sie steht auf, um nachzusehen. Unter dem Bett brennt eine Nachttischlampe, die offenbar während der Durchsuchungsaktion dort gelandet ist. Bella zieht die Lampe hervor und macht sie aus, geht hinüber zum Telefon und hebt den Hörer auf. Das Telefon funktioniert. Soll sie die Firmen jetzt anrufen? Zuerst durchsucht sie die Tasche noch einmal gründlich, aber sie findet nichts. Die Seitentasche ist leer. Die Informationen über die Odessaer Firmen sind nichtssagend. Das Sightseeing-Programm – Bella betrachtet den Zettel und denkt nach. Ganz offensichtlich sind die Sehenswürdigkeiten Odessas nicht darauf verzeichnet. Genaugenommen gibt es nur drei Stellen, die die Mehring in der Stadt ansehen wollte: den Bauernmarkt, ein Haus in einer Straße, die Engelsstraße heißt, und die Moldowanka. Alle übrigen Angaben betreffen Orte in der Umgebung der Stadt. Auf jeden Fall ein ungewöhnliches Programm für eine Touristin. Plötzlich klingelt das Telefon. Die Stille im Zimmer war so vollkommen, dass Bella erschrickt. Sie meldet sich mit »Block, Zimmer von Frau Mehring«.

Oh, bin ich froh, dass Sie Russisch sprechen, sagt eine freundliche Frauenstimme. Ich hatte schon Angst, wir würden uns nicht verstehen.
Wir werden uns wunderbar verstehen, wenn Sie mir sagen, worüber wir uns unterhalten wollen, antwortet Bella.
Hatten Sie eine gute Reise?
Ja, sagt Bella, darf ich Sie bitten –
Aber natürlich. Entschuldigen Sie. Wir würden uns freuen, wenn unsere Verhandlungen heute ab 13 Uhr stattfinden könnten.
Bella ist sicher, dass die Frau nicht gesagt hat, wer da verhandeln will. Als sie danach fragt, erfährt sie den Namen der Firma, die als erste auf ihrer Liste steht: Kotow-Moda. Sie verabredet einen Termin um dreizehn Uhr dreißig. Dass die Mehring verschwunden ist, sagt sie nicht.
Sie legt den Hörer auf und beginnt, das Chaos im Zimmer zu untersuchen. Gründlich und systematisch. Nach einer halben Stunde ist sie sicher, dass sich im Zimmer nichts befindet, das für sie von Bedeutung sein könnte. Sie nimmt den Stuhl unter der Türklinke hervor und öffnet die Tür. Der Gang vor der Tür liegt leer da.
Dschingis Khans Tochter, verkleidet als Zimmermädchen, lehnt zwischen den Fenstern im Gang und sieht ihr entgegen. Die Frau ist noch nicht dreißig, groß, größer als Bella, hat breite Schultern und lange Beine. Sie hat ihre schwarzen Haare hochgesteckt. Ihr Gesicht ist blass, mit riesigen, dunklen, schrägen Augen und einem dunklen Schatten auf der Oberlippe. Ihr Mund ist leuchtend rot, unwirklich rot im Weiß der Haut und unter dem Schwarz der Haare. Ein Dreieck im gleichen Rot hat sie sich auf das Kinn gemalt. Obwohl klar ist, dass Männer sich in ihrer Gegenwart in Zwerge verwandeln müssen, ist sie nicht Schneewittchen. Da steht Dschingis Khans Tochter, stolz, frei, unabhängig, stark.
Reiß dich zusammen, Bella, gerate nicht ins Schwärmen.

Die junge Frau kommt ihr entgegen. Ihr Gang ist aufrecht, aber nicht steif, er hinterlässt den Eindruck von Kraft und Tanz. Es ist, als habe dieses Fabelwesen sein Pferd verlassen, leichtfüßig, obwohl es bis eben noch damit verwachsen schien, danach einen Tanzkurs mit Bravour absolviert und sich dann schnell als Zimmermädchen verkleidet, um seiner kleinen Schwester bei der Arbeit zu helfen. Die kleine Schwester erscheint auch im Gang.
Ihr Zimmer ist fertig, sagt Dschingis Khans Tochter, während sie an Bella vorübergeht und sie dabei offen ansieht. Sie weiß, dass Bella weiß, dass sie nicht wegen irgendwelcher Aufräumarbeiten da ist. Bella kann nicht anders, als ihr nachsehen. Dschingis Khans Tochter dreht sich noch einmal um.
Vielleicht rufe ich an, sagt sie lächelnd. Ja, ich rufe an.
Sie legt dem Zimmermädchen den Arm um die Schulter. Die beiden verlassen den Gang. Bella bleibt sprachlos zurück.

KATJA SCHEINT ES, als habe sie sehr lange geschlafen. Als sie wach wird, ist der Platz im Bett neben ihr leer. Sie ist zu verstört, um Erleichterung darüber zu empfinden. Still bleibt sie liegen, so, als wolle sie versuchen, sich dadurch unsichtbar zu machen, dass sie sich nicht bewegt. Dann hört sie die Stimme von Sergej. Er spricht mit jemandem. Sie hört keine Antworten. Vielleicht redet er am Telefon. Seine Stimme klingt leise und gleichmütig. Sie fürchtet sich und hört gleichzeitig begierig auf den Klang. Als er den Hörer auflegt, zuckt sie zusammen. Sie möchte die Decke über ihr Gesicht ziehen, aber es ist zu spät. Sergej steht in der Tür und sieht sie an. Du bleibst im Bett, sagt er. Du gehst nicht an die Tür. Hast du das verstanden?
Katja nickt und beißt die Zähne aufeinander. Er soll nicht hören, dass sie Angst hat. Es ist ihre Angst, die ihn aufregt und unberechenbar macht.

Wenn ich zurück bin, wirst du baden. Dann werden wir uns miteinander befassen.
Jetzt hat er es doch gemerkt. Sie sieht es an dem Lächeln um seine Mundwinkel. Er macht einen zögernden Schritt ins Zimmer. An ihm vorbei fällt ein Lichtstrahl durch die nicht ganz geschlossenen Vorhänge auf den Fußboden. Katja sieht ihn nicht an. Sie sieht die winzigen Stäubchen, die darin tanzen. Sergej kommt nicht zu ihr. Er hat es sich überlegt. Er dreht sich um und verlässt das Schlafzimmer, ohne noch etwas zu sagen. Sie hört ihn die Tür ins Schloss ziehen und den Schlüssel umdrehen. Ihr ist kalt. Sie zieht die Decke vom Nebenbett zu sich herüber und legt sie über ihr Deckbett. Ihr flacher Körper ist jetzt unter den Decken verschwunden. Sie wartet darauf, dass die Kälte nachlässt und das Zittern. Endlich schläft sie ein.

SERGEJ HAT DEN JEEP im Hof stehen gelassen. Er fühlt sich frisch und ausgeruht. Und er geht gern zu Fuß. Der Mann, der bei ihm angerufen hat, will ihn auf der Taras Shewtschenko treffen. Das Hotelschiff liegt im Hafen. Ein Stück lässt er sich von einem Taxi-Bus mitnehmen. Dann wird ihm der Bus zu eng, der Fahrer nimmt mehr Menschen mit, als er Plätze hat. Den Rest des Weges geht er wieder zu Fuß. Die Wohnung der Kellnerin, an der er vorbeikommt, hat er inzwischen so sehr vergessen, dass es ihm nicht einfällt, auch nur einen Blick auf die Tür zu werfen.
In der Nähe des Hotelschiffs trifft er kaum noch auf Menschen. Je näher er dem Quai kommt, desto deutlicher geht ihm der Gedanke durch den Kopf, dass der Treffpunkt falsch gewählt sein könnte. Als er den hölzernen Steg erreicht, der zum Schiff hinüberführt, ist er sich beinahe sicher, dass ihm jemand eine Falle stellen wird. Er versucht, vorsichtig aufzutreten, damit das Holz unter seinen Füßen nicht knarrt. Dann fällt ihm ein, dass

er, ganz allein auf das Schiff zusteuernd, schon seit mindestens zwei Minuten ein wunderbares Ziel abgegeben hat. Niemand hat es genutzt. Als er das Schiff betritt, versucht er nicht mehr, leise zu sein. Laut oder leise, er wird nicht gehört, denn es ist niemand da.

Es gibt eine kleine, in ihren Ausmaßen dem Eingangsbereich an Deck angepasste Rezeption. Dort stehen ein Computer und ein Telefon, aber der Platz davor ist leer. Die Rückwand der Rezeption ist mit Fächern und Haken für die Zimmerschlüssel bestückt. Ein Schlüssel fehlt. In den Fächern liegt kein Brief. Der Schlüssel von 209 ist nicht da. Sergej sieht sich um. An der Wand gegenüber der Rezeption hängt ein Plan. Er findet darauf die Lage des Zimmers, in dem er verabredet ist, und steigt die Treppe zum nächsthöheren Deck hinauf. Er hört nur seine eigenen Schritte im Gang vor den Kabinen.

Die Tür zu 209 ist nicht abgeschlossen. Sergej sieht nach rechts und nach links, bevor er hineingeht: nichts, außer geschlossenen Kabinentüren, hellem Holz und einem langen roten Läufer. Die Kabine 209 besteht aus zwei Räumen; einem Salon und dem dahinterliegenden Schlafzimmer. Außerdem gibt es ein Bad, das, im Gegensatz zur Kabine, abgeschlossen ist. Jedenfalls scheint es so, denn die Tür geht nicht sofort auf. Aber dann gibt sie doch ein wenig nach. Sergej hält einen Augenblick inne und lauscht. Er geht zurück und schließt die Kabinentür von innen ab, bevor er sich wieder der Badezimmertür zuwendet. Der Druck von innen gibt langsam nach. Als er die Tür ganz geöffnet hat, liegt der Mann, mit dem er verabredet war, vor ihm auf dem Boden. Das Bullauge an der Rückwand des Badezimmers ist geöffnet. Im Rücken des Mannes zwischen den Schulterblättern steckt ein Pfeil. Es handelt sich um einen Pfeil, der zu einem Sportbogen gehört. Der Schütze ist nicht zu sehen. Vom Deck des gegenüberliegenden Schiffes, das Sergej durch das geöffnete Bullauge sehen kann, hat er eine gute Schussposition gehabt.

Sergej hört eine Frauenstimme an der Rezeption, als er zurückkommt und die Treppe hinuntergehen will. Er zögert einen Augenblick, dann entschließt er sich doch weiterzugehen. Er muss ja den Schlüssel nicht zurückgeben. Er legt ihn auf die Treppe. Die magersüchtige Blonde, die ihren körperlichen Verfall mit einer weißen Rüschenbluse von ungeheuren Ausmaßen zu verbergen sucht, hat keine Augen für ihn, als er an ihr vorbeigeht. Sie hat den Hörer zwischen Schulter und Hals festgeklemmt und bearbeitet ihre Fingernägel mit einer Feile, während sie spricht. Sergej verlässt lautlos das Schiff.

BEVOR BELLA das Hotel verlässt, wirft sie einen Blick in das Zimmer, in dem die Mehring gewohnt hat. Ein Mann und ein junges Mädchen sind damit beschäftigt, Ordnung zu machen. Bella erkundigt sich nach dem Büro des Geschäftsführers und sucht ihn auf. Sie findet ihn in einem Zimmer, dem man seine sozialistische Vergangenheit noch deutlich ansieht. Ein einfacher, heller Schreibtisch, hölzerne Sessel mit abgewetzten roten Polstersitzen, Bücherregale ohne Bücher, eine Computer-Anlage, die offenbar nicht benutzt wird – altmodisch das Ganze und sympathisch. Der Hoteldirektor ist ein kleiner, rundlicher Mann im dunklen Anzug, der vom Schreibtisch aufsteht und ihr entgegenkommt, als sie in der Tür steht. Sie wird zum Sessel neben seinem Schreibtisch begleitet. Er geht noch einmal zur Tür und bittet um Kaffee für seinen Gast. Dann kommt er zurück, setzt sich und lächelt Bella freundlich an.
Ich hoffe, Sie sind zufrieden mit unserem Service? Der Mann wirkt uneitel und vollkommen aufrichtig. Bella beginnt zu überlegen, ob sie sich im Zimmer geirrt hat. Jeder Kellner im Hotel übertrifft den Direktor an Blasiertheit bei weitem.
Es gibt ein kleines Problem, sagt sie.
Unwillkürlich hat sie die freundliche und zurückhaltende Sprechweise des Mannes angenommen. Sie wird unterbrochen,

weil die Tür geöffnet und ein Tablett mit Kaffee hereingetragen wird. Schweigend beobachtet sie den Hoteldirektor, der ein freundliches Wort mit der älteren Frau wechselt, während sie die Tassen auf den Schreibtisch stellt. Als sie gegangen ist, beginnt Bella von neuem. Sie schildert die Verwüstung im Zimmer der Mehring und deren Verschwinden. Der Direktor sieht sie bekümmert an.

Ja, ich weiß, was passiert ist. Es tut mir entsetzlich leid. Ich muss Ihnen etwas erklären. Wir haben – das ist nicht die erste Entführung in der Stadt, die wir erleben. Ihrer Freundin wird nichts geschehen. Man wird sich melden, wird sagen, was die Forderung ist und dann – Er hebt bedauernd die Schultern und schweigt.

Was er meint, ist eindeutig, aber Bella tut so, als verstünde sie ihn nicht. Die Forderung?

Nun ja, es gibt bei uns neuerdings diese Menschen, wie soll ich sagen, diese Menschen – sagen wir, die es vorziehen, nicht zu arbeiten und auf andere Weise ihr Geld zu verdienen.

Sie meinen mit Menschenraub und Erpressung?

Ihrer Freundin wird nichts passieren –

Wie können Sie da so sicher sein?

Der Direktor schweigt und sieht sie freundlich an. Bella betrachtet ihn ungläubig. Sie setzt die Tasse zurück auf den Schreibtisch, während sie den Mann nicht aus den Augen lässt.

Ich werde zur Polizei gehen, sagt sie.

Selbstverständlich, im Grunde könnte man Ihnen das nur empfehlen. Wenn es etwas nützen würde. Sehen Sie, vor ein paar Monaten hatten wir einen Geschäftsmann aus Berlin hier. Eine wunderschöne Stadt, Berlin – Hotel Adlon. Ich höre, es soll wieder aufgebaut werden. Die Deutschen sind ja so tüchtig. Ist es wahr, dass es im Adlon Königs- und Kaisersuiten geben wird? Geht der Ballsaal wirklich über mehrere Stockwerke? Tanz neben dem Brandenburger Tor – was für eine schöne Idee. Unser Hotel hier wurde glücklicherweise nicht zerstört. Dafür aber

andere Gebäude, Kindergärten, Krankenhäuser. Der Hafen – achtzig Prozent der Hafenanlagen in Schutt und Asche. Was ist aber der Hafen gegen Einrichtungen für Kinder.
Nichts mehr da nach dem Krieg, ja, und keine Entschädigung, nur Hunger. Entschuldigen Sie, ich bin vom Thema abgewichen. Also, dieser Geschäftsmann aus Berlin – er verschwand für ein paar Tage. Plötzlich war er wieder da. Niemand hatte die Polizei eingeschaltet. Seine Frau flog zurück und holte ein wenig, wirklich, es war nicht viel. Deutschland ist ein reiches Land. Und schon war er wieder da.
Der Hoteldirektor hat während seiner Erklärungen weder den freundlichen Ausdruck in seinem Gesicht noch in seiner Stimme verändert. Dennoch meint Bella, so etwas wie einen drohenden Unterton gehört zu haben. Sie erinnert sich an ihre Erfahrungen mit der Miliz in Moskau. Damals hatte es eine Zusammenarbeit zwischen Polizei und Mafia gegeben. Nur im letzten Augenblick war sie entkommen. Jetzt fühlt sie sich nicht nur für sich allein verantwortlich.
Was soll ich Ihrer Meinung nach tun?
Nichts, sagt der Mann vor ihr freundlich. Gehen Sie spazieren. Sehen Sie sich unsere wunderschöne Stadt an. Denken Sie an Isaak Babel dabei: »Odessa ist eine abscheuliche Stadt, in der sich leicht und hell leben lässt.« Übrigens war Babel der Meinung, dass Odessa seine Helle und Leichtigkeit in beträchtlichem Maße den Juden zu verdanken hatte. Die gibt es heute kaum noch. Bestimmte Ereignisse –
Danke, sagt Bella, ich weiß, was geschehen ist.
Glauben Sie wirklich?
Die Stimme klingt beinahe träumerisch. Dann spricht der Mann sachlich weiter.
Gehen Sie spazieren. Man wird Sie informieren. Fragen Sie mich, wenn Sie zurück sind. Warten Sie einen Anruf ab. Oder einen Brief. Ich glaube nicht, dass Sie sehr lange warten müssen. Ich würde mich gern noch ein wenig mit Ihnen unterhal-

ten. Aber leider – vielleicht sollten wir heute Abend zusammen essen. Kommen Sie ins Restaurant. Ich erwarte Sie dort. Unser Koch macht eine wunderbare Kürbis-Speise, vollwertig, wie es bei Ihnen so gern gegessen wird.
Er steht auf, Bella ist entlassen. Sie nimmt die Hand, die ihr freundlich entgegengestreckt wird. Erst vor der Tür denkt sie erstaunt darüber nach. Sie geht zurück in ihr Zimmer, holt die Aktentasche und hängt sie sich über die Schulter. Auch wenn sie nicht erkennen kann, welchen Wert die Papiere haben, will sie sie nicht im Hotel zurücklassen. Sie wird dem Rat des Direktors folgen, spazieren gehen und den Termin mit Kotow-Moda einhalten. Sie ist sicher, am Abend im Restaurant von den Entführern zu hören.

Was siehst du, Bella, in Babels Odessa?
Du siehst einen Bombenkrater in der Nähe der Oper. Du erinnerst dich an ein Bein, einen Schuh im Fernsehen, du weißt nichts. Nichts von Sergej, der in der Bar der Krasnaja hockt und darüber nachdenkt, wer ihm das Geschäft mit Bunkin verdorben hat; nichts darüber, dass Bunkin der Einzige war, den die Bombe nicht zerrissen hat, vor deren Krater du stehst. Er kam zu spät. Du weißt nichts über Katja, die mit ihrem Körper und ihrem Verstand die Wohnung bezahlt, in der ihr Vater und ihre Brüder so lange Geschäfte machen werden, bis sie von der Erde verschwinden, Aussatz, der verschwindet, an dessen Stelle aber wieder Aussatz tritt.
Was siehst du, Bella, wenn du über die Straßen schlenderst, auf denen sich vor neunzig Jahren der Zug der Matrosen der Potemkin bewegte, dem sich die Arbeiterinnen aus den Fabriken anschlossen, die Maurer von den Baustellen, die jüdischen Schneider und Händler, die Bauern, die ihre Ware nicht auf den Markt trugen, sondern mitführten im Zug derer, die da gingen für eine neue Zeit, in der alle zu essen haben sollten?

Am oberen Ende der Puschkinstraße betritt Bella einen Bäckerladen. In den Holzregalen sind Brote aufgestapelt. Unter den Glasplatten des Verkaufstisches liegen kleine Kuchen. Der Laden ist voll von Menschen, die Brot und Kuchen kaufen wollen. An der Seite, nicht eingereiht in die Gruppe der Käufer, steht eine alte Frau in zerlumpten Kleidern. Dünn und wimmernd wiegt sie ihren Körper hin und her, ein Singsang, der die Käufer erschreckt, kommt aus ihrem Mund. Jemand will ihr ein wenig Geld in die Hand drücken. Sie nimmt es nicht. Sie steht da, sich wiegend, wimmernd, im Brotladen, neben den vollen Regalen, im Duft der frischen Brote wimmert sie vor sich hin. Bella verlässt den Laden. Die Klagelaute verfolgen sie. Vor der Tür stolpert sie beinahe über zwei schlafende Männer. Sie liegen auf der Straße, betrunken, ohne Habe, in zerrissenen Kleidern, einem fehlt ein Schuh. Müll liegt da. Vielleicht kommt nachts jemand, um ihn zu beseitigen, zusammen mit der Hundescheiße, den Kartonresten, der Plastikflasche, den verfaulten Tomaten, auf denen die Männer liegen.
Als eine Straßenbahn anhält, steigt Bella ein. Es ist ihr gleich, wohin die Bahn fährt. Niemand kümmert sich darum, ob sie eine Fahrkarte hat. Bald wird sie begreifen, dass für diese Bahnfahrten nicht gezahlt wird. Die Scheiben der Waggons sind zerschlagen. Die Türen schließen nicht mehr. Die Plastikschalen der Sitze sind zerbrochen, von einigen gibt es nur noch das im Boden verankerte, eiserne Gestell. Nach und nach füllt sich die Bahn. Es wird so eng, dass sie beschließt auszusteigen und ein Stück zu Fuß zu gehen. Sie ist froh, als die zerstörte Bahn ohne sie weiterfährt.
Sie geht, betrachtet die Menschen, die Stadt. An einer Straßenbahnhaltestelle sieht sie einen Betrunkenen aus der Bahn fallen. Das wird sie noch öfter sehen. Einen alten Mann sieht sie, der es nicht schafft, einen Platz in der überfüllten Bahn zu finden. Er fällt zurück und schlägt auf dem Pflaster auf. Man hilft ihm aufzustehen, immer gibt es hilfsbereite Menschen,

manchmal sind die, denen geholfen werden soll, so verstört, dass sie die Hilfe nicht wahrnehmen. Der alte Mann blutet aus einer Kopfwunde. Jemand führt ihn zur Seite, setzt ihn auf die Schwelle eines Hauses. Das Haus steht leer. Die Tür ist vernagelt, die Scheiben sind beinahe alle zerschlagen. Das Dach beginnt einzustürzen. Hier stand das Haus einer wohlhabenden Familie, für dessen Reparatur kein Geld, kein Material vorhanden war. Jetzt zerfällt es.

»Ich denke an Odessa, es zerreißt mir die Seele«, schrieb Babel neunzehnhundertzwanzig. Was, wenn er dieses Haus gesehen hätte.

Bella geht ein Stück den Straßenbahnschienen nach in die Richtung, in der sie das Meer vermutet. Sie kehrt um, nachdem sie auf die Uhr gesehen hat, ohne dorthin gekommen zu sein. Es wird Zeit, die Verabredung mit Kotow-Moda einzuhalten. Die Firma liegt in der Richelieustraße, in einem stuckverzierten, alten Haus. Das Parterre ist renoviert worden. Hinter glänzenden Scheiben ist ein Laden, der genauso auch in Hamburg in einer Luxuspassage liegen könnte. Vor der Tür stehen zwei bewaffnete Uniformierte. Bella betritt den Laden, ohne sie zu beachten. Hinter einem Wandschirm kommt ein Mode-Mäuschen hervor, das zur Ladeneinrichtung passt. Bella nennt ihren Namen und den Namen der Mehring-Firma. Das Mäuschen telefoniert, wobei es Probleme mit dem Wählen hat. Seine Fingernägel sind zu lang.

Bitte warten Sie einen Augenblick. Darf ich Ihnen inzwischen ein paar Kleider zeigen?

Bella bedankt sich freundlich. Die Kleider, Jacken und Schuhe, die angeboten werden, sind Luxusgüter aus Frankreich, Italien und Deutschland. Um das Kleid zu kaufen, das im Schaufenster hängt, müsste eine Rentnerin aus Odessa zwei Jahre ihre Rente sparen, ohne in der Zeit Geld fürs Essen auszugeben. Im Hintergrund des Ladens wird eine Tür geöffnet. Bella hört die Stimmen zweier Männer. Sie unterhalten sich auf Russisch. Sie

hört einen Augenblick zu und würde schwören, dass einer der beiden ein Deutscher ist. Sein deutscher Ton ist unüberhörbar, auch wenn er einen Akzent hat, über dessen Herkunft sie noch nachdenken müsste. Die beiden haben ihr Gespräch beendet und kommen nach vorn: ein älterer Mann mit Hakennase und blondem schütterem Haar, das vertrocknetem, gelb-grünem Tang ähnelt, und ein junger Russe – oder Ukrainer –, angezogen und duftend wie John Travolta, wenn er zur Premiere seines neuesten Films erscheint und sich Mühe gibt, durch aufwendige Klamotten und teures Parfüm über die Dürftigkeit des Filmprodukts hinwegzutäuschen. Den Tangköpfigen verabschiedet er mit ausgesuchter Höflichkeit. Er nennt ihn »Doktor«, und der »Doktor« verschwindet, nicht ohne Bella ausführlich und abschätzend gemustert zu haben. Sie hat den Eindruck, er probiert sie einzuschüchtern, und lacht, ohne sich etwas anmerken zu lassen. Travolta ist versucht, sich die Hände zu reiben, als der Doktor die Tür hinter sich geschlossen hat. Er besinnt sich im letzten Augenblick und kommt auf Bella zu, streckt ihr beide Hände entgegen.
Guten Tag, ich darf die Damen – Er sieht sich um, sieht fragend auf Bella.
Frau Mehring ist verhindert. Wir möchten Sie bitten, unser Gespräch zu verschieben.
Bella betrachtet ihn genau. Nichts weist darauf hin, dass er damit gerechnet hat. Er bedauert, fragt nach den Gründen, hofft, dass die Dame sich bald erholt und verabredet mit Bella, dass sie ihn wieder anrufen wird. Als er anbietet, ihr die neue Kollektion zu zeigen, damit sie sich schon einmal davon überzeugen könne, wie gut seine Frauen arbeiten, lehnt sie ab. Sein Parfüm ist ihr zu aufdringlich. Sie hält ihn für harmlos. Dann fängt sie zufällig die Blicke auf, die er mit den beiden Bewaffneten vor der Tür wechselt. Da ändert sie ihre Meinung und würde gern noch ein wenig bleiben. Aber es fällt ihr nun kein Grund mehr ein. Sie verlässt den Laden mit der sicheren

Erkenntnis, dass die bewaffneten Türsteher nicht zur Zierde angestellt wurden. Kotow-Junior hat Angst. Sie möchte gern wissen wovor.

Auf der gegenüberliegenden Straßenseite stehen ein paar Stühle neben einem Tisch mit Kaffeemaschine. Sie geht hinüber, bestellt einen Kaffee und setzt sich so, dass sie den Laden im Auge behalten kann. Sie sitzt dort länger als eine Stunde. In der Zeit geschieht dort drüben nichts. Niemand betritt den Laden, obwohl die Menschen sich auf den Bürgersteigen drängen. Es ist, als sähen die Vorübergehenden das Geschäft nicht. Die beiden Wachmänner stehen mit unbewegten Gesichtern davor, bewegen sich manchmal, aber nie mehr als drei Schritte nach links, drei Schritte nach rechts. Um sie herum ist eine gewisse Leere, niemand geht näher an ihnen vorüber als im Abstand von zwei Metern.

Es ist leicht, den Eingang im Auge zu behalten. Bella ist sicher, dass da drüben auch in den nächsten Stunden niemand etwas kaufen wird. Hat Kotow-Junior Angst, dass seine kostbaren Waren gestohlen werden? Davor könnten ihn seine Wächter schützen. Wahrscheinlich aber hat er eher einen Überfall zu erwarten von der Art, die Krater in den Straßen hinterlassen. Ob dann die Wärter noch nützen? Bella zahlt und beschließt, doch noch zum Meer zu fahren.

Dieses Mal ist ihr das Gedränge in der Straßenbahn schon beinahe vertraut. Sie empfindet die Fahrt nicht mehr als unerträglich. Oder liegt das nur daran, dass diesmal die Scheiben in dem Waggon heil sind und die Tür sich schließen lässt?

Die Bahn lässt die Innenstadt hinter sich. Jetzt sind in großen Gärten rechts und links der Straße leerstehende Villen zu sehen, manche zu Sanatorien umgebaut, andere zu Kindergärten. Die Sonne scheint, und in den Gärten und Parks müssten Kurgäste und Kinder herumlaufen, aber es ist niemand zu sehen. Die Villen sind größer und prächtiger als alle Schlösser an der Elbchaussee. Ihr Zustand ist jämmerlich.

Dies muss Arkadia sein, die Gegend, die vor 1917 reichen Kaufleuten aus Odessa und ukrainischen Großgrundbesitzern als Erholungsgebiet diente. Bis zur Haltestelle Große Fontaine fuhr Babel, um seinen Mitschüler Borgmann zu besuchen, dessen Vater Direktor der Russischen Außenhandelsbank war. Die mit Brillanten geschmückte Familie traf er pokerspielend auf der Veranda an. »Vor sich die weite Ebene des Meeres.« Richtig, da über dem Hotel steht eine reparaturbedürftige Leuchtschrift: Arkadia.

Die Straßenbahn fährt weiter an Hotels vorbei, die leer zu sein scheinen, auch an Hotelruinen, nicht fertiggebauten Anlagen, die für Tausende von Erholungssuchenden gedacht waren und die nun zerfallen. An der Endstation steigt Bella aus. Jetzt kann sie das Meer riechen. An der Allee, die zum Wasser führt, hocken auf Kisten, vor winzigen Tischen, Frauen und Männer, die irgendwelche Sachen zum Kauf anbieten: gebrauchtes Spielzeug, billige Armbanduhren, selbstgebackene Kuchen, Zeitschriften. Einige Titelbilder sehen aus, als hätte »Der Stürmer« der deutschen Faschisten die Vorlagen dazu geliefert. Wie damals gegen Juden hetzt man jetzt gegen Russen. Bella atmet tief. Über allem Verfall die sanfte Luft des September. September, der Samt-Monat in Odessa. Sie klettert die Böschung hinab an den Strand. Heller Sand, flache große Steine, auf denen sich bequem sitzen lässt. Niemand sitzt hier unten, niemand außer einer alten Frau, die ihr den Rücken zuwendet. Sie hat ihre Schuhe ausgezogen und hält die verkrüppelten Füße in die Sonne. Am Strand ist es ruhig bis auf einen sanften Ton, der über dem Wasser liegt. Bella wechselt ihren Platz, näher am Wasser möchte sie sitzen. Die alte Frau wendet sich zu ihr um.

Was tun Sie hier, sagt sie auf Deutsch. Und als Bella nicht gleich antwortet: Sie sind Deutsche, was tun Sie hier?

Ich weiß es nicht, sagt Bella, und denkt, dass sie es wirklich nicht weiß. Ich sehe mir die Stadt an und die Menschen.

Sehen Sie nicht die Menschen an, sagt die alte Frau, betrachten

Sie das Meer. Die Zeit ist trübe, die Menschen sind trübe. Sie lachen nicht mehr. Sie werden niemanden lachen sehen. Das Meer muss man ansehen, wenn man leben will.
Das Meer ist keine Alternative, sagt Bella.
Die alte Frau antwortet nicht. Ihre Füße sind verkrüppelt, weil sie nie passende Schuhe getragen hat. Die Zehen liegen übereinander, die Ballen treten riesig hervor. An den Hacken, an den Außenseiten der Füße haben sich große Beulen gebildet. Die Schuhe, die im Sand liegen, sind unförmige Klumpen, den Füßen nachgebildet.
Und Babel. Was ist mit Babel?, sagt Bella.
Wer ist Babel?, antwortet die alte Frau. Was soll mir Babel.
Sie wendet Bella ihr Gesicht zu, ein kleines Gesicht mit runden Augen, die eigentlich lächeln sollten.
Sie sind aus Deutschland. Die Deutschen sagen, sie helfen, aber sie tun es nicht richtig. Sie schicken große Kartons mit Medikamenten. Unsere Menschen sehen im Fernsehen, dass große Kartons mit Medikamenten ankommen. Aber ich bin Ärztin: Ich sehe die Kartons in der Klinik. Wenn wir sie auspacken, sehe ich, wie oft das Haltbarkeitsdatum abgelaufen ist. Glauben die Deutschen noch immer, wir könnten nicht lesen?
Bitte, sagt Bella, ich –
Ja, ich weiß, Sie können nichts dafür. Vielleicht können Sie wirklich nichts dafür. Sie kommen her und wollen Odessa sehen und seine Menschen. Es kommen nicht mehr viele. Weshalb sollten sie kommen. Die Stadt zerfällt. Russische Touristen, die gibt es auch. Aber es sind Schieber. Die Touristen sind Schieber. Unsere Menschen verreisen nicht mehr. Mein Sohn – er ist Wissenschaftler. Er hat in Zaporozhye gearbeitet. Jetzt – wenn er Glück hat, begleitet er russische und ukrainische Schieber und ihre Dämchen, wenn sie an die Riviera fahren. Oder nach Deutschland. Da kaufen die Dämchen ihre Hüte. Viktor hat mir erzählt – Ach, was rede ich.
Sie schweigt und beginnt, den Sand von ihren Füßen zu klop-

fen. Die Vorstellung, dass sie die kaputten Füße in Schuhe stecken und gehen wird, bereitet Bella körperliches Unbehagen. Sie möchte etwas sagen, nur um die alte Frau am Gehen zu hindern.

Sie sind Ärztin?, fragt sie.

Die alte Frau ist mit ihren Füßen beschäftigt. Vielleicht hat sie gar nicht mehr hingehört. Jetzt zieht sie Nylonfüßlinge aus der Tasche ihrer Strickjacke, um sie über die Füße zu ziehen.

Wie will sie denn gehen, denkt Bella. Sie muss siebzig sein. Hat sie ihr ganzes Leben –

Ja, sagt die alte Frau. Ich habe Arbeit. Mir geht es gut. Ich habe eine Freundin. Sie ist auch Ärztin, aber sie ist älter als ich. Solange ich denken kann, hat sie gearbeitet. Jetzt ist sie alt. Sie bekommt zwei Millionen Rente. Wissen Sie, wie viel Geld zwei Millionen sind? Sie hat eine Katze. Das Geld reicht nur für die Katze. Sie ernährt ihre Katze. Für sie selbst bleibt nichts übrig. Ich – Sie ist sehr stolz. Man kann ihr kein Geld geben. Sie wird nicht mehr lange leben.

Die alte Frau ist aufgestanden, klopft den Sand von Rock und Strickjacke. Bella versucht, nicht auf die zerbeulten Schuhe zu sehen. Sie steht auf.

Sie sollten das Meer ansehen, hört sie. Auch die Dichter schreiben über das Meer. Die Menschen hat man vergessen. Einen Augenblick sieht sie zu Bella hoch, forschend, beinahe nachdenklich.

Wenn Sie wirklich die Menschen sehen wollen, dann gehen Sie mit Viktor, sagt sie dann. Sie sucht in der Tasche ihrer Strickjacke und bringt eine verkrumpelte Visitenkarte zum Vorschein.

Hier, sagt sie und hält Bella die Karte hin. Ich hab noch eine andere. Ich werd ihm sagen, dass Sie ihn anrufen. Im Augenblick lassen ihm die Schieber Zeit. Rufen Sie ihn ruhig an. Er ist ein guter Junge. Sie wendet sich ab und geht mühsam davon. Die Abdrücke, die ihre Schuhe im feuchten Sand hinterlassen,

sind beinahe rund. Auf der Karte, die Bella in der Hand hält, steht:
Viktor Sheluk
Übersetzungen, englisch, französisch, deutsch
Reiseleitung
Bella steckt die Karte ein und setzt sich auf den flachen Stein, auf dem die alte Frau gesessen hat. Das Meer liegt ruhig und blau vor ihr. Irgendwo, sehr weit weg auf der linken Seite, beginnt der Hafen. Wegen der großen Entfernung wirken die Kräne und Hafenanlagen kleiner als Spielzeug. Es scheint, als würde dort hinten nicht gearbeitet. Aber vielleicht kann sie nur die Bewegungen nicht erkennen. Auf dem Wasser ist kein Segelboot und kein Schiff zu sehen. Ein paar Meter weiter liegt der zerschlagene Rumpf eines Ruderboots im Sand, das Gerippe eines Ruderboots, dem große Teile fehlen.
Man kann nicht das Meer ansehen, denkt Bella, wenn es Schwierigkeiten mit den Menschen gibt. Die Dichter wissen es längst. Sie schreiben nicht mehr über das Meer. Sie schreiben über sich. Nicht über das Meer und nicht über eine alte Frau, die verhungert, weil das Geld nur für eine Katze reicht. Sie oder die Katze. Das ist nichts für Dichter.
Irgendwann wird sie diesen Viktor anrufen. Vielleicht kann es nützlich sein, jemanden zu kennen, der weder mit Mode handelt noch aus der Hotelbranche ist. Vielleicht ist er ein ganz normaler Mensch, ohne die Absicht, krumme Geschäfte zu machen, Entführungen zu organisieren oder vage Drohungen auszustoßen. Vielleicht kann man mit ihm einfach nur reden.
Kranz hat Urlaub genommen, bevor sein neuer Vorgesetzter ihm nahegelegt hat, eine Kur anzutreten. Der Innensenator, der schneller gefunden war, als die knappe Personaldecke der SPD hätte vermuten lassen, möchte sehr schnell Karriere machen. Ein Mann wie Kranz, dem in der Öffentlichkeit das Image »nachdenklich«, »politisch liberal«, von manchen sogar »linksliberal« angehängt worden ist; kann dabei nur hinderlich sein.

Worauf es ihm ankommt, ist, im Fernsehen gut auszusehen, sich ständig in der Öffentlichkeit zu zeigen, immer dieselben einfachen Sätze zu sagen (»Unsere Demokratie ist stabil«, »Wir sind ein ausländerfreundliches Land, dessen Freundlichkeit niemand ungestraft überfordert«) und sich mit einer Truppe brutaler Bodyguards zu umgeben. Worauf es absolut nicht ankommt, ist, darüber nachzudenken, welche Möglichkeiten es gibt, das Verhältnis von Polizei, Ausländern und Bevölkerung auf rationale Weise zu beeinflussen.

Daran denkt Kranz, im Bett liegend und bei dem Versuch, den Traum zu vergessen, durch den er wach geworden ist.

Im Traum ist er dem Vorgänger des Innensenators begegnet, dem Mann, mit dem er jahrelang zusammengearbeitet und der erst vor ein paar Tagen das Handtuch geworfen hat. Er hat ihn auf der Mönckebergstraße getroffen und war, entsetzt über das veränderte Aussehen des Mannes, den er so gut kannte, stehen geblieben. Auch der ehemalige Senator hat seine eiligen Schritte angehalten. In Kranz' Traum standen sie sich gegenüber. Kranz sah das aufgedunsene, verlebte, rotfleckige Gesicht seines ehemaligen Chefs. Er weiß nicht, weshalb er plötzlich begriff, dass der Chef einer privaten Wach- und Schließgesellschaft vor ihm stand. Er lächelte ein versoffenes Lächeln, schlug die linke Seite seines ihm zu großen Trenchcoats zurück und ließ den Revolver sehen, der in seinem Hosenbund steckte. Hier, damit machst du 'ne Mark, sagte der Innensenator a. D. Nimm dir so'n Ding aus der Waffenkammer und komm zu mir. Wir waren ein gutes Team. Weißt du noch? Neunzehnhundertsiebzig? Den langen Marsch angetreten. Ich bin am Ziel. Zwanzig Mille und ein gepanzerter Dienstwagen. Los, Junge. Mir nach.

Er schlug den Mantel zu und ging weiter, klein, aufgedunsen, eilig. Wenn er nicht so widerlich aussähe, könnte man meinen, er sei verzweifelt, dachte Kranz und fühlte, dass ihm Tränen in die Augen stiegen. Von den Tränen ist er aufgewacht.

Er liegt da und versucht, seine Gedanken weder an den alten

noch an den neuen Innensenator zu verschwenden. Es gelingt ihm nur unvollkommen. Deshalb ist er froh, das Klappern des Briefkastendeckels zu hören. Die Zeitungen sind da. Er steht auf. Im Vorübergehen wirft er einen Blick in den Spiegel. Der Spiegel im Schlafzimmer ist eine Hinterlassenschaft seiner letzten Freundin, die das Ding in der Hoffnung angebracht hat, sein müdes Sexualleben damit zu aktivieren. Nach einem kurzen Aufflackern, einigen Wochen des Abwartens und einer von unsäglich flachen Argumenten begleiteten Auseinandersetzung war sie unter Zurücklassung des Spiegels verschwunden. Jetzt, während er sein zerknittertes, mageres Gesicht betrachtet, denkt er an sie. Er ist froh, dass sie weg ist. Mit den Zeitungen in der Hand geht er zurück ins Bett.

Für die Hamburger Blätter ist er nicht mehr interessant. Zwei von dreien bilden auf der ersten Seite eine Frau ab, der die Hysterie, mit der sie ihre Aufgabe betreibt, vom Gesicht abzulesen ist. Sie nennt sich Sektenbeauftragte. Ihre Aufgabe besteht darin, die Bedeutung von pseudo-religiösen und religiösen Sekten so zu übertreiben, dass die Bevölkerung sich überall von solchen Leuten umzingelt glaubt. Sie erfüllt diese Aufgabe mit einer Inbrunst, die daran zweifeln lässt, dass sie ihre wahre Funktion durchschaut. Kranz, der sich im Gegensatz zu anderen '68ern ein gewisses politisches Schamgefühl erhalten hat, erinnert sich mit Grausen an den ersten Auftritt der Dame in der Bürgerschaft. Er fand ihn peinlich von der ersten bis zur letzten Minute, weil von keiner Sachkenntnis getrübt. Das Ergebnis aber waren Schlagzeilen am nächsten Tag.

Die dritte Zeitung wartet mit einem besonderen Clou auf. Der neue Innensenator hat sich zu einem Exklusiv-Interview bereitgefunden. Kranz ist fasziniert von der Frechheit, mit der sich der Mann in Szene setzt. Da er die ersten Diskussionen und Planspiele nach dessen Amtsantritt miterlebt hat, spürt er, dass da jemand den Wolf im Schafspelz auf besonders geschickte Weise spielt. Was der neue Mann wirklich will, ist: mehr Polizei, mehr

Kompetenzen für die Polizei, stärkerer Schutz der Polizei vor der Öffentlichkeit. Was er verkündet, ist: Kontrolle der Polizei, soziales Training für Polizisten, der Freund und Helfer in Uniform.
Kranz schließt aus den öffentlichen Lügen, dass der Neue die Gewaltbereitschaft und den Ausländerhass in der Bevölkerung unterschätzt. Wenn er wüsste, was er sich erlauben kann, würde er anders reden. Angewidert legt er die Zeitung beiseite. Er ist sicher, dass die Bürgerschaft einen Untersuchungsausschuss einsetzen wird, um den Aktionen der Polizei gegen Ausländer auf die Spur zu kommen. Vermutlich wird man dann auch ihn vorladen, ihn, der in der Öffentlichkeit seit Jahren als »Polizei-Reformer« agiert hat. Er wird sich auf seinen Auftritt beizeiten und gründlich vorbereiten müssen.
Als das Telefon klingelt, ist er gerade noch einmal eingeschlafen. Der Apparat steht neben seinem Bett. Er streckt die Hand aus und bewundert, wieder hellwach, seinen sehnigen Arm und die Hand mit den schmalen Fingern. Die Stimme am Telefon gehört einer älteren Person, die sich als »Freundin von Olga« vorstellt. Es dauert einen Augenblick, bis Kranz begreift, dass es sich bei Olga um Bellas Mutter handelt, die krank ist und die Freundin losgeschickt hat, um in Bellas Haus nach Hinweisen auf eine Adresse in Odessa zu suchen, unter der sie zu erreichen ist. Offenbar hat Kranz' Telefonnummer auf Bellas Schreibtisch gelegen, und die Person hat sich nicht anders zu helfen gewusst, als ihn anzurufen. Kranz hat keine Ahnung, wo Bella in Odessa wohnt. Er lässt sich, als er die Enttäuschung in der Stimme am anderen Ende vernimmt, Olgas Adresse geben. Wenn er etwas von Bella hört, wird er sich melden.
Weshalb sollte ich etwas von Bella hören, denkt er, als er endlich an diesem vertrödelten Morgen unter der Dusche steht. Sie wird ihn nicht anrufen.
Zum Frühstück geht er hinunter in ein kleines Lokal an der Ecke. Er kommt dort zwei Stunden später als sonst zur Tür her-

ein und bestellt, außer der bis vor kurzem üblichen Tasse Kaffee, Brötchen, Butter, Käse und Buletten. Bei dem Lokal handelt es sich um die Imitation einer Berliner Eckkneipe. Vom Angebot her beschränkt sie sich aber auf die Buletten. Glücklicherweise locken die nur sehr selten Berliner an. Kranz reagiert allergisch auf lauten Berliner Dialekt (er hat Berliner noch nie leise reden hören) und ist froh, auch heute keinen von ihnen zu Gesicht zu bekommen. Das mitleidige Lächeln des Wirts versucht er zu übersehen. Später setzt sich die Wirtin an seinen Tisch, eine blonde, alternde Frau, die mit weicher Stimme fragt:
Na, min Jung, hebt se schmeckt, de Frikandellen?
Kranz hat eine stille Liebe für die Wirtin, die sich weigert, die Buletten zur Kenntnis zu nehmen. Er ist versucht, ihr sein Leid zu klagen. Nur die lauernden Blicke des Wirts, der begierig darauf wartet, von seiner Frau über den neuesten Stand der Polizeiaffären brühwarm informiert zu werden, hält ihn davon ab auszupacken. Er hasst Ehepaare, die mit verteilten Rollen agieren, um anschließend im Bett gemeinsam die Knochen zu benagen, die ihnen ihre Freunde und Bekannte ahnungslos hingeworfen haben. Er zahlt und verlässt das Lokal.
Auf dem Weg zurück in seine Wohnung fällt ihm ein, dass er ein paar Bücher aus seinem Büro holen könnte, die zu lesen er jetzt endlich Zeit hat. Er überlegt, ob er zu Fuß ins Präsidium gehen oder mit der U-Bahn fahren soll. Zu Fuß würde er nicht mehr als eine Viertelstunde brauchen, aber er müsste an der Südseite des Hauptbahnhofs vorbeigehen. Der dort herrschende Uringestank scheint ihm schon in der Vorstellung so unerträglich, dass er die U-Bahn nimmt.
Beim Pförtner im Präsidium erwartet ihn eine Überraschung. Ihm wird bedeutet, dass er sich beim Senator zu melden habe. Da würde auch darüber entschieden, ob er sein Dienstzimmer betreten dürfe. Ihm ist klar, dass es keinen Sinn hat, beim Pförtner eine Szene zu machen. Begleitet von einem der wachhabenden Polizisten, wird er bis zur Tür des Senatorenzimmers geleitet.

Im Vorzimmer ist die Sekretärin ausgewechselt worden. Andere Möbel stehen dort ebenfalls, teurer und modischer als die alten. Wenn sie etwas haben, die neuen Opportunisten, dann ist es ein Gefühl für Stil. Oder besser: Style. Sie sind phantasielos und gestylt bis ins Mark und bis zur Unterhose, wahrscheinlich sogar bis zu dem, was darin im günstigsten Fall verborgen liegt. Dass darunter die Substanz leidet, ist ihnen egal oder wird geradezu freudig begrüßt. Wo nichts ist, kann auch nichts leiden.
Der Polizist, der Kranz über die Flure begleitet hat, verabschiedet sich mit dem gleichen mitleidigen Blick, den Kranz schon am Wirt in der Eckkneipe bemerkt hat. Er überlegt, während er darauf wartet, zum Senator hineingebeten zu werden, dass beide wahrscheinlich keine genaue Vorstellung davon haben, wie hoch sein Ruhegehalt ausfallen und wie froh er sein wird, das Präsidium und sein Arbeitszimmer für immer hinter sich zu lassen.
Das Gespräch mit dem Innensenator ist kurz, aber zu Beginn nicht unfreundlich. Er hat kaum genügend Zeit, um den Satz: Ich habe die Absicht zu kündigen, loszuwerden. Der Senator geht so selbstverständlich davon aus, dass Kranz sich nach einem lukrativen Job in der Wirtschaft umsehen wird, dass der sich jeder Notwendigkeit enthoben sieht, irgendetwas von seinen Zukunftsplänen verlauten zu lassen. Der Senator versichert ihm auch, dass es bei seinem Alter (Kranz ist fünfundfünfzig und fühlt sich absolut nicht alt) keine Probleme machen werde, die Frührente durchzusetzen.
Und was Sie dann machen, mein Lieber – hier wird es Ihnen niemand übelnehmen, wenn Sie Ihre Fähigkeiten gewinnbringend nutzen. Von Ihrem ehemaligen Chef haben Sie gehört? Nein? Nun, ich glaube, es ist noch nicht allgemein bekannt, aber es wird Sie vielleicht interessieren: Er hat sehr lukrative Angebote aus der Wirtschaft bekommen. So lukrativ, dass man versucht ist, sich zu fragen, ob es wirklich Gewissensnöte waren, die ihn zum Verlassen des Senats genötigt haben. Nun ja,

ich sollte mich trotz alledem darüber freuen. Schließlich – aber lassen wir das. Hartriegel & Hartriegel, sagt Ihnen das was?
Nun ist Kranz wirklich erstaunt. Die Firma, die der aufstrebende Jüngling hinter dem Schreibtisch genannt hat, ist eine private Wach- & Schließgesellschaft, mit deren sich ständig vergrößernder Mannschaft sie hin und wieder zu tun gehabt haben. Die Firma stellt nur intelligente Schläger an, was bei vielen anderen in dieser Branche nicht üblich ist. Sie hat bei den Unternehmen, für die sie arbeitet, einen außerordentlich guten Ruf, der entsprechend honoriert wird. Bei den wenigen Polizisten, die sich noch immer als Hüter demokratischer Verhältnisse betrachten, gelten Hartriegel & Hartriegel als suspekt. Von ihnen hat Kranz im Zusammenhang mit der Firma hin und wieder das Wort »legale Mafia« gehört.
Der neue Senator betrachtet den leicht fassungslosen Kranz mit sichtlichem Entzücken. Auf eine ihnen unbewusste Weise fühlen sich diese jungen opportunistischen Schlaumeier immer noch von den alten Linken bedroht, obwohl sie sich offiziell über sie lustig machen. So, als säßen die im Hintergrund ständig und aufmerksam über sie zu Gericht, jederzeit bereit, ihr vernichtendes Urteil über die Garde der postmodernen Hohlköpfe abzugeben, die unter dem Deckmantel eklektischer Philosophie ihrer ganz gewöhnlichen Gewinnsucht leben. Dumm sind sie nicht, die Jungen, und auch der neue Senator weiß natürlich, dass ein Job bei Hartriegel & Hartriegel für einen anständigen Mann nicht in Frage kommt.
Kranz ärgert sich darüber, dass er sein Erstaunen so deutlich gezeigt hat. Er fühlt keinerlei Solidarität mit seinem ehemaligen Chef. Auch sein Erstaunen beruhte wohl eher auf der Tatsache, dass ihm sein Traum die Wahrheit schon verkündet hatte, bevor dieses Jüngelchen sie ihm genüsslich unter die Nase rieb. Glücklicherweise fühlt er sich locker genug, um richtig zu antworten.
Ach, sagt er, da ist er Ihnen also zuvorgekommen. Tut mir leid

für Sie. Aber wie man hört, sollen gewisse Zuhälter-Kreise dabei sein, eine Privatarmee aufzustellen. Vom Senator zum General – da sind dem Fortgang Ihrer Karriere doch wohl noch lange keine Grenzen gesetzt. Oder gehen Sie lieber nach Bonn, wenn Sie diesen Job hinter sich gebracht haben?
Der Mann hat kein Format. Er wird wütend und entlässt Kranz mit dem Hinweis, dass er seine persönliche Habe aus seinem Dienstzimmer in Begleitung eines Kollegen abholen könne. Kranz scheint diese Anordnung illegal zu sein. Schließlich hat er nichts weiter getan, als in einem öffentlichen Gespräch die Wahrheit zu sagen und anschließend seinen Wunsch anzumelden, pensioniert zu werden. Aber er hat keine Lust mehr, sich mit dem Hanswurst, der noch sein Vorgesetzter ist, auseinanderzusetzen. Er steht auf.
Ich möchte Sie darauf hinweisen, hört er, während er hinausgeht, dass die Bürgerschaft mit meiner Zustimmung einen Untersuchungsausschuss einrichten wird. Sie werden voraussichtlich zur Anhörung geladen. Ich erwarte Ihre Loyalität.
Ich verzichte darauf, Ihnen mitzuteilen, was ich von Ihnen erwarte, sagt Kranz.
Im Hinausgehen blickt er über die Schulter zurück. Er kann nicht finden, dass er zu Kreuze gekrochen ist. Er weiß auch, dass es für sein eigenes Wohlbefinden wichtig war, dem Knaben im Sessel eines Innensenators seine Meinung zu sagen. Woher kommt also das Gefühl der Niederlage, das ihn plötzlich beherrscht?
Vor der Tür wartet der Polizist, der ihn heraufgebracht hat. Ohne zu fragen schließt er sich Kranz an. In dem Büro, in dem er mehr als zehn Jahre gearbeitet hat, nimmt er einige Bücher aus dem Regal, öffnet und schließt die Schubladen des Schreibtisches, ohne etwas zu finden, das ihm des Mitnehmens wert zu sein scheint. Als er sich zum Gehen wendet, wird er darauf hingewiesen, dass sein Begleiter beauftragt ist, eine Liste der Gegenstände anzufertigen, die aus dem Zimmer entnommen

werden. Auch Kranz' Hinweis, dass es sich nicht um Bücher aus der Bibliothek, sondern um seine eigenen handelt, soll daran nichts ändern. Er legt die Bücher zurück auf den Schreibtisch und sieht zu, wie der Mann die Titel abschreibt: Götz Aly/Susanne Heim: Vordenker der Vernichtung
Vassily Großmann/Ilja Ehrenburg: Das Schwarzbuch
Rolf Gössner/Uwe Herzog: Der Apparat
Als er hinausgeht, ist er fast sicher, dass er erst jetzt in den Augen des Kollegen wirklich diskriminiert ist.
Auf dem Rückweg in seine Wohnung entnimmt Kranz den Schlagzeilen der Zeitungen an den Kiosken, dass der Polizeichef als entschlusslos gilt und unter Beschuss gerät, dass ein stadtbekannter Zuhälter ein »Candle-Light-Dinner-Boxing« veranstalten wird, zu dem man zugelassen wird, wenn man prominent und bereit ist, eintausendfünfhundert Mark Eintritt zu zahlen. Dafür hat man das Vergnügen, bei Kerzenschein und Geigenmusik zuzusehen, wie sich zwei Dummköpfe blutig schlagen. Außerdem erfährt er, dass die Stadt inzwischen zehn Prozent Arbeitslose hat. Der Betrieb vor dem Arbeitsamt, an dem er vorübergeht, deutet darauf hin, dass es mehr sein könnten. Kranz beginnt, darüber nachzudenken, wie man die Polizei einer Stadt organisieren soll, in der Zuhälter zum gesellschaftlichen Establishment gehören, bis ihm einfällt, dass darüber nachzudenken nicht mehr zu seinen Aufgaben gehört. Er spürt Erleichterung bei dem Gedanken und eine kleine Unruhe. Was wird er tun, wenn er den Polizeidienst endgültig hinter sich gebracht hat?
Im Restaurant des Hotels sind an diesem Abend noch weniger Gäste als am Abend zuvor. Kein Tisch ist besetzt. Auf der Bühne hat das Orchester schon Platz genommen. Als Bella den Raum betritt, wechseln die Musiker einen Blick. Die dicke Sängerin erhebt sich, Jugendlichkeit vortäuschend, mit einer schnellen, neckischen Bewegung von ihrem Stuhl und eilt an das Mikrophon. Der Kellner, der den Auftrag hat, Bella an einen beson-

deren Tisch zu führen, hat sie noch nicht erreicht, als die Musik schon einsetzt. Die Stimme der Sängerin ist neckisch wie ihre Bewegungen. Bella setzt sich mit dem Rücken zur Bühne, um das traurige Bild dort oben nicht sehen zu müssen. Sie bestellt Wodka und Orangensaft, und so schnell, als habe irgendjemand ihre Vorliebe gekannt, steht das Glas vor ihr. Als der Direktor erscheint, hat sie noch nicht getrunken.

Wunderbar, sagt er, Sie hätten bei uns auch jedes andere Getränk bestellen können. Schottischen Whisky, Rheinwein, spanischen Rotwein. Ich selbst allerdings habe es immer so gehalten, das zu trinken, was im Lande üblich ist. Ich freue mich, eine Gesinnungsgenossin gefunden zu haben.

Sind Sie da so sicher? Ich schlage vor, wir begrenzen unser Zusammensein auf das unbedingt notwendige Maß. Sie hatten mir einen Hinweis darauf versprochen, wann ich Frau Mehring zurückerwarten kann.

Der Direktor sieht sie traurig an. Ganz offensichtlich trauert er über so viel Ungeduld.

Ich hatte Ihnen versprochen, dass wir im Laufe des Abends von Ihrer Freundin hören würden. Ich bitte Sie, so lange mein Gast zu sein.

Er winkt, ohne sich umzusehen, zu den Kellnern hinüber. Es beginnt eine Art Kellnerballett, das jedem Slapstick-Film Ehre gemacht hätte. In ihrem Übereifer behindern sich die vier Kellner so sehr, dass Bella schon überlegt, ob auch das zur Inszenierung gehört. Sie sieht den Direktor an, stellt fest, dass er der Arbeit der Kellner mit sichtlichem Stolz zusieht, und lehnt sich ergeben zurück. Es wird ihr nichts anderes übrigbleiben, als vorläufig die Rolle, die ihr zugeteilt ist, anzunehmen. Ganz allerdings gibt sie sich noch nicht geschlagen.

Ich habe die Absicht, morgen früh die Polizei darüber zu verständigen, dass Frau Mehring aus ihrem Hotel verschwunden ist, sagt sie und hebt ihr Glas, um ihrem Gegenüber zuzutrinken.

Ich bin sicher, das wird nicht nötig sein, antwortet der Direktor freundlich lächelnd und hebt ebenfalls sein Glas. Wie gefällt Ihnen unsere schöne Stadt?
Bella sieht einen Augenblick lang die zerschlagenen Straßenbahnen, die zerfallenen Sanatorien, die greinende Bettlerin im Brotladen vor sich, bevor sie antwortet.
Ich hab noch nicht viel gesehen, aber es scheint ein paar Probleme zu geben. Eine alte Frau, die ich traf, sagte –
Oh, das müssen Sie nicht glauben. Überall gibt es Leute, denen man es nicht recht machen kann. Unsere Menschen setzen große Hoffnungen in die Hilfe aus Deutschland. Wir Ukrainer sind doch eigentlich Europäer. Da draußen – er macht eine unbestimmte Handbewegung – steht das Denkmal unseres Stadtgründers: ein Richelieu. Das sagt doch alles.
Und Russland?, fragt Bella.
Der Direktor hebt die Schultern.
Früher hätte ich gesagt »Russland ist groß und der Zar ist weit«. Leider ist das heute nicht so. Wir sind nicht frei in unseren Entscheidungen. Aber wir lieben die Deutschen. Das ist ein Fakt.
Sie lieben die Deutschen, weil Sie sich deutsche Gäste für Ihr Hotel erhoffen. Ich kann mir nicht vorstellen, dass die Deutschen hier überall beliebt sind.
Ich sagte ja schon, dass es immer Leute gibt, denen man es nicht recht machen kann. Ist der Kaviar nach Ihrem Geschmack?
Bella sieht auf die Schale und stellt fest, dass sie gegessen hat, ohne darauf zu achten, was sie auf der Gabel hat. Sie ist sicher, dass der Kellner, der gerade ihr Glas nimmt, etwas in ihre Jackentasche gesteckt hat. Sein Gesicht bleibt unbeteiligt, so konzentriert ist er auf das Einschenken, dass sie darauf verzichtet, die Sache sofort nachzuprüfen. Sie wendet dem Direktor ihre volle Aufmerksamkeit zu.
Dieser Krater in der Nähe der Oper – kann es sein, dass er durch den Bombenanschlag zustande kam, den Europa im Fernsehen bewundern konnte?

Sie lächelt gewinnend und freut sich darüber, dass ihrem Gegenüber dieses Thema offensichtlich unangenehm ist. Der Mann fühlt sich ertappt, wie ein Gauner, der in Gefahr ist, seine Tarnung zu verlieren. Aber dann ändert sich sein Gesichtsausdruck plötzlich, so, als habe er beschlossen, dass es keinen Sinn mehr hat, die Maskerade aufrechtzuerhalten.
Was wollen Sie? Uns irgendwelche moralischen Vorhaltungen machen? Wie, glauben Sie, hat sich der Kapitalismus bei Ihnen durchgesetzt? Mit Beten und Glockenläuten? Dann darf ich Sie darauf hinweisen, dass ein gewisser Friedrich Engels darüber eine andere Meinung hatte. Lesen Sie ruhig, meine Liebe. Lesen Sie über die Arbeiterklasse in England, über die Wohnungsfrage zum Beispiel. Wohnungen sind auch bei uns ein interessantes Thema. Und was diesen Krater betrifft: Natürlich gibt es hier Auseinandersetzungen, bei denen die Mittel nach ihrer Wirksamkeit gewählt werden. Sehen Sie, Sie hatten ein paar hundert Jahre Zeit, Ihren Kapitalismus zu entwickeln, das heißt, Sie konnten die Toten strecken. Wir haben diese Zeit nicht. Wir müssen uns beeilen, wenn wir noch eine Chance haben wollen dazuzugehören. Der Krater und, soviel ich weiß, der Chef der Familie Bunkin, sind die Überreste der Modefirma. Jedermann weiß hier, dass Kotow-Moda hinter der Aktion steckt und vorläufig Sieger ist. Es ist wohl das Pech Ihrer Freundin, dass sie sich ausgerechnet diese Zeit ausgesucht hat, hier Geschäfte zu machen. Sie ist zum Pfand geworden, nehme ich an. Und wenn Sie die Absicht haben, mit Ihrem neuen Wissen zur Miliz zu gehen, dann rate ich Ihnen: Tun Sie es, wenn Sie unbedingt wollen. Ich werde Ihnen allerdings nicht als Zeuge zur Verfügung stehen, für den Fall, dass die Miliz überhaupt Lust hat, sich der Sache anzunehmen.
Bella ist versucht, eine von Olgas Weisheiten zu zitieren, die »Sozialismus oder Barbarei« oder so ähnlich heißt. Olga schreibt sie Rosa Luxemburg zu. Stattdessen kann sie sich nur zu einer sehr lahmen Entgegnung aufraffen.

Immerhin vertritt Frau Mehring eine bekannte Firma. Es wird nicht so einfach sein, sie verschwinden zu lassen.
Aber wer sagt denn, dass sie verschwindet?
Der Direktor lächelt plötzlich so freundlich, als habe seine verbale Attacke nicht stattgefunden.
Sehen Sie, ich habe Beziehungen zu Kotow und hatte auch Beziehungen zu Bunkin. Das Einzige, was ich Ihnen raten kann, ist, warten Sie, bis ich herausgefunden habe, wer von beiden Ihre Freundin für ein paar Tage zu sich eingeladen hat. Dann werden wir auch wissen, wie wir sie wiederbekommen können. So lange bitte ich Sie, einfach mein Gast zu sein.
Verstehe ich Sie richtig? Bis jetzt wissen Sie also weder, wo Frau Mehring sich aufhält noch wann man eine Nachricht von ihr erwarten kann?
So ist es. Aber ich versichere Ihnen, wenn überhaupt irgendjemand etwas über ihren Verbleib erfahren wird, dann bin ich es. Und nun darf ich Sie bitten, das Hähnchen nach Kiewer Art zu genießen. Es ist eine Meisterleistung unserer Küche. Trinken Sie weißen oder roten Wein?
Es hat keinen Sinn zu protestieren. Der Mann meint, was er sagt. Die Wahrheit ist, dass die Mehring, anstatt Geschäfte zu machen, in die Auseinandersetzung zwischen zwei Mafiagruppen geraten ist. Der Hoteldirektor hat zwar Vermutungen, aber keine Gewissheit über ihren Verbleib. Die Wahrheit ist auch, dass der Gang zur Miliz sinnlos sein wird. Sie wird sich nicht dazu entschließen, bevor sie ihre Jackentasche untersucht hat.
Ich trinke Wasser, sagt Bella. Bitte entschuldigen Sie mich einen Augenblick. Ich bin gleich zurück. Lassen Sie den Kellner noch warten, damit das Hähnchen nicht kalt wird. Ich liebe Hähnchen auf Kiewer Art.
Sie steht auf und geht durch den halbdunklen Speisesaal. Die Lampen auf den leeren Tischen sind ausgeschaltet. Die Bühne liegt im Halbdunkel. Die Musiker haben in zwanzig Jahren ihre

Noten auswendig gelernt. Die Sängerin singt eine Art Volkslied, in dem von Mondschein und Nachtigallengesang die Rede ist. Während Bella an der Bühne vorübergeht, legt sie sich besonders ins Zeug.
Es gibt offensichtlich keine Kameras im Waschraum. Sicherheitshalber verschwindet sie trotzdem hinter einer der Toilettentüren, bevor sie in die Jackentasche greift und einen schmal zusammengefalteten Zettel hervorzieht.
»Lassen Sie ihn reden. Kommen Sie morgen Abend um 23 Uhr in die Villa Prijut. Tun Sie nichts. Sehen Sie sich um, aber tun Sie nichts.«
Der Zettel trägt statt einer Unterschrift einen blutroten Keil. Bella liest ihn ein weiteres Mal, prägt sich den Namen der Villa ein, reißt den Zettel in kleine Stücke und spült ihn in den Abfluss. Im Vorraum wäscht sie sich die Hände und geht durch den halbdunklen Speisesaal zurück an den Tisch. Hinter ihr erscheint die Riege der Kellner. Sie lässt sich willig nieder, bereit, dem Wunder des Hähnchens auf Kiewer Art ihre volle Aufmerksamkeit zu widmen.
Das Hähnchen ist wirklich gut. Es gelingt Bella zu reden, als sei sie mit allem einverstanden. Der Direktor bemüht sich, ihr die touristischen Vorzüge der Stadt zu erläutern. Einmal ist sie beinahe versucht, ihn nach der Villa Prijut zu fragen. Im letzten Augenblick verzichtet sie darauf. Der Beinahe-Fehler macht ihr deutlich, dass sie nicht mehr nüchtern ist. Die Flasche, die auf dem Tisch steht, kann unmöglich die erste Flasche Wodka sein. Trotzdem glaubt sie nicht, dass ihr Gastgeber die Absicht hat, sie betrunken zu machen. Es gibt dafür keinen Grund. Sie ist einfach ein Opfer seiner Gastfreundschaft und ihrer und seiner Trinklust geworden.
Das übliche Ende in solchen Situationen bleibt nicht aus. Nach dem Eis, dem Kuchen, dem Krim-Sekt und dem Mokka macht er deutliche Anspielungen auf die Möglichkeit einer gemeinsamen Nacht. Bella kommt die Idee, mit einem Mafia-Mops –

der Titel, den sie bei sich für ihn gefunden hat, kommt ihr so passend vor, dass sie kichern muss – die Nacht zu verbringen, außerordentlich komisch vor. Sie fragt ihn, ob sie seine Frau anrufen und sie ebenfalls einladen sollen.

Wir drei, sagt sie und lächelt so verführerisch, wie es ihr angetrunkener Zustand zulässt, wir drei könnten den Himmel auf Erden gemeinsam erleben.

Der Direktor scheint ernüchtert, jedenfalls unterlässt er weitere Anspielungen. Als Bella aufsteht und geht, mühsam zwar, aber doch noch einigermaßen gerade, erhebt er sich mit Mühe von seinem Stuhl, schwankt ein wenig hin und her und sackt wieder zurück. Auch ohne seine Frau wäre mit ihm vermutlich kaum noch etwas anzufangen gewesen.

Die Musiker sind von der Bühne verschwunden. Die Kellner bilden ein stummes Spalier, an dem Bella vorbeigeht, als sei sie eine in Gedanken versunkene Generalin beim Abnehmen der Parade. Sie achtet angestrengt darauf, nicht über eine Stufe zu stolpern und in einigermaßen ordentlicher Haltung die Halle zu erreichen. Auf der Treppe hat sie plötzlich das Bild der schönen Charlotte Mehring vor Augen, und die Tatsache, dass sich ihr dieses Bild erst am Abend zuvor, vor wenigen Stunden also, ins Gedächtnis eingeprägt hat, ernüchtert sie ein wenig.

Die Hotelhalle ist düster und leer bis auf eine schlafende Frau hinter dem Rezeptionstisch. Bella erreicht ihr Zimmer, ohne dass ihr jemand begegnet und ohne hinter einer der Türen auf dem Gang ein Geräusch gehört zu haben. Sie schließt die Tür hinter sich ab, bevor sie in die Jackentasche greift, um nach dem Zettel des Kellners zu suchen. Als sie die Hand herauszieht, hält sie eine Visitenkarte darin. Natürlich, den Zettel hat sie ja weggeworfen. Im Bett liegend liest sie die Worte unter dem kleinen Schein der Nachttischlampe. Viktor Sheluk – wer ist Viktor Sheluk?

SERGEJ SITZT an der Bar des Hotels Krasnaja und denkt nach. Er hat gern klare Verhältnisse. Irgendjemand ist ihm in der Bunkin-Sache zuvorgekommen. Bunkin wollte ihn sprechen, und sein Auftrag war, Bunkin verschwinden zu lassen. Er hätte Geld von beiden Seiten haben können, und er hätte es gebrauchen können. Aber es ist nicht das fehlende Geld, das ihn beunruhigt. Es ist die Tatsache, dass es keinen Grund gab, diesen Mann umzubringen, keinen anderen Grund als den, dessentwegen er selbst unterwegs gewesen war. Kotow wollte sich die Bunkin-Konkurrenz endgültig vom Hals schaffen, die Näherinnen übernehmen und sich so an die Spitze der Mode-Produktion setzen. Sergej sollte dabei behilflich sein. Pawel Bunkin war zufällig nicht vor dem Standesamt gewesen, als dort die Bombe explodierte. Er hatte in der letzten Woche versucht, seinen Laden wieder in Gang zu setzen, offensichtlich war ihm das gelungen. Als er Sergej zu sich bat, musste er Vergeltung für die Toten seiner Familie im Sinn gehabt haben. Ihm, Sergej, war die Einladung willkommen gewesen. So brauchte er keine besonderen Anstrengungen zu unternehmen, um ein Treffen mit ihm zu arrangieren. Bunkin stand auf seiner Liste, seit bekannt geworden war, dass er überlebt hatte. Wer ist ihm zuvorgekommen? Und weshalb? Bisher war er derjenige, vor dem man sich zu fürchten hatte. Sergej findet keine Antwort. Aber etwas anderes wird ihm deutlich, etwas, worüber er schon lange nachdenkt und wozu er in der letzten Nacht schon den Grundstein gelegt hat. Er braucht ein zweites Standbein, eine andere Möglichkeit, seine Existenz nicht nur abzusichern, sondern auf solide Füße zu stellen.

Er hat nicht vorgehabt, die Sache zu übereilen, die Wohnung jetzt schon zu nutzen. Was hindert ihn aber daran, damit anzufangen? Wäre es nicht gut, seinen Ruf zu verändern? Natürlich, die einschlägigen Leute werden weiterhin wissen, zu wem sie zu gehen haben, wenn bestimmte Aufträge zu erledigen sind. Aber er müsste nicht mehr jeden Auftrag annehmen, wenn er

Besitzer eines gutgehenden Bordells wäre. Natürlich, es gibt nicht viele Touristen zurzeit. Aber es gibt genug reiche Russen und auch ein paar reiche Ukrainer. Er könnte doch zuerst für einheimische Kunden planen. Es gibt ein paar Bordelle in der Stadt, miese Absteigen in dunklen Wohnungen, die er kennt. Sie sind keine Konkurrenz für ihn. Er hat lange nach einer passenden Wohnung gesucht. Und dann musste er, zusammen mit ein paar Freunden, die Familie an die Luft setzen, die darin wohnte. Sergej lächelt, als er daran denkt.
Er hebt seine linke Hand und sieht auf die halbrunde Narbe an der Handkante. Miese kleine Kröte! Als er zum ersten Mal an der Tür gestanden hat, ist er erschrocken zurückgefahren, als sie geöffnet wurde. Eine junge Frau im Trainingsanzug stand da, neben ihr ein Kind, vielleicht sieben oder acht Jahre alt, mit verunstaltetem Gesicht. Er hat die Frau und das Kind beiseitegestoßen, ist hineingegangen und hat sich die Wohnung angesehen. Sie war genau so, wie er sie brauchte: ein großer Vorplatz, viele kleine Zimmer, die Türen zum Flur hatten, eine Küche, die sich umbauen ließe. Als er wieder am Eingang stand, die ganze Zeit war dieses Kind hinter ihm hergelaufen, hatte fürchterliche, unverständliche Laute ausgestoßen, sich an seinem Jackett festgeklammert, war nicht abzuschütteln gewesen, sagte er der Frau, sie habe eine Woche Zeit, sich eine andere Wohnung zu suchen.
Als er nach einer Woche zurückkam, war sie immer noch drin, versuchte sogar, ihn nicht einzulassen. Er hat darauf verzichtet, sie zu schlagen, hat ihr gesagt, er würde wiederkommen. Das Kind ist ihm kreischend nachgelaufen, als er die Treppe hinunterging. Die Wohnung war genau richtig. Vielleicht konnte man irgendwann diese umlaufenden Balkons in Ordnung bringen und unten im Hof, dort, wo jetzt schrottige Autos standen, ein kleines Lokal einrichten. Man brauchte ein Aushängeschild.
Als sie kamen, seine Freunde und er, war der Mann von der

Frau da. Er war kein Problem, der verdiente Sportler des Volkes. War schon ein bisschen außer Übung. Sie haben ihn in den Hof gelegt. Er konnte froh sein, dass sie ihn nicht hinuntergeworfen hatten. Nur weil Dima sich seiner erinnerte.
Schlimmer war die Frau. Sie schrie und tobte, so dass sie dachten, die Nachbarn würden sich doch noch rühren. Das Kind sei krank. Man hätte es falsch behandelt. Sie hätten ihr ganzes Geld ausgegeben, um das Kind nach Deutschland zu bringen. Da hätte man ihnen gesagt, dass es zu lange mit falschen Medikamenten behandelt worden sei. Seine Nieren sind Steine! Seine Nieren sind Steine! Seine Zunge ist geschwollen. Sie verstopft ihm den Mund. Das Kind ist krank!
Was interessierte ihn das Kind und seine Krankheit. Es war nicht krank genug, um das Maul zu halten. Noch nie hatte er solche grässlichen Laute gehört. Während sie die Sachen hinuntertrugen, die sie nicht gebrauchen konnten, kreischte das Balg und jaulte hinter ihnen her, hängte sich an sie, biss und stieß. Es biss ihm so tief in die Hand, dass er den grässlichen, missgebildeten Kieferabdruck noch immer mit sich herumschleppt.
Sergej schüttelt sich und winkt zu Mascha hinüber. Wenig später kommt sie an seinen Tisch. Er bestellt ein Bier und sieht ihr nach, als sie zurückgeht. Mascha ist zu alt, außerdem hat sie ein Kind. Solche Weiber kann er nicht brauchen. Er denkt an Frauen, die Zeit haben, die zur Verfügung stehen, wenn sie benötigt werden. Die auch ein bisschen Angst haben, so wie die, die er gestern mitgenommen hat. Da drüben sitzt ihr Vater. Sergej hebt lässig die Hand. Der Mann lächelt zurück. Die Brüder lächeln nicht, kleine Gauner, die sich einbilden, sie hätten ein schlechtes Geschäft gemacht, als sie ihm die Schwester überließen. Was hätten sie denn mit ihr anfangen wollen in ein paar Monaten? Die ist doch jetzt schon kaum noch zu gebrauchen. Wer würde sich mit so einer noch einlassen. Wird ein bisschen was kosten, sie wieder herzurichten.

Mascha kommt und stellt das Bier vor ihm ab.
Was von Katja gehört?, fragt sie.
Ja, sagt Sergej, glaube schon.
Und?
Geht ihr besser, als du denkst. Geht ihr so gut, dass Nachfragen von jetzt ab überflüssig sind. Klar?
Mascha sieht auf Sergej hinunter. Sie sieht seine Augen, die tote Steine sind, und den Mund, der zwei aneinandergelegten Messerrücken gleicht.
Ja, sagt sie, klar, Sergej.
Ihr ist kalt, obwohl die Luft in der Bar warm ist, weil die Heizungen unter den Fenstern aufgedreht sind. Man kann sie nur aus- oder anstellen, nicht regulieren. Als sie wieder hinter dem Tresen steht, vermeidet sie es, zu Sergej hinüberzusehen. Hin und wieder sieht sie Katjas Vater, der da sitzt und auf die Tür starrt, als erwarte er seine Tochter.
Da kann er lange warten, der Schweinehund, denkt Mascha und nimmt sich vor, Katja nicht im Stich zu lassen. Sie hat Angst vor Sergej. Aber sie wird trotzdem versuchen herauszufinden, was er mit ihr gemacht hat. Irgendwo hat er sie versteckt. Vielleicht lässt sie sich finden.
Sergej hat keine Lust mehr, in der Bar zu hocken. Er beschließt, seinen Auftraggebern die Bunkin-Sache als erledigt zu melden und das Geld zu kassieren, das ein anderer für ihn verdient hat. Als er auf der Straße steht, fällt ihm ein, dass er eine Frau weiß, die bereit sein könnte, zu Katja in die Wohnung zu ziehen und mit ihr gemeinsam der Sache den ersten Schwung zu geben. Die Frau heißt Irina. Zu ihrer Wohnung sind es nur ein paar Schritte.
Das Haus ist zerfallen, die vordere Eingangstür zugenagelt. Aber Sergej weiß, dass er durch das Tor in den Hof gehen und die rückwärtige Tür benutzen muss. Es ist Mittag. Er hofft, Irina schon wach zu finden. Das Treppenhaus ist dunkel und voller Gerümpel. Er bemüht sich, vorsichtig zu gehen, um nicht zu

stürzen. Abends gibt es ein paar Petroleumlampen für die Männer, aber jetzt, am Tage, rechnet Irina nicht mit Kundschaft. Die Wohnung im ersten Stock steht leer. Sie ist nicht mehr bewohnbar. Sergej hat sie sich angesehen, als er auf der Suche nach einem geeigneten Ort für sein eigenes Unternehmen war. Da drinnen fällt der Stuck von der Decke. Die Lichtschalter sind herausgerissen und die leeren Fensterhöhlen vernagelt. Das hätte man in Ordnung bringen können. Aber die verfaulten Dielen haben ihn abgeschreckt. Die Fenster sind schon zu lange ohne Scheiben. Regen, Schnee, Frost haben den Fußboden zerstört. In den Ecken sitzen grünlich schimmernde Pilzkolonien, die einen modrigen Geruch verbreiten. Im zweiten Stock liegt Irinas Wohnung. Sie ist in einem etwas besseren Zustand, obwohl es durch das Dach hereinregnet und große braune Flecken an der Decke entstanden sind. Die Wohnung ist warm. Die Scheiben sind heil. Irina heizt mit elektrischen Öfen, an die Heizung im Keller traut sich niemand mehr heran. Vielleicht sind die Heizkörper in den Wohnungen sogar noch in Ordnung. Aber die Schlachten zwischen Ratten und Katzen, deren Lärm bis hinauf in den zweiten Stock zu hören ist, wirken auf niemanden einladend genug, um die Heizung in Gang zu setzen. Die Tür hat keine Klingel, aber es gibt ein Klopfzeichen, das Irinas Stammgäste kennen. Nach einem kurzen Augenblick hört Sergej ihre Schritte. Sie öffnet einen Spalt, zieht Sergej hinein, als sie ihn erkennt, schließt hinter ihm hastig die Tür. Der Flur ist dunkel, sonst riecht es hier nach Puder, Parfüm und Wodka, heute stinkt es nach Fäkalien.
Komm schnell nach vorn und mach die Tür hinter dir zu, sagt sie und läuft fast vor ihm her. Er gehorcht, betritt das Vorderzimmer und schließt die Tür hinter sich. Hier ist es hell, durch vier große Fenster scheint die Sonne herein, und der Kloakengestank ist fast verschwunden.
Ich bin erledigt, wer will noch in so eine Wohnung gehen, willst du einen Kaffee oder was Stärkeres, das Klo ist kaputt, das

Abflussrohr, es muss repariert werden, aber ich finde niemand, der es machen will, komm in die Küche, mein Lieber.
Sergej folgt Irina, nachdem er sich in dem großen Zimmer gründlich umgesehen hat. Sie hat Geschmack, diese Irina. Vielleicht ist das kaputte Abflussrohr ein Zeichen des Himmels.
Kaffee, sagt er und setzt sich in der winzigen Küche an einen blaugestrichenen Holztisch. Auch das Geschirr gefällt ihm. Er findet es vornehm – weißes Porzellan mit einem blau-goldenen Muster. Über dem Tisch im Regal stehen noch mehr von den großen Tassen, auch zwei Kannen hat sie dazu. Das Geschirr könnte sie mitbringen.
Irina hantiert am Herd. Sie wendet ihm den Rücken zu. Er hat Zeit, sie gründlich anzusehen. Sie ist nicht besonders groß, überall rund, ihre Haare sind blond gefärbt und ordentlich hochgesteckt. Sie trägt einen Hausanzug, der wie eine Uniform aussieht. Als sie sich Sergej zuwendet, betrachtet er ihr Gesicht. Sie ist noch nicht alt, vielleicht dreißig, aber sie schminkt sich schon für sich selbst. Ihr Lippenstift ist verwischt. Vielleicht hat sie gerade geraucht. Es riecht wirklich nach Zigarettenrauch. Er merkt es erst jetzt.
Was willst du?
Ob Irina energisch genug sein wird? Es kommt ihm plötzlich vor, als habe er gar keine andere Wahl, als diese Frau zu sich zu holen.
Diese Wohnung hier ist doch Scheiße.
Wem sagst du das, mein Lieber. Gestern hat mir eins der Mädchen gesagt, sie würde nicht mehr kommen, wenn es hier weiter so stinkt. Ich bin auf die Mädchen angewiesen.
Wie man sich denken kann, antwortet Sergej. Hast du schon mal darüber nachgedacht, dir etwas anderes zu suchen?
Du bist komisch, mein Lieber. Ich such mir eine andere Wohnung. Was passiert, wenn ich sie gerade in Ordnung gebracht habe? Irgendwelche Schieber, Griechen oder Russen, schmei-

ßen mich raus, ohne dass ich etwas machen kann. Nicht mal meine Beziehungen haben etwas genützt. Dieses Etablissement wird eben nur von den mittleren Chargen besucht. Die, die oben was zu sagen haben, gehen sonst wo hin, aber nicht zu mir. Ich hab's versucht, sag ich dir, und ich glaub auch, dass zwei meiner Kunden sich Mühe gegeben haben. Es hat nichts genützt. Ich sag ja, die Griechen hatten bessere Beziehungen. Und beim nächsten Mal werden Russen –

Hör auf zu jammern. Ich mach dir einen Vorschlag. Hab ich mir gedacht, dass du nicht deswegen gekommen bist.

Irina stellt die Kanne auf den Tisch und setzt sich. Sie sitzt Sergej gegenüber und sieht ihn aufmerksam an. Ihr Blick ist so wach, dass er keine Bedenken mehr hat wegen ihrer Tüchtigkeit. Gründlich, auch ein wenig umständlich, denn er ist es noch nicht gewöhnt, als Unternehmer zu denken, setzt er ihr seinen Plan auseinander, spricht von der Wohnung, die er schon hat, von Katja, die schon da ist, und davon, dass er eine Frau braucht, die über die Mädchen die Aufsicht führt. Denn er wird keine Zeit dazu haben. Andere Geschäfte nehmen ihn in Anspruch, Geschäfte, über die er nicht reden will, aber die ihm Geld einbringen. Da wird auch etwas für die Ausstattung von Irinas neuem Arbeitsplatz abfallen. Wenn sie klug ist –

Hör auf, sagt Irina. Wo ist der Haken?

Ihre Augen glänzen und Sergej meint, ihr Gesicht habe unter der Schminke zu glühen begonnen.

Was für ein Haken? Ich rede offen zu dir.

Sie ist schlau, denkt Sergej, das geht in Ordnung. Sie muss sich absichern. Diese Wohnung hier ist entsetzlich, aber sie ist ihre Lebensgrundlage. Was hat sie, wenn sie das hier aufgibt? Sie kann sich gleich auf die Straße stellen. Ich werde offen mit ihr sein. Sie wird nicht nein sagen, auch dazu nicht.

Na los, red schon. Wo ist der Haken?

Es gibt keinen. Ich will – es ist alles so, wie ich es gesagt habe. Du hast kein Risiko. Was ich sonst noch tue, geht dich nichts

an, und du weißt von nichts. Ich will aber – er gibt sich einen Ruck, wie allen Spießern sind ihm seine sexuellen Obsessionen unangenehm, und er fürchtet sich davor, sie anderen zu offenbaren – ich will aber, dass die Mädchen in der neuen Wohnung mir absolut gehorsam sind.
Irina starrt ihn einen Augenblick mit offenem Mund an und beginnt dann schallend zu lachen. Ihr Lachen gefällt Sergej nicht. Er fühlt sich blamiert und überlegt, ob er gehen soll. Irina spürt, dass sie sich falsch verhält und wird ernst.
Und du brauchst eine wie mich, die ihnen Gehorsam beibringt?
Ich würde sagen, dass ich das auch allein schaffe. Aber du musst wissen, auf welcher Seite du stehst. Ich sag dir das vorher. Ich brauch keine, die mir dazwischenfunkt. Ich bin der, der sagt, wo es langgeht. Solange das klar ist, kannst du, glaube ich, diese Stinkbude hier ohne weiteres gegen meine Wohnung eintauschen.
Wie viel Platz hast du?
Fünf oder sechs Zimmer, einen Empfangsraum, Küche, Bad, was man eben so braucht.
Hast du schon Mädchen?
Katja, seit gestern.
Ich hab drei, die für dich arbeiten würden. Mit vieren können wir gut anfangen. Wo liegt die Wohnung? Kannst du dafür sorgen, dass der Krempel hier dorthin transportiert wird?
Irina hat ihre Chance erkannt. Dieser Kerl da braucht eine Frau, die seine Sache in die Hand nimmt. Die kann er haben. Da ist sie genau die Richtige. Es ist ihr egal, was er sonst noch für Geschäfte macht. Hier hat er jedes Mal ordentlich gezahlt. Auf was anderes kommt es nicht an. Mädchen sind billig zu haben. Man gibt ihnen ihren Anteil, und sie sind für sich selbst verantwortlich. Das wird in der neuen Wohnung anders sein. Sie werden da wohnen. Aber sie wird dafür sorgen, dass die Ware immer frisch ist. Sie ist eine tüchtige Geschäftsfrau. Er wird mit

ihr zufrieden sein. Und sie wird zusehen, dass sie selbst nicht zu kurz kommt.

Auch Sergej hat das Gefühl, dass es eine gute Idee war, Irina zu fragen. Nur als sie den geschäftlichen Teil ihres Gespräches abgewickelt haben und Irina Anstalten macht, ihm ihre Dankbarkeit für die plötzliche Verbesserung ihrer Lage auf körperliche Weise zu zeigen, reagiert er heftig.

Gut, gut – ich verstehe. Wir sind Geschäftspartner, sonst nichts. Ist mir recht. Man soll nichts durcheinanderbringen.

Sie ist trotzdem ein wenig gekränkt und besieht sich kritisch im Spiegel, als Sergej gegangen ist. Sie ahnt, dass er zu den Männern gehört, die sich nur bei schwachen Frauen stark fühlen. Bald wird sie es wissen.

BELLA ERWACHT, als an ihre Tür geklopft wird. Sie ruft laut »nein« und versucht, wieder einzuschlafen. Aber daraus wird nichts; als ihr die Botschaft mit dem roten Keil einfällt, ist sie hellwach. Wen kann sie nach der Villa Prijut fragen. Den Kellner, der ihr den Zettel zugesteckt hat. Sie hat vor, sich den Treffpunkt bei Tage anzusehen. Also beeilt sie sich, zum Frühstück zu kommen. Vielleicht hat sie Glück, und der Mann ist auch morgens da. Als sie das Restaurant betritt, stellt sie fest, dass es nicht Morgen, sondern Mittag ist. Es gibt kein Frühstück mehr. Es gibt auch keinen Kaffee, erst in einer Stunde. Der Kellner, den sie sucht, ist nicht zu sehen. Keiner der Kellner vom Abend ist anwesend. Sie verlässt das Hotel auf der Suche nach Kaffee und gerät nicht weit vom Hotel in der jüdischen Straße in ein winziges Kellerlokal. Nach dem Anblick der zerfallenden Häuser, der Bettler, der vernagelten Fenster, bespuckten Straßen sieht hier alles wie nach einem kleinen Wunder aus. Die Wände sind sorgfältig geweißt, schwarze, zierliche Lacktische, Stuhlkissen mit schwarz-buntem Rosenstoff. Der sorgfältig restaurierte Terrazzofußboden zeigt ein hübsches Muster. An den sechs kleinen Tischen sitzen normale Leute, keine Schieber, drei junge Leute und eine einzelne Frau. Ein junges Mädchen fragt sie auf Englisch nach ihren Wünschen und bringt kurz darauf den Kaffee, freundlich. Selbst die Musik aus dem Fernseher hat eine angenehme Lautstärke. Bella fühlt sich plötzlich wunderbar leicht. Zwei Frauen, die aussehen wie Schwestern von Bette Middler, kommen die schmale Kellertreppe herunter. Sie tragen ein paar Einkaufstüten, setzen sich und reden miteinander, wie nur zwei Bette Middlers miteinander reden können, während sie Cognac und Pepsi trinken und hin und wieder einen neugierigen Blick zu Bella hinüberwerfen, leicht, unaufdringlich, einfach nur neugierig. Bella genießt die freundliche Umgebung. Plötzlich fällt ihr ein, wen sie nach der Villa fragen wird. In der Jackentasche fühlt sie die Karte. Viktor Sheluk! Die freundliche Kellnerin zeigt ihr das Telefon. Auch hier, im Gang vor den WCs, kein Gerümpel, keine Ecken, die beim Renovieren vergessen wurden. Das Telefon steht auf einem schwarzlackierten Regal an der Wand. Sie wählt, und die Stimme am Telefon, die ihr antwortet, als sie nach Viktor Sheluk fragt, ist ihr sympathisch.

Ja, das bin ich. Sie sind die Frau, die Mutter am Meer getroffen hat. Richtig?

Bella hört auf eine weiche, melancholische Stimme. Sie hat nach der Villa fragen wollen. Nun beschließt sie, sich mit diesem Viktor zu treffen. Er schlägt als Treffpunkt den Platz vor dem Bahnhof vor. Sie ist einverstanden.

Kurze, graue Haare, nicht gerade klein, Jackett, keine Handtasche, gibt sie als Personenbeschreibung an.

Den Zwicker auf der Nas' und Herbst in der Seele, sagt Sheluk. Er hält das offenbar für eine ausreichende Beschreibung seiner selbst. Erst eine Stunde später wird sie begreifen, dass die Beschreibung wirklich ausreicht. Da hat sie Viktor schon getroffen, und er hat ihr die ungewöhnliche Formulierung erklärt.

Ist nicht von mir, sagt er. Das hat Isaak Babel gesagt, um eine bestimmte Sorte von Intellektuellen zu beschreiben. Irgendjemand hat das mal auf mich angewendet. Ich finde, es passt.
Der Mann gefällt Bella. Sie hat nicht vor, ihn in die Geschichte einzuweihen, in die sie geraten ist. Als er vorschlägt, über den berühmten Bauernmarkt zu gehen, willigt sie ein. Eine Stunde später ist sie nicht mehr so sicher, dass die Idee gut gewesen ist. Sie muss sich zur Ordnung rufen, muss den Schrecken, das Entsetzen zurückdrängen. Es fällt ihr schwer, an den spalierstehenden Frauen vorüberzugehen, die einen einzigen getragenen Schuh, zwei unbeschriebene Postkarten, einen einzelnen Briefumschlag, sorgfältig gewaschene und gestopfte Wäsche hochhalten, in der irrwitzigen Hoffnung, jemand brauchte gerade diesen Schuh, diese Postkarte, diese abgetragene Unterhose. Es fällt ihr schwer, an den Beinstümpfen des Bettlers vorüberzugehen, der Zeitungen um die Enden seiner Beine gewickelt hat, um die Fliegen abzuhalten. Noch nie hat sie Menschen gesehen, die am Boden liegen, dem Dreck der Straße angepasst, nicht mehr zu unterscheiden vom lehmigen, abfallbedeckten Boden außer durch Hunde, die an den Haufen herumschnüffeln in der irrwitzigen Hoffnung, gerade dort etwas zu fressen zu finden.
Manchmal sieht sie Viktor an, wendet sich zu ihm um, da er ein paar Schritte hinter ihr geht, nicht an ihrer Seite. Wenn er ihren Blick bemerkt, bleiben seine Augen ausdruckslos, er verzieht das Gesicht zu einem kurzen Lächeln, jedenfalls zu einer Grimasse, die ein Lächeln andeuten soll. Einmal, als sie ihn ansieht, ohne dass er es bemerkt, ist sie erschrocken über die Trauer in seinem Gesicht, Trauer und Wut. Noch nie hat Verzweiflung und Hilflosigkeit sie so berührt. Vielleicht auch deshalb erscheint ihr der Gang durch die Halle der Markt-Schlachter wie das Eindringen einer Unbefugten in die Halle des Todes. Ein Totengang umgibt sie, weiße Leichen von Hühnern, Ferkeln, Schweinen, Hasen, die scheinbar noch Socken

anhaben, Leichenberge, weiß und übereinandergetürmt, dazu das gleichmäßige Hacken der Schlachterbeile in die Knochen der Toten –, sie wagt nicht, sich umzusehen. Sie will nicht sehen, wie sich der Totengang im Gesicht von Viktor widerspiegelt.

Plötzlich, mitten im Gang, der dicke, lebendige Hintern einer Marktfrau, die sich breitbeinig bückt – aller Totenspuk scheint wie weggewischt. Bella drängt sich an den Marktfrauen vorbei, erlöst und doch eilig die Halle verlassend. Draußen wartet sie auf Viktor, noch immer hört sie die Beile in die weichen Fleischteile niedersausen, die Knochen zerschlagen, aber jetzt, draußen, durch den dicken, lebendigen Hintern der Marktfrau und die Sonne daran erinnert, dass sie zu den Lebenden gehört, geht es ihr besser.

Gehen wir zum Bahnhof und trinken etwas, sagt Viktor.

Er geht jetzt voran, rasch, als wolle er den Markt so schnell wie möglich verlassen. Bella hat Mühe, ihm zu folgen. Ein Marktstand scheint ihr so schön, als habe eine Künstlerin die Waren darauf arrangiert: Pilze, Rinden, Samen, Blüten und Blätter bilden, umrahmt von lackschwarzen Sonnenblumenkernen und, zufällig oder nicht, mehreren Paaren schwarzer Gummihandschuhe, ein Stillleben, das sie gern länger betrachtet hätte. Ein paar Schritte weiter möchte sie noch einmal stehen bleiben: Hinter einem Stand mit Rote-Bete-Knollen steht ein Kirgise, dessen Kopf die gleiche Form und dessen Gesicht die gleiche Farbe hat wie die Knollen, die er anbietet. Die rötlichen Knollen sind leicht von gelbem Sand bedeckt, gelber Sand liegt auch auf dem Tisch, und gelblich sind die Bartstoppeln, die das dunkelrote Gesicht des Mannes bedecken. Als er sich über den Tisch beugt, scheint es, als beuge er sich über seine Kinder. Sie fürchtet, Viktor im Gedränge zu verlieren. Als sie sich noch einmal umsieht, glaubt sie einen Augenblick lang, die Frau mit dem roten Keil gesehen zu haben, Dschingis Khans Tochter. Sie bleibt stehen, sieht nichts als hastende Menschen und folgt

Viktor. Am Ausgang, zwischen Bauernmarkt und Bahnhof, haben sich in einer langen Reihe Wechselstuben etabliert. Junge Männer drücken sich davor herum, sprechen an, versuchen, sie zum Geldwechseln zu überreden. Eine Mark bringt 129000 Kupone.

Vor dem Bahnhof wartet Viktor. Er steht zwischen Frauen, die Schildchen in den Händen tragen: Zimmer zu vermieten.

Ich würde nicht raten, diese freundlichen Angebote anzunehmen, sagt er, als Bella die Vermieterinnen aufmerksam mustert. Kann sein, dass die Frau in Ordnung ist. Sie versucht, ein wenig Geld damit zu verdienen, dass sie ihr Wohnzimmer als Herberge anbietet. Aber ob ihre Familie in Ordnung ist, das weiß man nicht. Für manchen Jugendlichen ist es verlockend, einen Fremden in der Wohnung zu haben, dem man im Schlaf viel Geld wegnehmen kann, verlockender jedenfalls, als Woche um Woche nach Arbeit zu suchen und keine zu finden. Oder eine, die schlecht bezahlt wird.

Bella denkt an das Luxus-Hotel, aus dem die Mehring verschwunden ist, und sagt nichts. Viktor kauft am Bahnhofsbuffet zwei Flaschen Bier und stellt sie auf den runden einbeinigen Tisch, der gerade geräumt wird. Zwei Paare mit zwei riesengroßen, blau und rot gestreiften, ballonförmigen Plastiktaschen haben daran gestanden, sie versuchen jetzt, sich zum Ausgang durchzuschieben. Sie sind nicht die Einzigen, die sich mit den gestreiften Ballons mühsam voranbewegen.

Touristen, sagt Viktor abschätzig. Wir nennen sie Touristen. Sie waren in der Türkei. Da holen sie billige Ware, Kleider, Röcke, Blusen. Hier stellen sie sich auf den Markt oder mieten einen billigen Laden, kaputte Läden sind billig. Da verkaufen sie das Zeug an unsere Leute. Sie verdienen gut daran. Wenn sie anfangen, ihren Laden zu renovieren, kommen die Schutzgeldeintreiber. Wer renoviert, hat Geld. Dann ziehen sie wieder aus und stellen sich auf den Markt. Aber wahrscheinlich müssen sie auch dort schon zahlen.

Wenig Lohn für so viel Mühe, sagt Bella.
Die müssen Ihnen nicht leidtun. Im Grunde sind es gewöhnliche Schieber, die die Kontrolleure an den Grenzen bestechen und unsere eigenen Textilarbeiter arbeitslos machen. Darf ich Sie fragen, weshalb Sie nach Odessa gekommen sind?
Im Grunde bleiben wir beim Thema, sagt Bella. Ich begleite eine deutsche Unternehmerin, die hier produzieren lassen will, Kleider und so, Textilien jedenfalls.
Hat sich rumgesprochen, dass hier die Löhne billig sind, was? Wundert mich trotzdem, dass die Dame deswegen gekommen ist. Wenn sie nicht am Anfang eine Menge Geld investieren will, sollte sie ihr Vorhaben schnell wieder vergessen. Wenn ich noch Zeit hätte, würde ich Ihnen ein paar Textilfabriken zeigen. Das Alter und der Zustand der Maschinen würde Ihnen einiges klarmachen über die Verhältnisse hier. Und wo ist die Dame jetzt?
Sie ist verschwunden, sagt Bella, nun doch bereit, Viktor ihre Geschichte zu erzählen. Es scheint, als sei sie entführt worden.
Viktor sieht sie lange an. Bella hat Zeit, sich an seine runde Brille, an die runden Augen, sein trauriges Gesicht zu gewöhnen. Schließlich sagt er:
Lassen Sie mich raten. Die Firma, die Ihre Deutsche aufsuchen will, heißt entweder Kotow-Moda oder Bunkin-Moda, richtig? Und als Bella nickt: Sagen Sie ihr, ach Verzeihung, es ist ja schon passiert. Ich erkläre es Ihnen: Die beiden Cliquen bekriegen sich zur Zeit. Üblich ist, dass so lange gestochen, geschossen und gebombt wird, bis einer von beiden aufgibt. In der Zeitung heißt es, Bunkin sei am Ende. Aber man weiß nicht, wem die Zeitung gehört. Deshalb sollte man darauf nichts geben. Ein sicheres Zeichen ist es, wenn alles ruhig bleibt. Dann ist tatsächlich einer am Ende. Was man hier durchaus wörtlich nehmen kann. Wenn Ihre Deutsche entführt worden ist, scheint es allerdings, als sei der Krieg noch im Gange. Übrigens ist es gleichgültig, welche der Cliquen gewinnt. Sie sind beide

gleich widerlich, sowohl was ihre Geschäftspraktiken betrifft als auch die Behandlung ihrer Arbeiterinnen. Unsere ruhmreichen Gewerkschaften haben es noch nicht geschafft, sich wieder zu organisieren. Wahrscheinlich sind ihre Anführer Ende der achtziger Jahre an Verfettung gestorben. Einige haben auch eigene Firmen aufgemacht. Die sind natürlich zu gut im Geschäft, um an die Organisierung der werktätigen Massen zu denken. Wenn ich Ihnen übrigens einen Rat geben darf: Warten Sie nicht, bis diese Frau wieder auftaucht. Oder sind Sie für sie verantwortlich? Fahren Sie ab, bevor Sie selbst als Geisel für irgendetwas benutzt werden.
Danke, sagt Bella, ich werd's mir überlegen. Ich hab noch eine Frage. Wo ist die Villa Prijut?
Sagen Sie nicht, dass man Sie dorthin bestellt hat. Die Villa liegt in der Nähe der Großen Fontaine, Arkadia. Nicht zu übersehen, ungefähr das Protzigste, was sich ein Odessaer Kaufmann um die Jahrhundertwende einfallen lassen konnte. Gelb, mit Türmen, Zacken und Zinnen. Jetzt steht sie leer, glaube ich. Falls sie wirklich dorthin wollen, würde ich Sie begleiten. Allein ist es zu gefährlich.
Danke, sagt Bella. Das hat noch Zeit. Ich mag Ihre Augen. Ich würde gern sehen, wie Sie leben. Würden Sie mir erzählen, weshalb Sie keine Zeit mehr haben, mir die Textilfabrik zu zeigen?
Mutter ist in der Klinik, sagt Viktor, ohne auf ihre Frage zu antworten. Sie werden mit mir allein vorliebnehmen müssen. Sie kommt erst gegen zehn Uhr abends. Sie arbeitet zu viel, aber ich kann sie davon nicht abhalten. Vielleicht hat sie recht. Weshalb soll sie zu Hause sitzen. Kaufen Sie eine Flasche Wodka und kommen Sie. Wir nehmen die Bahn.
Die Straßenbahn in Richtung Moldowanka ist in einem erbärmlichen Zustand.
Seien wir froh, dass überhaupt eine Bahn gekommen ist, sagt Viktor. Es geht das Gerücht, die Fahrerinnen der Straßenbah-

nen seien bestochen. Sie sollen unregelmäßig fahren, damit die privaten Busunternehmer mehr Kundschaft haben. Wenn man bedenkt, für welchen Lohn sie arbeiten, könnte man es ihnen nicht übelnehmen. Ich glaube trotzdem nicht dran. Sehen Sie sich diese Bahn an, und Sie wissen Bescheid.

Tatsächlich hält die Bahn unterwegs, und die Fahrgäste steigen aus, ohne zu murren. Die Alten bleiben stehen und warten auf einen Ersatzzug. Die, die noch laufen können, gehen zu Fuß weiter.

Kommen Sie, es ist nicht mehr weit.

Die niedrigen Häuser sind alt und verfallen. Durch breite Toreinfahrten sieht man in grün überwachsene, helle Hinterhöfe. Schönheit und Verfall, dicht nebeneinander. Alte Akazien stehen rechts und links an der Straße, Kopfsteinpflaster, in den Boden eingelassene Geschichte.

Babels Viertel, sagt Viktor.

Zum ersten Mal sieht Bella so etwas wie Stolz in seinem müden Lächeln.

Kennen Sie sein Tagebuch aus Galizien? »Über der Erde eine unaussprechliche Trostlosigkeit, alles ist nass, schwarz, der Herbst, bei uns dagegen in Odessa ...« Jetzt ist hier Galizien. Es heißt, man wird im Winter sechzehn Stunden am Tag den Strom abstellen. Doch – was geht es mich an. Ich gehe weg.

Und Ihre Mutter?

Sie will hierbleiben. Das geht in Ordnung. Sie hat schon andere Zeiten erlebt. Kommen Sie, wir sind da.

Viktor ist in eine Toreinfahrt eingebogen. Sie überqueren den Innenhof. Viktor sucht den Schlüssel hinter einem Fensterrahmen. Bella bleibt stehen und sieht sich um. Zum ersten Mal begreift sie Chagall als einen realistischen Maler. Solche Häuser, solche Höfe hat er gemalt. Aus der Tür des Vorderhauses tritt ein uralter, gebückter Mann. Er bleibt stehen und sieht zu ihnen herüber. Bella nickt ihm zu, aber er gibt nicht zu erkennen, ob er sie gesehen hat.

Früher haben wir am Meer gewohnt, sagt Viktor. Mutter fährt noch dorthin, in ihren Pausen. Ich liebe das Meer nicht. Es ist zu laut. Kommen Sie herein.
Das niedrige Häuschen hat einen steinernen Fußboden, Flur und Küche sind eins, rechts und links davon liegen Zimmer. Viktor öffnet die linke Tür. Bella sieht einen Raum, der an allen vier Wänden bis unter die Decke mit Büchern vollgestopft ist. An der rückwärtigen Wand, die dem Fenster gegenüberliegt, ist Platz für eine Art Bett ausgespart, jetzt, am Tag, ist es als Sofa zurechtgemacht, mit bunten Kissen und einer bunten gestickten Decke bedeckt. Unter dem Fenster steht ein ordentlich aufgeräumter Schreibtisch.
Die werden mir am meisten fehlen, sagt Viktor. Ich kann die Bücher nicht mitnehmen. Im Grunde bin ich schon gar nicht mehr hier. Vielleicht gehören Sie schon zu meinem neuen Leben.
Ein Mann auf der Schwelle zwischen einem alten und einem neuen Leben – der Gedanke ist faszinierend für Bella. Wie funktioniert das – etwas abwerfen, das bisher wesentlich war? Etwas Neues versuchen, etwas, das ohne Beispiel ist und ohne Sicherheit? Das, was die Menschen niedrig hält, klein macht, sie zu willigen Opfern derer macht, die herrschen, ist Angst und das Bedürfnis nach Sicherheit. Sie rennen einer Sache nach, die es nicht gibt. Es gibt keine Sicherheit. Aber man kann den Menschen vorgaukeln, dass es so etwas gibt, und sie davon abhalten, sich zu bewegen.
Ich würde gern wissen, was Sie vorhaben, sagt Bella. Sie trinkt Wodka aus dem Wasserglas, das Viktor aus der Küche geholt hat. Der Schnaps ist warm und schmeckt widerlich. Viktor lässt sich Zeit mit der Antwort. Nachdem sie das erste Glas getrunken hat, ist das Zimmer dunkler, und der Blumentopf auf der Fensterbank wirkt lächerlich.
Ich bin Physiker, sagt er schließlich. Er spricht leise und langsam, so als überdenke er beim Reden seine Sätze.

Ich bin vor ein paar Tagen vierzig Jahre alt geworden. Ich hab in der Rüstung gearbeitet, genauer gesagt, an irgendwelchen Wunderwaffen, die unsere Regierung bis vor kurzem noch für unbedingt nötig hielt. Jetzt gibt es kein Geld mehr dafür. Für mich gibt es Angebote aus dem Westen. Von verschiedenen Seiten übrigens. Von seriösen – soweit man Waffenproduktion als seriös bezeichnen kann – und unseriösen – wenn diese Bezeichnung für international anerkannte Geheimdiensttätigkeit erlaubt ist. Ich habe weder die Absicht, für die deutsche Atomindustrie Lithium 6 zu schmuggeln noch den Amerikanern zu helfen, die dritte Welt in Schach zu halten. Im Grunde gibt es für einen Mann meiner Qualifikation keine Verwendung mehr. Ich gehe nach Sibirien, in die freiwillige Verbannung, sozusagen.
Was werden Sie da tun?
Wissen Sie, dieses Land wird irgendwann von vorn anfangen müssen, wenn es sich seines Säufer-Präsidenten, seiner politischen Scharlatane, seiner Chicago-Boy-Karikaturen entledigt hat. Ich habe überhaupt keinen Zweifel daran, dass die Zeiten sich ändern werden. In Übergangszeiten wie diesen ist es unsinnig, seine Kräfte zu verzetteln, nach Reformen zu schreien, für die falschen Leute seine Fähigkeiten einzusetzen. Der sowjetische Staat hat riesige Summen in die Entwicklung von Wissenschaftszentren gesteckt, Medizin, Physik, Chemie, jede Art der Technologie.
Elektronik ausgenommen.
Ja, vielleicht. Alle diese Zentren liegen mehr oder weniger brach. Die Wissenschaftler werden nicht mehr gefragt, die Arbeiter nicht mehr bezahlt. Irgendwann wird man neu anfangen. Man muss die Bestände sichern, die Leute für ihre Arbeit interessieren, dem Verfall entgegenwirken –
Viktor, Sie sind ein Phantast.
Ja. Trinken wir auf die Phantasten!
Die Fähigkeiten dieses Phantasten sind offenbar nicht auf sibirische Abenteuer beschränkt. Denn während sie sich noch

vorzustellen versucht, wie er reagieren wird, wenn in Sibirien zupackendes Handeln von ihm verlangt wird, nähert er sich Bella auf gerade die zärtlich-melancholische Weise, die zu ihm passt. Seine Hände sind kleine Fahnen der Melancholie auf ihrer Haut. Sein traurig-freundliches Lächeln wandert über die Falten zwischen ihren Brüsten wie ein sanftes Tierchen auf der Suche nach einem Ruheplatz.

Irgendwann ist das kleine Zimmer nicht nur vom Wodka-Blick dunkel. Bella hat kurz geschlafen, merkwürdigerweise im Traum auf einer Südsee-Lagune gelegen, halb im warmen Wasser und von bunten Fischen freundlich umspielt. Sie erinnert sich beim Aufwachen nicht gleich daran, dass sie eine Verabredung hat. Viktor möchte sie begleiten. Sie erlaubt ihm, bis zur Haltestelle der Straßenbahn mitzukommen. Die Straßen sind nicht beleuchtet. Aus wenigen Fenstern dringt Licht. Die breiten Kronen der Akazien rechts und links der Straßen bilden das Dach eines dunklen Tunnels. Sie gehen hindurch, schweigend und sich auf eine bedenkliche Weise nahe.

KRANZ HAT seine Post und einige Zeitungen aus der Hand des freundlichen Briefträgers entgegengenommen, in sein Wohnzimmer getragen und sich an den Tisch gesetzt. Er freut sich auf ein ruhiges, ausgiebiges Frühstück. Sein Blick fällt auf einen Brief, der ihn interessiert. Der Brief enthält die erwartete Vorladung zum Untersuchungsausschuss. Offenbar hat der neue Innensenator ein dringendes Interesse daran, sich der Öffentlichkeit als Saubermann bekanntzumachen. Kranz wünscht ihm dabei Vergnügen. Er ist sicher, dass die Arbeit des Ausschusses die Verhältnisse innerhalb der Polizei weder wirklich berühren noch verändern wird. Während der Ausschuss arbeitet, werden die nächsten Quälereien schon ausgeführt, nicht, oder nur in seltenen Fällen, weil Polizisten bösartiger sind als der Rest der

Bevölkerung, sondern aus Unfähigkeit und im Bewusstsein großer Übereinstimmung mit der Mehrheit der Bürger.
Einen Augenblick lang malt er sich den wahrscheinlichen Ablauf seines Auftritts vor dem Untersuchungsausschuss aus. Der Vorsitzende wird unruhig seine Brille zurechtrücken. Er, Kranz, wird eine glänzende, gutdurchdachte kleine Rede halten. Deshalb wird er dem Vorsitzenden suspekt sein. Der Vorsitzende wird den Verdacht haben, ihm intellektuell nicht gewachsen zu sein. Nichts ist schädlicher für die Rolle eines Ausschussvorsitzenden, als gleich am Anfang der Untersuchungsarbeit für untätig, vielleicht sogar für lächerlich gehalten zu werden. Dagegen ist es wunderbar, nach getaner Arbeit vor die Presse zu treten und bemerkenswerte Kommentare über das Komplizierte bei der Arbeit, über die Unbestechlichkeit der Ausschussmitglieder abgeben zu können; Kommentare, die am nächsten Morgen auf den feingedeckten Frühstückstischen der Leute liegen, die in der Stadt den Ton angeben. Ein einziger Fehler am Beginn der Arbeit kann das Image des Vorsitzenden erheblich schädigen.
Kranz hat ein paarmal die Arbeit von Untersuchungsausschüssen beobachtet. Er weiß daher ziemlich genau, was ihn erwartet. Die Vorsitzenden sind häufig eitel und im Allgemeinen mehr an ihrem Bild in der Öffentlichkeit interessiert als an der Aufdeckung irgendwelcher Ungereimtheiten. Die Opposition hat die Aufgabe, das Funktionieren demokratischer Verhältnisse unter Beweis zu stellen. Da sie durch ihr nahestehende Personen oft in der einen oder anderen Weise in die zu untersuchenden Vorkommnisse verwickelt ist, fällt ihr das nicht leicht. Die Mitglieder der regierenden Partei üben sich, in vollständiger Verkennung der Rolle, die sie eigentlich zu übernehmen hätten, bequemerweise in Stillschweigen. Die Frage, ob sie sich aus Dummheit oder aus taktischen Gründen so verhalten, ist schwer zu beantworten.
Eine besondere Rolle übernimmt der Junior-Partner der Opposition. Wegen objektiver Bedingungen noch nicht in die

Schweinereien verwickelt, die auf dem Weg zur Macht erfolgreich bewältigt werden müssen, spielt er »die einzig glaubwürdige demokratische Kraft«. Oft entscheidet die Geschicklichkeit des Juniors darüber, wann er endlich, gemeinsam mit dem bis dahin offiziell verhassten Senior-Partner, auf der Regierungsbank Platz nehmen kann. Leute, die es wirklich ernst meinen mit der Aufklärungsarbeit eines Untersuchungsausschusses, müssen sich unter diesen Konstellationen über kurz oder lang lächerlich machen.
Kranz ist zu klug, um sich danach zu sehnen. Er spielt lieber Golf als Demokratie. Deshalb wird er seine einleitende Rede kurz halten. Aber er nimmt sich doch vor, seine Meinung über die sogenannte Ausländerkriminalität offen darzulegen.
Zufrieden mit sich und seiner augenblicklichen Freiheit steht er auf und geht noch einmal zur Tür. Das Abkommen mit dem Kaufmannsladen an der Ecke, ihm morgens Brötchen und Milch zu bringen, funktioniert. Arbeitslosigkeit und die Existenzangst der kleinen Geschäftsleute hat längst vergessene Dienstleistungstugenden wieder auferstehen lassen, eine der vielen Annehmlichkeiten, die das Leben für Leute mit gutem Einkommen bereithält.
Beim Tischdecken rutscht unter den Zeitungen ein Umschlag mit schwarzem Rand hervor. Die Karte, die in dem Umschlag steckt, zeigt den Tod von Olga Bulgakowa an. Kranz überlegt einen Augenblick, bevor ihm einfällt, wer die Frau war. Sein Gesicht wird nachdenklich, während er das Frühstück zubereitet und sich dann hinsetzt, um die Karte noch einmal zu lesen.

Wir haben unsere Genossin
OLGA BULGAKOWA
verloren.
Die Trauerfeier findet am 3. Oktober
um 15.00 Uhr auf dem Ohlsdorfer Friedhof,
Kapelle 9, statt.

Anstelle von Blumen bitten wir
um eine Spende für die Aufbauarbeiten
der Partei in Cuba.

Ob man Bella erreicht hat, um ihr den Tod der Mutter mitzuteilen?

Kranz beschließt, auf jeden Fall an der Beerdigung teilzunehmen. Menschen wie sie hat er immer mit heimlicher, wenn auch ein wenig mitleidiger Anteilnahme beobachtet.

Er ist für Bella eingetreten in Zeiten, als die SPD sich ihrer politischen Gegner nicht anders als durch Berufsverbote zu erwehren wusste. Eine Kriminalbeamtin, die eine stadtbekannte Kommunistin zur Mutter hatte, war damals nicht gern gesehen. Natürlich sind sie in seinen Augen lächerlich, diese Kommunisten. Sie schreiben Parolen auf ihre Fahnen, die vor hundert Jahren aktuell waren und vielleicht in zweihundert Jahren in veränderter Form wieder aktuell werden. Aber sie haben so etwas Unbestechliches, so etwas wie einen unveränderlichen Kern, der ihm imponiert. In Zeiten, in denen singende Opportunisten Applaus dafür bekommen, dass sie verkünden, »nur wer sich wandelt, bleibt sich treu«, scheint ihm das eine interessante Eigenschaft zu sein. Sie nötigt ihm Respekt ab.

Er würde wirklich gern wissen, ob die Leutchen Bella erreicht haben, um ihr den Tod der Mutter mitzuteilen. Aber es scheint ihm aufdringlich, anzurufen und sich zu erkundigen.

Er wird an der Trauerfeier teilnehmen. Vielleicht wird er sie dort treffen. Das ist ein erfreulicher Aspekt der Angelegenheit.

Ob sie den 3. Oktober absichtlich zum Trauertag gemacht haben? Nach dem wenigen zu urteilen, was er von Bella über ihre Mutter weiß, würde er der alten Dame durchaus zutrauen, dass sie das Datum selbst festgelegt hat.

BELLA FINDET die Villa Prijut, weil sie es gewagt hat, die Fahrerin der Straßenbahn anzusprechen. Die hat überraschend freundlich reagiert und ihr die Haltestelle genannt, die der Villa am nächsten ist. Als Bella aussteigt, ist nur noch ein Fahrgast in der Bahn, ein alter Mann, der eingeschlafen ist und wohl bis zur Endstation mitfahren wird. Weil die Fahrt nichts kostet, fährt er vielleicht die ganze Nacht, oder zumindest, bis die Bahn eine Pause einlegt. Die Schaffnerin hat gesagt, die Haltestelle sei am Beginn des Parks.

Da steht sie nun, vor einer hohen Mauer, zu hoch und zu glatt, um hinüberzusteigen. Die Straße ist nur spärlich erleuchtet. Menschen sind nicht zu sehen. Sie wird ein Tor oder etwas Ähnliches suchen müssen, um in den Park zu gelangen. Nach ein paar hundert Metern erreicht sie einen Mauerdurchbruch. Rechts und links an der Innenseite der Mauer sind undeutlich zwei Pavillons zu erkennen. Hier war vermutlich früher das Tor, hinter dem die Pförtner saßen und den Herrschaften die Gäste meldeten, nachdem sie sie genau gemustert hatten. Hinter den Pavillons beginnt ein lichter Wald. Im Dunkeln sind hohe Bäume zu erkennen, die in größeren Abständen stehen, dazwischen wachsen Gestrüpp und verwilderte Blumenbeete.

Bella beschließt, auf dem Weg zu bleiben, der undeutlich vor ihr liegt. Sie bemüht sich, beim Gehen keinen Lärm zu machen. Wenn sie behutsam auftritt und die Füße dicht über dem Boden hält, geht sie beinahe lautlos. Langsam gewöhnen sich ihre Augen an die Dunkelheit. Sie versucht, die Umrisse eines Hauses auszumachen, sieht aber lange Zeit nur die dunklen Stämme der Bäume und das Gewirr der Sträucher dazwischen.

Dann plötzlich wird der Kies unter ihren Füßen heller, sie erreicht einen Steinboden, rechts und links erkennt sie die Umrisse großer Figuren, Löwen vielleicht oder irgendein anderes Getier. Da steht sie vor der Terrasse eines riesigen Hauses. Sie hat das Haus nicht gesehen, weil es zu groß war, größer, als sie

erwartet hat, und ohne den Schimmer eines Lichts hinter den Fenstern.
Das Haus macht keinen einladenden Eindruck. Einen Augenblick lang ist sie versucht umzukehren. Dann lächelt sie über sich und steigt langsam, die Vorderfront aufmerksam beobachtend, die Terrassenstufen empor. Die Terrasse ist mindestens fünfzig Meter breit, Säulen stehen herum, von denen der Putz abfällt. Im Hintergrund liegen Fenster und Glastüren. Eine der Türen ist angelehnt, was unter anderen Umständen vielleicht einladend gewirkt hätte. Jetzt, im Dunkeln, in der unbeweglichen schwarzen Stille, die den Park und das Haus umgibt, hat die offene Tür die Wirkung einer Falle. Es dauert eine Weile, bis Bella die Zimmer im Erdgeschoss durchsucht hat. Einige der hohen Türen sind abgeschlossen, andere sind zerschlagen, die Füllungen herausgebrochen. Auch auf der Rückseite des Hauses liegt eine Terrasse. Bella kann jetzt besser sehen. Der Mond ist über dem Meer erschienen. Er zeichnet einen silbernen Streifen auf das Wasser und beleuchtet die rückwärtige Hausfront. Die Türen nach draußen sind verschlossen. Im Mondlicht erkennt Bella eine Freitreppe, die von der Eingangshalle nach oben führt. Da keiner der Räume im Erdgeschoss irgendeinen Hinweis auf die Anwesenheit eines Menschen gibt, beschließt sie, oben weiterzusuchen. Sie geht die Treppe hinauf und öffnet die Tür, die ihr am nächsten liegt. Es riecht anders in dem Raum, sauber, so, als habe jemand Gerümpel weggeräumt und das Zimmer bewohnbar gemacht. Es gibt ein Feldbett, einen Petroleumkocher, eine Kiste, die als Schrank für Lebensmittel und Geschirr dient. Das Zimmer ist sehr groß. Im Mondlicht kann sie gemustertes Parkett erkennen und eine große Rolle, die am Kopfende des Bettes liegt. Es ist niemand da. Eine Möglichkeit, sich verborgen zu halten, gibt es nicht. Bella geht an eines der Fenster. Das Zimmer liegt über der rückwärtigen Terrasse. Der Anblick des Mondes über dem Meer ist überwältigend. Zum Meer hinunter setzt sich der Park fort. Sie erkennt helle,

überwachsene Kieswege und Silberpappeln, die das Mondlicht auffangen und verstärken. Dann hört sie ein Geräusch. Als sie sich umwendet, sieht sie rechts von sich, an einem der hohen Fenster, das Mädchen, die junge Frau, die sie bei sich Dschingis Khans Tochter genannt hat. Sie hat gewusst, dass sie die Frau treffen wird. Aber wieder ist sie überwältigt von ihrem Anblick. Groß steht sie da, schwarz, das Gesicht dem glitzernden Meer zugewandt, in sich versunken, so, als sei sie allein und an eine unsichtbare Kraftquelle angeschlossen. So jedenfalls denkt Bella, bevor ihr einfällt, dass sie Unsinn denkt und sich räuspert, um den merkwürdigen Zauber zu durchbrechen, der sie einen Augenblick lang gefangen gehalten hat.
Die Frau wendet sich ihr zu und lacht. Im Mondlicht kann Bella diesen verrückten roten Keil auf ihrem Kinn sehen. Er wirkt jetzt beinahe schwarz.
Du kannst dich da drüben hinsetzen.
Sie zeigt mit der Hand auf die Schlafstatt. Bella, die plötzlich spürt, dass sie müde ist, geht über den leise knarrenden Parkettboden und lässt sich auf dem Bett nieder. Die Schwarze folgt ihr und setzt sich vor sie auf den Fußboden. Sie trägt eine schwarze Lederjacke und schwarze Lederhosen und Stiefel, vielleicht eine Art Motorradkluft, die an ihr wie ein Kampfanzug wirkt.
Ich bin Tolgonai. Möchtest du etwas trinken?
Bella schüttelt den Kopf. Plötzlich erscheint ihr die Situation hier lächerlich. Sie sehnt sich danach zu schlafen.
Ich möchte zurück in mein Hotel. Sagen Sie mir, weshalb ich hier bin. Danach möchte ich so schnell wie möglich schlafen gehen.
Du suchst deine Freundin. Ich kann sie finden. Dafür sollst du mir einen Gefallen tun.
Welchen Gefallen? Woher wollen Sie wissen, wo Frau Mehring ist?
Ich weiß mehr als die meisten Leute hier. Manche, die dachten, sie würden etwas wissen, denken nicht mehr. Es kann dir egal

sein, woher ich mein Wissen habe. Ich verkaufe es für einen Gefallen.
Verkaufen? Ich bin nicht reich.
Kein Geld. Mein Gott, wenn ich Geld brauche, dann nehme ich es mir.
Was dann?
Ich sage es dir, wenn es so weit ist.
Bella ist verblüfft. Sie weiß nicht, was sie erwartet hat, aber ganz sicher nicht, dass die Frau Bedingungen stellt.
Ich kann nichts versprechen, von dem ich nicht weiß, was es ist. Wie wollen Sie Frau Mehring finden?
Ich weiß, dass es Möglichkeiten gibt. Ich brauche etwas Zeit. Der Mann im Hotel hat keine Ahnung. Er will dich hinhalten. Er hat Angst.
Weshalb sollte er Angst haben?
Er denkt, du könntest zur Miliz gehen. Die Miliz aber kann er in seinem Hotel nicht gebrauchen. Vielleicht weiß er, wo deine Freundin ist. Aber er wird es dir nicht sagen, denn er hat Angst vor den anderen.
Wenn Sie mir sagen, wo wir Frau Mehring finden, werde ich Ihnen vielleicht helfen.
Die Frau sieht Bella ins Gesicht und lacht. Sie lacht unbekümmert, laut, freundlich und gleichzeitig verächtlich. Zum ersten Mal in ihrem Leben fühlt sich Bella alt. Sie spürt, dass sie wütend wird. Menschen, die andere klein machen, hat sie noch nie leiden können. Sie steht auf, ein mühsameres Unterfangen, als sie geglaubt hat. Das Bett ist sehr flach.
Warte, ich hab was für dich.
Die Frau streckt sich, angelt die Kiste heran, die am Kopfende des Bettes steht und wühlt darin herum. Sie findet, was sie sucht, springt auf und hält Bella etwas hin, das wie ein kleines Buch aussieht.
Hier, das habe ich aus dem Zimmer deiner Freundin. Sie hat es dort vergessen. Ich kann es nicht lesen. Ein Freund hat mir

gesagt, was drin steht. Er sagt, damit kann man bei euch in Deutschland Geschäfte machen. Ich mache keine Geschäfte. Ich nehme mir, was ich brauche. Für dich kann es nützlich sein. Nimm es. Du sollst es lesen. Ich werde deine Freundin finden und sie befreien, wenn du es willst. Wir treffen uns wieder. Ich sage dir, wo sie ist. Du liest das Buch. Wir werden uns einig.

Bella nimmt das Buch aus der Hand von Tolgonai und versucht zu erkennen, was darin steht. Sie sieht, dass es sich um eine Art Tagebuch handelt, ein engbeschriebener Taschenkalender von neunzehnhunderteinundvierzig. Die Schrift ist deutsch. Sie ist müde. Die Frau und ihre schwarze Schönheit wirken plötzlich unglaubwürdig. Sie wird das Buch nehmen und verschwinden. Ins Bett, das ist alles, was sie jetzt will.

Sie behält das Buch in der Hand, geht zur Tür. Dann blickt sie sich um. Dschingis Khans Tochter steht im Mondlicht, mitten im Raum, kaut irgendwelche Kerne und spuckt die Schalen im Bogen auf das Parkett.

In Ordnung, sagt sie. Wie viel Zeit brauchen Sie, um Frau Mehring zu finden?

Wir sehen uns in drei Tagen, nachts, hier.

Eine Schale fliegt bis vor Bellas Füße. An Bellas Gesicht ist zu erkennen, dass ihr die Aussicht auf einen weiteren nächtlichen Ausflug in die Villa Prijut nicht verlockend erscheint. Sie antwortet nicht.

Ich komme ins Hotel. Aber es geht nur nachts.

Gut, sagt Bella, in drei Tagen, nachts, im Hotel.

Sie verlässt das Zimmer. Tolgonai bleibt zurück.

Während sie sich die Treppe hinuntertastet, der Mond ist höher gestiegen und leuchtet nicht mehr ins Haus, versucht sie, das Gefühl zu ergründen, das in ihr entstanden ist. Sie empfindet so etwas wie eine Niederlage, obwohl es keinen Anlass dafür gibt. Sie hasst sich, weil sie den Verdacht hat, dass sie, ohne es zu wollen, auf den allgemeinen Jugendlichkeitswahn hereingefallen ist. Sie findet sich mickrig und schäbig, und ihre Mü-

digkeit kommt ihr vor wie eine Vorbotin des Todes. Sie ist auch enttäuscht, auf eine unbestimmte Weise enttäuscht. Was war das für eine Rolle, die neben dem Bett gelegen hat? Das Ding sah aus wie der Köcher eines Bogenschützen. Würde gut zu ihr passen, ihre Feinde mit Pfeil und Bogen zu erledigen. Ob um diese Zeit überhaupt noch eine Straßenbahn fährt?
Sie wird nicht noch einmal zu Kotow-Moda oder zu einer der anderen Firmen gehen, deren Namen ihr die Mehring gegeben hat. Es gibt keinen Grund, an dem zu zweifeln, was Viktor über den Krieg zwischen den Firmen sagte. Zweifel hat sie allerdings mehr als zuvor an den Gründen, die die Mehring hergeführt haben. Sie hat die Zweifel von Anfang an gehabt. Jetzt kommt es ihr vor, als habe sie, in dem dringenden Verlangen, ihr Haus und ihr altes Leben zu verlassen, leichtsinnig darauf verzichtet, sich besser zu informieren über das, was ihr bevorstehen könnte.
Bella bleibt stehen. Hat sie eben gedacht: das alte Leben verlassen? Ja, aber sie ist zu müde, um den Gedanken weiter zu verfolgen. Sie hört ein näher kommendes Klirren und Rumpeln und Kreischen, sieht in der Ferne ein beleuchtetes Etwas, beginnt zu laufen und erreicht mit letzter Kraft die Straßenbahn. Die Fahrerin von vorher sitzt am Steuer. Der alte Mann schläft noch immer auf der letzten Bank. Fast, als käme ich nach Hause, alles ganz vertraut, denkt Bella. Merkwürdig, was für unterschiedliche Dinge bei Menschen ein Wohlgefühl auslösen können.
Tolgonai hält sich nicht damit auf, Bella nachzusehen. Sie liegt auf dem Bett, kaut Sonnenblumenkerne und wartet. Sie wird erst zu Mascha gehen, wenn nicht mehr so viele Säufer und Schieber in der Bar herumsitzen. Der Geruch dieser Leute bereitet ihr Übelkeit. Sie versteht nicht, dass Mascha es aushält, dort zu arbeiten. Gut, sie hat ein Kind. Aber sie könnte Mascha für das Kind Geld geben. Es ist einfach, das Geld von den Leuten aus den Wechselstuben zu nehmen. Mascha hat zu viel Angst. Diese Frau eben hatte keine Angst. Aber sie ist auch

nicht mutig, sie ist ein bisschen komisch, Tolgonai sucht nach dem richtigen Wort dafür, aber das richtige Wort fällt ihr nicht ein.

Irgendwann wird diese Frau ihr helfen müssen. Sie weiß, dass es nicht mehr lange dauern kann, bis die Miliz ihre Spur gefunden hat. Am Anfang hat man in der Zeitung darüber geschrieben, nicht über sie, aber über die Dinge, die sie getan hat. Seit ein paar Wochen steht nichts mehr in den Zeitungen. Vielleicht, weil man die Schieber in Sicherheit wiegen will. Vielleicht auch, um sie in Sicherheit zu wiegen. Tolgonai spuckt mit verächtlichem Gesicht ein paar Schalen auf den Boden. Die haben sich getäuscht, wenn sie denken, sie wäre zu fassen. Die Halle, in der Bunkin die Frauen arbeiten ließ, hat sie sich genau angesehen. So soll man Menschen nicht arbeiten lassen. Und man soll nicht versuchen, sie zu betrügen. Der versucht es nicht mehr.

Zuerst hat sie die Geschichte nicht geglaubt, die ihr die Frauen erzählt haben. Dass er die Arbeiterinnen, die hübsch und jung sind, in sein Haus einlädt und sie seinen Freunden anbietet. Dass die, die nicht mitmachen, entlassen werden. Dann hat sie sich selbst überzeugt. Es ist ihr nicht schwergefallen, bei Bunkin Arbeit zu finden. Es hat auch nicht lange gedauert, bis er auf sie aufmerksam geworden ist. Bunkin ging oft durch den Betrieb, immer darauf bedacht, die Frauen zur Arbeit anzutreiben und dabei einen Blick auf die Neuzugänge zu werfen. In dem Umschlag, der ihren Lohn enthielt, fand sie den Zettel, von dem die Frauen gesprochen hatten.

Am Abend ist sie in das Haus gegangen, in dem man sie erwartete. Sie hatten sich etwas Besonderes ausgedacht. Ein großes Essen sollte serviert werden, die Töpfe und Schüsseln standen in der Küche. Da lagen auch weiße Schürzen. Bunkin selbst kam in die Küche und befahl ihnen, nur mit den Schürzen bekleidet, das Essen aufzutragen. Sie hat nicht lange überlegt. Eigentlich wollte sie die Männer sehen, die zu Bunkin gekommen waren.

Aber um den Preis der Erniedrigung wollte sie sie nicht sehen. Ihr Versuch, die Frauen dazu zu bringen, Bunkins Gästen die heiße Suppe über die Köpfe zu schütten, misslang. Es war nicht einfach gewesen, das Haus unbemerkt zu verlassen.
Draußen hatte sie gewartet, bis es hell wurde. Als die Arbeiterinnen im Morgengrauen vor die Tür getreten waren, hatten sie ausgesehen wie Gespenster, denen die Rückkehr in ihr fremdes Land verwehrt war. Sie hat die Frauen mit dem Auto nach Hause gebracht. Sie haben nicht gesprochen, waren müde, nahmen ihr übel, dass sie gegangen war. Dann ist sie selbst nach Hause gefahren. Erst unterwegs begriff sie die Bedeutung der Brandflecke, die sie bei einer von ihnen auf den Unterarmen gesehen hat. Das war der Augenblick, als sie den Entschluss fasste, Bunkin zu töten.
Wo haben sie diese Deutsche versteckt? Sie wird Mascha fragen, was in der Bar gesprochen wird. Es gibt noch ein paar andere Bars, in denen sie fragen wird. Die Frauen hören viel.
Auch von Bunkin hat sie in einer Bar gehört. Sie erinnert sich an sein fettes Lachen. Dass er sich mit Sergej treffen wollte, hat ihr Mascha gesagt. Mascha weiß noch gar nicht, was ihm passiert ist. Wenn sie es Mascha sagt, wird sie sich wieder fürchten. Sie wird Mascha nichts sagen. Weshalb ist die Miliz noch nicht auf ihr Versteck gekommen? Sie wird den Schlafplatz wechseln müssen. Es gefällt ihr hier, in dem großen leeren Haus am Meer. Da, wo sie herkommt, ist Wasser kostbar. Einen Augenblick lang denkt sie an ihr Land, an die Felder, die nicht geerntet werden, weil die Maschinen nicht mehr fahren, an die stinkenden Leiber der Fische. Sie riecht den Gestank der Verwesung, wenn sie es will. Manchmal riecht sie ihn auch an Menschen, die noch leben. Bunkin hat so gerochen. Und noch ein paar andere, bevor sie dafür gesorgt hat, dass man sie begräbt und ihr Gestank von der Erde verschwindet. Es gibt einen Zusammenhang zwischen dem, was sie tun und wie sie riechen. Sie findet es merkwürdig, dass niemand außer ihr diesen Zusammenhang

zu kennen scheint. Darüber spricht sie nicht, auch nicht zu Mascha. Bei Mascha wird sie nicht wohnen. Das ist zu gefährlich. Wenn der Mond am rechten Fenster verschwunden ist, kann sie gehen. Sie fasst nach der Pistole in der Jackentasche. Sie wird das Auto nehmen. Die Miliz traut sich nicht, den Wagen anzuhalten. Sie hat einen neuen, deutschen Sportwagen. Wer solche Autos fährt, wird nicht überprüft. Vor ein paar Tagen haben zwei unerfahrene Milizionäre einen großen Mercedes angehalten. Als sie die Papiere der Insassen überprüfen wollten, hat man sie einfach erschossen. Die Miliz kontrolliert nur kleine, schäbige Autos. Viele Fahrer haben keinen Führerschein. Manchmal ist es teurer, einen Führerschein zu bekommen als ein altes Auto.

Der Wagen steht auf der Straße hinter dem Haus. Tolgonai fährt langsam am Meer entlang, den Arm auf das heruntergelassene Fenster gelegt. Rechts liegt das Meer. Die funkelnde Mondstraße weist in die Bucht unter dem Steilufer. Über dem Wasser ist es so hell, dass sie weit vorn die Umrisse der Hafenanlage sehen kann. Toter Hafen – tote Stadt. Nur sie und das Auto sind lebendig. Leicht klopft sie mit der linken Hand auf das Türblech. Irgendwann wird jemand den Wagen stehlen, trotz der Alarmanlage. Sie wird den Dieben nicht hinterherlaufen. Sie wird ein anderes Auto nehmen, wenn sie eines braucht.

Als sie die Puschkinstraße erreicht, zeigt ihr ein Blick auf das Armaturenbrett, dass es zwei Uhr ist. Sie parkt das Auto in einer Nebenstraße, dicht an der Krasnaja-Bar. Die Bar wird sie durch einen Hintereingang betreten. Es stört sie nicht, dass sie dabei an überfüllten Mülltüten vorbeikommt. Ein paar Katzen springen ihr kreischend vor die Füße. Sie fühlen sich bei ihrer nächtlichen Mahlzeit gestört. Die Hintertür ist von innen durch einen Haken am Türrahmen befestigt. Mit einer Haarnadel hebt sie den Haken an und hängt ihn sorgfältig wieder ein, als sie eingetreten ist. Sie bleibt stehen, um sich zu orientieren. Einen kleinen Augenblick ist sie unaufmerksam, spürt den Mann

nicht, der hinter der Tür gestanden hat. Es gelingt ihm, seinen Arm um ihren Hals zu legen, bevor sie sich wehren kann. Dann rutscht sie unter ihm weg, wendet sich um und schlägt ihn mit einem harten Handkantenschlag unterhalb des Ohrs zu Boden. Er sackt vor ihr zusammen, ohne einen Laut von sich zu geben. Mit mir musst du vorsichtig sein, mein Lieber.
Sie steigt über ihn hinweg. Seit nachts die Bars überfallen werden, haben manche Chefs angeordnet, die Hintereingänge zu bewachen. Durch einen Spalt zwischen den Vorhängen betrachtet sie den Betrieb in der Bar. Es sind mehr Tische besetzt, als sie gedacht hat. Sie wendet sich ab, stellt im Gang zwei leere Bierkästen übereinander und lässt sich darauf nieder. Sie kann warten.

Auch Kastner hat eine Vorladung zur Anhörung im Untersuchungsausschuss bekommen. Natürlich ist dieser Kranz vor ihm dran. Die hohen Tiere werden sogar da bevorzugt. Oder nicht? Vielleicht ist es gut, dass er nicht als Erster dran ist. Es gibt ein paar Dinge, die abgestimmt werden müssen, bevor er aussagt. Bevor auch seine Kollegen aussagen. Diesen Kranz hat er noch nie ausstehen können. Wozu sie solche Weicheier einstellen, ist ihm nie klar gewesen. Was der aussagt, kann man sich jetzt schon vorstellen. Hat ein Konzept zur Bekämpfung der Drogenkriminalität mit ausgebraten, das nichts taugt, müht sich ab, aus ordentlichen Polizisten Soziallappen zu machen, und steht endlich vor den Scherben seiner Scheißpolitik. Was wird er machen? Über brutale Beamte lamentieren, irgendwelchen »Das-Recht-gilt-für-alle«-Quatsch loslassen und den Saubermann mimen. Leuten wie dem haben wir es zu verdanken, dass die Polizei nicht durchgreifen kann, wie es sich gehört. Natürlich gibt es Methoden, mit dieser Bande von versifften Dealern und schwarzen Kanaken fertigzuwerden. Wenn man sich dabei allerdings ins Hemd macht –
Kastner zieht die Schreibtischschublade auf. Er wirft einen kur-

zen Blick hinein, zögert, nimmt einen flachen Ordner heraus, schlägt ihn auf. Der Ordner enthält Blätter mit sorgfältig aufgeklebten Fotos, einige mit einer Polaroid-Kamera, andere mit Kleinbild-Kamera aufgenommen. Es sind ausschließlich Fotos von Männern. Alle Männer sind Schwarze. Neben den Fotos stehen Zahlen. In der Akte ist kein Text. Kastner betrachtet die Fotos. Langsam überzieht ein Lächeln sein Gesicht, eine besondere Art von Lächeln, böse und zärtlich zugleich. Die Registrierung wird ihm von Nutzen sein. Er schiebt den Ordner zurück und schließt die Schublade ab.
Um ihn herum in der Wache ist es laut geworden. Zwei Polizisten bringen eine Prostituierte herein. Vielleicht hat sie sich bei ihrer Festnahme gewehrt. Die Perücke sitzt schief auf ihrem Kopf. Es sieht aus, als hätte die Frau nicht genügend Zeit gehabt, sich anzuziehen. Vielleicht hat sie auch absichtlich alle Knöpfe und Reißverschlüsse offen gelassen. Hinter ihr und den beiden Polizisten lamentiert ein älterer Mann. Wie üblich geht es darum, dass der Mann sein Geld vermisst.
Bringt sie nach hinten und lasst Wichmann sie durchsuchen.
Wichmann ist im Augenblick die einzige weibliche Polizistin in der Wache. Es gibt noch zwei weitere Frauen, aber die haben sich gerade krankgemeldet. Die Polizisten schieben die Prostituierte vor sich her. Der Freier will sich ihnen anschließen. Kastner hält ihn zurück.
Das lassen Sie mal die Kollegin machen. Setzen Sie sich hin und warten Sie. Wollen Sie Anzeige erstatten? Natürlich will ich das. Sechshundert Mark, da war ihr Lohn schon abgezogen. Glauben Sie, ich verdien mein Geld im Schlaf?
Nee, aber scheint so, als ob Sie es dabei loswerden.
Wie bitte?
Entschuldigung, ich wollte sagen, manche Herren verzichten auf eine Anzeige, wegen des Ärgers zu Hause.
Wieso? Was hat meine Frau damit zu tun?
Er hat keine Lust, diese lächerliche Anzeige aufzunehmen.

Durch die Scheiben hat er gesehen, dass ein Kleinbus angekommen ist. Das ist der Bus, auf den er gewartet hat. Der Blödmann hier wird ihm die Tour verderben. Sein Geld ist doch sowieso flöten. So blöd sind die Weiber nicht, es hinterher mit sich herumzutragen. Und die da hinten schon gar nicht. Die ist sogar besonders anstellig. Es schadet nicht, wenn man im Revier von der einen oder anderen Person mit Informationen versorgt wird. Nicht gut, wenn die Informanten den Eindruck haben, die Polizei lässt sie hängen.

Kastner geht einen Schritt auf den Mann zu. Er gibt seiner Stimme einen vertraulichen Klang.

Wenn ich Ihnen raten darf. Wir haben ja hin und wieder schon solche Fälle gehabt. Bei der da wäre es allerdings neu. Da haben Sie einen guten Geschmack gehabt. Man hört hier ja so einiges. Die – Junge, Junge. Aber das war's nicht, was ich sagen wollte. Es ist nur so, wenn Sie sich das praktisch vorstellen. Sie werden als Zeuge gebraucht. Da kommt die Vorladung vom Gericht. Wer ist zu Hause und nimmt die Post an? Ja. Es gibt ja Frauen, die öffnen jeden Brief. Ihre vielleicht nicht. Aber dann die Verhandlung – woher kommen Sie?

Aus Uelzen.

Kastner spürt, dass er gewonnen hat. Draußen werden seine Bimbos ausgeladen. Er muss sich ranhalten.

Dass Gerichtsverhandlungen öffentlich sind, wissen Sie ja, und in Uelzen liest man doch auch das Hamburger Abendblatt. Ihre Frau oder eine ihrer Freundinnen. Diese Gerichtsreporter schreiben über alles, ohne Rücksicht auf Verluste. Ist ja auch ihr Job. Wir hatten neulich eine Sache –

Ich verzichte, sagt der Mann.

Er ist nicht ganz überzeugt, aber allein die Möglichkeit, dass die Freundinnen seiner Frau über ihn herziehen könnten, hat schon genügt.

Soll sie bleiben, wo der Pfeffer wächst. Ich gehe.

In der Tür gerät er in eine Gruppe Afrikaner, die hereingebracht werden. Kastner hat ihn schon vergessen. Breit lächelnd steht er da und wartet, dass sich die Tür hinter den Schwarzen schließt.

Wo willst du sie hinhaben?

In die Sammelzelle. Sie sollen sich schon mal ausziehen. Ich bin gleich so weit.

Die Männer werden in den Gang geschoben und am Ende in eine Sammelzelle gedrängt.

Ausziehen!

Kastner hört das Kommando. Bis die damit fertig sind, dauert es fünf Minuten. Er hört die schimpfende Prostituierte, die den Gang entlangkommt, die Tür öffnet und, noch immer schimpfend, im Wachraum erscheint.

Ihr seid wohl verrückt geworden. Lauter Bimbos. Wird einem ja schwarz vor Augen. Aber nicht mit mir, das sag ich euch –

Nicht? Ich dachte, das hast du dir gewünscht. Die sollen doch so gut sein. Was ist, wirst du alt?

Die Frau sieht Kastner an und schweigt. Sie schüttelt ihre Perücke zurecht, fährt mit den Händen durch die Haare, bis sie wild vom Kopf abstehen.

Sei du bloß ruhig, sagt sie langsam. Von dir redet man so einiges. Du kannst mich mal gern haben.

Sie dreht sich um und stöckelt zur Tür.

Sag bloß, ich hab dich nicht gern!

Kastner lacht laut, aber sie dreht sich nicht um. Die Tür schwingt hinter ihr hin und her. Kastner sieht durch das Fenster auf die Straße. Aber er kann sie draußen nicht entdecken. Jetzt müsste man hinter ihr hergehen, sie beobachten, und man hätte das Geld, schneller, als sie es sich träumen lässt. Er wendet sich ab. Nacheinander kommen die beiden Polizisten, die die Prostituierte nach hinten gebracht haben, die Polizistin Wichmann und dann die drei Kollegen, die die Afrikaner eingeschlossen haben. Plötzlich ist die Wache voll von Gespräch und Gelächter.

Alles klar dahinten?, fragt Kastner. Na, dann wollen wir mal.
Er verlässt den Raum, geht den Gang hinunter und beginnt zu brüllen. Er betritt den Vorraum der Sammelzelle, sieht die Turnschuhe, die vor dem Gitter auf dem Boden stehen und brüllt lauter. Mit übertriebener Geste hält er sich die Nase zu, greift nach einer Dose Insektenspray und beginnt, die Schuhe zu besprühen. Die nackten Männer wenden ihm den Rücken zu und drängen sich in einer Ecke der Zelle zusammen. Kastner hat die Schuhe eingenebelt und richtet die Sprühdose auf das Gitter.
Herkommen, los wird's bald.
Einer nach dem anderen kommt vor das Gitter und wird eingesprüht. Nach dem dritten Mann, der eigentlich noch ein Junge ist, und dem vor Angst die Zähne klappern, ist die Dose leer. Kastner sieht sich um. Der giftige Gestank in dem engen Raum ist kaum auszuhalten. Er greift nach einer Dose mit Tannennadelduft und sprüht, aber in der Dose war nur noch ein Rest von dem Zeug, das jetzt zusammen mit dem Gift aus der anderen Spraydose eine ekelerregende Mischung eingeht.
Kastner steht und starrt die Männer an, die sich wieder in die Ecke geflüchtet haben.
Anziehen, brüllt er. Wir sehen uns noch.
Er verlässt den Raum, froh, dem Gestank entkommen zu sein.
In fünf Minuten kann der erste der Brüder hier antanzen, sagt er, als er die Wachstube betritt. Jedenfalls ihre Schuhe hab ich schon mal entgiftet. Woll'n wir doch mal sehen, ob wieder einer dabei ist, der glaubt, mich reinlegen zu können.
Er setzt sich an seinen Schreibtisch, zieht die Schublade auf und nimmt den Hefter mit den Fotos heraus. Der erste Afrikaner wird hereingebracht. Sorgfältig betrachtet Kastner das Gesicht des Mannes, der vor ihm steht. Er grinst, als er den Mann auf einer der Fotografien erkennt. Name! Adresse!
Der Mann nennt seinen Namen und den Namen des Containerdorfs, in dem er untergebracht ist. Kastner schlägt einen

zweiten Ordner auf und sucht unter der Nummer, die neben dem Foto steht, die Adresse.
Da kannst du aber von Glück sagen, dass dir die richtige Adresse eingefallen ist. Was glaubst du, was wir mit Leuten machen, die uns anlügen? Was glaubst du, hä?
Der Mann steht eingeschüchtert vor dem Schreibtisch. Seine Augen sind rot vom Gift aus der Spraydose. Er hatte keine Zeit, die Schuhbänder seiner Turnschuhe zuzubinden. Plötzlich beginnt er zu husten.
Wir machen kurzen Prozess mit euch, ruft einer der Kollegen aus dem Hintergrund. Bevor ihr uns hier die Bude verdreckt, machen wir kurzen Prozess mit euch.
Du musst schon Deutsch mit ihm reden, sagt Kastner. Was weiß er, was ein kurzer Prozess ist.
Er fährt mit der Hand über seinen Hals und hält die Hand dann nach oben, um eine Schlinge anzudeuten. Der Mann versteht und sieht sich entsetzt um. Er sieht ein paar lachende Gesichter. Wild entschlossen, sein Leben zu retten, versucht er einen schnellen, unüberlegten Sprung zur Tür. Noch bevor er die Tür erreicht hat, haben zwei Polizisten ihn eingeholt. Es entsteht ein kurzes Handgemenge, bei dem der Mann ein paarmal mit dem Kopf auf dem Tresen aufschlägt.
Schafft ihn nach hinten, sagt Kastner. Aber in eine Einzelzelle. Da kann er sich abkühlen. Und bringt den Nächsten gleich mit.
Die Befragung und Registrierung der Afrikaner dauert länger, als Kastner am Anfang geglaubt hat. Entweder die Leute reden überhaupt nicht oder so ein Kauderwelsch, dass er Mühe hat zu begreifen, was sie sagen wollen. Was er haben möchte, sind stichhaltige Gründe dafür, dass ein Richter sich mit ihnen befasst. Nur so wird man sie eventuell wieder los. Also versucht er, irgendetwas aus ihnen herauszuholen, mit dem ein Richter etwas anfangen kann. Als der letzte Mann vernommen ist, verschließt Kastner missmutig seine Mappen im Schreibtisch. Er

fühlt sich erschöpft, ausgelaugt, trostbedürftig. Er würde gern die Wache verlassen, gegenüber im Bahnhof ein Bier trinken, mit ein paar normalen Leuten reden. Wenn er an den Bahnhof denkt, an die widerlichen Szenen, die sich dort abspielen, weiß er, dass er da nicht stehen kann, ohne sich aufzuregen.
Er verlässt die Wache, steigt in sein Auto und macht sich auf den Heimweg. Wenn es wenigstens Sommer wäre. Er würde sich in den Garten setzen, sein Bier trinken, ein Wort mit den Nachbarn reden. Nein. Mit den Nachbarn würde er nicht reden. Selbst das ist ihm verwehrt. Er erträgt ihr mitleidiges Glotzen nicht. Sie haben alles gewusst, keiner hat ihm etwas gesagt, und jetzt möchten sie ihn bemitleiden. Stimmt übrigens nicht ganz. Einmal, beim Kegeln, hat die Frau des Nachbarn versucht, ihn beiseitezunehmen. Zu der Zeit war er so blind, dass er sie ausgelacht hat. Drei Monate später kam er nach Hause und – Der Gedanke an das Bild, das sich ihm bot, macht ihn jetzt noch krank. Seine Frau in der Küche, ohne was an. Der Kerl oben an der Treppe, ohne was an. Es kommt nicht oft vor, dass er das Bild überhaupt zulässt. Irgendetwas ist mit ihm nicht in Ordnung. Seine Nerven sind dünn geworden. Die Arbeit ist anstrengend und sinnlos. Ja, das ist es. Seine Arbeit ist sinnlos. Er verschleißt seine Fähigkeiten, ohne irgendeinen Erfolg zu sehen. Das ist kein Leben. Im Dienst unzufrieden, zu Hause allein – wo sie wohl abgeblieben ist? Wie oft hat sie ihm versichert, es sei nichts Ernstes gewesen mit dem Kerl. Ob sie zu ihm gezogen ist? Noch mit dem zusammenwohnt? Am Anfang bestimmt. Aber jetzt, nach einem Jahr?
Die Adresse weiß er noch. Peiffersweg. Die Wohnung war im Parterre. Einmal, gleich nachdem er sie rausgeschmissen hatte, ist er dort hingegangen. Gesehen hat er nichts, aber vor Scham ist ihm trotzdem ganz heiß gewesen. Danach hat er sich geschworen, die Gegend zu meiden. Ob sie wirklich noch dort wohnt? Er könnte das Auto an der Fuhlsbüttler Straße stehen lassen und zu Fuß gehen. Jetzt, im Dunkeln, wird in dem einzel-

nen Spaziergänger niemand den verlassenen Ehemann sehen, jawohl, den verlassenen Ehemann, auch wenn er sie rausgeworfen hat. Er kann den Gedanken inzwischen besser ertragen als damals. Er wird an der Wohnung vorbeigehen, vielleicht einen Blick auf das Schild neben der Klingel werfen –

Kastner steuert sein Auto in Richtung Barmbek. Er fühlt sich jetzt besser. Nur, weil er ein Ziel hat?

In der Nähe einer Bahnbrücke stellt Kastner sein Auto ab. Er muss ein paar Schritte zurückgehen, um die Straße zu erreichen, in der er die Wohnung seiner Frau vermutet. Es ist dunkel, auf der Fuhlsbüttler Straße fahren die Autos in Richtung Stadtrand. Misstrauisch mustert er die Menschen, die ihm entgegenkommen. Viele sind es nicht. Wenn die Läden geschlossen haben, gibt es keinen Grund mehr, sich draußen aufzuhalten. Niemand schenkt ihm besondere Aufmerksamkeit. Warum auch. Er ruft sich zur Ordnung, macht den Rücken gerade, steckt die Hände mit einer selbstbewussten Geste in die Manteltaschen. Als er die Straße erreicht hat, die er aufsuchen will, spürt er dennoch ein unangenehmes Gefühl. Es kommt ihm vor, als würde er etwas Verbotenes tun und irgendjemand sei schon da, der ihn dabei erwischen wird.

Die kleine Straße ist leer, notdürftig erhellt von ein paar altmodischen Laternen. Er hat nicht gewusst, dass es solche Lampen noch gibt. Die Dunkelheit hier bedrückt ihn. Nur auf einer Seite stehen Häuser. An der anderen Seite liegt ein hoher Bahndamm. Soll er auf dem Bürgersteig an den Häusern entlanggehen oder auf der Straße, im Schutz des Bahndamms? Er geht nach links, geht am Bahndamm entlang, langsam, er spürt sein Herz.

Die Wohnung war in Nummer 8, rechts im Parterre. Als er den Eingang zu dem Haus erreicht hat, bleibt er, gegenüber und im Schutz des Bahndamms, stehen. Das Fenster ist dunkel. Langsam geht er weiter, wendet sich am Ende der kleinen Straße um und geht zurück, diesmal auf dem Bürgersteig, an den Häusern

entlang. Als er am achten Eingang angekommen ist, klopft sein Herz so laut, dass er es zu hören meint. Er wird die Schilder an der Haustür untersuchen. Wohnen sie noch hier?
Auf dem Bahndamm rattert eine Hochbahn vorbei, während Kastner im Eingang steht und in seiner Manteltasche nach einem Feuerzeug sucht. Das Licht aus den Waggons beleuchtet ihn einen Augenblick. Er findet das Feuerzeug, führt die Flamme an den Schildern neben den Klingelknöpfen vorbei. Unten muss es sein. Im Treppenhaus geht das Licht an. Es fällt durch das schmale Glasfenster der Haustür nach draußen. Nein, so hieß der Kerl nicht. Auch ihr Name steht nicht auf dem Schild.
Hastig verlässt er den Eingang, geht an den Häusern entlang zurück zum Auto. Seine Knie sind weich, sein Herz beruhigt sich nur langsam. Im Auto bleibt er einen Augenblick sitzen, fühlt, wie die Erregung nachlässt, atmet tief. Wie lächerlich er sich aufgeführt hat. Sie ist weg. Was hat er überhaupt von ihr gewollt? Er ist froh, dass sie weg ist. Er ahnt, dass es ihm schwergefallen wäre, sie am Küchentisch mit dem anderen sitzen zu sehen, friedlich beim Abendbrot. Soll sie verschwunden bleiben. Was geht ihn diese Frau noch an. Er steckt den Schlüssel ins Schloss, wendet das Auto und macht sich auf den Heimweg. Er hat keinen Hunger, aber ein Bier kann er gebrauchen, ein Bier oder zwei. Vor dem Fernseher sitzen, bis er müde ist, schlafen gehen.

BELLA VERLÄSST die Straßenbahn am Hauptbahnhof und geht die Richelieustraße hinunter. In der Bahn ist sie beinahe eingeschlafen, nur die kalte Luft, die von draußen durch die zerbrochenen Scheiben hereinkam, und das häufige Husten des Mannes auf der Rückbank haben sie wach gehalten. Nach ein paar Minuten glaubt sie, das Geräusch von Schritten hinter sich wahrzunehmen. Sofort ist sie hellwach. In einer Stadt, in der Konkurrenzkämpfe mit Bomben und Entführungen ausgetragen werden, empfiehlt es sich, vorsichtig zu sein, besonders wenn man nachts allein und auf irgendeine Weise in die Auseinandersetzungen verwickelt ist. Nach einem Augenblick genauen Hinhörens ist sie sicher, dass sie verfolgt wird. Sie fasst in die Innentasche ihres Jacketts. Da steckt das Tagebuch. Niemand kann davon wissen, aber sie hat plötzlich das Gefühl, das Buch verteidigen zu müssen.

Die beiden jungen Männer, die sie angreifen, wollen nicht das Tagebuch, sondern Geld. Es fällt Bella nicht schwer, den Angriff abzufangen und sie nacheinander auf den Boden zu werfen. Im trüben Licht einer Straßenlaterne liegen sie vor ihr, zwischen uralten Gehwegplatten, die sich gegeneinander verschoben haben. Es hat sich angehört, als sei einer der beiden mit dem Kopf auf die Kante einer Platte aufgeschlagen. Bella kniet neben ihm, stellt fest, dass er atmet, ist erleichtert. Der andere, nicht ganz so mitgenommen, versucht, ein Messer zu ziehen. Es bleibt bei dem Versuch. Bella nimmt ihm das Messer ab und steckt es ein. Die beiden Kerle sind jugendliche Straßenräuber, die genauso in Washington oder Paris arbeiten könnten. Weshalb also nicht in Odessa? Bella lässt sie liegen und geht weiter, jetzt schnell und wach. Während des Zwischenfalls sind einige Krähen munter geworden, die die Nacht in den Akazien verbringen. Sie schreien, und Bella hat den Eindruck, als seien die Schreie für sie bestimmt.

Im Hotel ist das Restaurant geschlossen, aber die Bar hat noch geöffnet. Sie geht Licht und Stimmen nach und betritt einen kleinen, dunkel getäfelten Raum. Hinter der Bar steht ein Barmann mit weißer Jacke, davor sitzt ein smarter Typ mit Handy, offensichtlich betrunken, und redet, nicht zum Barmann, sondern zu irgendeiner Frau, die er aus dem Schlaf geholt hat, um dem Barmann und sich selbst zu beweisen, was für eine große Nummer er ist. Den Barmann interessiert die Vorführung of-

fensichtlich überhaupt nicht. Er lächelt Bella an, erfreut, den Hanswurst übersehen zu können.
Geben Sie mir einen doppelten Wodka und etwas Orangensaft, bitte, sagt sie laut. Der Handy möchte sich über die Störung ärgern, ist aber zu betrunken, um länger als zwei Sekunden ein ärgerliches Gesicht machen zu können. Der Barmann stellt das Glas vor sie hin.
Wohnen Sie im Hotel?
Ja, noch ein paar Tage.
Woher wollen Sie das wissen? Hier waren schon Leute, die sind nach ein paar Stunden wieder abgereist. Darf ich Sie fragen, weshalb Sie gekommen sind?
Ich weiß nicht, sagt Bella. Vielleicht gefällt mir Ihre Stadt.
Sie haben Odessa nicht gekannt, als man hier noch leben konnte. »Meine Seele sagt mir, ich muss nach Odessa.« Das was Tschechow. Aber jetzt?
Tschechow starb 1904 – gab es nicht ein anderes Odessa, damals?, fragt Bella.
Ja natürlich. Aber schon ein Jahr später sind die Arbeiter von Odessa auf die Straße gegangen. Ganz in der Nähe begann die Demonstration. Auf der Preobrashenskaja, das war die Champs Elysées von Odessa. Haben Sie über das wunderbare Seegefecht gelesen, das sich die Potemkin mit der kaiserlichen Flotte in unserem Hafen geliefert hat? Stellen Sie sich die kaiserlichen Schiffe vor. Hier die Rotislav, da die Heilige Dreieinigkeit und dazwischen die Potemkin. Die Kaiserlichen haben die Hosen gestrichen voll. Nun kommt –
Der Barkeeper hat drei Gläser auf dem Tresen aufgebaut und beginnt, mit ihnen die Seeschlacht darzustellen. Bella sieht ihm zu. Seine Begeisterung für die Manöver der Potemkin ist ansteckend. Zum Schluss trinken sie auf den Sieg der Roten Matrosen, auch wenn er von kurzer Dauer war.
Und was ist dann aus den Matrosen der Potemkin geworden?
Ach, antwortet der Barkeeper, der zwischen seinen Seeschlacht-

schilderungen noch Zeit gefunden hat, darauf hinzuweisen, dass er Oleg heißt, was wird aus Helden, die zur Unzeit Helden sind? In diesem Fall sind sie zuerst alle zusammen nach Rumänien geflohen. Die Potemkin wurde im Hafen von Constanza versenkt. Die, die es vor Heimweh nicht ausgehalten haben, sind 1908 nach Russland zurückgegangen, einfach auf das Amnestiegerede des Zaren hereingefallen. Ihren Anführer hat man aufgehängt, die anderen nach Sibirien verbannt. Dem anderen Teil der Besatzung haben deutsche Sozialdemokraten geholfen, nach London zu fliehen. Anscheinend konnten sich damals politische Flüchtlinge noch auf Sozialdemokraten verlassen. In London wurden die Matrosen von den Arbeitern wie Helden gefeiert, bevor sie nach Australien ausgewandert sind.

Nach Sibirien – Plötzlich hat Bella keine Lust mehr, dem Barkeeper zuzuhören. Sie zahlt und verlässt die Bar. Oleg sieht ihr nach, ein wenig enttäuscht. Meistens fragen ihn seine Gäste irgendwann, wieso er so gut Bescheid weiß in der Geschichte. Dann hat er Gelegenheit, darauf hinzuweisen, dass er nicht immer in Bars gearbeitet hat. Wenn sie wirklich noch ein paar Tage hierbleibt – Er nimmt sich vor, Bella beim nächsten Mal mit der Lebensgeschichte von Puschkin zu unterhalten. Vielleicht war die Seeschlacht doch nicht das richtige Thema. Irgendetwas Literarisches, Frauen sind eher für solche Sachen zu begeistern. Obwohl er eigentlich nicht den Eindruck hatte, als habe sie sich gelangweilt.

Vor ihrer Zimmertür sucht Bella den Schlüssel in ihrer Jackentasche und findet dabei das Notizbuch. Sie nimmt sich vor, gleich einen Blick hineinzuwerfen, legt es neben dem Bett auf den Nachttisch, schläft aber sofort ein. Nachts wird sie wach, vielleicht, weil sie das Licht auf dem Tischchen neben dem Bett nicht ausgemacht hat. Sie steht auf, trinkt etwas Wasser, das nach Moder schmeckt und ein wenig nach Chlor, und versucht, wieder einzuschlafen. Sie ist sicher, allein im Zimmer zu sein. Das Gefühl von Bedrohung, das sie spürt, muss andere Ursa-

chen haben. Schließlich, als sie spürt, dass sie nicht mehr schlafen kann, versucht sie, sich an Gedichte zu erinnern, an Texte, von denen so etwas wie Trost ausgeht. Es gelingt ihr nicht. Nur Bruchstücke fallen ihr ein, wenige Zeilen, unzusammenhängende Verse, in denen oft von Tod und Vergessen die Rede ist. Es bleibt ihr nichts anderes übrig, als das Licht anzumachen.
Neben der Lampe liegt das Notizbuch. Auf einmal scheint es, als sei die Bedrohung von diesem kleinen, abgegriffenen Buch ausgegangen. Das ist lächerlich. Sie richtet sich auf, stopft das Kopfkissen in ihrem Nacken so zurecht, dass sie bequem sitzen kann, nimmt das Tagebuch zur Hand. Es beginnt mit dem 28. Juni 1941. Für jeden Tag gibt es auf der rechten Seite kleine Eintragungen. Die linke Seite ist frei gelassen. Hin und wieder finden sich dort eingeklebte Fotos, Zeitungsausschnitte oder Zeichnungen. Offenbar war der Mann fast vom Beginn des Russlandfeldzuges dabei. Bella blättert, bis sie das Wort »Odessa« findet, und beginnt zu lesen.

Vor Odessa
15. Oktober 1941: Kam gegen Abend hier an. Man hatte mir versichert, Odessa sei eingenommen, wenn ich käme. Nun heißt es, es dauert noch ein paar Stunden. Die Stadt wird wohl gerade sturmreif geschossen. Nikolajew einzunehmen, klappte schneller! Dort verdankten wir der gründlichen Arbeit von Stroop einige hübsche Szenen, mal davon abgesehen, dass August auch vom Wetter ein angenehmer Monat ist! In Nikolajew gab es wohl kurze Zeit einen Handel mit Pässen, wahrscheinlich von Ärzten organisiert, Juden, natürlich. Sah, wie Stroops Leute vier Stück von dem Gesindel auf einen Lastwagen werfen ließen. Man fuhr sie zum Erschießen. Solche Dinge sind natürlich nur »Nebenprodukte«. Zum eigentlichen Zweck, die überflüssige Bevölkerung zu beseitigen, trägt es ja nur wenig bei. Da waren die Großaktionen in Cherson und Nikolajew schon wirkungsvoller. 22000 waren es dort, die man liquidierte. Die 11. Armee

hat ganze Arbeit geleistet. Auch vor Odessa ist die Stimmung gut, obwohl die Truppen länger brauchen als angenommen. Seit dem 5. August wird die Stadt belagert. Die 9. Armee der Russen operiert hier mit einer Küstengruppe. Aber man versichert mir, die könnten sich nicht ewig halten. Man kann wohl stündlich mit der Einnahme der Stadt rechnen. Man kann es nur begrüßen, dass jedenfalls im Reichskommissariat Ukraine die Juden nicht aus »wirtschaftlichen Gründen« geschont werden. Wenn unsere agrarischen Verhältnisse gesunden sollen, müssen sie so schnell wie möglich verschwinden. Das sieht Stroop schon ganz richtig. Wobei ich ihm sogar zustimmte, als er davon sprach, dass im Altreich nicht nur zu viele unserer Bauern auf zu engem Raum und zu dürftigem Boden säßen. Gibt es doch auch genügend Handwerker, die Arbeit brauchen und die ihnen folgen können. Der Führer soll davon gesprochen haben, auch unsere armen Arbeiterfamilien aus Thüringen und aus dem Erzgebirge herauszunehmen und ihnen große Räume zu geben. Dass der deutsche Mensch zu Größerem bestimmt ist, als in engen armseligen Hütten aufeinanderzuhocken, Kinder zu zeugen, wertvolles Menschenmaterial, das dann nicht ausreichend ernährt werden kann, leuchtet wohl ein.
Die Rumänen halten sich gut. Vielleicht bin ich ihnen gegenüber zu misstrauisch. Hier, bei der Einnahme von Odessa, leisten sie jedenfalls gute Arbeit. Was die weitere Entwicklung betrifft, müssen wir natürlich auf sie achten. Aber das dürfte nicht schwerfallen. Kann man Antonescu denn wirklich ernst nehmen?

16. Oktober 1941
Wir sind in Odessa! Begrüßung durch Ukrainer und Volksdeutsche sehr anrührend. Meine Einschätzung der Rumänen war richtig, tüchtige Soldaten, randvoll mit Hass. Inzwischen hat sich auch schon so etwas wie eine Besatzungsroutine entwickelt. Die Geschwindigkeit, mit der die Militärverwaltung die Regis-

trierungsbefehle für die Juden erlässt (und wie schnell unsere Pappenheimer ihren Stern tragen!) ist schon bewundernswert. Natürlich gibt es immer Gesocks, das dem Befehl nicht gleich folgt. Na ja ... dann geht's eben noch schneller.
Odessa gefällt mir. Die Kommandantur hat ein Haus in der Engelsstraße bezogen, das heißt, ist noch dabei, sich dort einzurichten. Ich ziehe ein Hotel zum Schlafen vor, soll aber auch in der Engelsstraße ein Büro bekommen. Von der berühmten Odessaer Oper bin ich enttäuscht. Sie hat nur ein paar Granaten abbekommen, aber im Grunde habe ich schon schönere Opernhäuser gesehen. Möglich, dass ich auch nicht genug Muße hatte, das Haus zu betrachten. In den Straßen ist es natürlich erst einmal unruhig. Die Einsatzgruppe, die Rumänen, die Polizeibataillone der Ukrainer – ein paarmal war ich Zeuge. Aber die wirklichen Aktionen sind wohl nicht hier, sondern in den Arbeitervierteln und im Viertel der Itzigs. Jedenfalls hört man Schüsse.

17. Oktober 1941/23 Uhr
Die Registrierung läuft perfekt. Anscheinend traut sich das Gesindel nicht, zu Hause zu bleiben. Ist man doch dort auch nicht sicher. Die große Überraschung: Nicht nur die Rumänen, die sich ja immerhin so etwas wie Kriegsbeute versprechen, sondern auch viele Ukrainer sind behilflich. Die Registrierungsstellen sind überlaufen. Wer will, kann überall Schüsse hören. Etwa 4000 Männer bis jetzt sind erledigt worden. Kommunisten und Juden, die wir nun schon mal los sind. Dass das erst der Anfang sein kann, ist klar. Sah eine Szene, die unter anderen Umständen unangenehm hätte sein können. Ein älterer Mann stürzte aus dem Fenster, hatte wohl Schiss vor den Nachbarn. Er lag auf dem Bürgersteig, offenbar schwerverletzt, aber noch lebendig. Neben ihm stand ein bewaffneter Posten, vielleicht wollte man ihn noch verhören. Leute bewarfen den Mann mit Steinen und spuckten ihm ins Gesicht. Er hat's nicht überlebt.

Auf meine Frage, wer der Mann gewesen sei, erfuhr ich, dass es sich um Professor Rabinowitsch gehandelt hat, einen Nervenarzt, Jude natürlich.

18. Oktober 1941
Wie das Kriegshandwerk den Mann adelt, ist jetzt täglich zu bewundern. Obwohl es auch da Unterschiede gibt. Unsere deutschen Männer, jedenfalls die der Einsatzgruppe 11 b, wird man nicht dabei sehen, dass sie über jüdische Weiber herfallen. Anders scheint das bei manchen Rumänen zu sein. Aber will ich sie wirklich verurteilen? Sie üben Gewalt aus, müssen gewalttätig ihre (und unsere!) Interessen durchsetzen. Wie eng Gewalt und gewisse männliche Regungen miteinander verbunden sind, spüre ich manchmal am eigenen Körper. So heute, als ich beschlossen hatte, mir das Judenviertel Moldowanka genauer anzusehen. Primitivste Verhältnisse! Kam in eine Art Innenhof und sah ein paar rumänische Soldaten, die nach versteckten Juden suchten. Die Häuser sind dort klein und ebenerdig. Aus den Fenstern flog allerlei Gerümpel, plötzlich sprangen zwei Mädchen in den Hof. Hinterher die Rumänen, die sich nicht mal die Zeit nahmen, die beiden auf die Matratzen zu werfen, die doch schon ausreichend herumlagen. Ich habe ihnen eine Weile zugesehen. Wie ich zugeben muss, war ich sogar angeregt, bis mir klar wurde, wen die Soldaten da beglückten. Ging dann angeekelt. Will aber nicht verschweigen (nicht vor mir selbst!), dass ich etwas über den Zusammenhang von Gewalt und Trieb gelernt habe. In der Stadt nimmt das Schießen noch zu. Große Horden von unsäglichen Gestalten werden vorübergeführt. Man lässt sie an Evakuierung glauben.

20. Oktober 1941
Erfuhr heute, dass man bisher 61 jüdische Ärzte und ihre Familien liquidiert hat. Hatte ein sehr erhebendes Erlebnis. Auf der Promenade am Meer marschierte eine kleine Gruppe deutscher

Männer, vielleicht zu irgendeinem Auftrag. Sie sangen das Lied, das mir besonders gut gefällt:

Nun laßt die Fahnen fliegen
in das große Morgenrot
das uns zu neuen Siegen leuchtet
oder brennt zum Tod.

Lyrische Stimmungen sind nicht meine Sache. Der Krieg ist ein hartes Geschäft, auch für mich, der ich nicht den Rock des Soldaten trage. Aber manchmal braucht man offenbar so etwas wie eine Gemütserhebung. Wollte Gott, dass sie immer auf ein so reines Bild folgt: singende, marschierende Männer unter dem gelben Laub der Akazien, vor dem Hintergrund eines blaugrauen Meeres.
Fand eine Äußerung von Kinzinger, die er als Armeeoberbefehlshaber getan hat: »Der Ukrainer war und bleibt für uns ein Fremdling. Jede naiv-vertrauliche Bekundung von Interesse gegenüber Ukrainern und ihrer kulturellen Existenz ist schädlich und schwächt jene grundlegenden Charakterzüge, denen Deutschland seine Macht und Größe verdankt.« Der Mann hat recht. Man muss häufiger darauf hinweisen.

21. Oktober 1941
Heute fanden wir zwei Dokumente, die mich noch einmal ins Grübeln brachten. Es handelt sich um zwei Texte, die wohl ein gewissenhafter Parteimensch aufgehoben hat. Ich schreibe sie hier wörtlich ab:
»An Herrn Jossif Stalin
Ich bitte Sie, zu Ihrem sechzigsten Geburtstag meine herzlichsten Gratulationen, verbunden mit meinen besten Wünschen, entgegenzunehmen. Ich wünsche Ihnen persönlich beste Gesundheit und den Völkern der befreundeten Sowjetunion eine glückliche Zukunft.«

So telegraphierte der Führer im Dezember 1939. Wer erinnert sich daran nicht! Das zweite Dokument ist länger, deshalb notiere ich nur den entscheidenden Satz. Am 21. Juni 1941, einen Tag vor Kriegsbeginn mit Russland, gab das Politbüro in Moskau an verschiedene Militärbezirke, so auch an den Odessaer, die sog. Direktive Nr. 1 heraus, von der ich gehört, die ich aber noch nicht gesehen hatte. Der entscheidende Satz: »Unsere Truppen haben die Aufgabe, sich auf keinerlei provokatorische Handlungen einzulassen.«

Sieben Tage danach war bereits Minsk in unserer Hand! Und wir schreiten voran!

Was Odessa betrifft, so komme ich mehr und mehr zu der Ansicht, dass, haben wir erst einmal das Gesindel vertrieben, es sich um eine durchaus europäische Stadt handeln wird, die in das Europa-Konzept des Führers wunderbar passt. Jetzt ziehen natürlich noch die kläglichen Gestalten, bewacht von Soldaten, über die Boulevards. Man befiehlt den Männern, die Arme hinter dem Kopf zu halten und den Weibern, voranzugehen. So sah ich es jedenfalls heute ein paarmal. Schien mir sinnvoll, Ordnung muss sein.

22. Oktober 1941

Wir waren nicht konsequent genug. Heute sprengten Partisanen die Kommandantur in der Engelsstraße. Ich hielt mich im Hotel auf, da mein Dienstzimmer noch nicht fertig ist. 66 deutsche und rumänische Soldaten wurden Opfer des heimtückischen Anschlags. Jetzt werden sie uns kennenlernen!

24. Oktober 1941

Unsere Rache ist grandios. Wohin man geht, wohin man sieht: überall Galgen. Besonders eindrucksvoll: Hier gibt es einen Stadtteil, der Arkadia heißt, in Arkadien hängen nun die Früchte von den Bäumen, allerdings andere als die, die sich die Juden dort vorgestellt haben. Die Straße zum Meer steht voller

Galgen. Da das Aufhängen zu lange dauert, erschießen die Soldaten zusätzlich. Ich sah die beinahe bis zum Rand mit Frauen und Kindern gefüllte Grube, die man in Arkadien ausgehoben hatte. Man befiehlt ihnen, sich auszuziehen und erledigt sie. Jetzt gelten auch keine Sentimentalitäten mehr, man schießt und sticht mit dem Bajonett den Säugling von der Brust der Mutter. Je schneller, desto besser für ihn. 10 000 Juden aus den Gefängnissen gebracht und sie außerhalb der Stadt erschossen.

25. Oktober 1941
Noch immer ziehen Gruppen von Zerlumpten durch die Stadt, gut bewacht ihrem Schicksal entgegen. Das nenne ich Vergeltung! Ein paar tausend Leute außerhalb der Stadt in einen Speicher gebracht und dann in die Luft gesprengt. Die Stadt ist eine Stadt der Erhängten. Den übrigen Bewohnern wird erklärt, die Juden seien schuld am Krieg.

26. Oktober 1941
Eines Tages wird Europa uns danken, auch wenn Gefühlsduselei jetzt noch den Weg dazu verstellt. Wir kämpfen für Europa – mag man uns auch jetzt noch der Härte zeihen.
Für die eigenen Leute bringt die Aufgabe beinahe Übermenschliches. Freimachung der bearbeiteten Räume von Juden, Kommunisten, Partisanen und Schutz und Betreuung volksdeutscher Siedlungen – die Kräfte sind wahrlich angespannt! Ich glaube, dass einige bei Schwerpunkteinsätzen zu viel Alkohol trinken, mehr als die Ration, die täglich ausgegeben wird. Man kann es ihnen nicht verdenken, und solange die Disziplin gewahrt bleibt, wird es gut sein, darüber hinwegzusehen.
Bei einem Kontrollgang geriet ich in einen Keller, in dem rumänische Soldaten sich damit beschäftigten, die dort gefangen gehaltenen Frauen zu vergewaltigen. Es war auch ein deutscher Soldat darunter, der mir versicherte, er habe nicht gewusst, dass es sich um Jüdinnen handelte. Ich ließ ihn laufen, wohl weil ich

mich selbst gerade in einer weichen Stimmung befand. Post von zu Hause! Die liebe, kleine Frau. Wenn sie wüsste, welch unerbittliche Härte nötig ist, um das Neue vorzubereiten, könnte sie ihren Nachbarn noch stolzer gegenübertreten. Die Nachbarn, so schreibt sie, haben die feste Absicht, Wehrbauern im Schwarzerde-Gebiet zu werden. Tüchtige Leute, arm, aber mit dem Willen, für den Führer etwas zu leisten.

Hier befinden sich auf der linken Seite des Heftes zwei dickgedruckte Überschriften, aus der Odessaer Zeitung vom Januar 1942, ausgeschnitten und offenbar später eingeklebt:

Germanien kämpft für Europa
und
Neuordnung in Europa

28. Oktober 1941
Der Befehl Nr. 1, sofort nach Eroberung der Stadt erlassen, hat den Leuten deutlich gemacht, mit wem sie es zu tun haben. Die Todesstrafe gilt, davon kann man sich stündlich überzeugen. Es heißt, dass sich Partisanen in Katakomben unterhalb der Stadt geflüchtet hätten. Heute die Erschießung einiger Frauen, von denen angenommen wurde, die Ausgänge der Katakomben seien ihnen bekannt. Wir erfuhren aber nichts von ihnen. Um die versteckten Juden aufzutreiben, hat es sich bewährt, Handgranaten in die Dachböden zu werfen.

9. November 1941
Ich kritisiere den Führer nicht. Ich stelle nur fest, dass er uns eine sehr schwer zu lösende Aufgabe gestellt hat. Man ist nun auf die Idee gekommen, Frauen und Kinder auf Barkassen zu verladen und sie aufs Meer hinauszufahren. Es dauert etwa eine halbe Stunde, bis sie wieder umkehren und neu beladen werden können. Dass wir vorankommen, daran besteht kein Zweifel.

Natürlich gibt es auch wunderschöne Augenblicke. Zu den schönsten gehört es, mitten im Feindesland auf Deutsche zu treffen. Ihre sauberen Dörfer, die geraden Straßen, weißgekalkte Mäuerchen, ordentlich gezimmerte Zäune – man freut sich einfach, so etwas zu sehen. Hier können noch Tausende von Bauern angesiedelt werden. Dazu muss der Jude allerdings weg. Heute in der Stabsbesprechung wurde bekanntgegeben, dass allein in den ersten Tagen nach dem Anschlag auf die Kommandantur etwa 35 000 Juden in Odessa erledigt wurden. Eine Meldung, der Feierlichkeit des Tages angemessen! Vor achtzehn Jahren erhob die Bewegung zum ersten Mal ihr Haupt, die sich nun anschickt, Europa und die Welt neu zu ordnen. Den Novemberverbrechern von 1918 hat sie ihren Platz hinter Stacheldraht gezeigt.

1. Dezember 1941/Odessa/Slobodka/Rastatt
Dass der Iwan, noch kurz bevor wir hier ankamen, versucht hat, die deutschstämmigen Siedler nach Osten zu verschleppen, steht inzwischen fest. Besonders auf die wehrtüchtigen Männer hatte er es abgesehen. Den meisten ist es gelungen, wieder zurückzukehren. Ihr Jubel, endlich mit Landsleuten zusammenzutreffen, ist groß. Nicht wenige Dorfbewohner sind bereit, uns zu unterstützen. Sie kennen sich natürlich unter der Dorfbevölkerung aus, so dass uns noch so manches Gesindel, das sie versteckt hält, in die Hände fällt. Das Aufräumen geht voran. Im Schnitt erledigen wir drei fremdvölkische Familien für eine volksdeutsche. Die Freude bei der Übergabe von Land und Hausgerät an die volksdeutschen Siedler ist groß. Ihre Wut bei der Mithilfe der Vernichtung der Fremdvölkischen ebenso. Es wird hier von einer Siedlerin gesprochen, die die Köpfe der Kleinkinder an Mauern zerschlug. Mit eigenen Augen habe ich Volksdeutsche mit dem Spaten auf Juden aus dem Dorf einschlagen sehen.

18. Dezember 1941
Weihnachten rückt näher, diesmal bin ich nicht bei den Lieben daheim. Gab ein Paket mit, auch eine Gans. Bei den frostigen Temperaturen, sagte mir der Feldpostmann, würde alles gut ankommen.

Januar 1942/Odessa/Domanewka
Unter den Volksdeutschen sind Handwerker: Maurer, Ofensetzer, Maler, Tischler, sogar Krankenschwestern. Sie könnten noch nützlichere Dienste leisten, wenn ihre Kenntnisse der deutschen Sprache besser wären. Seit kurzem gibt es aber Deutschlehrgänge.

Hier befindet sich auf der linken Seite des Tagebuchs ein Zeitungsartikel, ausgeschnitten aus der Odessaer Zeitung:

> Sprachunterricht für Volksdeutsche
> Wir lernen deutsch: Lektion 1
> antreten
> stillgestanden
> links
> rechts
> Gleichschritt
> wegtreten
> Stiefel putzen
> schnell
> fertigmachen
> laufen
> melden
> Baracke

Die Befürchtungen, die vor Beginn des Ostfeldzuges mancherorts laut wurden, dass nämlich das hiesige Deutschtum innerlich bolschewisiert sein könnte, haben sich im Übrigen als völlig unbegründet erwiesen. Wohl gibt es ein paar Überläufer, aber mit denen werden wir schnell fertig, soweit sie nicht schon selbst das Weite gesucht haben. Die Masse aber ist in Ordnung. Besuchte das Lager in Domanewka, Frost, primitivste Anlage, aber großes Lager. Viel Futter für die Dorfköter. Ein Rumäne erzählt mir lachend: »Die Köter von Domanewka werden fett wie Hammel.« Merkwürdige Vergnügungen: Man lässt einen alten Itzig mit einem jungen Mädchen tanzen und erhängt anschließend beide.

Januar 1942/Odessa
Das Reich schickt Zeichnungen von Wehrbauernhöfen. Das sieht auf dem Papier gut aus. Schwieriger ist es, unsere Volksdeutschen, die zu lange unter Russen gelebt und zu viel von ihnen angenommen haben, für den Aufbau von Wehrbauernhöfen zu gewinnen. Es sind doch viele unter ihnen, deren Deutschtum zerbrochen ist und die kaum mehr zu selbständiger Arbeit fähig sind. Besonders die Jugend macht Sorgen. Ihr Deutschtum ist völlig verschüttet, Hände bleiben in den Hosentaschen, unordentliches Tragen der Schildmützen, allgemein schlaffe Haltung stelle ich an ihnen fest. Viele haben noch nie ein Bild des Führers gesehen. Auch die Arbeit haben sie nicht erfunden. Manche meinen, es reicht, wenn sie die Häuser ihrer früheren Nachbarn in Besitz nehmen. Das allein ist aber nicht Deutschtum, und deutsches Bauernwesen schon gar nicht. Meine Aufgabe ist nicht einfach. Aber der Mensch wächst mit seinen Aufgaben. Und wenn die Leute hier erst mal richtig Deutsch gelernt haben, wird es besser gehen. Noch ist die Lage zu unsicher, um Bauern aus der Heimat hier anzusiedeln. Aber die sollen das Terrain gut vorbereitet finden!

30. Januar 42/Odessa
Vor neun Jahren Triumphzug in Berlin. Der Tag eignet sich zum Bilanzieren: Unser Lagersystem funktioniert. Ca. 18000 Juden

aus Odessa in Domanewka erledigt. Eine Kette von Lagern: Dalniki, Sortirowotshnaja, Beresowka, Suchije Balki, Slobodka, Rastatt, Worms, München – vom Schwarzen Meer bis zum Bug wird gearbeitet. Allein in Bogdanowka 54 000. Beresowka haben wir zur Verladestation gemacht. Man kippt sie aus den Waggons und verbrennt sie lebend. Die, die noch ein paar Wochen arbeiten können, werden aussortiert. Die Zusammenarbeit mit den Rumänen klappt. Die deutschen Siedler sind beim Aufbau. Manchmal auch die konsequentesten Henker. Aber ich glaube, Koch hat recht: »Wir sind ein Herrenvolk, das bedenken muss, dass der geringste deutsche Arbeiter rassisch und biologisch tausendmal wertvoller ist als die hiesige Bevölkerung.«

Mehr und mehr wird mir im Übrigen klar, dass es schwer sein wird, die Volksdeutschen davon zu überzeugen, dass ihr Platz hier ist: Viele wollen ins Reich, weil sie hier gelitten haben. Man muss sich hüten, ihnen Versprechungen zu machen oder Verpflichtungen einzugehen. Wir haben nicht die Absicht, diese Menschen ins Reich zu holen. Hier sind sie nützlicher. Ebenso wenig, wie wir vorerst daran denken, die Kolchosen aufzulösen und sie zu Einzelbauern zu machen. Derlei Umgestaltung bringt einen Rückgang an Ernteerträgen, den wir uns in Kriegszeiten nicht leisten können.

Der Führer hat, mit der ihm eigenen Deutlichkeit, unsere Aufgabe noch einmal charakterisiert. In der Odessaer Zeitung las ich in seiner Rede, dass im neuen Europa das Skelett eines Juden eine Rarität in einem archäologischen Museum darstellen wird. Wohl wahr.

Schön, dass wir uns von hier aus mit guten Beiträgen an den Sammlungen des Winterhilfswerks beteiligen können. Unsere Soldaten verdienen jede Unterstützung. Russland ist kalt. Die Kälte ist aber nicht der einzige Feind. Das Partisanunwesen nimmt zu. Wohnte, wohl der letzte Akt meiner Tätigkeit hier, der Hinrichtung zweier Jüdinnen bei, die Flugblätter gedruckt hatten. Man hat sie aufgehängt. Sie sahen aus, als spürten sie nichts mehr. Man hatte sie gründlich vorgenommen. Morgen geht es weiter nach Norden. Odessa hat mir gefallen. Die Rumänen gaben mir zum Abschied ihren Orden, Auszeichnung im Kampf gegen den Kommunismus. Aber trotzdem hatte ich oft das Gefühl, nicht für uns zu arbeiten. Antonescu-Stadt, wie sie Odessa nennen, soll von jetzt an erst einmal ohne mich auskommen. Für mich beginnt Deutschland in Nikolajew, das zu den deutschen Siedlungsstützpunkten gehören wird. Aufbauarbeit mehr als genug. Europa soll es uns danken.

Dein Mantel ist grau, Bella, abgerissener, langer Soldatenmantel. Groß bist du, Bella, sehr groß in dem langen Mantel. Was tust du an dieser Haustür. Du bist eine Mörderin. Jetzt öffnet die Frau ihre Tür, und du schlägst sie tot. Du bist groß. Du hast sie erschlagen. Du bist eine Mörderin. Mord ist ein furchtbares Verbrechen. Es tut dir nicht leid, Bella. Du hast kein schlechtes Gewissen. Du bist ruhig und entspannt. Unter den Sträuchern neben der Haustür verscharrst du die Erschlagene. Geh weiter, Bella. Dein langer Mantel schleift über den Boden. Dein langer, grauer Mantel. Geh weg, Kind, mach Platz. Geh zur Seite, Kind. Ich schlag dich tot, Kind. Ich habe das Kind erschlagen. Ich bin eine Mörderin. Der Himmel ist gelb, dunkel ist die Erde. Jetzt hast du Angst, Bella. Du bist eine Mörderin. Sie werden dich fangen. Das Kind, es muss verschwinden. Nimm es mit, Bella. Leg es in die Karre. Leg es auf den Bauch, dass sie sein totes Gesicht nicht sehen. Geh mit den anderen, Bella, da, in den Strom der Menschen reih dich ein. Du bist wie sie, Bella. Geh den Hügel hinauf. Nach oben, Bella. Niemand entdeckt das tote Kind in der Karre. Oben bist du gerettet, Bella. Nach oben, den Hügel hinauf. Niemand achtet auf dich und das tote Kind in der Karre. Nein! Nein! Das Kind hebt den Kopf, kein Kopf, lila-blaue, schwammige, fürchterliche Masse, blauer Brei. Nein! Nein! Sei still, Kind, schrei nicht, Kind. Es schreit, der

Brei schreit. Alle sehen die schreckliche Leiche. Lauf, Bella, lauf den Hügel hinab. Schütte das Schreiende aus der Karre. Schlag es tot, schlag mit dem Spaten, schlag, schlag, es soll still sein, es soll still sein, es soll still sein. – Es ist still. Du bist eine Mörderin, Bella. Sie kommen, dich zu holen. Sie sind schon da. Du bist eine Mörderin.
Jemand klopft an die Tür, hämmert dagegen. Das Zimmer ist dunkel. Graues Licht dringt durch die Ritzen der Vorhänge.
Bella, öffnen Sie. Ich bin es, Viktor. Bella, öffnen Sie. Ist alles in Ordnung?
Ja, einen Augenblick, bitte.
Dieser widerliche Klumpen, der schreiende Klumpen in der Karre. Wo ist das Nachthemd. Nicht die Vorhänge öffnen. Ich kann das Licht nicht ertragen.
Bella geht unsicher zur Tür. Ihr ist übel. Sie öffnet und sieht Viktors freundliches, besorgtes Gesicht. Sie beginnt zu schwanken. Viktor tritt ein, stützt sie, begleitet sie ins Bad, zieht sich zurück und schließt die Tür hinter sich. Es dauert lange, bis Bellas Magen sich beruhigt hat. Sie putzt sich die Zähne, geht unter die Dusche, kommt, in ein Badelaken gewickelt, zurück. Viktor hat die Vorhänge geöffnet. Graues Licht, auch jetzt, keine Sonne.
Wie viel Zeit haben Sie noch?, fragt sie.
Ich weiß nicht, ein paar Tage vielleicht. Eigentlich bin ich reisefertig. Weshalb fragen Sie?
Ich werde eine Reise machen, antwortet Bella, eine Reise in die Umgebung von Odessa. Ich werde die nächsten drei Tage nicht hier sein. Wir müssen uns vorher verabschieden.
Wohin wollen Sie? Sie sehen aus, als sollten Sie besser im Bett bleiben.
Die Frau, die verschwunden ist, sagt Bella, ich glaube, ich weiß, wo ich sie suchen muss. Da auf dem Schreibtisch liegt eine Liste, die sie mir gegeben hat. Oben stehen ein paar Firmen, die wir aufsuchen wollten. Dann folgen verschiedene Ortsnamen.

Das sollte unser touristisches Programm sein. So war jedenfalls ihr Plan.
Viktor geht zum Schreibtisch, nimmt die Liste in die Hand, liest.
Die Mode-Firmen werde ich mir schenken. Ich glaube nicht, dass ich dort noch etwas erfahre. Ich glaube, dass ihr wirkliches Ziel diese Orte waren. Vielleicht war die Entführung nur vorgetäuscht.
Oder jemand wollte verhindern, dass sie diese Orte aufsucht, sagt Viktor langsam.
Er sieht immer noch auf die Liste. Unmöglich kann er so viel Zeit zum Lesen brauchen.
Sie wissen, was dort geschehen ist?, fragt Bella.
Früher hat das hier jeder gewusst, antwortet Viktor. Heute spricht man nicht mehr davon. Kann sein, dass es hinderlich ist, zum Beispiel beim Kontakt mit dem reichen Deutschland.
Wer hat Ihnen gesagt –
Da, Bella weist auf das Tagebuch, das vor dem Bett auf dem Fußboden liegt.
Das da hat sie bei sich gehabt. Es sind dieselben Orte, die im Tagebuch erwähnt werden. Ich habe es gelesen, heute Nacht. Als Sie kamen, hatte ich gerade einen Albtraum. Es war schrecklich, aber er war dem, was ich gelesen habe, nicht angemessen.
Wer hat Ihnen dieses Buch gegeben?
Bella kommt Viktor zuvor, der zum Bett gegangen ist und das Buch aufheben will. Er hat es schon in den Händen, schlägt es auf, aber Bella nimmt das Buch an sich, als wolle sie das Furchtbare verstecken.
Das müssen Sie nicht tun, sagt Viktor. Meine Mutter und ich sind die Letzten, die von unserer Familie noch leben. Ich weiß, was geschehen ist. Woher haben Sie es?
Die Mehring hat es im Hotel liegen gelassen, sie oder ihre Entführer. Die Frau, die ich in der Villa Prijut getroffen habe, hat es mir gegeben.

Sie sind entschlossen zu fahren?
Ja, sagt Bella. Ich behalte das Zimmer. In drei Tagen will ich zurück sein. Wenn Sie dann schon weg sind – Ich werde Sie begleiten, sagt Viktor. Ich werde ein Auto besorgen und Sie begleiten. Haben Sie Geld? Ein Auto bekommen wir nur für Geld, richtiges Geld, meine ich.
Wie viel brauchen Sie?
Ich weiß nicht. Hundertfünfzig Dollar, vielleicht mehr. Haben Sie etwas dagegen, dass wir am Krankenhaus vorbeifahren? Ich möchte meiner Mutter Bescheid sagen.
Nein, sagt Bella, natürlich nicht. Die Dollar sind kein Problem. Wird es lange dauern, bis Sie ein Auto aufgetrieben haben?
Nein, sagt Viktor. Ich weiß jemanden in der Nähe, der davon lebt, sein Auto zu verleihen. Nur hat er selten Kunden.
Er geht hinaus, ohne sich zu verabschieden. Bella tritt an das Fenster und sieht hinunter auf die Promenade. Da werden sie marschiert sein. »Nun lasst die Fahnen fliegen.« Vielleicht hat der Mann, der die Soldaten beobachtet hat, hinter diesem Fenster gestanden. Es war Herbst, wie jetzt. Die gelben Blätter lagen auf dem Boden, wie jetzt. Das Meer da hinten war blau, wie jetzt. Da unten geht Viktor. Er geht schnell. Vielleicht ist doch noch nicht alles verloren. Vielleicht werden sie die Mehring finden. Vielleicht ist sie gekommen, um einen kläglichen Versuch zu machen, irgendjemanden um Verzeihung zu bitten für die Verbrechen ihres Großvaters. Vielleicht ist sie mit Geld gekommen, mit Arbeit. Arbeit für wen? Für die Toten?
Bella beginnt zu packen.

DER WAGEN für Irinas Umzug steht am frühen Nachmittag vor der Tür. Er ist nicht groß, aber Irina bezeichnet den Trägern auch nur wenige Gegenstände, die aufgeladen werden sollen. Sie hat ihre Kleider zusammengepackt, Geschirr, ein

paar Spiegel. Nur zwei Bettgestelle sind gut genug. Sergej wird einkaufen müssen. Sie wird ihn beraten. Die Männer, zwei Trunkenbolde in ausgelatschten Schuhen, deren Schnapsfahne beinahe den Kloakengeruch verdrängt, reißen Witze, während sie die Sachen aufladen. Obwohl sie nur wenig zu tragen haben, brauchen sie lange. Zum Schluss sieht die Wohnung nicht leer, sondern verwüstet aus. Irina macht sich nicht die Mühe, das stinkende Loch aufgeräumt zu verlassen. Kurz bevor sie fertig ist, kommt Ljubow die Treppe herauf. Hinter ihr geht ein Mann. Sie hat ihn auf der Straße aufgetan. Irina hat es nicht gern, wenn die Mädchen ihre Freier mitbringen, erlaubt es aber, wenn sie früh genug kommen und die Männer schnell genug wieder verschwinden.
Schick ihn weg, Ljubow, sag ihm, er soll verschwinden. Und als das Mädchen zögert: Nun mach schon, es gibt etwas zu besprechen.
Ljubow gehorcht sofort. Als der Mann keine Lust hat zu gehen, schlagen ihm die Frauen die Tür vor der Nase zu. Der Empfangsraum sieht aus, als hätte gerade eine Durchsuchung stattgefunden, und niemand hätte Zeit gehabt, anschließend Ordnung zu machen.
Was ist los?
Ljubow sucht einen freien Platz, setzt sich auf eine Fensterbank, von der sie ein paar Sachen auf den Boden geschoben hat, Tücher, aber auch irgendetwas aus Glas oder Porzellan war dabei. Man hört es am Aufschlagen. Irina betrachtet prüfend Ljubows lange Beine.
Wie wohnst du, fragt sie statt einer Antwort. Zu Hause nehme ich an.
Wie ich wohne? Was soll das? Willst du uns eine neue Wohnung verschaffen? Da wirst du es schwer haben. Wir sind sechs, meine Liebe, Vater, Mutter, Großmutter, Kolja –
Hör auf. Wird Zeit, dass deine Familie lernt, selbst für sich zu sorgen.

Ljubow zündet sich eine Zigarette an. Sie arbeitet seit Monaten bei Irina. Noch nie ist sie so angesehen worden, so abschätzend, so, als wäre sie da und doch nicht da.
Solange ich zu Hause wohne, werde ich ihnen Geld geben, sagt sie. Die denken doch, dass ich bei den Amerikanern arbeite. In einem von diesen Büros im Hafen.
Nachts, sagt Irina. Ihre Stimme ist kalt. Du siehst, dass ich gerade dabei bin auszuziehen. Einen Augenblick.
Sie geht an ein Fenster, nimmt die Gardine zur Seite, versucht, das Fenster zu öffnen. Es gelingt ihr nicht. Sie klopft gegen die Scheiben, bis einer der Männer neben dem Auto zu ihr hinaufsieht und ihr zuwinkt. Er wird warten. Irina wendet sich wieder Ljubow zu. Mir ist etwas Besseres angeboten worden als dieses Loch hier. Du könntest mitkommen. Du bekommst ein eigenes Zimmer, zu essen, was du an Kleidung brauchst. Du wirst gut verdienen, wenn du dich ordentlich anstellst.
Ich soll bei dir wohnen?
Hör zu. In dieser Stadt gibt es Hunderte von Mädchen, die auf so ein Angebot warten. Ich kenne dich, du hast Glück. Wenn du nicht willst – Ich finde andere. Wenn du willst, geh nach Hause. Sag deinen Leuten, du verreist für drei Monate. Pack deine Sachen und komm. Sieh zu, dass du bis zehn da bist. Wenn nicht –
Irina nimmt die Tasche auf, die sie abgestellt hat, als Ljubow die Treppe heraufkam. Ljubow rutscht von der Fensterbank.
Sag mir, wo ich sein soll. Ich kann um acht da sein. So ist es gut, meine Liebe. Ich denke, es wird dein Schaden nicht sein.
Irina nimmt ein Blatt Papier vom Sessel, geht an die Wohnungstür und befestigt es dort von außen. Sie wartet, bis Ljubow ihr gefolgt ist, und schließt die Tür von außen.
Man wird das Schloss aufbrechen, sobald bekannt wird, dass die Wohnung verlassen worden ist. Für die meisten wertlosen Sachen, die darin zurückgeblieben sind, werden sich Abnehmer finden.

Auf dem Zettel steht: Wir treffen uns um neun in Maschas Bar.

Vielleicht kommen die Mädchen, vielleicht nicht. Irina fürchtet nicht, dass die neue Wohnung leer bleiben wird.

Eine halbe Stunde nach der angegebenen Zeit erscheint Irina in der Bar des Hotels Krasnaja. Sie ist auffällig geschminkt, trägt Schuhe mit sehr hohen Absätzen und eine kleine schwarze Federboa um den Hals, die sie in der neuen Wohnung gefunden hat. Niemand sieht ihr an, dass sie einen schweren Arbeitstag hinter sich hat. Eher hat es den Anschein, als gebe ihr neues Amt ihr eine noch größere Selbstsicherheit. Die abschätzenden Blicke und frechen Reden einiger Männer scheint sie nicht wahrzunehmen. Außer Ljubow, neben deren Stuhl ein blau und rot gestreifter Kunststoffsack steht, sind noch zwei weitere junge Frauen gekommen. Es sind, Irina hat es gehofft, die Zwillinge. Aus ihnen wird sie eine besondere Attraktion machen. Sie geht zu Mascha an die Bar, bestellt Kaffee und Cognac für alle vier und setzt sich zu den Frauen an den Tisch. Niemand kann beim Anblick der aufgetakelten Irina und der drei jungen, einfach gekleideten Frauen den geringsten Zweifel daran haben, welche Art von Geschäftsbeziehungen sie verbindet, jedenfalls nicht die Odessaer Männer, die vergeblich versuchen, mit ihnen Kontakt aufzunehmen. Nicht die Touristen, die sich suchend umsehen, so, als ob jemand auftauchen und ihnen Handzettel mit der Adresse des Bordells geben müsste, für das da vor ihren Augen Reklame gemacht wird.

Irgendwann erscheint auch Sergej. Er geht nur kurz an den Tisch, spricht mit Irina, besieht die Frauen. Er ist einverstanden, will aber zeigen, wer der Herr ist.

Hattest du nicht von vier gesprochen?

Irina ist froh, dass die vierte nicht gekommen ist. Sie hat die Wohnung gesehen und beschlossen, dass die drei und Katja für den Anfang genug sind. Schließlich braucht sie auch für sich ein angemessenes Zimmer. Klein, aber fein, sagt sie, lächelt,

und Sergej ist sofort davon überzeugt, dass sie recht hat. Ihm entgeht die Aufmerksamkeit nicht, die seine Frauen auf sich ziehen.
Er bleibt einen Augenblick länger bei Irina stehen, als er vorgehabt hat. Mascha, hinter der Bar, bewahrt mit Mühe ein gleichgültiges Gesicht. Schließlich verlässt Sergej die Bar. Kurz darauf gehen auch die Frauen. Irina und Ljubow suchen ein Taxi. Die Zwillinge gehen nach Hause und packen ihre Sachen. Morgen früh werden sie Irina vor der Oper treffen. Für sie beginnt das neue, wunderbare Leben erst einen Tag später.

Tolgonai kommt gegen Morgen. Mascha hat vor ein paar Minuten den letzten Betrunkenen vor die Tür gesetzt. Der Wachmann hat das Geld aus der Kasse genommen und ist gegangen. Mascha ist müde und unaufmerksam. Sie bemerkt Tolgonai erst, als sie vor ihr steht. Da fällt ihr Sergej ein. Trotz ihrer Müdigkeit spürt sie noch einmal Wut. Es ist ein Echo der Wut, die sie empfunden hat beim Anblick von Sergej und Irina und den anderen drei Frauen.
Ach, Tolgonai, sagt sie, lass uns reden. Ich bin müde, aber lass uns einen Augenblick reden.
An dem Tag, als Kranz zur Aussage vor dem Untersuchungsausschuss geladen ist, erscheint eine Zeitung mit der Überschrift: Ist der Kronzeuge ein Drogendealer?
Kranz erfährt erst kurz vor Beginn der Sitzung, dass außer ihm auch der Polizist Kastner geladen ist. Da versteht er die Zeitungsmeldung besser. Im Fall Kastner wird es darum gehen, ihn wegen verschiedener illegal angewendeter Methoden gegen Schwarzafrikaner zu befragen. Die Presse leistet ihm dadurch Schützenhilfe, dass sie den einzigen Afrikaner, der es gewagt hat, bestimmte Polizeimethoden öffentlich zu machen, des Drogenhandels verdächtigt. Kranz sucht nach Hinweisen darauf, wie man mit ihm selbst umzuspringen gedenkt, findet aber nichts. Er vermutet, man wird ihn nach seiner Aussage schlachten.

Als er das Rathaus betritt, in dem der Untersuchungsausschuss tagt, nimmt niemand von ihm Notiz. Ein paar Reporter stehen herum, eine Fernsehkamera wird aufgebaut, die Ausschussmitglieder essen Kuchen und trinken Kaffee. Als die Sitzung beginnt und er aufgerufen wird, hat noch immer niemand von ihm Notiz genommen. Schon nach den ersten Fragen des Ausschussvorsitzenden weiß er, was gespielt wird. Man hat sich verabredet, seine Aussagen möglichst wenig zu beachten. So hat er Gelegenheit, alles zu sagen, was er sich vorgenommen hat. Er spricht über fremdenfeindliche Gesetze und über fremdenfeindliche Haltungen bei den Polizisten. Er benennt brutale Methoden, von denen er gehört hat. Er spricht darüber, dass amnesty international gegen deutsche Polizisten Beweismaterial zusammengetragen und ein Untersuchungsausschuss der UNO offiziell und vor aller Welt Klage gegen Deutschland und seine Fremdenfeindlichkeit geführt hat. Er spricht von den lächerlichen Versuchen beamteter Polizeipsychologen, noch für jedes unregelmäßige Verhalten eine wohlwollende Erklärung zu finden. Er versucht, eine gewisse Kontinuität des Verhaltens der Polizei in der jüngeren deutschen Geschichte aufzudecken. Er spricht über die Festung Europa und die Konsequenzen, die sich daraus für die Polizei ergeben. Er nennt den Untersuchungsausschuss eine Farce.

Hier wird Demokratie gespielt, nicht praktiziert, sagt er abschließend. Und dass er nicht die Absicht habe, dabei länger mitzuspielen.

Als er geendet hat, ist es einen Augenblick lang still. Es scheint, als hätten sich die Abgeordneten dem niedrigen Raum angepasst. Schweigend, die Köpfe eingezogen, sitzen sie vor ihren Papieren. Hat jemand eine Frage an den Zeugen?

Der Stimme des Vorsitzenden ist zu entnehmen, dass niemand eine Frage haben wird.

Nicht? Herr Dr. Kranz, wir danken Ihnen für die Mühe, die Sie sich gemacht haben. Damit sind Sie entlassen. Wenn Sie wol-

len, können Sie selbstverständlich auf den Zuhörerbänken Platz nehmen. Als nächsten Zeugen …
Kranz verlässt den Raum, bevor der Vorsitzende seinen Satz beendet hat. Vor der Tür bleibt er benommen stehen. Er spürt die Anstrengung, die jetzt langsam nachlässt.
Seien Sie doch mal ehrlich, glauben Sie wirklich an das, was Sie da eben gesagt haben?
Er kennt den eleganten Herrn, der jetzt neben ihm steht und ihn angesprochen hat. Er hat ihn schon gesehen, aber sein Name will ihm nicht einfallen. Kranz hat keine Lust, mit ihm zu sprechen.
Entschuldigen Sie mich, sagt er, dreht sich um und geht zurück in den Verhandlungsraum. Während er hinten auf einer Zuhörerbank Platz nimmt, überlegt er noch immer, woher er den Mann kennt. Dann sieht er vorn im Zeugenstand Kastner und versucht, sich auf dessen Aussage zu konzentrieren. Das Spiel, das da vorn gespielt wird, heißt »Der strenge Volkssouverän untersucht Vorwürfe, die gegen sein ausführendes Organ, die Polizei, erhoben wurden«. Alle Beteiligten haben ihre Rollen gelernt und spielen perfekt. Es gibt bemerkenswerte Auftritte in Rollen, die »Konsequente Verteidigung der Demokratie« oder »Ich bin ein junger Abgeordneter und verschaffe mir auf diese Weise Profil« oder »Wir Frauen haben nun mal mehr Gefühl für Demokratie« heißen könnten. Als Kranz sich auf Kastner eingestellt hat, wird dem gerade vom Vorsitzenden eine freundliche Vorlage zugespielt.
Vorsitzender: Wie, Herr Kastner, würden Sie sich denn nun die sogenannten variantenreichen Mittel vorstellen, die Sie angewendet haben?
Kastner: Also, da gibt es von Fall zu Fall verschiedene Möglichkeiten. Da gibt es den Dealer, der schon begreift, dass er zu verschwinden hat, wenn er mich sieht. Also, dieser Blickkontakt, dies Nicken »Ich hab dich gesehen«, das ist so eine Variante.
Vorsitzender: Ja, das verstehe ich. Es gibt ja verschiedene Ver-

waltungsakte. Und Nicken ist auch einer. Aber Sie nehmen ja auch mal jemanden fest. Bei der Ingewahrsamnahme, gab es da Dienstanweisungen, wie Sie vorzugehen hatten?
Kastner: Also, ich persönlich brauche keine Dienstanweisung, um das Recht richtig zu verstehen. Ich lese das Gesetz, bevor ich handele.
Vorsitzender: Und wie lange haben Sie nun in Gewahrsam genommen? Es soll ja länger gewesen sein als die zugelassenen Stunden.
Kastner: Also, diese vier Stunden, sehen Sie, die haben sich mir nie erschlossen. Ich nehme in Gewahrsam, solange die Gefahr dauert. Und nicht, nach vier Stunden klingelt der Wecker, und dann ist die Gefahr beseitigt.
Vorsitzender: Wohl wahr.
Kastner: Wohl wahr.
Vorsitzender: Nach allem, was wir von Ihnen gehört haben, scheinen Sie ja so eine Art Respektsperson im Revier zu sein. Wie, glauben Sie, wird man eigentlich dazu in diesem Milieu?
Kastner: Ich würde sagen: Indem man die Leute fair behandelt.
Vorsitzender: Nun gibt es aber, ich möchte Ihnen nicht zu nahe treten, aber bestimmte Vorwürfe sind nun mal erhoben worden. Zum Beispiel soll es eine Lichtbildkartei gegeben haben, um bestimmte Personen besser identifizieren zu können.
Kastner: Ich habe die Frage nicht verstanden.
Vorsitzender: Ich meine, es soll eine Lichtbildkartei gegeben haben. Können Sie sich dazu äußern?
Kastner: Sie fragen, ob es eine Lichtbildkartei gegeben hat?
Vorsitzender: Ja.
Kastner: Also, ja, das heißt nein. Ich hatte einige Aktenordner mit Fotos hergestellt und die Fotos mit Nummern versehen. Und dann einen weiteren Ordner, da standen die Nummern, und denen waren die Personalien zugeordnet.

Abgeordneter: War das eine Privataktion oder waren die Unterlagen auch Ihren Kollegen zugänglich?
Kastner: Weder das eine noch das andere.
Abgeordneter: Wie bitte?
Kastner: Also, es war weder aus privatem Interesse, sonst hätte ich das ja bei mir zu Hause angelegt, noch sollte es anderen zugänglich sein, denn ich hab die Ordner getrennt aufbewahrt und weggeschlossen.
Vorsitzender: Ich möchte noch eine andere Sache fragen. Stimmt es, dass Sie Menschen, die Sie in Gewahrsam genommen hatten, nicht in eine Zelle brachten, sondern außerhalb und bei möglichst ungünstiger Nahverkehrszeit und Tageszeit und Beleuchtungssituation abgesetzt haben?
Kastner: Bitte?
Vorsitzender: Bei möglichst ungünstiger Beleuchtungssituation, außerhalb.
Kastner: Nein.
Vorsitzender: Nein?
Kastner: Nein. Die Beleuchtungssituation ist für mich nie von entscheidender Bedeutung gewesen. Kranz hört nicht mehr zu. Er ist sehr müde. Die Stimmen scheinen von sehr weit her zu kommen. Ich sollte aufstehen und gehen.
Eine junge Frau neben Kranz ruft etwas laut in den Raum, steht auf und versucht, sich an seinen Knien vorbei durch die Stuhlreihe zu zwängen. Kranz steht schnell auf. Während die Frau an ihm vorbeigeht, sieht sie ihn an. Was will sie von ihm. Er ist müde. Er arbeitet nicht mehr für die Polizei. Er hat nie gewollt – Kranz sinkt auf seinen Stuhl zurück. Die Luft in dem niedrigen Raum ist so warm. Kastners Stimme von weit her.
Wie sie mich angesehen hat. Dazu hatte sie kein Recht. Was wollte die überhaupt.
Nun schläft Kranz fest. Er wacht auf, als die Zuhörer um ihn herum den Raum verlassen. Auch Kastner verlässt den Raum, von allen Seiten fotografiert und lächelnd. Kranz steht auf und

geht. Vor der Tür des Verhandlungsraumes sieht er Kastner, von einer Gruppe von Reportern umringt. Im Vorübergehen hört er ihn Erklärungen abgeben.

Kurden und Afrikaner, ja, nein, der Kurde zieht sich bei Polizeieinsatz zurück, der Afrikaner tut das nicht. Raten Sie mal, weshalb?

Plötzlich, so, als hätte er im Schlaf Kräfte gesammelt, die er nun unbedingt erproben müsse, spürt Kranz ein großes Bedürfnis, diesem Kastner in die Fresse zu schlagen. Er bleibt stehen und dreht sich zu der lachenden Gruppe um. Das Bedürfnis verschwindet so schnell, wie es gekommen ist. Kastner ist der Held des Tages. Er, Kranz, wird nicht dazu beitragen, ihn noch berühmter zu machen. Solche Leute muss man anders bekämpfen. Kranz geht weiter, aber schon nach wenigen Schritten weiß er, dass seine Entscheidung falsch war. Er geht schneller, wie um dem Ort seiner Niederlage zu entkommen.

Auf dem Rathausmarkt überholt er den Mann, der ihn nach seiner Aussage angesprochen hat. Plötzlich weiß er, um wen es sich handelt. Der Mann ist Bankier. Seine Privatbank ist über eine direkte Alarmanlage mit dem Polizeihochhaus am Berliner Tor verbunden. Sie hatten die privilegierten Benutzer zu einer Besichtigung eingeladen, damals, als die Anlage im 12. Stock fertiggestellt war. Da war er dabei gewesen, ein überaus höflicher Herr im teuren Anzug, der ein paar präzise Fragen gestellt, anstatt Sekt Orangensaft getrunken und sich bald verabschiedet hatte. Damals fand Kranz ihn nicht unangenehm. Er sieht dem Mann nach, der in einen dunklen Mercedes steigt. Das Auto ist von irgendwoher am Rand des Platzes aufgetaucht und rollt langsam davon.

Kranz beschließt, zu Fuß nach Hause zu gehen. Er muss nachdenken. Das kann er am besten beim Laufen. Wie alle Männer, die vorzeitig und überraschend ihre Arbeit verlieren, hat er sich keine Gedanken darüber gemacht, was er tun wird, wenn er nicht mehr jeden Morgen zur Arbeit geht. Er will darüber

nachdenken, was er tun soll. Als er zu Hause ankommt, ist ihm klar, dass seine Pension hoch genug ist, um auch in Zukunft ein bequemes Leben führen zu können. Welchen Inhalt dieses Leben haben wird, weiß er nicht.
Am Nachmittag sitzt er am Schreibtisch und ordnet seine Papiere. Dabei findet er Olgas Todesanzeige. Ob Bella inzwischen verständigt worden ist? Kranz sucht und findet die Telefonnummer des Betriebes von Charlotte Mehring. Er ruft dort an, um sich nach ihrem Hotel in Odessa zu erkundigen. Im Büro der Mehring gibt ihm eine freundliche Frau Auskunft. Nein, Frau Mehring habe sich noch nicht gemeldet. Man sei darüber verwundert, aber vielleicht sei es kompliziert, von dort zu telefonieren? Er möge Grüße ausrichten. Im Betrieb sei sie noch ein paar Tage entbehrlich. Kranz ruft das Hotel in Odessa an, jedenfalls versucht er es. Er bekommt keinen Anschluss, die Leitung in die Ukraine ist ständig besetzt. Er wird es am Abend noch einmal versuchen.

SERGEJ BETRITT den Laden von Kotow-Moda durch eine Hintertür. Er geht in das Büro, ohne sich anmelden zu lassen. Der junge Mann, der Bella so freundlich eingeladen hat, sich die Arbeit seiner Frauen anzusehen, sitzt hinter dem Schreibtisch. Als er Sergej sieht, öffnet er seine Schreibtischschublade, ohne ihn aus den Augen zu lassen. Sergej bleibt vor dem Schreibtisch stehen.
Das hier sind fünfhundert Dollar, sagt der junge Mann hinter dem Schreibtisch. Er hält einen Umschlag in der Hand und lässt Sergej noch immer nicht aus den Augen.
So war es abgemacht, antwortet Sergej. Er streckt die Hand aus, aber der Umschlag wird ihm nicht entgegengestreckt.
Was ist? Irgendwas nicht in Ordnung? Ich hab dir doch gesagt, die Sache ist erledigt.

Sechshundert, sagt der junge Mann, wenn du herausbringst, was mit dieser Deutschen passiert ist. Oder weißt du nicht, wovon ich spreche? Du lässt nach, mein Lieber. Ohne dich, hast du gesagt, läuft hier gar nichts. Ich hatte einen Anruf aus dem »Londonskaja«. Die Deutsche, die mit uns verhandeln wollte, ist verschwunden. Sieht so aus, als ob sie irgendjemand entführt hat. Die Frau ist wichtig für uns. Wenn es von den Bunkins niemand gewesen sein kann – hier lächelt der junge Mann zum ersten Mal –, wer war es dann? Wer hat ein Interesse daran, unsere Geschäfte zu stören? Hör dich um. Am besten, du schaffst die Deutsche wieder her. Es war eine zweite Person bei ihr, eine Frau. Sie wohnt auch im »Londonskaja«. Behalt sie im Auge, vielleicht weiß die mehr als wir.
Ich brauch das Geld jetzt, sagt Sergej. Er denkt an Irina, an die Besorgungen, die sie ihm aufgetragen hat. Auf keinen Fall will er vor Irina dastehen, als sei er nicht in der Lage, das Geschäft richtig auszustaffieren.
Meinetwegen, die Hälfte. Die andere Hälfte, wenn du weißt, was passiert ist. Und beeil dich. Unsere Freunde haben kein Interesse daran, dass die Miliz sich der Sache annimmt.
Morgen Abend, sagt Sergej.
Er zählt die Scheine gründlich und steckt sie zusammengefaltet in die Innentasche seines Jacketts. Er ist enttäuscht, lässt sich die Enttäuschung aber nicht anmerken. Noch ist er auf Leute wie diesen Kotow und seine Aufträge angewiesen. Wird er sich eben umhören. Aber vorher wird er in der Wohnung nach dem Rechten sehen. Ob Irina verstanden hat, was er will?
Er ist beunruhigt, seit ihm in der Bunkin-Sache irgendjemand zuvorgekommen ist. Ihm ist, als sei seine Autorität in Frage gestellt. Natürlich weiß er, dass es außer ihm noch andere Männer gibt, die ihr Geld auf ähnliche Weise verdienen. Aber bisher ist ihm niemand in die Quere gekommen. Jeder melkt seine eigenen Kühe. So ist es jedenfalls bis gestern gewesen. Es wäre gut, wenn es so bliebe. Seine Stimmung wird erst wieder besser, als

er an den neuen Geschäftszweig denkt, der ihm die Möglichkeit geben wird, sich zurückzuziehen, wenn das Gelände zu unübersichtlich wird.
Geradezu in Hochform kommt er, als ihm einfällt, dass er diese Irina ja auch jederzeit rauswerfen kann, wenn sie nicht spurt. In dem Laden, der entsteht, wird er der Chef sein und sonst niemand.
Als Sergej in der Wohnung ankommt, stellt er fest, dass seine Bedenken unbegründet waren. Es kann nur Irinas Idee gewesen sein, dass die Frauen ihn so unterwürfig begrüßen. Auch die Kleidungsstücke, die sie tragen, eher noch die, die sie nicht tragen, entsprechen durchaus seinen Vorstellungen. Irina stellt ihm die Frauen vor, erläutert ihre besonderen Fähigkeiten, lässt ihm die Wahl. Obwohl er zufrieden ist mit der Auswahl, die sie getroffen hat, auch damit, wie anstellig alle zu sein scheinen, lässt er sich nur von Katja bedienen. Diese Katja hat einen besonderen Ausdruck von Angst und Unterwürfigkeit im Gesicht.
Natürlich vergisst sie, ihm den Vortritt zu lassen. Als sie ihm den Gürtel löst, weiß sie schon, was ihr bevorsteht. Er muss sie schlagen. Erst später hat er Muße festzustellen, dass Irina in dem Zimmer einige Veränderungen vorgenommen hat, die ihm gut gefallen. Da liegt er zufrieden auf dem Bett. Neben ihm liegt die wimmernde Katja. Er dreht sich auf die Seite und betrachtet sie gelassen und sorgfältig. Sie ist groß, so groß wie er. Ihr Körper ist dünn und weiß. Auf den Oberschenkeln hat sie jetzt ein paar rote Striemen. Die werden schnell verschwinden. Schöne große Brüste hat sie und schöne Haare. Die Haare sind nicht gewaschen. Das wird sie lernen. Da kann er nachhelfen. Wenn sie anfängt, sich zu schminken, wird er sie schlagen. So wird sie lernen, wie er sie haben will.
Genug jetzt, sagt er leise.
Er kann sehen, wie sie sich anstrengt, das Schluchzen zu unterdrücken. Sie braucht nicht sehr lange. Sieh mich an.
Er sieht, wie sie mit der rechten Hand die Haare aus dem Ge-

sicht nimmt, das Kinn hebt, die Augen öffnet, ihn ansieht. Ihr Gesicht ist schmal. Die Augen darin sind riesengroß, obwohl die Ränder vom Heulen rot und geschwollen sind. Sergej bewegt sich nicht. Er sieht Katja an. Er sieht ihre Angst, die langsam verschwindet und etwas anderem Platz macht, etwas, das ihm jetzt in seiner entspannten Stimmung sehr gut gefällt. Sergej sieht in Katjas Augen grenzenlose Hingabe. Er sieht, dass sie ihm gehört. Das ist sein Eigentum. Er kann es benutzen, wie und wann er will. Etwas wie Stolz und Rührung fühlt er plötzlich. Ein ungewohntes Gefühl, das ihn unsicher macht.

Nimm dir die Decke, sagt er.

Er sieht Katja zu, wie sie sich aufsetzt, sich vorbeugt, die am Fußende zusammengedrückte Decke in die Hände nimmt und sich, auf dem Rücken liegend, die Decke über den Körper zieht. Er wird Irina Geld geben, damit sie andere Decken besorgen kann. Er will dünne Decken, die sich dem Körper anpassen, die aber trotzdem warm sind. Er wird Irina auch Geld geben, damit sie Katja hin und wieder die Tabletten geben kann, die sie braucht. Wenn sie sich gut anstellt, kann Katja von ihm haben, was nötig ist. Nicht mehr. Aber was nötig ist, soll sie haben.

Sergej wendet Katja den Rücken zu. Er will ein wenig schlafen. Die Informationen für Kotow wird er nachts besorgen. Die Leute, die er fragen muss, schlafen jetzt.

BELLA IST SICHER, dass der Hoteldirektor nichts über den Aufenthaltsort der Mehring in Erfahrung gebracht hat. Sie fragt ihn trotzdem. Sie möchte sehen, wie er sich herausredet. Auch aus Ausreden lassen sich Schlussfolgerungen ziehen.

Als sie sein Zimmer betritt, kommt er hinter dem Schreibtisch hervor, um sie zu begrüßen. Einen Augenblick lang hat sie einen sonderbaren Geruch in der Nase. Als er sich wieder hinter seinem Schreibtisch verschanzt hat und sie ihn genauer

betrachtet, wird ihr klar, was sie gerochen hat. Angst stinkt. Niederlagen stinken. Der Mann, der ihr hinter dem Schreibtisch gegenübersitzt, stinkt nach Angst, nach Niederlage, nach Depression.
Ich muss Sie bitten, nicht ungeduldig zu sein, sagt er. Die Sache ist für unser Hotel mindestens genauso unangenehm wie für Sie. Deshalb können Sie versichert sein, dass wir alles tun –
Ich wüsste gern, was Sie inzwischen getan haben.
Also, ja, wenn Sie fragen, ob die Polizei schon eingeschaltet ist –
Das wäre zum Beispiel etwas, was ich gern wüsste. Ja, also, die Polizei hat, ich meine, es gibt dort –
Die Polizei weiß noch immer nicht, was hier geschehen ist, und Sie haben nichts unternommen, um den Aufenthaltsort von Frau Mehring festzustellen, richtig?
Aber nein, das ist völlig falsch.
Der Direktor tut, als sei er ehrlich gekränkt, dass Bella ihm eine derartige Nachlässigkeit zutraut. Vermutlich hat er irgendwelche Dunkelmänner in Bewegung gesetzt, denen er Zeit lassen muss. Vielleicht zahlt er nicht genug. Allerdings steht der Ruf seines Hotels auf dem Spiel. Sein Zustand könnte darauf hindeuten, dass er direkt Kontakt mit den Entführern aufgenommen hat. Vielleicht setzen die ihn unter Druck.
Sie sind wohl nicht in der Lage, mir zu sagen, wer für Sie die Nachforschungen übernommen hat? Vielleicht nützt es, wenn ich mich selbst einschalte? Man kann die Sache eventuell beschleunigen.
Bella merkt an dem Gesichtsausdruck des Mannes hinter dem Schreibtisch, dass er mit »beschleunigen« eine ganz bestimmte Vorstellung verbindet. Aber sie wird ihm kein Geld geben. Er würde es in seine eigene Tasche stecken.
Ich kann versuchen –
Lassen Sie nur, sagt Bella, ich bin sicher, Sie haben bisher das Richtige getan. Ich werde ein paar Tage bei Freunden bleiben.

Mein Zimmer behalte ich selbstverständlich. Vielleicht komme ich vorbei, oder ich rufe Sie an, ob es etwas Neues gibt.
Wäre es nicht besser, Sie ließen Ihre Adresse hier? Ich könnte Sie sofort benachrichtigen, wenn wir Frau Mehring gefunden haben.
Ja, sagt Bella, das ist eine gute Idee. Ich rufe Sie an und sage Ihnen die Adresse. Jetzt habe ich sie leider nicht im Kopf.
Sie steht auf. Der Direktor kommt hinter dem Schreibtisch hervor und begleitet sie zur Tür. Er ist kleiner als Bella. Wenn sie auf ihn hinuntersieht, kann sie deutlich die winzigen Schweißperlen sehen, die sein Gesicht überzogen haben. Die Hand, die er ihr gibt, ist weich und kalt. Einen Augenblick lang überlegt sie, ob sie zurückgehen und ihn am Telefon überraschen soll. Er wird zum Telefon stürzen, sobald sie sein Zimmer verlassen hat. Sie würde gern wissen, mit wem er dann spricht. Wenn es im Vorzimmer des Direktors eine Sekretärin gäbe – Aber es gibt niemanden, den sie bestechen kann. Das Vorzimmer ist leer. Die Korridore sind leer, bis auf ein Zimmermädchen, das ein Frühstückstablett vor sich her trägt. Bella ist sicher, dass die meisten Zimmer nicht bewohnt sind. Wenn der Direktor keine Angst vor Erpressern oder Entführern hat, so sollte er zumindest Angst davor haben, dass sein Luxushotel sich so nicht mehr lange halten kann. Es sei denn, Gelder anrüchiger Herkunft tragen zu seinem Überleben bei. Russische Gelder aus Mafia-Geschäften, zum Beispiel. Wem gehört eigentlich das Hotel? Vergiss es, Bella. Man hat Strohmänner für solche Dinge. Wie in Kaliningrad, zum Beispiel. Da sind auch die Deutschen gut im Geschäft. Kann doch sein, irgendjemand entwickelt auch Interesse an Odessa und seinen Luxushotels. Die Rumänen, die während des letzten Krieges hier waren, sicher nicht.
Spekulationen, Bella, die keinen Sinn haben.
Sie steht am Fenster und wartet auf Viktor.
Es fällt ihr schwer, ihren Gedanken eine andere Richtung zu geben. Wenn sie mit Olga darüber sprechen würde – Aber Olga

würde ihr recht geben, auch wenn sie nur wenige Hinweise hätte. Olga ist so fest davon überzeugt, dass die Deutschen auf dem besten Weg sind, ihre Untaten zu wiederholen, dass sie für nüchterne Überlegungen nicht die geeignete Partnerin wäre.
Ich könnte sie trotzdem anrufen. Sie würde sich freuen, mich zu hören.
Bella sucht auf dem Blatt neben dem Telefon die Vorwahlnummer, wählt und wartet. Die Verbindung funktioniert sofort. Sie lässt das Telefon lange klingeln, aber es hebt niemand ab. Sie legt auf und nimmt sich vor, Olga von unterwegs anzurufen. Als sie wieder ans Fenster geht, sieht sie Viktor. Er ist damit beschäftigt, ein Ding, das vier Räder hat, aber nur noch mit viel gutem Willen als Auto bezeichnet werden kann, gegenüber vom Hotel zu parken. Sie nimmt ihre Tasche auf und verlässt das Zimmer.
Im Auto liegt Viktors Reisetasche neben zwei Benzinkanistern. Ein leichter Benzingeruch lässt darauf schließen, dass sie vor kurzem gefüllt worden sind.
Ist das nicht gefährlich?, fragt Bella.
Nicht gefährlicher, als unterwegs irgendwo ohne Benzin liegenzubleiben. Tankstellen sind Mangelware.
Viktor konzentriert sich auf die Straße, auf rücksichtslose Autofahrer, Schlaglöcher und alte Leute, die sich noch nicht an den starken Verkehr gewöhnt haben. Erst in Arkadien wird es ruhiger auf den Straßen.
Das hier ist nicht unsere Richtung, aber das Krankenhaus liegt hier, sagt er.
Bella antwortet nicht. Sie versucht, unter den Villen und Parkgrundstücken das Haus wiederzufinden, in dem sie Tolgonai getroffen hat. Ein paarmal glaubt sie, es zu erkennen, bis sie eine nächste Villa sieht, einen anderen Park, die ihr die richtigen zu sein scheinen. Es gibt zu viele davon. In drei Tagen wird sie Tolgonai treffen. Unwahrscheinlich, dass sie die Mehring bis dahin in der Stadt gefunden hat. Bella ist davon überzeugt, dass

sie sich in einem der Dörfer aufhält, die auf der Liste stehen. Sie wird Viktor unterwegs von Tolgonai erzählen. Sie versucht, sich vorzustellen, wie die Straße ausgesehen hat, als sie von den Nazis mit Galgen vollgestellt worden war. »In Arkadien hängen nun die richtigen Früchte von den Bäumen. Die Straße zum Meer steht voller Galgen.« Es gelingt ihr nicht. Die Straße ist vierspurig, mit einer Trasse für die Straßenbahn. Hin und wieder kommt ihnen eines dieser Vehikel entgegen, nicht voll, denn hier draußen wohnen nicht sehr viele Menschen, und die Sanatorien sind leer. Die Menschen an den Haltestellen haben ernste Gesichter.

»Die Menschen sind trübe. Sie lachen nicht mehr.« Weshalb arbeitet Ihre Mutter noch, Viktor?

Mutter? Sie wird immer arbeiten. Ich kann mir nicht vorstellen, dass sie zu Hause sitzt. Sie hat Glück. Sie wird gebraucht. Sie müsste hungern, wenn sie nicht mehr arbeiten könnte. Da ist es, wir sind da. Wollen Sie mitkommen?

Natürlich.

Sie finden Viktors Mutter im Keller des Krankenhauses. Sie spricht mit ein paar älteren Frauen, die gebrauchtes Verbandsmaterial sortieren.

Da sehen Sie, was wir tun, sagt sie zur Begrüßung. Ich nehme an, das wirft man bei Ihnen weg. Was tun Sie hier? Wollen Sie mich besuchen? Kommen Sie, wir gehen in mein Zimmer.

Das Zimmer ist ein kleiner Verschlag mit einem winzigen Sofa und Teegeschirr in einer Ecke auf einem Hocker.

Geh, hol einen Stuhl von nebenan, sagt sie, Maria hat Dienst, sie braucht ihn nicht.

Dann sitzen sie sich gegenüber, Bella starrt auf die grünliche Wand, während Viktor seiner Mutter erklärt, was sie vorhaben.

Sie wissen, was es mit diesen Orten auf sich hat?

Ja, sagt Bella, ich weiß.

Sie werden die Orte nicht mehr finden, jedenfalls die mit den

deutschen Namen nicht. Sie werden überhaupt nichts mehr finden. Niemand wird sich erinnern. Die Toten werden nicht sprechen. Auf den Gruben wachsen Birken. Ich sage Ihnen, Sie werden Menschen finden, die gut von den Deutschen sprechen und schlecht von den Russen. Wenn sie sich erinnern, dann werden sie sich an andere Dinge erinnern. Nicht an die, von denen Sie hören möchten.
Ich will diese Frau finden, antwortet Bella. Ich bin sicher, dass sie auf der Suche ist nach Spuren, die ihr Großvater hinterlassen hat.
Sie werden die Frau nicht finden. Sie werden keine Spuren finden. Dieses Land ist ohne Geschichte. So, wie Ihr Land ohne Geschichte ist. Geschichte gibt es nur, wenn die Menschen sie wollen. Wer will schon die Toten.
Viktor und Bella sehen sich an.
Ja, sagt Bella, wahrscheinlich haben Sie recht. Aber gerade deshalb muss ich dorthin fahren. So, wie ihr Sohn nach Sibirien gehen wird, wenn wir das hier hinter uns gebracht haben.
Ach, das hat er Ihnen erzählt. Er hat Ihnen erzählt, dass er seine alte Mutter allein lassen will.
Bella sieht sie an. Sie sieht nicht traurig aus. Eher ist ein wenig Stolz in ihrem Gesicht zu sehen, als sie aufsteht, um sich von den beiden zu verabschieden.
Im Auto schweigt Bella. Zuerst denkt sie darüber nach, weshalb es ihr so scheint, als hätten Viktors Mutter und Olga eine Menge Gemeinsamkeiten. Dann wird ihre Aufmerksamkeit durch das Stadtviertel abgelenkt, das sie durchqueren. Ihre Zeit am Hoffnungsberg fällt ihr ein. Gegen das Viertel, das sie nun sieht, ist der Hoffnungsberg eine Luxusgegend. Die Hochhäuser verlieren den Putz, Müllberge liegen neben den Haustüren, neben der Straße, auf den unebenen, versinkenden Bürgersteigen. Es gibt keinen Baum, keinen Strauch, keine Bank. Die Verkaufsstellen für Lebensmittel sind nur an den davor herumliegenden Kartons, an dem sich höher häufenden

Müll zu erkennen. Überall liegen Autowracks herum. In den Haustüren, zerbrochen, verschmiert, funktionsunfähig, stehen Gruppen von Jugendlichen, mustern die Vorübergehenden mit aggressiven Blicken. Die bettelnden Punker von einigen Hamburger Bahnhöfen würden sich neben ihnen wie müde, traurige Clowns ausmachen.
Sie haben keine Chance, sagt Viktor. Viele von ihnen haben Waffen, weiß der Himmel, wer ihnen das Zeug gibt. Ich würde keinem Freund raten, allein hier herumzuwandern. Gestern las ich, dass die Stadtverwaltung plant, im Winter sechzehn Stunden am Tag den Strom abzustellen. Das hier ist bei Licht schon schlimm genug. Im Dunkeln wird es unerträglich werden.
Sie wehren sich auf ihre Weise, antwortet Bella.
Viktor sieht kurz zu ihr hinüber, sagt nichts.

ES IST EINFACH gewesen, Bunkin zu töten. Er hatte eine Verabredung auf dem Schiff. Sie hat sich das Schiff vorher angesehen und dazu die Waffe gewählt. Wenn man töten will und nicht entdeckt werden, muss man den Ort kennen, besser noch, man muss den Ort bestimmen. Dann kann man die Waffe wählen und das Risiko, entdeckt zu werden, so weit wie möglich ausschalten. Sie hätte nicht auf das Schiff gehen können, ohne gesehen zu werden. Das Risiko wäre zu groß gewesen. Den Pfeil von einem der anderen Schiffe abzuschießen, war ein Kinderspiel. Dass Bunkin das Fenster an der Rückseite geöffnet hatte, war ihre Chance gewesen. So wird es bei Sergej nicht sein. Er ist nicht allein. Da ist auch Irina. Und man kann nicht wissen, wie sich die anderen verhalten werden. Frauen haben merkwürdige Verhaltensweisen. Sie werden geschlagen und lieben die Schläger. Sie werden getreten und treten nicht zurück. Die Frauen, die bei Bunkin gearbeitet haben, hätten ihn noch lange ertragen, wenn da nicht die beiden Mutigen gewesen wären,

von denen sie erfahren hat, wie er mit den Näherinnen umging. Bunkin ist tot. Er wird niemanden mehr quälen. Sergej und Irina leben.
Was ist da vorn? Tolgonai, die langsam durch die dunklen Straßen gefahren ist, drosselt den Motor der Maschine. Wunderbar leise und doch kraftvoll rollt sie dahin. Sie haben nicht auf der Straße vor der Villa geparkt. Eng an die Mauer gedrückt, stehen da drei Autos. Sie kann jetzt nicht anhalten. Sie wird langsam auf der Straße an den Autos vorbeifahren und versuchen zu erkennen, wer darin sitzt. Nur das erste Auto ist besetzt. Auf dem Platz des Beifahrers sitzt ein Mann, der Kopfhörer auf den Ohren hat. Er sieht nicht zu ihr herüber.
Sie werden nichts finden außer einer Matratze, ein paar Decken und auf dem Fußboden die ausgespuckten Schalen der Sonnenblumenkerne. Sie sind dumm und langsam. Wenn die Sache mit Sergej und Irina erledigt ist, wird sie das Land verlassen. Die Frau aus Deutschland wird ihr dabei behilflich sein. Deshalb muss sie zuerst die andere finden, die, die aus dem Hotel verschwunden ist. Weshalb wird jemand entführt? Niemand hat bisher von irgendwelchen Lösegeldforderungen gehört. Weder die Deutsche noch die Leute im Hotel haben davon gesprochen. Nicht wegen Geld, sondern aus einem anderen Grund ist sie entführt worden. Irgendjemand sollte damit getroffen, unter Druck gesetzt werden. Was wollte die Frau in Odessa? Geschäfte machen. Welche Geschäfte. Mode. Bunkin. Kotow. Bunkin ist tot.
Sie muss Kotow fragen. Jetzt, sofort. Sie weiß, wo dieser Kotow seine Wohnung hat. Seit ein paar Monaten lebt er in einem neuen Haus an der Steilküste. Das Haus ist groß und protzig, durch einen elektrisch geladenen Zaun gesichert. Wen fürchtet er, dieser Kotow? Die jämmerlichen Gestalten aus dem Sanatorium, das in der Nähe liegt? Er hat sein weißes Luxushaus in die Nähe eines der wenigen Sanatorien gesetzt, die noch in Betrieb sind. Der Kontrast zwischen dem heruntergekommenen, acht-

stöckigen Gebäude und Kotows Villa ist groß. Der Blick von der Villa auf das Meer ist so wunderbar, dass wohl nur diese Stelle für ihren Bau in Frage kam. Den Kranken wendet das Haus den Rücken zu. Manchmal liegen in dem elektrisch geschützten Garten ein paar Dämchen auf dem Rasen, schlanke, wunderschöne Mädchen in winzigen Badeanzügen. Junge Männer mit kurzen Haaren und in weißen langen Hosen sitzen auf bequemen, geflochtenen Sesseln und sehen ihnen beim Sonnen zu. Die dicken kranken Frauen, die quengeligen, blassen Kinder, die Männer in Trainingsanzügen, die am Zaun vorübergehen, beschleunigen ihren Schritt. Sie tun so, als sähen sie die bunte Szene dahinter nicht. Scham lässt sie schneller gehen.
Tolgonai hält das Motorrad neben dem Sanatorium an. Nur in den oberen Stockwerken sind ein paar Fenster erleuchtet. Über dem Eingang brennt eine dunkle Lampe. Der Raum hinter dem Eingang ist finster und leer. Ein Vorhang, aus der Befestigung gerissen, hängt schief vor den großen Glasscheiben. Drüben, im Haus am Meer, sind an allen vier Ecken des Gartens Scheinwerfer installiert. Sie leuchten das Grundstück aus. Der Garten ist neu angelegt. Bäume und Sträucher sind zu klein, um sich in ihrem Schatten zu verbergen. Gibt es Hunde? Tolgonai steigt ab und geht vorsichtig, im Schutz zerrupfter Oleanderbüsche, näher an den Zaun heran. Auf den Stein, über den taghellen Rasen bis nah an die Hauswand geschleudert, stürzen sich Schäferhunde, zwei bösartig kläffende Köter. Schade. Sie hätte gern gleich mit Kotow gesprochen. Tolgonai geht zurück und fährt davon. Sie wird wiederkommen.

Sie will Kotow nicht in seinem Laden aufsuchen. Sie kennt die Männer mit den Maschinenpistolen davor. Milizionäre sind sie, abgestellt, einen der neuen Reichen zu bewachen. Ihnen zeigt sie sich nicht.
Die Hunde sind kein Problem. Sie sind so unerzogen wie ihr Herr. Sie wissen noch nicht, dass Fleisch, das über den Zaun

kommt, Tod bedeutet. So, wie ihr Herr noch nicht weiß, dass Reichtum, der zu sichtbar ist, Begierden weckt, die den Tod bedeuten können. Er wird es nicht lernen, auch nicht von Tolgonai, er nicht, aber seine Kinder oder deren Kinder. Irgendwann werden sie anfangen, ihren Reichtum zu verstecken. Erst dann sind sie wirklich mächtig.
Auch der elektrische Zaun ist kein Problem. Sie weiß, was der Kasten bedeutet, der neben der Hauswand steht, halbverdeckt von Büschen, die im Frühjahr angepflanzt worden sind. Die Griffe des Seitenschneiders sind lang und gut isoliert. Der Helm und der lederne Anzug werden sie schützen. Einen Augenblick lang steht sie im Funkenregen. Sie meint, das verbrannte Leder des Anzugs zu riechen. Als die Lampen ausgehen, ist es plötzlich so dunkel, als sei ihr der Helm über die Augen gerutscht. Sie nimmt ihn ab, wartet, gewöhnt sich an die Dunkelheit: Sogar die Kadaver der Hunde kann sie erkennen, flach am Boden, verrenkt. Die Haustür ist verschlossen, eine Tür ohne Fenster. Vor der Garage steht ein Mercedes-Sportwagen, weiß, mit schwarzem Verdeck. Das Gartentor lässt sich anheben. Warten, bis die Augen sich an die Dunkelheit gewöhnt haben. Im Hintergrund wird eine Tür sein, die in das Haus führt. Die Tür ist da. Sie ist offen. Ein Gang, eine Tür, ein Schwimmbad. Jetzt nehmen die Augen schon wieder Umrisse wahr. Vor den Fenstern des Schwimmbads liegt die Terrasse. Schattenhaft sieht Tolgonai Liegestühle, zusammengefaltete Sonnenschirme. Sie kann ihn im Schwimmbad fragen, wenn er nicht antworten will. Die Leute in solchen Häusern schlafen oben. Es ist leicht, ihn zu finden. Es gibt mehrere Schlafzimmer, aber sie hat Glück. Kotow liegt hinter der ersten Tür, die sie öffnet. Er liegt auf dem Rücken. Allein. Sein Mund ist leicht geöffnet. Er atmet leise und regelmäßig. Auf einem Sessel liegen die Sachen, die er ausgezogen hat. Die Socken sind sorgfältig über die Schuhe gelegt. Er wacht auf, als Tolgonai ihm einen Socken in den Mund stopft. Da sitzt sie auf ihm, hält die Arme fest.

Du wirst mir sagen, wo die Deutsche ist, die nach Odessa kam, um Geschäfte zu machen.
Kotow versucht, sich zu befreien. Er wälzt sich hin und her, schlägt mit den Beinen, bis er keine Luft mehr bekommt.
Wirst du reden? Wirst du ruhig sein und reden?
Kotow schüttelt den Kopf und beginnt wieder zu zappeln. Sein Atem geht keuchend. Schließlich bleibt er erschöpft liegen.
Wirst du reden? Wenn du nicht redest, gehen wir nach unten. Ich halte dich unter Wasser fest, bis du es dir überlegt hast. Du wirst reden, ich weiß es.
Schließlich gibt er nach, nicht nur erschöpft, er hofft, das Ding im Mund loszuwerden. Als Tolgonai den Socken entfernt, macht er keinen Versuch mehr, sich zu wehren oder zu schreien. Er hat Mühe zu sprechen.
Ich weiß es nicht, sagt er. Wir waren verabredet. Sie ist nicht gekommen.
Du lügst. Sie stopft ihm den Socken wieder in den Mund, reißt ihn hoch, zwingt ihn aufzustehen. Barfuß tappt Kotow vor ihr her, die Treppe hinunter, ins Schwimmbad. Sie zwingt ihn, Stufen hinunterzugehen, geht neben ihm, drückt ihn unter Wasser. Schließlich schleppt sie ihn an den Beckenrand, lässt ihn einen Augenblick in Ruhe. Kotow spuckt Wasser, ringt nach Luft. Seine Augen haben einen entsetzten Ausdruck. Er hat den Tod gesehen.
Rede.
Wir waren mit ihr verabredet. Bunkin war als Erster mit ihr verabredet. Frag Bunkin. Zu uns ist sie nie gekommen.
Seine Worte kommen abgerissen, mit großen Pausen, verzweifelt. Er hat Angst. Er sagt die Wahrheit. Jetzt liegt er erschöpft auf den Fliesen. Tolgonai lässt ihn liegen und geht. In der Garage steht ein anderer Mercedes, ein schwerer, schwarzer, der den schwarzen Wagen gleicht, in denen die Macht früher gefahren ist. Der Sportwagen vor dem Garagentor würde ihr besser gefallen. Über dem Meer zeigt sich ein schmaler, türkis-

grüner Streifen. Der Seitenschneider liegt neben der Lücke im Zaun. Tolgonai nimmt ihn auf, nimmt den Helm ab, trägt beides zum Motorrad neben dem Sanatorium. Durch die Glasfront am Eingang sieht sie eine Frau, die eine Kittelschürze trägt und einen Servierwagen vor sich her schiebt. Auf dem Wagen stehen weiße Kannen, daneben Becher und Teller. Als sie den Motor anwirft, bleibt die Frau stehen und sieht sich erschrocken um. Das türkisfarbene Licht ist schon so hell, dass Tolgonai die Augen der Frau sehen kann, kleine, müde Augen in einem müden Gesicht.

Bunkin ist tot. Sie kann ihn nicht nach der Deutschen fragen. Er war auf dem Schiff. Das Schiff hat viele Kabinen, aber niemand kommt, um dort zu wohnen. Das Schiff ist leer. Es ist leicht, aus einer Kabine ein Gefängnis zu machen. Man fesselt die Gefangene und lässt sie dort liegen, bis –

Das Motorrad rast am Meer entlang. Der türkisfarbene Streifen ist jetzt verwandelt in den Fuß eines rosa Fächers. Der rosa Fächer ist über dem Himmel, auf dem Wasser. Die Stadt schläft noch. Tolgonai ist sehr wach. Sie hat keine Zeit für die Schönheit von rosafarbenem Wasser.

SERGEJ IST BEGEISTERT. Noch vor ein paar Minuten, als er den Innenhof betrat, an den Autowracks vorüber zur Treppe ging, beinahe wegen einer zerbrochenen Stufe gefallen wäre, hat er Zweifel gehabt. Eigentlich müsste ich mich darum kümmern, diese Frau aufzutreiben. Kotow wartet darauf. Aber Irina hat ihn gedrängt, das Bordell so bald wie möglich zu eröffnen. Sie hat sich umgehört, von den Plänen anderer gesprochen, die ähnliche Absichten hätten, das gleiche Geschäft wittern.

Man muss zuerst da sein. Man muss sofort im Gespräch sein. Lass mich machen, Sergej.

Er hat sie machen lassen, hat ihr noch einmal Geld gegeben,

auch Katjas Brüder bezahlt, die Irina beim Einrichten geholfen haben. Er ist erst gekommen, als Irina ihn anrief, um ihm zu sagen, dass alles fertig sei. Sie habe auch Reklame gemacht.
Reklame muss man machen. Das gehört zum Geschäft. Alle, die ein Geschäft aufmachen, verteilen Reklamezettel. Im Fernsehen werben sie sogar. Da werden sie uns natürlich nicht werben lassen. Ist auch nicht nötig. Würden wir die Arbeit gar nicht schaffen. Irina hat am Telefon gelacht, während er noch dachte: Sie nimmt den Mund zu voll.
Und nun das hier. Sergej sitzt in dem Vorraum, aus dem alle Möbel verschwunden sind. Nur an den Wänden stehen Sofas. Das Fenster zum Gang ist von einem roten Vorhang verdeckt. Zwischen den Sofas stehen Tischchen mit kleinen Lampen, Schalen mit Salzgebäck und Aschenbechern. Die Lampenschirme sind mit Tüchern verhängt. Das Licht schimmert rosig. Sie hat sein Geld gut angelegt, diese Irina.
Als die Tür aufgeht und Irina den Raum betritt, sieht er sie staunend an. Die blonden Haare liegen locker und strahlend auf ihren Schultern. In dem knallroten, engen Pullover hängen ihre Brüste, als wollten sie aus dem Ausschnitt fallen. Hintern, Schenkel, Beine stecken in hautengem, glänzendem Schwarz. Sie trägt knallrote Stiefel mit hohen spitzen Absätzen. Um die Mitte, ohne Rücksicht auf die oben und unten herausquellenden Fettrollen, hat sie einen breiten, schwarzglänzenden Gürtel geschnallt. Ohne etwas zu sagen, stolziert sie ein paarmal vor Sergej auf und ab. Lachend, sich an seinem Gesicht freuend, klatscht sie in die Hände. Sergej kommt aus dem Staunen nicht heraus. Seine vier Frauen hat sie vollkommen verwandelt.
Für den Anfang, sagt Irina neben ihm, habe ich nur Weiß genommen. Ich weiß, was die Kunden mögen. Unschuldige, kleine Bräute. Wir werden wechseln, aber für den Anfang ist Weiß das Richtige.
Sergej ist sofort überzeugt.
Ljubow, im weißen Badeanzug, weiß geblümte Strümpfe an den

Beinen und Schuhe mit Tigerfellmuster an den Füßen, kommt als Erste herein. Sie tänzelt vor Sergej hin und her, setzt sich dann in einer Haltung, die Sittsamkeit andeutet, auf ein Sofa. Ihre dicken Schenkel wirken wie rosige Schinken unter den durchsichtigen Strümpfen. Die Zwillinge hat Irina in eine zweite Haut gesteckt, die weiß und glänzend anliegt. Der große Ausschnitt entblößt beinahe ihre Brüste. Zwischen den Beinen und unterhalb des Ausschnitts schimmern dunkles Haar, dunkle Brustwarzen durch den dünnen Stoff. Sie tragen Stiefel aus Lackleder mit hohen Absätzen, deren Stulpen unter den Knien enden.
Und dann kommt Katja. Irina betrachtet aufmerksam Sergejs Gesicht. Sie weiß, dass sie schon gewonnen hat. Aber erst, wenn sie seine ganz persönlichen Wünsche bedienen kann, wird sie ihn so leiten können, wie sie es sich vorstellt. Deshalb hat sie versucht zu erraten, wie Katja Sergej am besten gefallen könnte. Und nun, als das Mädchen zur Tür hereinkommt, langsam, mit hängenden Schultern und dünnen, bloßen Armen, ungeschminkt, aber mit knallrotem, großem Mund, weiß sie, dass sie gewonnen hat. Sie hat Katja in ein weißes Korsett gesteckt, das die Brüste freilässt. Im Rücken, in der Taille ist ein weißer Schleier befestigt, der den Hintern und die Oberschenkel umhüllt und bis zum Boden reicht. Auf dem Kopf sitzt ein weißer, bis auf die Schultern fallender Schleier. Katja trägt Brautschuhe, weit ausgeschnitten, aus glänzendem Stoff und mit sehr hohen Absätzen.
Sag ihr, sie soll kommen.
Sergejs Stimme ist rau. Er spürt es, räuspert sich, wird laut.
Nein, lass. Verschwinde. Du wirst hier nicht rumsitzen. Was ist eigentlich los? Weshalb kommen keine Kunden? Wo ist der Wodka? Und Eis? Ist denn kein Eis da?
Irina schickt Katja mit einer Kopfbewegung hinaus. Komm an die Bar, Sergej, sagt sie, und zu den Frauen: Steht auf, wartet drüben.
Er folgt ihr nach vorn, dorthin, wo früher die Küche gewesen

ist. Der Raum ist kleiner geworden. Irinas Zimmer wurde davon abgeteilt. Ein schmaler Tisch, den Katjas Brüder auf ein Podest gestellt und mit Stoff umhüllt haben, ist die Bar. Gläser stehen da, ein Gefäß mit Strohhalmen, einfache Leuchter. Hinter dem Tisch protzt ein riesengroßer Kühlschrank. Irina öffnet die Tür lange genug, so dass Sergej zufrieden seufzt.
Wir haben zehn Uhr abends gesagt, du erinnerst dich. Es ist gleich so weit. Was willst du trinken, Sergej? Champagner?
Sergej trinkt Champagner, obwohl er ihn nicht mag. Kotows Auftrag wird er später erledigen.

ES IST ZU FRÜH für einen Besuch auf dem Hotelschiff. Die Taras Shevtschenko liegt gleich einem stillen Felsen in der Morgendämmerung auf dem Wasser. Ein Steg liegt zwischen Kaimauer und Schiff. Aber die Tür, die in das Innere des Schiffes führt, ist verschlossen. Hinter dieser Tür sieht Tolgonai die Rezeption. Dort brennt kein Licht. Niemand hat in der Nacht dort gesessen und die spätkommenden Gäste begrüßt. Es gab vielleicht gar keine Gäste. Tolgonai hat das Motorrad in einem leeren Hafenschuppen abgestellt. Sie hat sich schnell und vorsichtig zwischen den Schuppen bewegt. Es gibt keine Hafenarbeiter, die zur Arbeit gehen. Keine Matrosen, keine Stewards, die pünktlich auf ihr Schiff kommen müssen. Die weißen Schiffe der großen Schwarzmeerreederei dümpeln im Wasser, laufen kaum noch aus, seit der Direktor der Reederei mit der Kasse durchgebrannt ist.
Tolgonai weiß, dass sie nicht fürchten muss, von den Schiffsbesatzungen entdeckt zu werden. Einzig die Obdachlosen, die manchmal eine feuchte Nacht am Wasser weniger fürchten als die Hunde und die Räuber in den Straßen der Stadt, liegen schlafend irgendwo, träumen neben dem glucksenden Wasser von vergangenen Tagen. Sie sind nicht gefährlich für eine

furchtlose Frau. Tolgonai will ihnen trotzdem nicht begegnen. Sorgfältig, alle möglichen Deckungen nutzend, hat sie es endlich geschafft, einmal um die Taras Shevtschenko herumzugehen. Nirgends hat sie ein geöffnetes Fenster, eine Luke entdeckt, die sie als Einstieg hätte nutzen können. Das Glas der Fenster und Bullaugen ist zu stark, um es, ohne Aufmerksamkeit zu erregen, einzuschlagen. Sie wird warten müssen, bis die Tür aufgeschlossen wird, um in einem günstigen Augenblick unbemerkt in das Schiff zu kommen.

In der Nähe des Stegs liegt ein vergessener Stapel langer Bretter, irgendwann einmal für die Produktion von Möbeln bestimmt, rottet er nun vor sich hin. Hinter diesem Stapel, zwischen Holz und Hafenmauer, hockt Tolgonai und starrt auf das Schiff. Sie spürt die Müdigkeit erst jetzt, lehnt den Kopf an die Mauer und schläft schnell ein.

Durch Schritte auf dem Steg wird sie geweckt. Zwei ältere Frauen sind gekommen, schließen die Tür auf und lassen sie offen stehen. Tolgonai kann ihre Stimmen hören, versteht aber nicht, worüber sie sprechen. Einen Augenblick lang verlassen die Frauen den Vorraum, dann sind sie wieder da, tragen Eimer und Besen, stehen sich gegenüber, reden. Putzfrauen, die an die Arbeit gehen, bevor der Hotelbetrieb losgeht. Wenn es überhaupt Betrieb gibt auf dem Schiff da drüben. Dann verschwinden die Putzfrauen. Sie gehen auf verschiedene Decks. Sie wird sich davor in Acht nehmen müssen, ihnen über den Weg zu laufen.

Gerade als Tolgonai aufstehen und über den Steg laufen will, kommt eine junge Frau die Treppe der Kaimauer hinunter und geht auf den Steg zu. Tolgonai wartet und beobachtet. Die Frau betritt das Schiff, geht an die Rezeption, wirft einen Blick auf die Wand dahinter. Will sie prüfen, ob alle Schlüssel da sind? Sie nimmt ihre Handtasche, die sie abgestellt hat, wieder auf und verschwindet im Gang gegenüber. Tolgonai ahnt, was sie vorhat. Sie wird frühstücken, dort irgendwo liegen Küche und

Speisesaal. Vielleicht macht sie auch Frühstück für die Putzfrauen. Dann gibt es eine gute Chance, ungesehen durch das Schiff zu laufen. Die Putzfrauen werden zurückkommen. Es sind nicht viele Kabinen zu reinigen. Sie wird warten.
Es dauert nicht lange, bis die beiden mit Eimer und Schrubber wieder auftauchen. Sie stellen die Geräte ab und verschwinden in demselben Gang, den die Frau vor ihnen benutzt hat. Sie frühstücken wohl gemeinsam. Dann ist genug Zeit. Sie hat oft mit Frauen, die sie kennt, in einem der Hotels in der Stadt gefrühstückt. Im Gegensatz zu den Läden, in denen es wenig und immer dieselben einfachen Nahrungsmittel zu kaufen gibt, um die man lange anstehen muss, sind die Hotelküchen gut versorgt. Vielleicht, weil man noch immer darauf hofft, dass der Zustrom der Touristen wieder größer wird. So können die Menschen, die in den Hotels arbeiten, gut essen und ihre Familien, manchmal sogar noch die Freunde, versorgen.
Während Tolgonai über den Steg und die Treppe zum Oberdeck hinaufläuft, versucht sie, sich in Erinnerung zu rufen, wo die Kabine dieses Bunkin gelegen hat. Sie läuft geräuschlos durch die schmalen Gänge, findet die Kabinenreihe, beginnt, die Klinken herunterzudrücken. Die Türen sind verschlossen. Aufhebeln oder zurück und die Schlüssel holen? Besser ist es, die Türen aufzuhebeln. Die fehlenden Schlüssel könnten zu früh bemerkt werden. Das schmale Stemmeisen, das in einer der vielen Taschen ihrer Jacke steckt, tut gute Dienste. Die Kabinentüren sind schwach, das Holz gibt schnell nach. Beinahe lautlos öffnet Tolgonai eine Tür nach der anderen. Wenn Bunkin die Mehring auf das Schiff gebracht hat, um über sie zu verhandeln, dann hat er sie in seiner Nähe untergebracht. Tolgonai hat sechs Türen geöffnet, die Kabinen durchsucht, nichts gefunden. Vor der siebten bleibt sie stehen und horcht einen Augenblick nach unten. Kein Geräusch, keine Worte zeigen an, dass das Frühstück da unten beendet ist. Als sie sich der nächsten Tür zuwendet, hält sie inne.

Oh, nein.
Sie hat gefunden, was sie sucht, und sie weiß, was sie hinter der Tür erwartet. Sie hält den Atem an, während sie die Tür aufhebelt.
Bunkin hat die Frau gefesselt. Er hat ihr einen Knebel in den Mund gesteckt. Sie ist erstickt, bevor sie sich befreien konnte. Tolgonai verlässt die Kabine. Sie hat genug gesehen. Auf dem Gang lehnt sie sich einen Augenblick gegen die Wand. Der Geruch, der von der aufgebrochenen Tür nicht mehr zurückgehalten wird, bereitet ihr Übelkeit. Sie verlässt den Gang, läuft die Treppe hinunter, verlässt das Schiff, ohne gesehen worden zu sein.
Sie haben das Schwein an den Hinterpfoten aufgehängt. Es sieht blass aus, blassrosa, beinahe weiß. Der Bauch ist aufgeschlitzt worden. Die Schwarte im Nacken wurde mit einem scharfen Schnitt durchtrennt. So hängt der Kopf, gezogen von seinem eigenen Gewicht, im stumpfen Winkel zur Erde. Da hat sich eine Pfütze von Blut gebildet.
Zwei Männer halten den hängenden Schweinskörper an den Hinterbeinen, um ihm Stabilität zu geben. Die ist nötig, damit ein dritter, der mit präzisen Schnitten das scharfe Messer führt, auf dem Rücken des Schweins einen langen, tiefen Schnitt ausführen kann. Der Schnitt beginnt am Arschloch, führt am Stummelschwänzchen knapp vorbei, am Rückgrat entlang, über querverlaufende Nackenschnitte hinweg auf den Hinterkopf zu. Unter dem Messer spaltet sich die blasse Schwarte und lässt die unter der Haut liegende Fettschicht ahnen.
Ein Kind, ein Mädchen, das vielleicht sieben Jahre alt ist, mit Haaren, die zu Zöpfchen gebunden sind, sieht Bella und Viktor entgegen. Sein Gesicht ist so blass wie die Schwarte. Es hat beim Schlachten zugesehen. Die Männer beachten die Ankommenden nicht. Sie sind in ihre Arbeit vertieft. Der, der eben noch die Axt in der Hand hielt, mit der er das Schwein erschlug, tauscht jetzt die Axt gegen ein scharfes Messer. Auch

der dritte hat jetzt ein scharfes Messer zur Hand. Zu dritt beginnen sie, die Borsten von der Schwarte zu schaben. Der losgetrennte Schweinskopf baumelt hin und her.
Dem Mädchen wird das Zusehen langweilig, als die Männer beginnen, die Innereien herauszunehmen. Sie werfen die Teile in Blechschüsseln, getrennt nach verwertbaren und unverwertbaren, während die Kleine neugierig näher kommt, sich vor Bella aufstellt und sie stumm ansieht.
Komm da weg!
Eine Frauenstimme, die das Mädchen auf Russisch zurückruft. Bella sieht sich um. Hat sie erwartet, dass die Menschen hier deutsch sprechen? In dem letzten Dorf, in dem sie gefragt haben, hat man ihnen beschrieben, wo die Deutschen wohnen.
Ihr werdet es gleich erkennen. Sie haben diese neuen Häuser. Und Maschinen, alles neu. Fahrt nur. Und wenn es euch dort nicht gefällt, kommt zurück. Hier könnt ihr übernachten.
Sie hatten gedankt, waren weitergefahren, hatten das deutsche Dorf gefunden.
Bella steht auf und geht auf die Frau zu. Das Mädchen folgt ihr, kehrt um und stellt sich vor Viktor hin, stumm und fragend.
Bella hat die Frau erreicht, die ihr mit ausdruckslosem Gesicht entgegensieht.
Guten Tag, darf ich Sie etwas fragen?
Bella spricht deutsch. Die Frau sieht sie verständnislos an. Sie ist vielleicht vierzig Jahre alt, trägt Stiefel ohne Strümpfe und eine verwaschene, ehemals bunte Kittelschürze über Rock und Pullover. Ihr Haar ist unter einem hellen Kopftuch versteckt.
Bella wiederholt ihre Frage auf Russisch. Das Gesicht der Frau wird freundlich. Sie beantwortet den Gruß, sieht dabei hinüber zu der Kleinen, die mit Viktor ein Gespräch angefangen hat.
Dann sieht sie Bella an.
Sie sind Deutsche, sagt sie auf Russisch. Ich bin auch deutsch. Was möchten Sie wissen?

Ich suche eine Frau, sagt Bella, eine Deutsche, die vielleicht hier gewesen ist. Sie ist blond, jünger als ich, eine schöne Frau.
Das Kopfschütteln, das ihr antwortet, sagt genug. Sie muss nicht weiter fragen. Aber die Frau spricht weiter.
Wir sind jetzt hier so dreihundert, sagt sie. Es kommen immer neue. Da, sehen Sie, diese Häuser baut uns die deutsche Regierung. Unsere Leute werden sich hier ansiedeln. Wir sind eine Insel der Hoffnung.
Die letzten Worte hat sie auf Deutsch gesprochen, langsam und sorgfältig artikulierend, so dass Bella sie gut verstanden hat.
Wollen Sie unsere Häuser sehen?
Viktor ist neben Bella getreten. Das Mädchen hat seine Hand gefasst.
Geh schon, sagt Viktor, sieh dich um. Ich bleib hier draußen sitzen.
Bella folgt der Frau in eins der Containerhäuser. Den Menschen, denen sie begegnet, wird sie als Deutsche vorgestellt. Bald haben sich ihnen viele Bewohner angeschlossen. Es ist von noch mehr Traktoren die Rede, die aus Deutschland kommen sollen, von einer Backstube, die gerade eingerichtet wird. Ein alter Mann beginnt, ihr auf Deutsch seine Lebensgeschichte zu erzählen. Er ist alt genug, um neunzehnhunderteinundvierzig dabei gewesen zu sein, als die SS den Aufbau der deutschen Dörfer betrieb. Als die Frau, die sie führt, davon spricht, dass sie bald Deutschunterricht haben wird, bleibt Bella stehen.
Weshalb gehen Sie nicht nach Deutschland?, fragt sie.
Wir gehen, vielleicht. Wenn es uns hier nicht gefällt. Hier arbeiten nur die Frauen. Wenn man uns nicht genügend unterstützt, schaffen wir nichts. Die Männer sitzen herum und sind traurig. Wir brauchen viel mehr Hilfe. Wir müssen das Deutsche bezeugen. Deutsche Dörfer –
Bella wendet sich ab, lässt die Frau stehen, geht schnell davon. Die Siedler sehen ihr nach. Zwischen den Containerhäusern

sind die Wege mit Schotter aufgefüllt. Der Schotter knirscht unter ihren Füßen. Viktor sitzt mit der Kleinen auf dem Hofplatz. Die Blutlache am Boden zeigt die Schlachtstelle an. Frauen kommen und gehen, die das zerstückelte Schwein in Emailleschüsseln wegtragen. Neben einem Holzstoß liegt das Beil. Fliegen sitzen auf der Schneide. Fliegen sitzen an den Rändern der Lache am Boden. Die Kleine zeigt Viktor eine geschnitzte Puppe. Er streckt die Hand danach aus, will die Puppe berühren. Da sieht er Bella, sieht ihr entgegen.
Du bist blass, sagt er.
Lass uns fahren, schnell.
Im Auto schweigen beide. Schließlich ist es Bella, die das Schweigen bricht.
Die Mehring war nicht hier. Was sollte sie hier. Diese Menschen kommen aus Kasachstan. Man siedelt sie hier an. Sie sind tüchtige Leute. Ihre Dörfer werden blühende Dörfer werden. Was man uns nicht nehmen kann, hat die Frau gesagt, das Arbeiten, die Sauberkeit, das Akkurate. Das ist alles deutsch. Das nimmt man uns nicht. Das ist ein deutsches Dorf. Ordentlich, mit geraden Wegen.
Hör auf, sagt Viktor. Sei nicht albern. Lass die Vergangenheit. Hast du die Schilder auf den Traktoren gesehen? Unsere Fabriken liegen still. Die Deutschen bringen ihre Maschinen hierher. Wir sind euer Hinterland geworden. Ihr habt gesiegt. Das ist die Gegenwart. Hast du das nicht gewusst?
Nein, sagt Bella. Es ekelt mich, wenn ich daran denke.

Viktors Mutter hat recht gehabt. Die Namen der deutschen Dörfer, die im Tagebuch erwähnt sind, gibt es nicht mehr. Beresowka, das seinen Namen nicht geändert hat, erreichen sie gegen Abend. Nachdem sie sich entschlossen hatten, nach Beresowka zu fahren, haben sie nicht mehr von den Deutschen gesprochen. Viktor spricht über das Leben, das ihn nach seinen Vorstellungen erwartet. Bella hört zu und bewundert die Energie, die er aufbringt. Sie fühlt sich müde und alt. Als sie darüber spricht, lacht Viktor sie aus.

Ich hab dich beobachtet, sagt er. Du bist weder müde noch alt. Müde vielleicht, vorübergehend, weil wir zu wenig geschlafen haben. Das ist kein Wunder. Such die Ukraine nach einem ordentlichen Bett ab, du wirst Probleme haben, eins zu finden. Das Erste, was wir gemacht haben in dem Team, das damals zusammengestellt wurde, damals, als ich noch Arbeit hatte, weißt du, was das war? Wir waren abends angekommen, hatten unsere Zimmer belegt, geschlafen und trafen uns am nächsten Morgen, um uns miteinander bekannt zu machen. Und was war? Alle, wir waren sieben, die an dem Projekt arbeiten sollten, alle hatten eine scheußliche Nacht hinter sich. Rückenschmerzen, keiner hatte richtig schlafen können. Wir haben gelacht und beschlossen, unser Projekt mit dem Bau vernünftiger Betten zu beginnen.

Plötzlich wird Viktor ernst. Vor ihnen taucht der Bahnhof von Beresowka auf. Zerbrochene Zäune stehen am Straßenrand. Das Schienengelände liegt ebenerdig, ungesichert vor ihnen.

Wir suchen diese Frau, sagt er. Du fühlst dich verantwortlich für sie. Wir suchen sie auf den Spuren ihres Großvaters. Es war nicht dein Großvater, der hier mordend durch das Land gezogen ist. Was er getan hat, geht dich nichts an. Wenn wir hier keinen Hinweis auf die Frau finden, fahren wir zurück.

Bella antwortet nicht. Viktor parkt das Auto am Bahnhof. In den Bahnhöfen gibt es Restaurants oder wenigstens ein Büfett.

Wir werden etwas essen und uns erkundigen. Wir werden jemanden finden, der sich in der Stadt auskennt, sagt er.

In der Bahnhofshalle steigen sie über am Boden liegende Schlafende. Die liegen auf Bündeln zwischen Holzbänken. Auch die Bänke sind belegt. An den Schaltern steht niemand, sie sind geschlossen. Auf der Tafel drüben ist der nächste Zug für halb zehn angezeigt. Vielleicht gilt diese Anzeige für den vergangenen Abend. Die wenigen, die wach sind, wirken sehr müde.

Das Büfett im Hintergrund ist geöffnet. Eine junge Frau im engen Pullover mit langen rotlackierten Fingernägeln steht gelangweilt da. Die Regale sind leer, bis auf ein paar Keksschachteln und einige Wodkaflaschen. Hohe Tische stehen herum, bedeckt mit Krümeln, Papier, Essensresten. An einem der Tische lehnt ein älterer Mann. Sein Tisch ist abgewischt. Vielleicht hat er der Frau am Büfett ein Extra-Trinkgeld gegeben. Bella stellt sich zu ihm, während Viktor am Büfett eine längere Verhandlung beginnt.
Sie sind nicht von hier, fängt der Mann ein Gespräch an.
Nein, sagt Bella. Aber wenn Sie aus der Stadt sind, können wir Sie vielleicht etwas fragen. Was möchten Sie trinken?
Wenn es Ihnen gelingt, die Frau am Büfett davon zu überzeugen, dass der Kaffee, den sie im Schrank hat, eigentlich für die Reisenden gedacht ist, dann trinke ich einen Kaffee. Sind Sie aus Deutschland?
Ja, sagt Bella und macht Viktor ein Zeichen, den Kaffee betreffend.
Ich bewundere die Deutschen, sagt der Mann neben ihr. Ich bin Ukrainer, wissen Sie. Was für wunderbare Deutsche ich kennengelernt habe.
Hier? In Beresowka? Wann war das?
Nein hier nicht. Während des Krieges war ich in Odessa. Ich war Student am Konservatorium. Am berühmten Odessaer Konservatorium. Die besten Geiger der Welt kommen von da. Wie Gäste haben sie sich benommen, die Deutschen. Sehr korrekt. Wissen Sie, das ist so: die Beziehungen zwischen den Menschen sind gut, wenn sie Kultur haben.
Viktor nähert sich, stellt drei Becher mit Kaffee und drei Gläser mit Wodka auf dem Tisch ab. Die Frau kommt hinter dem Büfett hervor. Sie bringt einen Teller mit Schwarzbrot und Butter. Der fremde Mann verzieht anerkennend sein Gesicht. Sie trinken sich zu.
Ich heiße Wladimir, sagt er und stellt sein Glas ab. Ich sprach

gerade zu der Dame hier über die Deutschen. Warten Sie, ich zeige Ihnen etwas.

Aus der Tasche, die zwischen seinen Füßen steht, holt er eine kleine Pappschachtel hervor.

Hier, meine Andenken. Als die Deutschen auf dem Rückzug waren, wohnte bei uns ein Soldat, Werner. Das hat er mir geschenkt. Hier, sehen Sie.

Wladimir stellt eine kleine Cremedose auf den Tisch, die er öffnet. Eine gelbliche, vaseline-artige Creme ist darin. Bella rechnet nach. Die Creme muss etwa zweiundfünfzig Jahre alt sein. Wladimir legt ein Programm der Odessaer Oper daneben, in Deutsch, Rumänisch und Ukrainisch gedruckt. Ein Foto von Zarah Leander und ein Notenheft mit dem Bild von Johannes Heesters auf dem Umschlag folgen.

Was glauben Sie, wie populär die Lieder von Heesters waren. »Schenk mir dein Lächeln, Maria«, haben die Deutschen gesungen. Zuerst waren sie sehr steif, die Deutschen. Aber nach Stalingrad wurde es anders. Gingen in die Oper, sprachen über ihre Heimat. Dieser Werner war ein guter Mensch. Ein echter Deutscher. So gebildet. Den Völkischen Beobachter hat er gelesen. Auch Romane.

Viktor betrachtet die auf dem Tisch ausgebreiteten Gegenstände. Er sieht Bella an, dann Wladimir.

Uns scheint, dass die Deutschen nicht ganz so waren, wie Sie uns geschildert haben. Was wir wissen möchten –

Rumänen, sagt Wladimir.

Er beginnt, seine Andenken einzuräumen. Sorgfältig verschließt er den kleinen Karton und verstaut ihn wieder in seiner Tasche.

Die Rumänen waren schlimm. Auch die Volksdeutschen haben geschossen. Viele sind erhängt worden, erschossen. Streng waren sie, die Deutschen. Aber nach Stalingrad waren sie ganz anders. Parfüm haben sie gebracht und Seife. Sogar die Hände haben sie anders gehalten, nicht mehr so steif –

Ein Zelt ist aufgebaut worden auf dem Acker, es sieht aus wie ein großer Baldachin, der nur an einer Schmalseite geschlossen ist, dort, wo das Rednerpult steht. Noch sind erst wenige Menschen unter dem luftigen Dach versammelt. In kleinen Gruppen stehen sie herum, klein wirkende Männer, die Schirmmützen tief in die Stirn gezogen, die bunten Hemden über den Hosen. Sie wirken schüchtern, verlegen, so, als wüssten sie nicht, weshalb sie gekommen sind. Immer wieder gehen ihre Blicke unter dem Zeltdach heraus über die umliegenden Felder. Werden sie so wenige bleiben? Aber da kommen von allen Seiten die anderen. Über den Acker wandern aus allen Richtungen Männer heran, kleine, bäuerliche Männer. Vorn neben dem Rednerpult stellen zwei junge Burschen in städtischen Anzügen Blumentöpfe auf. Heimlich mustern sie mit abfälligen Blicken die Ankommenden. Bald ist der Platz unter dem Zeltdach gefüllt. Dann folgen die Frauen. An der Wand hinter dem Rednerpult, außen, an der Rückseite des Zelts, hat man ihnen Bänke aufgestellt. Ein Mann in schwarzer Soutane steht dort, winkt ihnen zu, winkt sie heran. Da nehmen sie Platz, die Kinder neben sich oder zwischen den Knien, die Füße in staubigen Schuhen von sich gestreckt. Sie sind von weit über den Acker gekommen. Nun sind sie froh zu sitzen.
Bella und Viktor haben das Auto am Feldrand geparkt, als sie das Dach unter dem Himmel und die Menschen sahen, die aus allen Himmelsrichtungen dorthin wanderten.
Ich weiß nicht, was das bedeutet, sagt Viktor.
Lass uns hingehen und fragen, schlägt Bella vor.
Viktor schüttelt den Kopf. Er möchte warten, bis die Wanderung über die Felder vorbei ist, die geplante Veranstaltung begonnen hat. Es dauert lange, bis der Strom der Bauern verebbt. Weit hinten am Horizont entdecken sie Busse, die die Menschen herangebracht haben und jetzt dort warten, klein, winzig, kaum zu erkennen zwischen Bäumen an den Rändern entfernter Straßen.

Als sie aussteigen und sich dem Zelt nähern, steht ein Redner hinter dem Pult. Manche der Zuhörer haben die Mützen abgenommen, drehen sie in den Händen. Viele starren vor sich auf den Boden, einige sehen den Redner aufmerksam an, so, als wollten sie ergründen, ob hinter seinen Worten noch eine andere Wahrheit liegt als die, von der er redet.
»Hier ist eure Heimat«, sagt der Redner. Einer der jungen Männer übersetzt jeden Satz ins Russische. »Ihr seid Deutsche, die eine besondere Verantwortung haben. Ein schweres Schicksal hattet ihr. Aber nun wird es euch bessergehen. Hier, auf diesem Land, werdet ihr mit Hilfe der deutschen Regierung blühende Dörfer aufbauen. Inseln der Hoffnung werden es sein, die unter euren Händen entstehen. Und wenn es Leute gibt, die behaupten, durch die neue Molkerei, die wir hier gemeinsam errichten werden, würde die ukrainische Anlage nicht mehr rentabel arbeiten können, dann wisst, dass der Neid auf eure erfolgreiche Arbeit aus solchen Worten spricht. Aufgehetzte sind es, die so sprechen. Niemand wird von uns gehindert zu arbeiten. Manchem würde es guttun, von eurer Arbeit, eurem Fleiß zu lernen.«
Bella und Viktor hören den Worten des Redners zu. Er ist ein dunkelhaariger, untersetzter Mann mit einem kleinen Bart auf der Oberlippe. Er trägt einen grauen Anzug und ein hellblaues Hemd. Seine Hände umklammern das Rednerpult. Manchmal wippt er beim Reden auf und ab, um seinen Worten Nachdruck zu verleihen. Seine Stimme versucht, überzeugend zu klingen. Spürt er die Zweifel derer, die vor ihm sitzen? Ein alter Mann, der in der letzten Reihe gesessen hat, steht auf und verlässt seinen Platz unter dem Dach. Als er an Bella vorübergeht, spricht sie ihn an. Er bleibt stehen, nicht überrascht von den deutschen Worten. Sicher glaubt er, sie gehöre zu denen, die aus Deutschland gekommen sind.
Und Sie, sagt Bella, werden Sie hierbleiben? Oder gehen Sie nach Deutschland?

Ich weiß nicht, sagt der Alte. Der Mensch hat ja kein Ziel nicht, er verkauft sein Haus, seine zwei Kühe, mehr hat er ja nicht, und geht. Besser, man hat ein Ziel. Aber ich bin alt. Jetzt holt man die Deutschen von überall her. Die sprechen, dass man sie nicht versteht – Er bricht ab. Traurig, in Gedanken verloren, geht er weiter.

Komm, sagt Bella, ich will sehen, was die Frauen hinter dem Zelt tun.

Sie gehen weiter, jetzt schon von aufmerksamen Blicken der beiden Burschen im Anzug verfolgt. Überrascht von dem Anblick, der sich ihnen hinter der Zeltwand bietet, bleiben sie stehen. Eine Taufe ist dort im Gange. Vor einem improvisierten Taufbecken, einer Art Reisetaufbecken vielleicht, leicht transportierbar, steht eine lange Schlange von Frauen und Kindern. Alle sind sonntäglich gekleidet. Die Mädchen tragen große bunte Schleifen im Haar.

Was wollen Sie, sagt der Pastor, wir bringen materielle Hilfe, seelische Hilfe, moralische Unterstützung. Das brauchen die Leute. Wir wollen uns als Deutsche erhalten, deshalb versammeln wir uns, da leistet die evangelische Kirche gute Arbeit. Außerdem brauchen besonders die Frauen was für die Seele. Fragen Sie herum. Sie sind die Einzigen, die arbeiten.

Was tun Sie hier?

Ein scharfer, deutschgesprochener Satz in ihrem Rücken unterbricht das Gespräch. Sie wenden sich um. Vor ihnen steht ein älterer, blonder Mann, den sie beide vorher nicht gesehen haben. Trotzdem hat Bella das Gefühl, ihn von irgendwoher zu kennen.

Ich darf Sie ersuchen, das Gelände zu verlassen.

Der Mann spricht deutsch, aber seine Stimme hat einen schlesischen Akzent.

Aber weshalb denn?

Bella reagiert freundlich auf den Unverschämten. Plötzlich kommt es ihr so vor, als könne nur er etwas über die Mehring

wissen. Sie will ihn beruhigen, deshalb nennt sie ihren Namen, erzählt von den Plänen der Mehring. Der Mann ist nicht überzeugt, aber höflich genug, sich jetzt ebenfalls vorzustellen. Schradek, sagt er, GTZ. Wir bauen hier Dörfer, Anlagen. Hier treffen sich Volksdeutsche, organisiert von »Wiedergeburt« und VDA. Die Leute sind Bauern. Textilarbeiter? Wäre schön, wenn welche dabei wären. Sind aber nicht. Die können nicht mal mit der neuen Melkanlage umgehen. Die Frau, die Sie suchen, ist mir nicht über den Weg gelaufen. Weshalb ist sie verschwunden, sagten Sie?
Sein Misstrauen ist überdeutlich. Die beiden Burschen sind herangekommen. Sie nehmen eine drohende Haltung ein. Bella hat Zweifel an der friedenstiftenden Haltung der evangelischen Kirche. Ein Blick auf den Pastor bestätigt ihre Zweifel.
Viktor, der bisher nicht gesprochen hat, sagt ein paar Worte auf Russisch zu Bella.
Und Russen, sagt Schradek, die mögen die Leute hier gar nicht gern. Die Ukraine ist froh, dass sie jetzt einen deutschen Nachbarn hat, von dem sie nicht fürchten muss, abhängig zu werden.
Natürlich, sagt Viktor, deshalb ja auch gemeinsame Manöver. Komm, Bella, ich möchte gehen.
Ist bestimmt besser so, sagt der Anzugmann, der während der Rede den Übersetzer gespielt hat. Erst jetzt merken sie, dass die Versammlung beendet ist. Deutsche Volksmusik kommt aus dem Lautsprecher, der direkt über ihnen an einer Stange befestigt ist. Die Musik ist sehr laut. Noch als sie das Auto erreicht haben und einsteigen, können sie die Worte deutlich verstehen.

> Wenn alle Brünnlein fließen
> dann muß man trinken.

Ob sie wirklich glauben, was man ihnen erzählt, fragt Viktor.
Ich weiß es nicht, antwortet Bella. Die ganze Zeit schon habe ich Verse von Brecht im Kopf. Kennst du das?

Denkt nur nicht nach, was ihr zu sagen habt:
Ihr werdet nicht gefragt.
Die Esser sind vollzählig
Was hier gebraucht wird ist Hackfleisch.

Sie bricht ab, weil ihr gerade eingefallen ist, woher ihr dieser Schradek bekannt vorkommt.
Ich kenne ihn, diesen Mann, sagt sie. Bei Kotow im Laden bin ich ihm begegnet.
Der handelt eben nicht nur mit Melkmaschinen, sagt Viktor.

Tolgonai schläft nun doch bei Mascha. Die Villen am Meer sind zu unsicher geworden. Sie wird nicht lange hierbleiben. Die Deutsche wird ihr zur Flucht verhelfen. Die Deutschen haben viele Möglichkeiten. Sie muss nur warten, bis Bella zurückkommt. So lange versteckt sie sich in dieser Wohnung. Es ist drei Uhr morgens, als Mascha nach Hause kommt.
Ich weiß jetzt, wo Katja ist, sagt sie, überhaupt nicht müde, während sie sich an den Küchentisch setzt und darauf wartet, dass Tolgonai ihr Tee bringt.
In der Bar gab es nur noch ein Thema. Das Bordell von Sergej. Kurz bevor ich zugemacht habe, kamen ein paar Männer, die dort eingeladen waren. Diese Irina hat das Kommando. Drei Frauen, und für besondere Gäste eine vierte. Rate, wer das ist.
Tolgonai stellt den Becher mit Tee vor Mascha hin und setzt sich. Sie sagt nichts.
Wenn ich solche Brüder hätte, fährt Mascha fort, ich weiß nicht, was ich tun würde. Er hat sie als Türsteher angestellt. Der Vater war in der Bar. Er ist gegangen, als die Männer mit ihren Geschichten angefangen haben. Der Schuft. Wie hat er seine Kinder verkommen lassen. Geht's der Kleinen gut?
Sie schläft, antwortet Tolgonai. Ich habe sie ins Bett gebracht, ihr vorgelesen und gewartet, bis sie eingeschlafen ist. Wo ist dieser Laden von Sergej?

In der 1905er Straße, natürlich. Es heißt, sie hätten die Leute einfach vor die Tür gesetzt, die da gewohnt haben. In Brautkleider hat Irina die Frauen gesteckt. Du hättest die Kerle hören sollen. Na, hast du's deinem Bräutlein tüchtig gegeben? Sie hat doch nicht etwa geweint, die Kleine? Tolgonai, was hast du vor? Bleib hier. Es wird bald hell.
Nicht vor sechs, antwortet Tolgonai. In einer Stunde bin ich zurück.
Sie steht schon in der Tür, läuft zurück, umarmt Mascha, ist verschwunden. Mascha bleibt am Tisch sitzen. Jetzt ist sie müde, aber sie wird warten.

SERGEJ IST EIN DUMMKOPF. Er will seine Türsteher nach Hause schicken, wenn der letzte Freier gegangen ist. Aber zuerst sollen sie nach oben kommen und etwas trinken. Tolgonai steht zwischen Gerümpel im Hof, die Dunkelheit verbirgt sie, und sie hört Sergej mit den Brüdern reden. Zu dritt gehen sie die Treppe hinauf. Im Gang oben brennt ein kleines Licht. Tolgonai kann sehen, hinter welcher Wohnungstür sie verschwinden. Sie tastet nach den Taschen auf ihren Oberschenkeln. Zwei Messer. Eine Katze streicht um ihre Beine. Sie bewegt sich nicht. Keine Bewegung wird die Frau verraten, die im Hof steht und wartet. Es dauert nicht lange, bis oben die Tür wieder geöffnet wird. Nebeneinander kommen die Brüder die Treppe hinunter. Die Brüder, die ihre Schwester verkauft haben. Tolgonai steht auf dem untersten Treppenabsatz und sieht ihnen entgegen. Da biegen sie um die Ecke, Geld zählend der eine, die Hände mit dem Geld schon in den Taschen, der andere. Sie bleiben stehen.
Und Katja? Kein Geld für Katja?
Die Brüder sehen sich an. Eine Verrückte steht vor ihnen, eine schöne Verrückte.
Komm morgen wieder, red mit Sergej.

Gleich rede ich mit Sergej. Zuerst rede ich mit euch. Ich werde euch töten.

Tu das, sagt der eine, während er lachend die nächste Stufe nimmt. Der andere hat begriffen, was geschehen wird. Er wendet sich um und versucht, die Treppe wieder hinaufzulaufen.

Am Morgen, wenn die Miliz, gerufen von einer schreienden Hausbewohnerin, im Hof erscheint, wird sie auf der Treppe zwei tote Männer finden.

Wie lautlos Männer zusammenbrechen, wenn das Messer ihr Herz getroffen hat. Drei oder vier Stufen rutschen die leblosen Körper auf der Treppe hinunter. Dort bleiben sie liegen. Tolgonai steigt über sie hinweg.

Sergej ist ein Dummkopf. Er hat hinter den Brüdern nicht abgeschlossen. Tolgonai versucht, sich zu orientieren. Leise Stimmen, ein kleiner Lichtschein weisen ihr den Weg. Als sie die Tür öffnet, sieht sie Sergej und die Frauen. Irina trägt einen knallroten Pullover. Sie ist barfuß. Rote Stiefel mit hohen Absätzen liegen auf dem Boden. Drei Frauen in japanischen Kimonos haben es sich auf den Sofas an den Wänden bequem gemacht. Die Tür, in der Sergej steht, führt auf einen Gang hinaus. Von dort gehen offenbar weitere Zimmer ab. Ein Geruch von Zigarettenrauch und Parfüm füllt den Raum, stark, ganz sicher ist Haschischgeruch dabei. Die Frauen rauchen, liegen träge und entspannt da.

Ihr könnt gehen, sagt Tolgonai. Wo ist Katja?

Was ist mit dir los? Wie bist du hereingekommen? Bisschen spät, meine Liebe. Komm morgen. Wir machen Schluss für heute. Morgen sollst du deine Chance haben.

Das ist Irina. Geschäftsfrau bis zum Ende. Die da vor ihr steht, denkt sie, wird gut in ihren Stall passen. Sinnloser Versuch, den Tod zur Hure zu machen.

Lass sie doch hierbleiben, sagt Sergej, der Dummkopf. Bis zum Schluss ist er der Mann, für den die Frau geschaffen ist. Sinnloser Versuch, den Tod zur Matratze zu machen.

Geht endlich, sagt Tolgonai. Sie hat die Pistole in der Hand, mit der sie Irina und Sergej erschießen wird. Nun glauben ihr die Frauen, dass sie zu gehen haben. Sie stehen auf, hastig, drücken sich an den Wänden entlang, zur Tür. Irina sieht ihnen fassungslos zu.
Wo ist Katja?
Ihr verdammten Weiber. Bleibt sofort stehen. Hiergeblieben.
Irina rennt hinter Ljubow her, versucht, sie festzuhalten, reißt den Kimono von Ljubows Schulter.
Lass das Zeug hier, kreischt sie, Geschäftsfrau bis zum Schluss.
Als sie am Boden liegt, hält sie den Kimono noch in der Hand, eine leichte Decke über einer dicken Leiche.
Sergej rennt den Gang entlang, verschwindet hinter der letzten Tür, versucht, die Tür von innen zu verschließen. Seine Hände gehorchen ihm nicht. Wild sieht er sich um, sieht Katja, die blass und lächelnd auf dem Bett liegt. Sie streckt die Arme nach ihm aus. Sergej stürzt zu ihr. Sie wird ihn schützen. Bis zum Schluss ist er der Feigling, der sich hinter der Frau verkriecht, der Dummkopf, der glaubt, dass die Frau ihn vor dem Tod schützt.
Lass ihn, Katja, sagt Tolgonai.
Sie steht in der Tür. Ihre Stimme ist leise. Sie weint. Aber Katja will Sergej nicht lassen. Sie ist die Frau, die ihren Peiniger verteidigt, die sich vor ihn wirft mit der letzten Kraft, die ihr geblieben ist, mit der letzten Kraft, die seine Drogen, seine Quälereien, seine Freunde ihr gelassen haben. Aber sie kann Sergej nicht schützen, so, wie sie sich selbst nicht schützen konnte.
Lass ihn los, sagt Tolgonai noch einmal.
Und Katja gehorcht. Sie hat immer denen gehorcht, die stärker waren.
Sergej weiß, dass er verloren ist. Er wirft sich herum, auf dem Bauch liegend reißt er die Schublade des Nachttischs auf, hat einen Revolver in der Hand, auf der Seite liegend schießt er.

Tolgonai spürt einen Schlag am linken Oberschenkel. Sergej schießt nur einmal. Katja beginnt zu schreien, schreit, wie ein Automat, schreit, weil nun geschrien werden muss, wimmert noch lange.
Tolgonai geht durch den Gang zurück. Vorn liegt Irina, die Frauen sind verschwunden. Sie schließt die Tür hinter sich, geht die Treppe hinunter. Das Bein beginnt zu schmerzen. Die Körper am Fuß der Treppe haben ihre Stellung verändert, sind von den flüchtenden Frauen hinuntergestoßen worden. Tolgonai nimmt die Messer aus den Leibern, verlässt den Hof, verschwindet in der Dunkelheit. Es ist erst fünf Uhr. Im Osten, über dem Meer, erscheint ein schmaler türkisfarbener Streifen. In den Akazien auf der Puschkinstraße krächzen die frühen Krähen. In den Gärten von Arkadien frieren die Hunde.

IM HALBSCHLAF versucht Bella, sich zu erinnern. Sie haben die Versammlung verlassen. Die Blicke der Männer, mit denen sie gesprochen haben, waren auf ihrem Rücken zu fühlen. Sie sind lange gefahren. Da war ein schmaler Fluss mit einer hölzernen Brücke. Viktor ist ausgestiegen, um zu prüfen, ob die Brücke das Auto tragen würde. Zwei Männer, Bauern mit Stiefeln an den Füßen und Mistgabeln über den Schultern, haben ihn ausgelacht.
Fahr nur, Väterchen, dich wird sie schon halten.
Sie sind über die Brücke gefahren, langsam, in dem klaren Wasser sind kleine Fische gewesen, Schwärme von kleinen Fischen im schilfigen Wasser. Sie sind weitergefahren, haben wenig gesprochen, beide mit ihren Gedanken beschäftigt.
Ich habe gedacht, dass ich mit Viktor nach Sibirien gehen sollte. Was für ein Unsinn. Gelbe Birken haben an den Straßen gestanden. Der Herbst ist hier sehr schön. Die alte Frau stand am Zaun.

Ihr solltet jetzt nicht weiterfahren. Schlaft hier. Fahrt morgen weiter. In der Nacht werdet ihr den Weg nicht finden.
Das Bett ist zu weich. Ein großes, weiches Bett. Früher wird die Alte mit ihrem Mann darin geschlafen haben.
Ich schlafe am Herd. Schlaft nur in der Stube. Ihr kommt von weit her.
Bella schläft, während Viktor neben ihr liegt, müde, aber unfähig einzuschlafen. Ein paarmal hört er die alte Frau in der Küche rumoren. Auch sie schläft nicht. Vielleicht ist sie unruhig wegen der Gäste. Selten genug wird sie Besuch haben. Irgendwann verstummen die Geräusche aus der Küche. Eine Weile schläft auch Viktor, wacht auf, meint, ein Auto gehört zu haben. Ist jemand gekommen? Sehr wach horcht er in die Dunkelheit. Er hört kein Motorengeräusch, keine Autotür schlägt. Kann da ein Schritt gewesen sein?
Vorsichtig, um Bella nicht zu wecken, kriecht Viktor aus dem Bett. Er muss nicht durch die Küche gehen, um nach draußen zu gelangen. Die Hütte hat einen winzigen Flur, von dem Stube und Küche abgehen. Im Garten steht ein Holzhäuschen, daneben hängt, als Dusche, ein Eimer an einem Pfahl. Seine Augen haben sich an die Dunkelheit gewöhnt. Er sieht das Häuschen, den Pfahl und den Eimer, nichts sonst. Vielleicht sollte er um das Haus herumgehen. Viktor ist sicher, dass er vorhin das Geräusch eines langsam heranfahrenden Autos gehört hat. Langsam, sich mit der rechten Hand an den Balkenwänden entlangtastend, beginnt er, um das Haus zu gehen. Er sieht das Auto neben dem ihren im gleichen Augenblick, als er den scharfen Schlag im Gesicht spürt. Die beiden Männer stehen so plötzlich vor ihm, dass er nicht ausweichen kann.
Na? Schlecht geschlafen?
Sie packen seine Arme, halten ihn fest. Er fühlt Blut, das über seine rechte Gesichtshälfte läuft. Sie sprechen leise und schnell.
Kannst froh sein, dass wir dich hier draußen erwischen, Jude.

Sonst hätten wir der Alten die Hütte anstecken müssen. Du und die Frau, die du bei dir hast, ihr verschwindet hier. Verstanden? Morgen früh seid ihr weg, oder es brennt doch noch. Und lasst euch in dieser Gegend nicht wieder sehen. Sonst geht es euch schlecht. Wieso bist du überhaupt übrig geblieben? Irgendwann wird auch der Letzte von euch verschwinden, das kannst du uns glauben.
Aber dann für immer.
Die Männer stoßen Viktor zurück. Er fällt auf den Boden, sieht die Stiefel, fürchtet, sie werden ihn treten. Er versucht, sich aufzurichten, sieht nur die Beine der Männer, die in die Stiefel gesteckten Hosen. Sie laufen weg, gleich darauf wird das Auto angelassen, sie fahren davon, jetzt nicht mehr leise. Viktor spürt seine zitternden Hände, als er die Stelle betastet, aus der das Blut geflossen ist. Eine kleine Platzwunde, sehr klein, gemessen an der Scham, der Wut, der Verzweiflung, die er spürt.
Er geht zurück ins Haus, legt sich nicht wieder neben Bella, sitzt bis zum Morgen am Tisch in der Stube, im heller werdenden Licht die unzähligen bunten Kreuzstiche betrachtend, aus denen das Muster der Tischdecke besteht.
Dann bewegt sich die alte Frau in der Küche. Sie macht sich am Herd zu schaffen. Er hört die eisernen Ringe auf dem Herd, die mit dem Haken beiseitegezogen werden.
Viktor geht hinaus in den Garten. Am Abend, in der Dämmerung, hat er nicht so prächtig ausgesehen. Sonnenblumen, Astern, Dahlien, Kohl, viel buntes Zeug, das er nicht kennt. Und alles mit taubesetzten Spinnweben überzogen. Die Sonne wird aufgehen und den Garten in einen funkelnden Palast verwandeln.
Viktor steht am Brunnen und wäscht sein Gesicht. Auf der Innenseite der Tür des Holzhäuschens hängt ein Spiegel im Celluloidrahmen an einem Nagel. Er betrachtet lange sein Gesicht, ist froh, dass er in der Nacht die Brille nicht getragen hat. Er sieht im Spiegel hinter sich die Sonne aufgehen.

Wie schön, ein Mann, sich im Spiegel betrachtend. Bella kommt aus dem Haus, versucht fröhlich zu sein. Viktors Erklärung, er habe sich in der Nacht beim Hinausgehen gestoßen, glaubt sie nicht.
Diese Leute waren hier, sagt Viktor. Nicht die von gestern. Ich kannte sie nicht. Aber sie kannten uns. Vielleicht haben wir sie übersehen, gestern.
Was für Leute meinst du, Viktor?
Viktor antwortet nicht. Die alte Frau tritt aus der Haustür. Sie hat eine weiße Schürze umgebunden.
Was sitzt ihr da herum! Kommt frühstücken. Ihr habt doch Hunger.
Bella und Viktor sitzen am Küchentisch und bestaunen die Speisen, die die Alte vor ihnen aufgebaut hat. Leuchtend rote Tomaten auf einem Holzteller, eingelegte Gurken, Paprika, Tomaten, ein Stück Butter, gelb und mit den Rillen der hölzernen Butterschaufel, mit der sie aus dem Fass auf den Teller befördert wurde, Gläser mit Wurst und gebratene Eier. Das Brot ist noch warm. Es ist völlig unmöglich, nichts zu essen, die alte Frau damit zu kränken, dass sie nicht zugreifen. Sie sitzt am Tisch, passt nur auf, dass die Gäste von allem probieren.
Ich möchte ihr gern Geld geben, sagt Bella, als die alte Frau einen Augenblick die Küche verlässt.
Das wirst du auch müssen. Sie hat ihre Vorräte angebrochen. Sie macht es gern, du siehst ja, aber irgendwann gegen Ende des Winters wird es gut sein, wenn sie ein bisschen Geld in Reserve hat. Ich glaube, sie wird dein Geld nicht ablehnen.
Bella umarmt die alte Frau zum Abschied.
Pass auf ihn auf, meine Tochter, sagt die. Sie sagt es ganz leise, Viktor soll sie nicht hören. Er ist ein guter Mann, pass auf ihn auf.
Sie steigen ins Auto, winken, aber die Alte hat sich schon umgedreht und ist ins Haus gegangen.
Was für Leute also?

Ich weiß nicht, sagt Viktor. Man erzählt sich, dass die Siedler nicht die Einzigen sind, die Geld von den Deutschen bekommen. Bei uns sind in den vergangenen Jahren Gruppen entstanden, die ohne Hilfe von außen vielleicht nicht so unverschämt wären. Rechte Gruppen, meine ich, rechtsradikale. Die SS-Division Galizien hat sich in Lwow getroffen. Aus aller Welt sind Nazis angereist, um nach fünfzig Jahren Wiedersehen zu feiern. Tausend, sagt man. Was glaubst du, woher das Geld kommt, um tausend Nazis zu bewirten? Einige Gruppen sollen Verbindungen zu den volksdeutschen Siedlern haben. Könnte sein, dass ich ihnen heute Nacht begegnet bin.
Bella antwortet nicht. Sie sieht angestrengt auf die Straße, die durch abgeerntete Felder führt, manchmal an einem Dorf vorbei. Da stehen Frauen in der Herbstsonne vor geöffneten Haustüren, füttern Hühner, hängen Wäsche über geflochtene Zäune.

VIKTOR HAT BELLA vor dem Londonskaja abgesetzt und ist davongefahren. Er wird das Auto zurückgeben, schlafen, sich von seiner Mutter verabschieden, sich von Bella verabschieden, abfahren.
Das Hotel ist leer, der Tisch in der Halle nicht besetzt. Ihr Zimmer ist aufgeräumt, kalt. Auf dem Fußboden hinter der Tür zum Badezimmer liegt ein Zettel. Als sie sich hinunterbeugt, um ihn aufzunehmen, sieht sie einen Augenblick ihr Gesicht im Spiegel: müde.
Zehn Uhr abends, Krasnaja-Hotel, Zimmer achtzehn, T.
Bella sieht auf die Uhr. Es ist sieben, sie wird ins Krasnaja gehen, dort essen und anschließend Tolgonai treffen. Ob Tolgonai weiß, wo die Mehring geblieben ist, interessiert sie nicht mehr. Sie wird die Verabredung einhalten, mehr nicht.
Bella wäscht sich die Hände, nimmt aus dem Kühlschrank im

Zimmer Wodka und Orangensaft und setzt sich mit ihrem Glas ans Fenster. Unter den Akazien brennen Laternen. Sie weiß nicht, wie lange sie dort gesessen hat, als an die Tür geklopft wird. Sie steht auf und öffnet. Vor der Tür steht Viktor.
Ich fahre doch morgen, sagt er.
Es klingt wie eine Entschuldigung. Bella schließt die Tür hinter ihm. Während sie an den Kühlschrank geht, um ihm etwas zu trinken zu holen, liest Viktor den Zettel, der auf dem Bett liegt.
Wirst du hingehen?
Ja, sagt Bella. Wir könnten dort essen.
Sie trinken.
Ich möchte nicht, dass du abfährst, sagt Viktor.
Du fährst, antwortet Bella. Wenn ich du wäre, würde ich auch fahren.
Du kommst mit, sagt Viktor.
Er spricht leise, nicht bittend, eher, als sei es eine beschlossene Sache, dass sie zusammen wegfahren.
Bella sieht ihn an, lacht. Lass uns gehen, sagt sie. Wir feiern. Ich will mich nur umziehen.
Das Kleid, das sie mitgenommen hat, um die Mehring zu irgendwelchen Einladungen zu begleiten, kommt nun doch zu Ehren. Als sie aus dem Bad kommt, sieht sie verwandelt aus.
Sie verlassen das Zimmer. Den Zettel steckt Viktor ein. Zum Hotel Krasnaja brauchen sie nur zehn Minuten. Das Loch in der Nähe der Oper ist noch immer nicht zugeschüttet. Ein Hund schnüffelt daran herum. Vielleicht erinnert er sich an das Blut auf der Straße.
Im Krasnaja ist die Bar überfüllt. Sie benutzen einen Nebeneingang, um in den Speisesaal zu kommen. Der Speisesaal ist leer. Zwei Kellner sitzen beim Essen. Auf der Bühne im Hintergrund stimmen Musiker ihre Instrumente. Die Kellner beachten sie nicht. Ein dritter taucht auf, ein großer schlanker Mann, der sich freundlich nach ihren Wünschen erkundigt. Er

sieht dabei Bella an. Als er sich Viktor zuwendet, erkennen sie sich, lächeln, ohne etwas anderes zu besprechen als die Folge der Speisen und Getränke.
Ein Kollege, sagt Viktor, als der Kellner gegangen ist. Was er gemacht hat, war so geheim, dass selbst wir anderen nichts genaues darüber wussten. Ich dachte, sie hätten ihn eingekauft.
Seine Stimme klingt zufrieden. Manchmal, während der Kellner sie bedient, scheint es Bella, als tauschten Viktor und er ein schnelles Lächeln des Einverständnisses. Das Essen ist gut. Der Wodka ist kalt.
Soll ich mitkommen?, fragt Viktor, als Bella auf die Uhr sieht.
Nein, weshalb. Iss ruhig weiter und warte auf mich. Ich bin gleich zurück.
Sie steht auf, verlässt den Speisesaal, sucht den Aufgang zu den Hotelzimmern. Sie geht über eine breite Steintreppe. Auf den flachen Stufen liegt ein zerschlissener Läufer. Der Stein neben den Läuferrändern ist schmutzig. Im ersten Stock findet sie das Zimmer. Sie tritt ein, ohne anzuklopfen. Das Zimmer ist beinahe dunkel, nur auf einem Tischchen vor den Betten brennt eine winzige Lampe. Neben dem Tischchen stehen zwei Sessel. Tolgonai sitzt mit dem Rücken zu den Fenstern. Die Vorhänge sind zugezogen. Sie sieht Bella entgegen.
Wieder ist Bella von ihrer Schönheit berührt. Sie setzt sich in den zweiten Sessel und wartet. Tolgonai sieht sie an, als taxiere sie, welche Wirkung ihre Worte haben werden.
Ich hab Ihre Freundin gefunden, sagt sie. Sie ist tot. Sie war nicht meine Freundin, antwortet Bella. Ich möchte trotzdem wissen, was geschehen ist.
Man hat sie entführt, sagt Tolgonai. Es wird sich um Erpressung gehandelt haben. Hier ist Krieg. Sie wurde gefesselt. Ich hab den Entführer getötet. Nicht ihretwegen. Ich wusste nicht, dass die Frau bei ihm war. Sie ist erstickt. Wenn ich es gewusst hätte, hätte ich ihr geholfen. Ich weiß nicht, ob sie schon tot war, bevor ich ihn getötet habe.

Sie schweigt, wartet auf Bellas Reaktion. Bella antwortet nicht. Sie versucht herauszufinden, weshalb ihr gleichgültig ist, was Tolgonai über den Tod der Mehring sagt.
Da spricht Tolgonai weiter. Ich habe auch Sergej getötet und Irina, sagt sie.
Jetzt sieht Bella sie aufmerksam an. Was redet die Frau da. Was soll das Gerede vom Töten.
Die Miliz sucht mich. Ich kann nicht länger hierbleiben. Sie werden mir helfen. Jetzt werden Sie mir helfen.
Wobei?, fragt Bella.
Das Gesicht der Frau ihr gegenüber bleibt ruhig. Oder ist um den Mund ein Lächeln? Schatten sind da, die kleine Lampe lässt das Gesicht im Schatten.
Ich werde Odessa verlassen, sagt Tolgonai. Ich werde nach Deutschland gehen. Sie werden mir ein Visum besorgen. Ein Visum für Deutschland.
Alles, das Gespräch über Tote, die sie nicht kennt, der feuerrote Keil auf dem Kinn der Frau ihr gegenüber, ihr weißes, von der kleinen Lampe erhelltes Gesicht in der Dunkelheit des Zimmers, die absurde Forderung, dieser Frau ein Visum zu besorgen, erscheint Bella unwirklich. Sie möchte lachen, um ihre Verwirrung zu verbergen. Irgendetwas hindert sie daran, vielleicht die Ahnung einer anderen Wirklichkeit, einer, die mit ihrem eigenen Leben nicht vergleichbar ist? Sie schüttelt den Kopf.
Warum, selbst wenn ich es könnte, sollte ich das tun. Ich weiß nicht, was Sie getan haben und wer die Toten sind, von denen Sie sprechen. Ich kenne Sie nicht. Weshalb sollte ich Ihnen helfen, wenn Sie schuldig sind.
Die Frau ihr gegenüber steht auf, langsam, einen Augenblick lang glaubt Bella, sie wird auf sie zukommen, sie bedrohen. Aber sie geht zum Fenster, öffnet die Vorhänge einen Spalt, sieht auf die Straße. Fürchtet sie, verfolgt zu werden? Als sie zu sprechen beginnt, wendet sie Bella den Rücken zu.

Hör zu, so viel Zeit haben wir noch. Dann entscheide. In dem Dorf, in dem ich geboren bin, und in allen Dörfern der Umgebung, kommt es vor, dass die Männer Frauen rauben, wenn sie sie heiraten wollen. Die Frauen werden nicht gefragt. Sie werden geraubt, vergewaltigt und geheiratet. Es gab einen Schlachter, dessen Namen ich nie mehr ausspreche. Er stand auf dem Turkestanischen Markt am Schlachtblock. Wenn ich vorbeikam, machte er mir Zeichen. Er hielt mir dicke, bluttriefende Fleischstücke entgegen. Das war seine Art der Werbung. Er hat gesehen, dass ich mich ekelte, vor ihm und vor dem Fleisch. Sie haben die Hochzeit vorbereitet, seine Freunde, seine Familie. Das wusste ich nicht. Ich habe den Kindern auf der Kolchose Sportunterricht gegeben. Eines Abends, als ich nach Hause ging, haben sie mich – Ein Auto hielt neben mir. Es war das Auto des Schlachters. Sie haben mir die Arme verdreht, mich in das Auto gezerrt und auf den Boden geworfen. Die Hochzeitsgesellschaft hat schon gewartet. Ich war das gebundene Tier, das sie aus dem Auto getragen, das sie zur Tafel getragen haben. Ich konnte mich nicht wehren. Es war ihnen ein Vergnügen, dabei zuzusehen, wie der Schlachter sich seines Tieres annahm. Man hat uns verheiratet. Zwei Nächte später bin ich geflüchtet. Ich bin nach Hause gekrochen. Meine Mutter und meine Großmutter haben mir Benzin gegeben, damit ich mich verbrenne. Unser Dorf, haben sie gesagt, hat hohe Mauern, darüber erheben sich auch deine Flammen nicht. Alle Dörfer bei uns haben hohe Mauern. Selten erheben sich die Flammen darüber, in denen junge Frauen im Feuer zugrunde gehen. Ich hatte sie trotzdem gesehen. Ich hatte auch ihre Schreie gehört. Jetzt war ich an der Reihe. Ich war eine von denen. Oder ich hätte zurückgehen müssen. Ich ging zurück. Ich nahm das Benzin mit. Der Mann, dessen Namen ich nicht mehr ausspreche, ist tot. Ich bin geflohen. Du hast nicht gesehen, was ich gesehen habe. Tolgonai schweigt.
Und hier, fragt Bella, was war hier?
Tolgonai wendet sich um, kommt zurück, setzt sich Bella ge-

genüber an den Tisch. Der rote Keil auf ihrem Kinn leuchtet beinahe schwarz.
Meiner Mutter haben sie die Seele getötet. Meiner Großmutter haben sie die Seele getötet. Meine Seele haben sie nicht umgebracht. Sie ist nicht verbrannt in dem Feuer, das ihr zugedacht war. Sie hat trotzdem Schaden genommen. Sie hat keine Angst mehr.
Tolgonai schweigt und sieht Bella an. Bella begreift, was die Frau, die da vor ihr sitzt und ihre Hilfe erwartet, gerade gesagt hat.
Aber irgendwann wird man sie fangen, auch wenn sie keine Angst hat. Man wird sie ins Gefängnis werfen, in ein Straflager bringen, dort bis an ihr Lebensende gefangen halten. Weil es kein Recht gibt. Weil sie versucht hat, dem Entsetzlichen mit entsetzlichen Mitteln Einhalt zu gebieten.
Und sie, Bella? Was wird sie tun? Wird sie zurückfahren in das Land, das sie nicht liebt? Wird sie geschehen lassen, dass Tolgonai vernichtet wird?
Der Gedanke, der ihr durch den Kopf geht, ist wahnsinnig.
Bleiben Sie hier, ich bin gleich zurück, sagt sie und verlässt das Zimmer.
Viktor unterhält sich mit dem Kellner. Bella bedeutet ihm, sitzen zu bleiben.
Ich möchte nach Deutschland telefonieren, sagt sie. Es ist wichtig.
Der Kellner führt sie in ein kleines Büro und lässt sie allein. Sie wählt Olgas Nummer und wartet. Niemand meldet sich. Hat sie sich verwählt? Sie versucht es noch einmal. Nichts. Sie wird zuerst Kranz anrufen und es dann noch einmal bei Olga versuchen.
Kranz ist sofort am Telefon.
Ich rufe aus Odessa an, sagt Bella. Es ist sehr kompliziert für Sie, alles zu begreifen, was ich Ihnen sage. Bitte, versuchen Sie es ohne allzu viele Fragen. Ihre Nichte ist tot. Man hat sie ermor-

det, vielleicht war's auch ein Unglück. Wussten Sie, was sie hier wirklich wollte? Sie hatte vor, nach den deutschen Dörfern zu suchen, die ihr Großvater während des Krieges aufbauen half. Davon hat sie sich irgendetwas versprochen, billige Arbeitskräfte vielleicht. Sie hat gewusst, was die Deutschen hier getan haben. Damals. Es war ihr egal. Sie wollte die alte Politik mit anderen Mitteln fortsetzen.
Kranz antwortet nicht. Dann sagt er: Bella, Ihre Mutter ist tot. Möchten Sie –
Bitte, sagt Bella, ich rufe gleich noch einmal an.
Sie sitzt auf einem hölzernen Stuhl in einem fremden Büro. Der Schreibtisch, auf dem das Telefon steht, ist leer. Die Wände sind mit gelber Ölfarbe gestrichen. Die Farbe ist nachgedunkelt. Neben der Tür steht ein Hocker, darauf ein leeres Tablett. Das Fenster ist hoch. Die schwarze Jalousie davor ist heruntergelassen. An der Decke brennt eine Glühbirne. Die Lampenschale ist zerbrochen. Spitze Milchglaszacken sind übrig geblieben. Bella sieht auf ihre Hände. Diese Hände waren Olgas Händen ähnlich.
Sie wird nicht zurückgehen.
Jetzt muss sie es Olga nicht mehr sagen. Olgas Hände wählen die Nummer von Kranz.
Ja?
Ich werde nicht zurückkommen, sagt Bella. Ich werde nach Russland gehen. Ich glaube nicht, dass ich noch einmal Sehnsucht nach Deutschland haben werde. Ich ertrage dieses Land jetzt nicht. Ich werde einer jungen Frau ein Visum kaufen, mit dem sie nach Deutschland einreisen kann. Sie wird sich bei Ihnen melden. Holen Sie sie am Flughafen ab, und bringen Sie sie in mein Haus. Sorgen Sie dafür, dass sie dableiben kann. Bitte.
Kranz bleibt still. Bella wartet. Schließlich hört sie seine Stimme.
Sind Sie sicher, dass alles so richtig ist?

Ja, sagt Bella. Sehr richtig.
Ich tue, was Sie möchten. Aber ich bedaure sehr, dass wir uns – Ich hatte mir vorgestellt –
Leben Sie wohl, Kranz, danke für alles, sagt Bella und legt auf.
Der Kellner sitzt noch immer neben Viktor am Tisch. Die Musiker packen ihre Instrumente ein. Bella hört ihre eigenen Schritte, als sie durch den Saal geht.
Was ist los? Viktor sieht sie an. Der Kellner sieht sie an. Bella setzt sich zu ihnen.
Der Bundesnachrichtendienst, glaube ich, sagt der Kellner gerade. Die Deutschen brauchen waffenfähiges Uran. Da hätte ich Geld verdienen können. Die kamen direkt aus München.
Bella zieht Geld aus der Jackentasche und legt es auf den Tisch.
Kann man dafür ein deutsches Visum kaufen?, fragt sie.
Dürfte nicht schwer sein, antwortet Viktors Freund. Kostet eine Kleinigkeit mehr, dauert ein paar Tage. Dürfte nicht schwer sein.
Schnell, sagt Bella, es muss schnell gehen.
Willst du nicht sagen, was los ist?
Später, sagt Bella, ich erzähle dir nachher, worum es geht. Vielleicht musst du noch einen Tag warten mit der Abreise.

KASTNER IST in der Zeitung mit Lob bedacht worden. Er ist der Held des Tages. Er fühlt sich trotzdem mies. Vor ihm auf dem Schreibtisch liegen Zeitungsausschnitte. Niemand hat die Partei von Kranz ergriffen. Das Weichei hat sich lächerlich gemacht. Die Befriedigung, die ihm der Gedanke verschafft, ist gering. Die drei Bimbos, die er in der Gemeinschaftszelle verarztet hat, haben ihm auch nicht geholfen. Er fühlt sich schlecht. Wenn er nach draußen sieht, was sieht er? Schwarze, Kurden, Russen, Kriminelle. Die Maßnahmen, die er sich ausdenkt, sind

unzureichend. Sie sind lächerlich bei offenen Grenzen. Er wird hier weggehen. Aus der Schublade im Schreibtisch zieht er verschiedene Blätter, legt sie auf die Zeitungsausschnitte, betrachtet die aufgedruckten Adressen. Soll er sich beim Grenzschutz bewerben? In Rheinland-Pfalz hat die Polizei eine erfolgreiche Zusammenarbeit mit der Ukraine begonnen. Da sind sie weiter als hier. Soll er nach Rheinland-Pfalz gehen? Oder lieber gleich in den Osten? Er wird mit seinen Leuten darüber reden.
Vor dem Fenster spazieren zwei Strichjungen vorbei. Arm in Arm, mit blonden Wuschelköpfen. Ihr Anblick ist schwer zu ertragen.

WESHALB TUN SIE DAS, sagt Viktors Mutter.
Sie sitzt auf einem Stuhl in der Küche. Ihre Füße liegen auf einem zweiten Stuhl. Sie hat die Schuhe ausgezogen. Bella steht vor ihr, um sich zu verabschieden.
Lieben Sie ihn?
Nein, sagt Bella, ich glaube nicht.
Weshalb tun Sie es dann. Das Leben dort wird nicht einfach sein.
Ich will nicht zurück, antwortet Bella. Vielleicht ist es ja eine Flucht. Mein Großvater –
Ich weiß, sagt Viktors Mutter. Viktor hat mir erzählt, wer Ihr Großvater war. Dann sollten Sie sich daran erinnern, weshalb Ihre Mutter aus Russland geflohen ist. Vielleicht haben wir nicht weniger Menschen auf dem Gewissen als die Deutschen.
Meine Mutter ist tot, sagt Bella. Ich werde nicht zurückgehen.
Die alte Frau sagt nichts. Vor dem Fenster hängt Efeu, der das Licht in der Küche verdunkelt. Bella hört Viktor im Hof sprechen. Vielleicht verabschiedet er sich von den Hausbewohnern.
Geben Sie mir meine Schuhe, sagt die alte Frau.

Sie steht auf, behänder, als Bella erwartet hat, und nimmt die Schuhe entgegen.
Ich freu mich für Viktor, sagt sie.
Sie spricht zu ihren Füßen, während sie die Schuhe anzieht. Dann richtet sie sich auf. Sie lächelt.
Gilt Ihr Pass lang genug? Bei uns sagt man: Der Mensch besteht aus drei Teilen, aus dem Körper, der Seele und dem Pass.
Der gilt, sagt Viktor, der zur Tür hereinkommt. Wir haben alles, was wir brauchen. Wir können gehen.
Ich möchte Ihnen das hier geben, sagt Bella.
Sie nimmt das Tagebuch aus der Jackentasche und hält es ihr hin. Vielleicht gibt es ein Archiv, das solche Dinge aufbewahrt.
Viktors Mutter legt das Buch beiseite. Sie verabschieden sich. Als sie die Küche verlassen, haben sich vor der Haustür die anderen Bewohner versammelt. Man begleitet sie zur Haltestelle der Straßenbahn. Viktors Mutter bleibt in der Toreinfahrt zurück.
Auf dem Bahnhof sitzen sie in der Sonne auf einem eisernen Gepäckkarren. Neben ihnen schlafen ein paar Kinder auf großen Taschen. Die Eltern, ein magerer Mann und eine übermüdete Frau, sprechen nicht miteinander. Erst als der Zug nach Warschau abgefahren ist, nach Westen, ins gelobte Land, sind plötzlich weniger Menschen auf dem Bahnsteig. Sie können die Beine ausstrecken. Dann fährt der Zug ein, auf den sie gewartet haben.
Es ist so weit, sagt Viktor.
Bella antwortet nicht. Sie nimmt ihr Gepäck auf und geht voran. Zwei Tage und zwei Nächte werden sie unterwegs sein, bevor sie zum ersten Mal Station machen. Sie hat keine Vorstellung davon, wie ihr neues Leben aussehen wird. Es ist ihr recht, so wie es kommt.

KRANZ STEHT in der Flughafenhalle und wartet auf die Maschine aus Odessa. Bella hat ihm die Frau beschrieben, auf die er wartet. Tolgonai – merkwürdiger Name. Sie spricht nicht deutsch, aber sie soll schnell lernen. Er hofft, dass er ihr klarmachen kann, weshalb sie nicht sofort Bellas Haus aufsuchen werden. Er wird Tolgonai zu Olgas Beerdigung mitnehmen, bevor er sie in ihr Haus bringt. Ihr Haus – er ist erstaunt, wie selbstverständlich ihm die Situation vorkommt.

Als sie durch die Tür tritt, erkennt er Tolgonai sofort. Sie ist groß und trägt einen merkwürdigen roten Keil auf dem Kinn, der ihrer Schönheit nichts anhaben kann.

Später, da spricht sie schon seine Sprache, wird sie ihm erzählen, dass sie den Keil gemalt hat, als das Flugzeug nach der Landung in Wien weiterflog. Da hat sie keine Entdeckung mehr gefürchtet.

Kranz stellt fest, dass die seidenen und glitzernden Auslagen in den Luxusschaufenstern der Ankunftshalle neben ihr lächerlich wirken. Draußen nehmen sie ein Taxi nach Ohlsdorf. Die Trauergemeinde ist schon versammelt. Kranz und die fremd aussehende Frau werden nicht beachtet. In der Rede am Grab wird von Arbeiterklasse, Kampf und Frieden gesprochen. Kranz beobachtet Tolgonai, die sich neugierig umsieht. Er verzichtet darauf, Erde ins Grab zu werfen. Es kommt ihm vor, als sei er dazu nicht berechtigt. Als sie sich zum Gehen wenden, kommt eine ältere Frau zu ihnen. Sie hält ein Buch in der Hand.

Sie sind der Mann, der für Olgas Tochter gekommen ist. Das hier sollen Sie ihr geben. Olga wollte, dass ihre Tochter das Buch bekommt. Und danke, dass Sie gekommen sind.

Die Frau drückt ihm ein Buch in die Hand und schließt sich den anderen an, die schon gehen. Er sieht ihnen nach. Vielleicht vierzig oder fünfzig alte Leute, die meisten sind Frauen. Sie wirken müde und traurig.

Im Taxi, neben Tolgonai, die die Stadt mit unverhohlener Neugierde betrachtet, schlägt er das Buch auf.

Leb wohl, Kind, sieh auf deinen Weg.
Die Schrift ist krakelig und wird am Ende immer kleiner.
Er blättert, findet einen handgeschriebenen Zettel, liest:

> Die Späher Attilas gehen als Touristen
> verkleidet durch die Museen und beißen
> in den Marmor
> messen die Kirchen aus für Pferdeställe
> und schweifen gierig durch den Supermarkt
> den Raub der Kolonien den übers Jahr
> die Hufe ihrer Pferde küssen werden
> heimholend in das Nichts die erste Welt.

Merkwürdige Frau, diese Olga.
Tolgonai neben ihm zeigt auf ein Gebäude und sieht ihn fragend an. Das ist ein Museum, sagt Kranz, obwohl er weiß, dass sie seine Worte nicht versteht.

Die Zitate sind folgenden Werken entnommen:

Heiner Müller: Hamletmaschine, Berlin 1994
Zbigniew Herbert: 1969, zitiert nach Programm 4/1995 der Schaubühne, Berlin
Bertolt Brecht: Die Gedichte von Bertolt Brecht in einem Band, Frankfurt 1981
Alexander Block: Ausgewählte Werke, Bd. 1, Berlin 1978
Heiner Müller: »Kalkfell«, Hrsg. Frank Hörnigk, Martin Linzer, Franz Raddatz, Wolfgang Storch, Holger Teschke, Berlin 1996

Arno Strobel
Der Trakt
Psychothriller
368 Seiten
Band 18631

»Und wer bist du wirklich?«

Der Weg durch den nächtlichen Park, der Überfall – all das weiß sie noch, als sie aus dem Koma erwacht. Ihre Erinnerung ist völlig klar: Sie heißt Sibylle Aurich, ist 34 Jahre alt, lebt mit Mann und Kind in Regensburg. Sie scheint fast unversehrt. Und doch beginnt mit ihrem Erwachen eine alptraumhafte Suche nach sich selbst. Zwar hat Sibylle ihr Gedächtnis behalten, die Welt aber hat offenbar die Erinnerung an Sibylle verloren: Ihr Mann kennt sie nicht, von ihrem eigenen Hochzeitsfoto starrt ihr das Gesicht einer Fremden entgegen, und niemand hat je von ihrem Sohn Lukas gehört! Wurde er entführt? Hat er nie existiert? Und wem kann sie überhaupt noch trauen?

Sam Bourne

Das letzte Testament

Thriller

Aus dem Englischen von Rainer Schmidt

Band 17897

Der Nummer-1-Hit aus England

Ein kleiner Junge stiehlt ein Keilschrifttäfelchen aus dem Museum von Bagdad. Monate danach erschüttert eine brutale Mordserie Israel. Die Opfer sind allesamt Archäologen und Historiker – jene, die um die Geheimnisse der Vergangenheit wissen. Gibt es ein mörderisches Komplott, das zur Eskalation im Nahen Osten führen könnte? Washington schickt Starverhandlerin Maggie Costello nach Jerusalem. Von allen Seiten bedroht, jagt Maggie einer Spur nach, die zu uralten Schrifttafeln und zum letzten Willen Abrahams führt. Die Wahrheit kann Frieden bringen – oder Krieg auslösen …

»Ein temporeiches Leseerlebnis, in dem die Spannung gekonnt eingesetzt und klug gesteigert wird. Verlässlich recherchiert, geradlinig und höchst unterhaltsam.«
The Observer

Fischer Taschenbuch Verlag

fi 17897 / 1

Frank Schätzing
Der Schwarm
Roman
Band 16453

Vor Peru verschwindet ein Fischer. Spurlos. Norwegische Ölbohrexperten stoßen auf merkwürdige Organismen, die Hunderte Quadratkilometer Meeresboden in Besitz genommen haben. Währenddessen geht mit den Walen entlang der Küste British Columbias eine unheimliche Veränderung vor. Nichts von alledem scheint miteinander in Zusammenhang zu stehen. Doch Sigur Johanson, Biologe und Schöngeist, glaubt nicht an Zufälle. Auch der indianische Walforscher Leon Anawak gelangt zu beunruhigenden Schlüssen: Eine Katastrophe kündigt sich an. Die Suche nach dem Urheber konfrontiert die Forscher mit ihren schlimmsten Albträumen. Frank Schätzing inszeniert den Feldzug der Natur gegen den Menschen als atemberaubendes Schreckensszenario mit Tempo und Tiefgang.

»Ein wild schäumender Abenteuer-Cocktail.«
Der Spiegel

Fischer Taschenbuch Verlag

fi 16453 / 1